신조협려

6

신조협려 6 ─ 동방화촉

1판 1쇄 발행 2005. 2. 5.
1판 16쇄 발행 2019. 5. 26.
2판 1쇄 발행 2020. 4. 1.
2판 3쇄 발행 2024. 2. 26.

지은이 김용
옮긴이 이덕옥
발행인 박강휘
편집 임지숙 디자인 박주희 마케팅 정성준 홍보 강원모
발행처 김영사
등록 1979년 5월 17일 (제406-2003-036호)
주소 경기도 파주시 문발로 197(문발동) 우편번호 10881
전화 마케팅부 031)955-3100, 편집부 031)955-3200 | 팩스 031)955-3111

값은 뒤표지에 있습니다.
ISBN 978-89-349-8586-0 04820
        978-89-349-8580-8 (세트)

홈페이지 www.gimmyoung.com   블로그 blog.naver.com/gybook
인스타그램 instagram.com/gimmyoung 이메일 bestbook@gimmyoung.com

좋은 독자가 좋은 책을 만듭니다.
김영사는 독자 여러분의 의견에 항상 귀 기울이고 있습니다.

일러두기

1. 이 책은 김용이 직접 여덟 차례에 걸쳐 수정한 3판본(2003년 12월 출간)을 저본으로 번역했다.
2. 본문에 실려 있는 삽화는 홍콩의 강운행姜雲行 화백이 그린 것이다.

이덕옥 옮김

김용 대하역사무협

신조협려

神鵰俠侶

동방화촉

6

무협소설사에 길이 남을 불멸의 고전
김용 소설 중 가장 많은 찬사를 받은 작품

我小説裏的武功雖是假的，精神卻是真
的。希望讀者們注重正義、公正、公平，
重情義，對父母、兄弟、姐妹、朋友同
學、愛人、丈夫、妻子要有真正愛心！

致
韓國讀者諸君
恭賀新年快樂

金庸

내 소설의 무공은 비록 허구이지만 그 정신만은 진실입니다. 독자 여러분은 정의와 공정, 공평을 중시하고, 순수한 감정을 중히 여기길 바랍니다. 그리고 늘 부모와 형제자매, 친구, 동료, 사랑하는 사람, 남편, 아내에게 진정한 애심愛心을 지녀야 합니다.

한국 독자 여러분께
즐거운 새해가 되길 기원합니다.

김용 드림

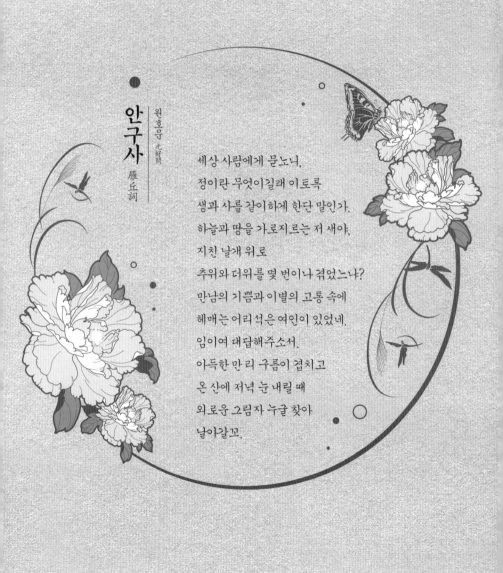

안구사

雁丘詞

원호문 元好問

세상 사람에게 묻노니,
정이란 무엇이길래 이토록
생과 사를 같이하게 한단 말인가.
하늘과 땅을 가로지르는 저 새야,
지친 날개 위로
추위와 더위를 몇 번이나 겪었느냐?
만남의 기쁨과 이별의 고통 속에
헤매는 어리석은 여인이 있었네.
임이여 대답해주소서.
아득한 만 리 구름이 겹치고
온 산에 저녁 눈 내릴 때
외로운 그림자 누굴 찾아
날아갈꼬.

6권

동방화촉

洞房花燭

▲ 소한신의 〈미인소장도美人梳妝圖〉

소한신蘇漢臣은 송대 휘종, 고종, 효종 때의 궁중 화가. 이 그림을 통해 송대 귀족 여인의 복장과 화장용품을 알 수 있다.

▲ 중국 산서성 진사에 있는 송대 여인상들.

▲ 진사에 있는 송대 여인상.

▶ 송대의 수사노手射弩.《무경총요》에
　서 발췌했다.

▼ 성을 지키기 위해 사용한 낭아박狼牙
　拍과 비구飛鉤.《무경총요》에서 발췌
　했다.

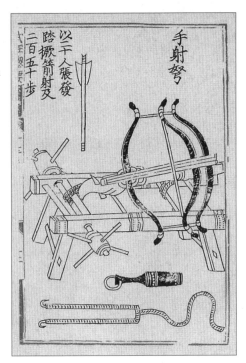

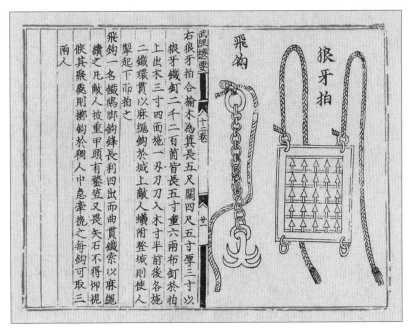

신조와 중검

소용녀는 땅바닥에서 검을 주위 들어 계속해서 허공으로 던져 올렸다. 동시에 떨어지는 검도 다시 던져 올렸다. 수십 자루의 장검이 허공으로 날아올랐다가 떨어졌다를 반복하니 그 모습이 가히 장관을 이루었다.

소용녀는 전진교 도사들이 서로 싸우든 말든, 몽고의 무사들이 침입을 하든 말든 전혀 관심이 없었다. 그러나 녹청독이 검을 들어 견지병을 찌르려는 것을 보자 마음이 조급해졌다. 견지병을 다른 사람의 손에 죽게 할 수는 없었다. 반드시 직접 원수를 갚아야 하니 즉시 앞으로 나서 녹청독의 검을 막았다.

조지경은 소용녀가 갑자기 나타나자 크게 기뻐했다.

'그러잖아도 저 여자를 없애버리지 못해 죽을 맛이었는데, 마침 고수들이 모여 있는 이곳에 제 발로 걸어 들어왔으니 이 기회에 없애버려야겠다.'

조지경이 목소리를 높여 외쳤다.

"저 여자는 요괴다. 모두들 저 요괴를 잡아라."

몽고의 무사들은 조지경의 말을 알아듣지 못하니 당연히 아무도 움직이지 않았다. 그러나 조지경의 제자들은 사부의 명령을 듣고 소용녀를 잡으려고 달려들었다. 그러나 막 소용녀의 어깨를 잡으려는 순간 눈앞이 번쩍하더니 손목에 극심한 통증을 느꼈다. 깜짝 놀라 뒤로 물러나보니 어찌 된 일인지 허리에 차고 있던 장검이 소용녀의 손에 들려 있고, 손목에서는 피가 뚝뚝 흐르고 있었다. 소용녀의 동작이 어찌나 빨랐는지 곁에서 지켜보던 사람들조차 그 상황을 똑똑히 보지 못했을 정도였다. 녹청독이 소리쳤다.

"모두들 함께 덤벼라! 우리 수가 많으니 함께 덤비면 요괴라도 별수 있겠느냐?"

소용녀의 무공이 비록 고강하다고는 하나 어쨌든 젊은 여자일 뿐이니 만약 모두가 함께 덤비면 결국 이길 수 있을 것이다. 녹청독은 소리를 지르며 검을 들고 앞장을 섰다. 그러나 소용녀가 장검을 한 번 휘두르는가 싶더니 어느새 녹청독은 오른손, 왼발, 오른발에 부상을 입고 땅바닥에 쓰러졌다. 소용녀의 빠른 몸놀림에 소상자, 윤극서 등의 고수들도 깜짝 놀라는 표정이었다. 그들은 일찍이 절정곡에서 소용녀와 공손지가 무공을 겨루는 모습을 본 적이 있었다. 그러나 소용녀의 검법이 비록 예리하고 절묘하기는 했지만 결코 지금처럼 신속하고 정확하면서도 위력이 있지는 않았다.

사실 소용녀는 주백통에게서 분심이용술과 좌우호박술을 배운 후 무공이 크게 향상되었다. 그녀와 양과가 함께 옥녀소심검법을 사용하면 천하에 이를 막을 수 있는 사람이 거의 없을 정도였다. 지금은 비록 홀로 싸우고 있는지라 두 사람이 함께 옥녀소심검법을 사용할 때보다 위력은 다소 떨어졌지만 속도만큼은 훨씬 빨랐다.

그녀는 오랫동안 견지병과 조지경의 뒤를 쫓으면서 오로지 두 사람을 어떻게 처리할지 고민했다. 그런데 지금 전진교 도사들이 먼저 싸움을 걸어오자 마음속의 한과 응어리가 한꺼번에 분출되는 것 같았다. 게다가 조지경이 협공을 해오니 더욱 참을 수 없는 분노가 끓어올랐다. 그녀는 흰 옷자락을 펄럭이며 쉴 새 없이 검을 휘둘렀다. 두 자루의 장검이 마치 은빛 뱀처럼 빛을 발하며 춤추듯 움직였다. 땅, 땅, 하며 검이 부딪치는 소리가 들리는가 싶더니 이내 곧 비명 소리가 여기저기서 들려왔다. 순식간에 여러 명의 도사가 손목에 부상을 입고 들고 있던 검을 땅바닥에 떨어뜨렸다. 그녀는 계속해서 호완옥촉晧腕玉鐲 초식만을 사용했다. 눈앞이 번쩍하는 순간 도사들은 이미 손목에 극심한 통증을 느꼈다. 만약 그녀가 손목을 노리지 않고 가슴 등의 요혈을 공격했다면 이들은 이미 그 자리에서 목숨을 잃었을 것이다. 부상을 입은 도사들은 깜짝 놀라 뒤로 물러났다. 이제 삼청신상 앞에는 견지병 등 일부 묶여 있는 도사들뿐이었다.

소용녀는 좌우호박술을 배운 후 광야에서 몇 차례 연마한 것을 제외하고 실전에서 사용해본 적은 없었다. 그런데 오늘 처음 적을 만나 사용해보니 좌우호박술의 위력이 어찌나 대단한지 스스로도 깜짝 놀랄 정도였다.

조지경은 상황이 불리하게 돌아가자 급히 도포 밑에서 검을 꺼내들었다. 소용녀는 조지경에 대한 증오심이 끓어올랐다. 그녀는 순식간에 몸을 날려 조지경의 몸 앞뒤로 두 개의 검을 휘둘렀다. 조지경이 검을 들어 막으려는 순간 누군가 앞을 가로막고 나섰다.

"물러서! 당신 힘으로는 안 돼!"

윤극서였다. 그가 금룡편金龍鞭을 휘둘러 소용녀의 장검을 막아냈다. 이미 10여 명의 도사가 부상을 입은 후였다.

소용녀가 말했다.

"나는 오늘 전진교 도사들에게 원수를 갚으러 왔을 뿐, 다른 사람들과는 아무런 원한이 없으니 당신은 어서 물러서시오!"

윤극서는 조금 전 번개처럼 빠른 소용녀의 몸놀림을 똑똑히 보았기 때문에 두려운 마음이 없는 것은 아니었으나 무림의 고수 체면에 소용녀의 말 한마디에 순순히 물러설 수는 없었다.

"물론 전진교 내에 좋은 사람과 나쁜 사람이 섞여 있는 건 사실이오. 대체 어떤 놈이 낭자에게 죽을죄를 지었단 말이오?"

소용녀는 아무 대꾸도 하지 않았다. 윤극서는 일단 그녀와 말을 몇 마디 주고받아 교분을 트면 소용녀도 독수를 쓰지는 못할 것이고, 설령 독수를 쓴다 해도 그때 가서 후퇴한들 다른 사람들 보기에 교분 있는 여자에게 심하게 할 수 없어 하는 수 없이 물러난 것으로 보일 것이라고 생각했다. 그래서 여전히 친숙한 듯 미소를 띠며 소용녀에게 말을 건넸다.

"용 낭자, 오랜만에 뵙는데도 여전히 좋아 보이시는군요."

소용녀는 여전히 아무 대꾸도 하지 않고 행여 두 사람이 그 틈에 도망갈까 봐 견지병과 조지경만을 뚫어지게 노려보았다.

"저런 하잘것없는 놈들을 처리하는 데 낭자가 친히 나설 필요 있습니까? 명령만 내리시면 제가 대신 처리해드리겠습니다."

"그래요? 그렇다면 우선 저자를 죽여주세요."

소용녀는 손을 들어 조지경을 가리켰다.

'저자는 이미 몽고 대칸의 칙명을 받아 장교에 봉해진 사람인데, 어찌 함부로 죽일 수 있단 말인가?'

윤극서는 능글맞게 웃으며 대답했다.

"저자는 그래도 성격이 좋은 사람인데 무언가 오해가 있으신 모양이군요. 저자에게 정중하게 사과하라고 이를까요?"

소용녀가 눈살을 찌푸리는가 싶더니 번개같이 빠른 속도로 왼손에 든 검으로 윤극서를 찔렀다. 윤극서는 급히 금룡편을 휘둘러 막았다.

"아악!"

그때 갑자기 비명 소리가 들렸다. 고개를 돌려보니 윤극서 뒤에 서 있던 조지경의 어깨가 소용녀의 검에 찔린 것이다. 소상자 등은 어찌된 영문인지 알 수가 없었다. 아마도 왼손에 든 검으로 윤극서를 찌르는 동시에 오른손에 든 검으로 조지경을 찌른 모양이었다.

윤극서는 깜짝 놀랐다. 비록 자신이 찔린 것은 아니었지만 자기 뒤에 서 있던 조지경을 지켜주지 못했으니 결국은 자신이 패한 것이나 다름없었다. 게다가 소용녀가 자기 뒤에 있는 조지경을 찌르는 것을 보지도 못했다. 결국 이대로 가다가는 자신도 당할 것이 뻔했다.

"용 낭자, 그만 화를 푸시지요."

윤극서는 비록 마음속은 두려움과 부담감으로 편치 않았지만 겉으로는 태연한 척 웃으며 말했다. 그러나 소용녀는 표정 하나 변하지 않았다. 그녀의 얼굴에서는 윤극서에 대한 적대감도 호의도 찾아볼 수 없었다. 소용녀는 왼쪽으로 몇 걸음 움직였다. 윤극서 역시 조지경을 등 뒤에 숨긴 채 그녀를 따라 움직였다. 그런데 이게 웬일인가. 또다시 조지경의 비명 소리가 들렸다. 뒤를 돌아보니 조지경의 왼쪽 어깨의 옷이 찢겨져 있고, 그 사이로 피가 흐르고 있었다. 대체 언제 어떻게 조지경의 어깨를 공격했는지 도무지 알 수가 없었다.

조지경은 두 차례나 당하고 나자 더 이상 윤극서를 믿을 수 없었다. 그래서 얼른 소상자 곁으로 달려갔다. 소용녀는 미처 보지 못한 듯 몸을 돌리며 여전히 왼손으로 윤극서를 공격하면서 오른손으로는 니마성의 앞가슴을 찔렀다. 니마성은 왼손에 든 지팡이에 의지한 채 오른손에 든 철사鐵蛇로 막아냈다.

그러나 또다시 조지경의 날카로운 비명 소리가 들렸다. 고개를 돌려보니 조지경이 들고 있던 장검은 땅바닥에 떨어져 있고, 조지경의 손목에서는 피가 뚝뚝 흐르고 있었다. 도무지 이해할 수 없는 일이었다. 소용녀와 조지경은 상당히 떨어져 있었고, 그녀가 분명 윤극서와 니마성을 상대하고 있었는데 언제 조지경을 공격했단 말인가?

소상자가 냉소를 띠며 말했다.

"용 낭자, 검법이 상당하시군요. 저도 한 수 배워야겠는데요."

소상자가 좌장을 옆으로 뻗었다. 곁에 서 있던 조지경은 엄청난 힘이 어깨에 와 부딪치는가 싶더니 중심을 잡지 못하고 뒤로 물러났다. 다행히 조지경도 내공이 약하지만은 않아서 쓰러지지는 않았다. 소상자는 장력을 아직 거두지 않은 채 곡상봉을 내뻗었다.

마광좌는 양과, 소용녀와의 관계가 좋았기 때문에 눈앞의 상황이 마음에 들지 않았다.

"파렴치한 사람들 같으니. 그래 무림의 종사라는 사람들이 대장부 셋이서 어린 낭자 하나를 공격하다니 창피하지도 않소?"

소상자 등은 마광좌의 말을 듣고 모두 얼굴을 붉혔다. 평소 인의나 도덕 따위는 중시하지 않았지만 무림의 고수로서 체면만큼은 소중히 여겼다. 원래는 세 명이 한 명을 공격하는 것은 무림인으로서 할 짓이 아니었다. 혼자서라도 어린 낭자를 공격하는 것은 창피한 일이었다. 그러나 지금은 혼자서는 아무래도 소용녀를 이길 수 없는 상황이었다. 그래서 마광좌의 호통을 못 들은 척하는 수밖에 없었다.

'상황을 뻔히 알면서 저런 소리를 하다니, 두고 보자.'

모두들 눈치 없는 마광좌가 얄밉기만 했다. 잠깐 딴생각을 하는 사이 어느덧 소용녀가 공격을 퍼부었다. 어찌 된 영문인지 파악도 안 되는 사이 조지경이 당하는 모습을 몇 차례나 본지라 그들은 두려운 마음에 일단 훌쩍 뒤로 뛰어 물러났다. 모두가 약속이나 한 듯 무기를 휘두르며 자신의 요혈을 막았다.

몽고의 무사들은 견지병, 이지상, 왕지탄 등과 함께 담벼락에 바짝 붙은 채 네 사람이 싸우는 모습을 바라보았다. 행여 네 사람이 휘두르는 무기의 바람 끝에라도 잘못 닿아 중상을 입을까 두려웠다.

소상자, 니마성, 윤극서 등은 은근히 소용녀가 어서 빨리 출수해 옆 사람을 공격해주길 바랐다. 그사이 소용녀의 초식을 똑똑히 파악해 허점을 찾아내려는 속셈이었다. 세 사람 모두 같은 생각인지라 누구 하나 공세를 취하지 않고 무기를 휘둘러 철저히 방어하기만 했다.

소용녀는 두 개의 검을 땅으로 향하게 한 채 대전 한 중앙에 서 있었다. 소상자 등은 각기 세 곳으로 나뉘어 선 채 무기를 휘두르며 자신의 몸을 방어했다. 윤극서의 금편은 둥근 원을 그리며 황금빛을 발했고, 니마성의 철사는 유연하게 움직였다. 소상자의 곡상봉은 장막을 친 듯 자신의 몸을 굳건히 막고 있었다.

소용녀는 세 사람을 차례차례 노려보았다.

'난 네놈들에게 볼일이 없다. 네놈들과 노닥거릴 시간이 없단 말이야.'

그때 조지경이 신상 뒤로 숨으려는 것이 보였다. 소용녀는 급히 그쪽을 향해 다가갔다. 니마성과 소상자가 좌우 양쪽에서 무기를 뻗어 소용녀를 가로막았다. 조지경이 대전 뒤를 향해 달아나는 것을 보고 소용녀는 마음이 급했지만 니마성과 소상자의 무기가 가로막고 있어 여의치 않았다. 소용녀가 차가운 목소리로 물었다.

"정말 비켜주지 않을 작정인가요?"

그녀의 다그침에 소상자는 어찌해야 할지 망설였다.

'나와 직접 원한이 있는 것도 아니니 설마 살수야 쓰겠어? 그러나 어쨌든 전진교 때문에 이런 강한 적과 원수가 될 필요는 없는데……'

소상자가 망설이는 사이 니마성이 대답했다.

"안 비켜 줄 테다. 요괴 같은 것! 또 무슨 재주가 있는지 한번 덤벼보시지."

소상자와 윤극서가 동시에 니마성을 노려보았다.

'안 비켜주면 말 것이지 왜 저런 말을 해서 상대를 자극하는 거지? 혼자서 당해내지도 못할 사람이 웬 큰소리일까?'

그러나 적을 눈앞에 두고 있는 상황에서 소리 내어 불평할 처지도 못 되었다. 사실 니마성은 양과와 이막수 때문에 두 다리를 잃어 양과에 대한 원한이 깊었다. 그는 소용녀와 양과의 관계를 잘 알고 있으므로 모든 한을 소용녀에게 풀려고 했다. 니마성은 소용녀와 죽음을 무릅쓰고 싸울 각오가 되어 있었다.

소용녀는 비록 이들에게 원한이 있는 것은 아니었지만, 견지병과 조지경을 죽이려면 먼저 이 세 사람을 물리치지 않으면 안 될 것 같았다.

"정히 그러시다면 실례를 범하는 수밖에 없군요."

말이 끝나자마자 무기 부딪치는 소리가 나더니 희뿌연 검광이 주위를 감쌌다. 소용녀는 어느새 훌쩍 뛰어 대전 중앙으로 돌아가 있었다.

웬일인지 소상자와 니마성의 안색이 흙빛이 되었다. 알고 보니 조금 전 그 짧은 시간에 소용녀는 이미 40여 초식의 공격을 퍼부었는데, 그 속도가 어찌나 빠른지 마치 무기가 단 한 번 부딪친 듯한 소리밖에 나지 않았던 것이다. 정신없이 40여 초식의 공격을 받아낸 두 사람은 잠시 얼이 빠져 멍하니 서 있었다. 그나마도 미리 방어 태세를 갖추고 있었기에 망정이지 만약 소용녀가 먼저 검을 휘둘렀다면 틀림없이 당하고 말았을 것이다. 이렇게 되자 세 사람은 더욱 놀랍고 두려워졌다.

소용녀 또한 그들의 철저한 방어에 은근히 감탄했다. 그녀는 몇 차례의 공격이 수포로 돌아가자 가볍게 뒤로 물러났다가 다시 소상자를 향해 연이어 열두 차례 쌍검을 휘둘러댔다. 엄청나게 빠른 속도였지만 다행히 윤극서가 쉬지 않고 금편을 휘둘러주어 겨우 막아낼 수 있었다.

몇 차례 공격이 오가자 어느 정도 서로의 실력을 짐작할 수 있었다. 소용녀의 공격이 매번 실패로 끝난 것은 검법의 위력은 대단했지만 내공이 나머지 세 사람에게 처지기 때문이었다. 만약 소용녀와 세 사람의 내공이 비슷했다면 세 사람은 진작 소용녀의 검에 당하고 말았을 것이다. 소용녀는 일단 검을 거두고 대전 중앙으로 돌아가 어떻게 해야 할지 계책을 생각했다. 세 사람의 방어진은 갈수록 치밀해져서 허점을 찾기가 어려웠다.

'저렇게 빠른 속도로 무기를 휘두르다 보면 머지않아 내공이 모두 소모되고 말 거야. 조금만 더 시간을 끌어보자. 그러면 곧 저들의 약점을 찾아낼 수 있겠지. 혹 조지경이 도망가버린다 해도 다시 찾아내면 그만이지.'

소용녀는 쌍검을 미세하게 흔들며 금방이라도 공격에 나설 듯한 자세를 취했다. 세 사람은 소용녀의 검을 노려보며 긴장을 늦추지 않았다. 그러나 소상자 등은 내공이 워낙 고강했기에 이 정도의 싸움으로 쉽게 기력이 쇠하지 않았다.

소용녀는 막 쌍검을 휘두르려는 듯한 자세를 취한 채 아무 말도 없이 서 있었다. 그 자태가 너무나 우아하고 아름다웠다. 소용녀는 원래 성격이 급한 사람이 아니었다. 이미 한 달이 넘게 견지병과 조지경의 뒤를 쫓으면서도 섣불리 출수하지 않았는데, 지금 와서 하루 이틀 더 기다린다 한들 달라질 게 없다고 생각했다. 그녀는 20여 년 동안 고묘에서 외부와 단절된 채 수련을 쌓아왔기 때문에 일반인과는 도저히 비교할 수 없는 인내심을 가지고 있었다.

그러나 니마성은 소용녀가 자세만 취한 채 전혀 움직이지 않자 더이상 참을 수가 없었다. 결국 괴성을 지르며 철사를 휘둘러 소용녀를 향해 공격해 들어갔다. 일단 니마성이 출수를 하자 그의 왼편에 빈틈이 생겼다. 소용녀는 이때를 놓치지 않고 장검을 휘둘러 빈틈을 공격했다. 니마성은 급히 지팡이를 휘둘러 막으려 했으나 순간 어깨에 통증이 느껴졌다. 고개를 숙여보니 이미 왼쪽 어깨의 옷이 찢겨 피가 흐르고 있었다. 만약 소용녀가 그의 어깨를 공격하는 동시에 그의 철사를 피해야 하는 상황만 아니었다면 아마도 니마성의 어깨는 소용녀의 검에 잘려나가고 말았을 것이다. 니마성은 공격이 성공하기는커녕 도리어 당하고 나니 분하고 화가 치밀었으나 두려운 마음에 섣불리 행동할 수가 없었다.

네 사람은 다시 원래 자세로 돌아왔다. 소용녀는 대전 중앙에 선 채 움직이지 않았고, 나머지 세 사람은 각자 자기 자리에서 무기를 휘두르며 소용녀의 공격에 대비했다. 윤극서는 이미 네 차례나 반복해서 황사만리편법黃沙萬里鞭法을 구사하다가 문득 좋은 생각이 떠올랐다.

"니마 형, 소상 형, 모두 동시에 반보 앞으로 나갑시다."

니마성과 소상자는 윤극서가 무슨 뜻으로 그런 제안을 하는지 알 수 없었으나, 평소 윤극서가 총명하고 식견도 넓다는 것을 잘 아는지라 일단 그가 시키는 대로 반보 앞으로 전진했다.

"방어 태세를 조금도 늦추어서는 안 됩니다. 그리고 천천히 발을 옮겨야 해요. 자, 다시 반보 앞으로 나가는 겁니다."

세 사람은 동시에 반보 앞으로 전진했다. 반보 앞으로 나아가는 순간에도 전혀 소홀함 없이 무기를 휘둘러댔다. 몇 차례 앞으로 전진하고 보니 윤극서의 의도를 알 수 있었다. 세 사람은 점차 소용녀를 사이에 두고 원을 좁혀가고 있었다. 비록 출수해서 공격하는 것은 아니었지만, 원을 좁히며 무기를 휘두르다 보니 결국은 세 사람의 무기가 철통같은 방어를 유지하는 동시에 공세를 펼칠 수 있게 되었다. 세 사람 모두 무공이 강한 고수인지라 공격의 위력이 대단했다. 이를 지켜보던 몽고의 무사들과 조지경 등은 기뻐하며 갈채를 보냈고, 나머지 도사들은 소용녀의 안위가 걱정되어 인상을 찌푸렸다.

소용녀는 행동반경이 점점 좁혀지자 조금씩 다급해졌다. 그들의 허점도 찾아낼 수가 없었다. 급한 마음에 그녀는 쌍검을 휘둘러 연이어 수십 차례 공격을 퍼부었다. 그러나 모두 세 사람의 무기에 막혀 성공하지 못했을 뿐만 아니라, 그사이 세 사람은 또 반보 앞으로 전진해 들어왔다. 소용녀는 당황한 나머지 왼쪽으로 한 걸음 비켜섰다. 그러다 무엇인가가 발에 걸려 그만 비틀하고 말았다. 다행히 세 사람이 수세만 취할 뿐 공격은 전혀 하지 않았기에 망정이지 그러지 않았다면 크게 위험할 뻔했다.

소용녀의 발에 걸린 것은 장검이었다. 대전의 땅바닥에는 수십 자루의 장검이 떨어져 있었다. 전진교 도사들이 사용하다 적에게 빼앗긴 후 땅바닥에 버려진 무기들이었다. 그것을 보며 그녀는 좋은 계책을 하나 떠올렸다.

'무공을 할 줄 아는 사람이라면 누구나 양손에 각기 검 하나씩을 들고 사용하는데, 난 분심이용술을 배웠으니 양손에 각기 두 자루씩의 검을 쓸 수 있다. 설사 네 자루의 위력이 다 발휘되지 않을지라도 저들을 교란시킬 수는 있을 것이다. 그 틈에 빠져나갈 방법을 생각해보자.'

소용녀는 왼손에 들고 있던 장검을 오른손으로 옮겨 쥐고 빠른 동작으로 몸을 굽혀 땅바닥에 놓여 있는 검 두 자루를 집어 들었다. 그러고는 평소처럼 자연스럽게 검 네 자루를 한꺼번에 휘두르며 공격을 가했다. 세 사람은 다소 놀라기는 했으나 전혀 동요하지 않았다.

'갈수록 괴상한 초식을 사용하는군. 네 자루의 검을 한꺼번에 사용하다니 들어본 적도 없는 무공이야.'

그들은 그녀가 무슨 초식을 사용하든 아랑곳하지 않고 그저 철통같은 방어를 유지하며 원을 좁혀 들어갔다. 네 자루의 검을 한꺼번에 사용하는 초식은 비록 특이하기는 했으나 위력은 도리어 떨어졌다.

소용녀는 평소에 한 손으로는 전진검법을, 또 한 손으로는 옥녀검법을 사용하는 초식을 거의 완벽에 가깝게 구사할 수 있었다. 그러나 검 네 자루를 동시에 사용하자니 훨씬 불편했다. 그러니 당연히 검법의 위력이 떨어질 수밖에 없었다.

소상자 등도 소용녀의 초식이 다소 느려진 데다 조금 전보다 그 위력이 떨어졌음을 느꼈다. 니마성은 이때를 놓치지 않고 철사를 휘둘러 소용녀를 공격했다. 그 모습을 본 윤극서가 급히 소리쳤다.

"안 돼. 저건 적을 유인하는 초식이야!"

깜짝 놀란 니마성은 얼른 뒤로 물러섰다. 다행히 윤극서가 미리 주의를 주었기에 망정이지 하마터면 큰 위험을 초래할 뻔했다.

'큰일 날 뻔했군. 세 사람이 함께 취하던 방어진이 무너지면 내 목숨도 끝장이지.'

사실 소용녀는 적을 유인할 생각은 아니었다. 그러나 윤극서의 말을 듣고 보니 과연 좋은 계책이라는 생각이 들었다.

'보아하니 저 검고 키 작은 놈의 성격이 제일 급한 모양이군. 저놈에게서 허점을 찾아봐야겠다. 기왕 저들이 내가 유인책을 쓰고 있다고 생각하니 어디 한번 정말 유인책을 써볼까?'

소용녀는 갑자기 오른손을 흔들어 장검을 허공으로 던지더니 왼손에 들고 있던 장검마저도 허공으로 던졌다. 소상자 등은 대체 무슨 속셈인지 알 길이 없어 그저 바라만 보고 있었다. 소용녀는 먼저 던져 올린 검이 미처 땅에 떨어지기도 전에 또다시 남은 검 두 개를 던졌다. 이제 양손에는 아무런 무기도 들고 있지 않았다.

윤극서가 다급한 목소리로 외쳤다.

"섣불리 공격하려 들지 말고 자기 자리를 잘 지키세요!"

윤극서는 비록 소용녀가 무기를 들고 있지 않아 지금이 공격의 적기이기는 하나 혹여 무슨 속임수가 있는 것은 아닌지 의심스러웠다.

소용녀는 허리를 살짝 굽혀 땅바닥에서 검을 주워 들고 계속해서 허공으로 던져 올렸다. 동시에 떨어지는 검도 다시 던져 올렸다. 수십 자루의 장검이 허공으로 날아올랐다가 떨어졌다를 반복하니 그 모습이 가히 장관이었다.

고묘파의 천라지망세는 두 손을 사용해 살아 있는 참새 수십 마리를 휘두르는 팔의 범위 안에 가두어둘 수 있으니, 이 정도 검 몇 자루를 다루는 것은 식은 죽 먹기나 다름없었다. 소용녀의 손에 무기가 없다고 해야 할지, 한시도 무기를 놓지 않고 있다고 해야 할지 알 수 없을 정도의 빠른 동작이었다.

소상자 등은 처음 보는 희한한 광경에 멍하니 서 있을 수밖에 없었다. 대체 무슨 요술을 부리려는 것일까? 그 순간 소용녀가 하늘에서 떨어지는 장검의 손잡이를 치니 검이 윤극서를 향해 날아갔다. 검 끝이 윤극서가 휘두르는 금룡편에 부딪치더니 빠른 속도로 튕겨 니마성을 향해 날아갔다. 그러나 니마성 역시 빠른 속도로 철사를 휘두르고 있었던지라 검이 그 단편에 부딪치자 다시 소용녀를 향해 날아갔다. 소용녀는 허공에서 떨어진 검 두 자루와 자신을 향해 날아오는 검을 동시에 쳤다. 검 세 자루가 윤극서, 니마성, 소상자를 향해 빠른 속도로 날아갔다. 뒤이어 수십 자루의 검이 세 사람을 향해 날아가기 시작했다. 허공에서 번쩍이는 검은 세 사람이 휘두르는 무기에 부딪쳐 땅바닥에 떨어지기도 하고, 니마성의 철사에 부딪쳐 절반으로 부러지기도 했다.

소용녀는 손에 금사 장갑을 끼고 있었기 때문에 검의 날을 쳐도 전혀 다치지 않았다. 그녀는 어려서부터 천라지망세를 수련해왔고, 특히 좁은 고묘 안에서 무공을 연마했기 때문에 좁은 공간에서 몸을 놀리는 데 익숙했다. 머릿속의 잡념이 사라지자 소용녀의 손놀림이 점차 빨라졌다. 그녀는 싸움의 승패, 자신의 생사에 전혀 관심을 두지 않고 오직 검을 다루는 데만 정신을 집중했다. 때로는 검의 자루를 잡고 몇 차례 앞으로 찌르기도 하고, 때로는 검을 잡자마자 세 사람을 향해 던지기도 했다.

소용녀가 검 두 자루를 가지고 공격해올 때도 상대하기가 쉽지 않았는데, 이제 수십 자루의 검이 한꺼번에 어지러이 공격해오는 데다 중간중간 소용녀의 날카로운 공격이 이어지니 세 사람은 어떻게 막아내야 할지 당황스럽지 않을 수 없었다. 게다가 장검이 세 사람의 무기에 부딪친 후 튕겨 나가는 힘과 방향을 전혀 종잡을 수 없으니 자칫 잘못 휘두르면 자기편을 상하게 할지도 몰랐다.

소용녀가 처음 검을 허공으로 날려 보낼 때는 그저 상대방을 교란시키기 위해서였다. 그러나 하다 보니 상황이 생각보다 자신에게 훨씬 유리하게 돌아갔다. 무기가 서로 부딪치는 소리가 정신없이 들려오자 윤극서와 니마성의 숨소리도 점점 거칠어졌다. 소상자도 자신의 무기를 엄청나게 빠른 속도로 휘두르며 검을 막아내고는 있었지만 힘에 부칠 수밖에 없었다.

"안 돼! 악!"

윤극서가 오른팔을 아래로 떨어뜨리며 비명을 질렀다. 소상자와 니마성의 무기에 부딪친 세 자루의 장검이 동시에 윤극서를 향해 날아갔다. 윤극서는 금룡편을 휘둘러 간신히 막아내기는 했으나 세 자루의 검을 떨쳐내고 미처 금룡편을 들어 올리기 전에 그만 소용녀가 내뻗은 검 끝에 손목을 찔리고 말았던 것이다. 그런 탓에 윤극서는 금룡편을 놓치고 말았다.

소용녀가 왼손을 들어 장력을 연이어 휘두르니 예닐곱 자루의 장검이 세 사람을 향해 날아갔다. 그녀는 또한 윤극서를 향해 손에 들고 있던 검을 휘둘렀다. 윤극서는 손목에 부상을 입은 데다 무기를 들고 있지 않았기 때문에 당해내지 못하고 훌쩍 뛰어 뒤로 물러났다. 윤극서가 물러서자 세 사람의 치밀한 방어진이 순식간에 무너졌다.

소용녀는 경공술을 써 무너진 틈 사이를 빠져나가 조지경을 쫓아 대전 뒤쪽으로 달려갔다. 소상자 등은 소용녀가 빠져나가는 모습을 보면서도 무기를 휘두르던 손을 바로 멈출 수가 없었다. 여전히 자신들을 향해 날아오는 수십 여 자루의 검을 하나하나 막아내고서야 무기를 겨우 내려놓을 수 있었다. 윤극서는 낯을 들 면목이 없었다.

"저 때문에 놓쳤습니다."

윤극서의 말이 채 끝나기도 전에 산 뒤쪽에서 무기 부딪치는 소리가 들려왔다. 중간중간에 국사의 오륜이 일으키는 바람 소리도 들렸다. 소용녀와 국사가 맞붙은 모양이었다.

'국사가 나선 이상 우리가 가서 협공을 한다면 틀림없이 이길 수 있을 거야.'

"갑시다!"

윤극서가 땅바닥에 떨어진 금룡편을 들고 앞장을 섰다. 소상자도 곡상봉을 들고 뒤를 쫓았고, 니마성은 몽고의 무사들을 인솔하며 뒤를 따랐다. 모두들 소용녀를 상대하느라 전진교의 도인들은 신경도 쓰지 않았다. 견지병, 이지상 등은 몽고의 무사들이 가버리자 서로의 결박을 풀어준 후 각기 장검을 들고 소리 나는 쪽으로 달려갔다.

소상자 등은 중앙궁 뒤 옥허동 앞에 이르렀다. 국사의 오륜과 소용녀의 검이 어지럽게 하늘을 날고 있었다. 국사와 소용녀는 서로 상당한 거리를 둔 채 싸웠다. 국사가 내지르는 소리와 오륜이 바람을 가르는 소리 때문에 귀가 다 멍멍해질 지경이었다. 국사의 윤자는 여러 차례 부서지거나 망가졌지만 그때마다 새로 만들었다. 비록 원래 윤자에 새겼던 화려한 문양이나 진언眞言 등은 없어졌지만, 크기나 무게 등이 예전 것과 똑같아 그 위력은 전혀 변함이 없었다.

견지병과 이지상은 옥허동의 입구가 큰 돌로 막혀 있는 것을 보고 다섯 사조의 생사가 걱정되어 급히 동굴 쪽으로 달려갔다. 그러나 달이파와 곽도가 각기 금저金杵와 쇠부채를 휘두르는 통에 가까이 접근할 수가 없었다.

왕지탄이 소리쳤다.

"사부님, 사부님, 괜찮으십니까?"

그의 목소리는 너무 조급했던지 울음기가 섞여 있었다. 이지상은 더욱 다급했다.

'다섯 분은 쉽게 적에게 당할 분들은 아니지. 틀림없이 수련이 아주 중요한 단계에 이르러 적을 상대할 여유가 없으신 모양인데, 왕 사제가 이렇게 불러대면 집중력이 흐트러져서 도리어 큰 화를 부르게 되는 것 아닐까?'

"왕 사제, 그분들이 놀라시면 안 되니 조용히 하게나."

이지상의 말에 왕지탄도 그제야 목소리를 낮추었다. 다소 안심이 된 왕지탄은 땅바닥에 쓰러져 있던 송덕방을 일으켜 상태가 어떤지 살펴보았다.

소상자 등은 국사와 소용녀가 싸우는 모습을 지켜보았다. 국사는 비록 공격보다는 방어에 치중했지만, 두세 번에 한 번은 공격을 시도했고, 오륜의 위력이 막강해서 소용녀도 감히 가까이 접근하지 못했다. 공격은커녕 소용녀의 공격을 막아내는 것만도 버거워했던 자신들보다는 훨씬 나은 듯했다. 세 사람은 질투가 나면서도 감탄하지 않을 수 없었다.

'역시 몽고 제일국사가 되기에 손색이 없구나.'

세 사람은 원래 국사를 도와 협공할 생각이었으나, 국사가 생각보다 잘 막아내자 어쩐지 돕기가 싫어졌다. 그러나 사실 국사는 겉으로는 소용녀의 공격을 잘 막아내고 있는 듯 보였으나, 속으로는 매우 당황하고 있었다. 소용녀가 양손에 든 검으로 서로 다른 초식을 구사하는데 그 조화가 어찌나 절묘한지 막아내기가 힘들었다. 소용녀는 오른손으로 앞을 공격하면서 동시에 왼손으로 뒤를 공격했다. 이렇듯 양손으로 서로 다른 곳을 공격했기 때문에 상대하기가 무척 힘들었다. 다행히 국사의 내공이 워낙 강하고 동작이 민첩했기에 망정이지 그러지 않았다면 진작 여러 곳에 부상을 입었을 터였다.

50~60초식이 지나자 국사는 오륜을 사용해 자신의 몸을 방어할 뿐 더 이상 공격하지 못했다. 조금 전 소상자 등이 그랬던 것처럼 방어만 할 뿐 공격은 할 수 없는 처지에 놓인 것이다. 오륜은 국사의 주변을 돌며 소용녀의 공격을 막아냈다. 크기와 무게, 모양이 각기 다른 다섯 개의 윤자가 국사 주변을 돌며 철통같은 방어 태세를 유지했다.

갑자기 소용녀의 짧은 고함 소리가 들렸다.

"얏!"

동시에 이를 맞받는 국사의 낮은 목소리가 들렸다.

"이얍!"

두 사람의 동작이 어찌나 빠른지 소상자 등은 무림의 고수라 할 수 있음에도 그들의 초식을 정확히 파악할 수가 없었다. 사실 국사가 오류의 위력을 빌려 필사적으로 소용녀를 공격하면 소용녀가 당해내기 힘들 터였다. 그러나 국사는 다소 두려운 마음에 감히 대담한 공격을 펼치지 못하고 그저 빠른 동작으로 조심스럽게 상대하려 하니 점차 불리해졌다.

곁에서 지켜보던 니마성의 얼굴에 갑자기 통증이 느껴졌다. 깜짝 놀란 그는 손을 들어 얼굴을 만져보았다. 얼굴에는 아무것도 없는데 손바닥에 피가 묻어 있었다. 마치 매우 가늘고 작은 암기에 맞은 듯한 느낌이었다. 어찌 된 영문인지 몰라 멍해 있는데 윤극서의 몸에도 피가 튀는 것이 보였다. 격렬한 싸움을 벌이고 있는 소용녀와 국사 중 누군가가 부상을 당해 피가 주변 사람에게 튀고 있었던 것이다. 자세히 살펴보니 소용녀의 흰옷에 10여 개의 핏방울이 번져 있었다. 마치 흰 종이 위에 붉은 복숭아꽃을 그려놓은 듯한 선명하고도 진한 핏자국이었다. 니마성이 신이 나서 소리쳤다.

"드디어 저 요괴가 부상을 입은 모양이군!"

눈앞에서 어지러이 오가는 검에서 불꽃이 튀는가 싶더니 국사의 낮은 신음 소리가 들렸다. 소상자가 냉랭한 목소리로 말했다.

"천만에. 부상을 입은 건 바로 국사요."

그러고 보니 국사의 피가 소용녀의 옷에 튄 모양이었다. 니마성은 만약 국사가 저대로 소용녀의 손에 죽게 된다면 더 이상 소용녀를 제압할 방법이 없다는 생각이 들었다.

"윤 형, 소상 형, 함께 덤빕시다."

니마성은 철사를 휘두르며 소용녀의 뒤쪽을 향해 천천히 다가갔다. 소상자와 윤극서도 더 이상 수수방관할 수는 없어서 좌우로 소용녀를 향해 다가갔다. 국사는 이미 세 군데나 검에 찔린 상태였다. 비록 경미한 부상이기는 했으나 다소 조급하던 중에 소상자 등이 도와주러 나서주니 마음이 놓였다. 네 사람이 함께 덤빈다면 소용녀도 어쩔 수 없을 것이었다.

옥허동 앞, 청송림 곁에서 네 명의 무림 고수가 어린 소녀를 둘러싸고 치열한 싸움을 벌이는 모습을 보고 몽고의 무사들과 전진교 도사들은 안색이 창백해졌다. 그들은 평생 이토록 치열한 싸움을 본 적이 없었다. 그때 갑자기 엄청난 소리와 함께 돌이 사방으로 튀며 먼지가 자욱하게 일었다. 옥허동을 막고 있던 바위가 부서지는 소리였다. 깜짝 놀라 고개를 돌려보니 다섯 명의 도사가 동굴 속에서 걸어 나왔다. 바로 구처기, 유처현 등 전진오자였다. 견지병, 이지상 등은 이들이 무사한 것을 보자 크게 기뻐했다.

"사부님!"

반면 달이파와 곽도는 놀라 기절할 뻔했다. 마치 화약이라도 터지는 것처럼 동굴 입구가 붕괴되었으니 놀랄 만도 했다. 그러나 두 사람은 얼른 정신을 차리고 전진오자를 막으려고 앞으로 나섰다. 구처기 등 다섯 명은 한쪽으로 비켜섰다가 일제히 일격을 가했다. 다섯 명이 한꺼번에 장력을 발하니 달이파와 곽도는 태풍을 만난 것처럼 주르르 밀려나 뒤로 벌러덩 자빠졌다.

사실 달이파와 곽도의 무공은 학대통 등과 백중지간이었다. 비록 구처기나 왕처일 등에 미치지는 못했지만 그렇다고 일 초식에 나자빠질 정도로 약하지는 않았다. 그러나 전진오자는 옥허동에서 〈옥녀심경〉을 막아낼 방법을 막 수련하고 나오는 길이었다. 그들은 소용녀와 양과가 구사하던 초식을 하나하나 떠올리며 이를 막아낼 방법을 연구했다. 결론은 하나였다. 다섯 사람이 힘을 합쳐 부족함을 메우는 길밖에 없었다. 그래서 그들은 다섯이 함께 적을 상대하는 초식을 연구해 냈다. 그들 스스로 제3대 제자 중에는 특출한 인물이 없음을 잘 알기 때문에 이런 식으로라도 스스로를 지켜야 했던 것이다. 거의 한 달이 걸려 그들은 마침내 칠성취회七星聚會를 고안해냈다. 칠성취회는 천강북두진법을 응용해 만든 것으로, 이름은 칠성취회지만 반드시 일곱 명이 있어야 하는 것은 아니었다. 둘 이상이면 힘을 모아 적을 상대할 수 있도록 만든 초식이었다.

국사가 몽고의 무사들을 이끌고 동굴을 막았을 때, 그들의 수련은 가장 중요하고도 심오한 경지에 이르러 있었다. 조금이라도 집중력이 흐트러지면 안 되는 순간이었기에 적이 쳐들어온 걸 알면서도 끝까지 수련을 강행했다. 결국 다섯 명의 힘이 완벽하게 하나로 모아질 수 있게 되자 비로소 바위를 부수고 밖으로 나온 것이다. 아직 이 초식을 완전히 익히지 못했음에도 불구하고 달이파와 곽도가 이들의 단 일 초식에 밀려나 나둥그러졌으니 그 위력을 가히 짐작할 만했다.

그들은 동굴 앞에서 벌어진 광경을 목격했다. 국사 등 네 명이 소용녀를 둘러싸고 싸우고 있었다. 다섯 사람은 서로의 얼굴을 마주 보며 참담한 표정을 지었다. 구처기가 고개를 가로저으며 중얼거렸다.

"큰일이군. 고묘파의 무공이 저 정도라면 우린 결코 그녀를 이길 수 없겠구나."

그들이 완성한 초식은 모두 양과와 소용녀가 그들 앞에서 구사한 적이 있는 초식 하나하나를 떠올리며 만들어낸 것이다. 그런데 지금 소용녀가 사용하고 있는 검법은 이제까지 보지 못한 것이었다. 동작이 빨라 초식을 어떻게 구사하는지조차 구별하기가 쉽지 않은데 어찌 이를 막아낼 수 있단 말인가.

"사부님이 살아 계셨다면 저들을 분명 물리칠 수 있었을 것이다. 주사숙만 되어도 저들보다 한 수 위일 테지. 그러나 그분들이라고 해도 저 네 사람을 동시에 상대하기는 힘들 거야."

구처기가 근심스러운 듯 고개를 떨구었다. 사실 전진오자의 무공은 모두 국사 등의 실력에 미치지 못했다. 전진파의 무공이 대를 이어갈수록 쇠퇴하고 있다고 생각하니 창피하고 부끄러운 마음을 감출 길이 없었다. 지금 대적을 눈앞에 두고 전진파는 스스로를 지킬 힘조차 없는 비참한 상황이 되고 말았다. 한 가닥 위로를 한다면 다섯 사람이 만들어낸 칠성취회는 몽고 밀종에게는 큰 효과를 거둘 수 있을 것 같았다. 그렇다면 고묘파를 상대하는 것은 일단 접어두고 우선은 외적인 몽고인을 물리치는 것이 옳을 듯했다.

한편 소용녀는 여전히 끊임없이 공격을 퍼부었고, 국사 등은 막아내는 데 급급했다. 그러나 네 명의 고수가 소용녀를 둘러싼 채 점차 그 원을 좁혀가니 소용녀가 점차 불리한 상황에 처했다. 그녀는 몇 차례 포위망을 벗어나려 노력했으나 상대방의 방어가 워낙 철저해서 쉽지 않았다. 국사가 있으니 아까처럼 여러 개의 검을 한꺼번에 던지는 수법도 통할 리 없었다. 더군다나 지금으로서는 손에 들고 있는 검 외에 다른 무기도 없는 상황이었다.

소용녀는 조금 지친 듯 보였다. 그도 그럴 것이 조금 전 대전에서 녹청독과 대적할 때부터 시작해 이미 한 시진 넘게 싸우고 있었으니 지치는 게 당연했다. 그런데 지금 적들이 점차 포위망을 좁혀오고 전진오자까지 옆에서 지켜보며 기회를 노리고 있으니 보통 난감한 일이 아니었다. 이 많은 무리 중에 그녀는 혈혈단신이었다. 어쩌면 오늘 이곳 중양궁에서 생을 마감할지도 모른다는 생각이 들었다. 소용녀는 갑자기 가슴 저 바닥에서 한 가닥 그리움이 밀물처럼 밀려왔다.

'내 죽음을 두려워하지는 않으나 다만…… 다만…… 죽기 전에 양과를 한 번 봤으면 소원이 없겠구나. 그는 지금쯤 어디에 있을까? 곽 낭자와 함께 있겠지. 어쩌면 이미 혼례를 올렸을지도 몰라. 아니야! 양과가 그럴 리 없어. 설혹 곽 낭자와 혼인을 했다 해도 날 잊지는 않았을 거야. 내가 지금 어떤 상황에 놓여 있는지 안다면 분명 달려와 구해줄 거야. 아! 딱 한 번만 양과를 만날 수 있다면…….'

그녀는 양양을 떠날 때 다시는 양과를 만나지 않겠다고 다짐했다. 그러나 지금 생사의 기로에 놓이자 그가 사무치게 그리웠다. 원래 마음을 나누어 양손으로 서로 다른 검법을 사용하고 있던 그녀가 일심으로 양과를 생각하자 자기도 모르게 양손의 검법이 같아졌다. 그러다 보니 옥녀소심검법의 위력도 사라졌다.

국사는 소용녀의 검법이 갑자기 변하자 얼른 반보 앞으로 다가섰다. 은륜으로 몸을 방어하면서 오른손으로 금륜을 휘둘러 소용녀의 검을 공격했다. 탕, 하는 소리와 함께 소용녀는 그만 왼손에 들고 있던 검을 놓치고 말았다. 검은 절반으로 부러져 허공으로 날아올랐다. 국사는 원래 시험 삼아 공격을 해본 것이었는데 뜻밖에 효과를 거두자 즉시 오른손의 금륜을 계속해서 휘두르며 공격해 들어갔다. 소용녀는 깜짝 놀라 얼른 정신을 가다듬었다. 그러고는 연이어 세 차례 검을 휘둘렀다. 그러나 검 한 자루만 가지고는 국사의 무공을 당해낼 수 없었다. 소상자 등도 소용녀의 위력이 크게 떨어진 것을 알고 일시에 공격해 들어갔다. 소용녀는 한 걸음 뒤로 물러났다. 언뜻 저쪽 소나무 옆에 있는 장미꽃 덤불이 눈에 들어왔다. 그것을 보자 문득 양과와 함께 꽃덤불 속에서 〈옥녀심경〉을 수련하던 때의 일이 생각났다. 소용녀는 차가운 미소를 지었다.

'어차피 양과를 만날 수 없다면 양과를 마음에 품고 죽어야지.'

소용녀는 마치 명상에라도 잠긴 듯한 표정으로 죽음을 기다렸다.

국사 등 네 사람은 일거에 소용녀를 제압하려 했다. 그러나 소용녀의 표정이 갑자기 이상하게 변하는 것을 보자 또 무슨 요법을 쓰려는 것은 아닌지 두려워 잠시 주춤했다. 성질 급한 니마성이 참지 못하고 먼저 철사를 휘둘렀다.

그때 갑자기 바로 곁에서 바람 소리가 일더니 누군가가 니마성을 향해 검을 찔렀다. 니마성은 급히 단편의 방향을 바꾸어 공격을 막아냈다. 정신을 차리고 보니 견지병이 어느새 소용녀의 앞을 가로막고 서 있었다. 그는 손에 든 장검을 소용녀에게 건네주었다. 생사를 초월해 점차 무아지경에 빠져들던 소용녀는 갑자기 누군가가 손에 검을 쥐어주자 깜짝 놀라 정신을 차렸다. 곁에서 지켜보던 사람들은 모두 견지병이 생명의 위험을 무릅쓰고 싸움에 끼어드는 것을 보고 깜짝 놀랐다.

국사는 견지병과 안면이 있는 사이인지라 그를 다치게 하고 싶지 않았다. 그래서 즉시 왼팔을 뻗어 견지병을 옆으로 밀쳐내는 동시에 오른손을 휘둘러 소용녀를 향해 윤자를 날렸다. 그런데 뜻밖에도 소용녀는 여전히 견지병이 준 검을 손에 든 채 멍하니 서 있을 뿐이었다. 견지병은 이유는 알 수 없지만 갑자기 전의를 상실한 소용녀의 모습이 안타까워 견딜 수가 없었다. 그대로 두면 국사의 윤자에 목숨을 잃게 될 것 같아 곧바로 소용녀를 향해 달려갔다.

"용 낭자, 조심해요!"

결국 견지병은 국사의 금륜에 등을 맞고 소용녀가 들고 있는 검 앞으로 쓰러지면서 가슴을 찔렸다. 그제야 정신을 차린 소용녀는 뜻밖에 견지병이 자신의 목숨을 구한 것을 알고 깜짝 놀랐다.

"괜찮아요?"

소용녀는 조금 전까지의 증오와 분노는 잊고 연민에 찬 온화한 목소리로 물었다. 견지병은 소용녀의 부드러운 목소리가 큰 위안이 되었다.

"용 낭자, 정말…… 정말 미안해요. 내가 죽을죄를 지었어요. 용……용서해주십시오."

견지병의 말에 소용녀는 문득 양과가 자신을 떠나려 한 이유가 떠올랐다. 그녀는 양과가 견지병이 자신에게 한 짓을 알게 되어 변심한 것이라고 굳게 믿었다. 그러자 갑자기 증오심이 끓어올랐다. 소용녀는 손에 든 검에 힘을 주었다. 그러나 평생 동안 한 번도 누구를 죽여본 적이 없는 그녀인지라 결국 더 이상 찌르지는 못했다.

구처기는 사랑하는 제자가 비참하게 죽자 너무나 당황스러웠다. 워낙 순식간에 벌어진 일이라 구해줄 틈도 없었다. 처음 견지병이 가슴에 칼이 찔린 것은 국사 때문이었다. 그러나 이제 보니 소용녀가 꽂힌 칼에 힘을 주고 있는 것이 아닌가. 구처기는 견지병이 왜 목숨을 걸고 소용녀를 구해주려 했는지 알지 못했다. 이렇게 되자 소용녀가 견지병을 죽인 원수이자, 전진교의 적이 되었다.

구처기는 얼른 몸을 날려 왼손으로 소용녀의 손목을 휘어잡으며 오른손 장력을 뻗어 그녀의 얼굴을 공격했다. 구처기의 무공은 전진오자 중 가장 뛰어났다. 게다가 위급한 순간에 발한 초식이라 그 위력이 대단했다.

구처기에게 손목을 잡힌 소용녀는 검을 떨어뜨렸다. 그러나 그녀는 장검이 아직 땅에 떨어지기도 전에 손을 뻗어 검을 잡아 구처기의 가슴을 향해 찔렀다. 그때 견지병이 비명 소리를 내지르더니 땅바닥에 쓰러지며 피를 쏟았다. 소용녀는 일순 견지병을 바라보며 눈살을 찌푸렸으나 다시 한 손으로 구처기의 아랫배를 향해 공격해 들어갔다. 두 개의 검을 각각 휘두르자 위력이 대단했다. 구처기는 황급히 뒤로 물러났다. 왕처일 등도 구처기를 돕고자 가까이 다가갔다. 이렇게 되자 국사 등은 도리어 한쪽으로 밀려나게 되었다.

금륜국사는 소용녀와 전진오자가 서로 싸우는 것이 이상하기는 했으나 자신들에게는 유리한 일인지라 그저 구경이나 하기로 했다. 국사 등은 서로 눈짓을 주고받은 후 몇 걸음 뒤로 물러났다. 소용녀와 전진오자가 승패를 가리고 나면 그때 나서서 수습해도 늦지 않을 것 같았다.

고수끼리 무공을 겨룰 때는 매 초식 하나하나가 생사와 관련 있는 경우가 많아 조금도 방심해서는 안 된다. 구처기 등은 비록 무언가 개운치 못한 느낌이 들기는 했으나 이미 싸움을 시작한 이상 상황을 자세히 파악할 여유가 없었다. 전진오자는 아무런 무기도 없이 맨손으로 소용녀의 신묘막측한 검법을 상대해야 했기 때문에 한 달여에 걸쳐 어렵게 고안해낸 칠성취회를 펼칠 수가 없었다. 순식간에 학대통과 유처현이 검에 찔려 부상을 입었다. 그러나 두 사람은 자신들이 빠지면 나머지 사람마저 위험하게 되니 섣불리 물러설 수가 없었다. 곧이어 손불이도 어깨에 부상을 입었다.

전진파의 제자들은 사부들이 연이어 부상을 당하자 소란스러워지기 시작했다.

"어서 무기를 드려라!"

이지상이 소리쳤다. 그러나 전진오자가 강한 장풍을 발하고 있어 그 누구도 가까이 접근하지 못했다. 하는 수 없이 멀찍이 떨어져 장검을 한 자루씩 던졌다.

소용녀는 재빨리 검을 휘둘러 날아오는 검을 받아쳤다. 소용녀의 검은 길고 자신들의 팔은 짧다 보니 검을 받을 방법이 없었다. 쨍, 하는 소리와 함께 소용녀의 검이 날아오는 장검 한 자루를 치더니 그대로 뒤쪽을 향해 날려 보냈다. 갑작스러운 공격에 왕처일은 미처 피하지 못하고 왼쪽 눈언저리를 찔렸다. 다섯 명 중 네 명이 부상을 입었으니 승패는 이미 가려진 셈이었다.

"여러 도사분들, 이제 그만 물러서시지요. 저 요괴는 제가 나서서 처리하겠습니다."

금륜국사가 큰 소리로 웃으며 앞으로 나섰다. 소상자, 니마성, 윤극서 등도 무기를 휘두르며 앞으로 나섰다. 이렇게 되자 아홉 명의 고수가 소용녀 하나를 둘러싼 형국이 되었다.

국사 등이 나서자 전진오자는 잠시 숨을 돌릴 수 있었다. 잠시 후다섯 사람은 큰 소리를 지르며 어깨를 나란히 하고 동시에 장을 뻗었다. 바로 칠성취회 초식이었다. 비록 일곱 명이 아닌 다섯 사람의 힘이었지만 그 위력은 실로 대단했다. 소용녀는 급히 몸을 돌려 장력을 피했다.

평, 소리와 함께 소용녀 뒤쪽 땅에서 먼지바람이 일었다. 이 장력으로 인해 니마성이 그 자리에서 넘어졌다. 니마성은 다리가 없어 지팡이에 의지하고 있었기 때문에 다른 사람들보다 중심을 잡기가 힘들었다. 그러다 보니 이런 강한 장력에 맞서 버틸 힘이 없었던 것이다. 비록 넘어지기는 했지만 다행히 장력을 정면으로 받지는 않아 부상을입지는 않았다. 화가 머리끝까지 치민 니마성은 즉시 일어나 유처현을향해 철사를 휘둘렀다. 사방에서 고함 소리가 일더니 옥허동 앞은 금세 난장판이 되었다.

소용녀는 니마성과 전진오자 사이에 싸움이 붙은 것을 보고 그 틈에 포위망을 빠져나가려 했다. 그러나 금륜국사가 소용녀를 가로막았다.

"니마 형, 지금은 이 요괴를 상대하는 게 급합니다."

그러나 성격 급한 니마성은 당장 눈앞의 전진오자를 상대하느라 국사의 말에는 신경도 쓰지 않았다. 소용녀는 번개같이 빠른 속도로 국사를 향해 쌍검을 뺐었다. 속도가 너무 빨라 막을 수가 없어 국사는 하는 수 없이 뒤로 물러섰다. 그런데 갑자기 소용녀의 표정이 창백하게 변하더니 손에 들고 있던 검을 땅바닥에 떨어뜨린 채 소나무 숲 옆에 있는 장미 덤불을 멍하니 바라보았다.

"과야, 정말 너니?"

바로 그때 국사의 금륜이 소용녀의 가슴을 향해 날아왔고, 전진오자의 칠성취회 장력이 소용녀의 등을 공격했다. 원래 전진오자는 니마성을 공격하기 위해 칠성취회를 발한 것인데 니마성이 몸을 날려 피해버리자 그 장력이 고스란히 그 뒤에 서 있던 소용녀에게 날아간 것이다. 소용녀의 가냘픈 몸이 앞뒤로 공격을 당했으니 무사할 리 없었다. 그런데도 그녀의 시선은 장미 덤불에서 떠날 줄을 몰랐다. 모두들 그녀의 시선을 따라 장미 덤불 쪽으로 고개를 돌렸다. 놀랍게도 덤불 쪽에서 누군가가 빠른 속도로 뛰어오더니 마치 전혀 부상을 입지 않은 것처럼 서 있는 소용녀를 감싸 안았다. 그러고는 바람처럼 포위망을 뚫고 나가 소나무 밑에 있는 장미 덤불 곁에서 그녀의 상태를 살폈다. 그는 바로 양과였다!

소용녀는 미소를 머금은 채 눈물을 흘렸다.

"과야, 정말 너였구나. 이게 꿈은 아니겠지?"

양과는 고개를 숙여 소용녀의 뺨에 가볍게 입을 맞추었다.

"꿈이 아니에요. 제가 여기 이렇게 선자를 안고 있잖아요."

양과는 피로 범벅이 된 소용녀의 옷을 보고 근심스럽게 물었다.

"많이 다친 거예요?"

양과를 만난 기쁨에 잠시 아픔을 잊고 있던 소용녀는 그때야 오장육부가 뒤집히는 듯한 고통을 느꼈다. 소용녀는 양과의 목을 끌어안았다.

"나…… 난……"

소용녀는 극심한 통증으로 말을 이을 수가 없었다. 그 모습을 본 양과는 가슴이 찢어질 듯 아팠다.

"선자, 늦게 와서 미안해요."

"아냐, 정말 잘 와주었어. 다시는 널 못 보고 죽는 줄 알았어."

소용녀는 온몸에 엄청난 한기가 느껴졌다. 목숨이 얼마 남지 않았음을 직감할 수 있었다. 양과의 목을 감고 있던 손이 스르르 풀렸다.

"과야, 날 꼭 안아줘."

양과는 왼팔에 힘을 주어 소용녀를 가슴 쪽으로 바싹 끌어안았다. 온갖 상념이 머릿속을 오갔고, 뜨거운 눈물이 소용녀의 얼굴 위로 떨어졌다.

"추워…… 더 꼭…… 안아줘."

그런데 문득 양과의 오른팔을 보니 옷소매가 헐렁한 것이 바람에 펄럭이고 있는 게 아닌가. 소용녀는 깜짝 놀라 소리쳤다.

"오른팔은?"

양과는 쓴웃음을 지으며 낮은 목소리로 대답했다.

"내게 신경 쓰지 말고 어서 눈을 감아요. 내가 기를 불어넣어줄게요."

"아냐, 오른팔은? 어떻게 된 거야, 응?"

소용녀는 목숨이 경각에 달린 이 순간에도 자신의 부상보다 양과의 상황이 더욱 궁금하고 걱정이 되었다. 그만큼 소용녀의 마음속에서 양과가 차지하는 비중이 컸던 것이다.

사실 두 사람은 고묘에서 함께 기거하던 그때부터 서로에 대한 감정이 그토록 깊었다. 다만 당시에는 둘 다 남녀 사이의 감정에 대해 잘 알지 못했기 때문에 서로에 대한 관심과 애정을 그저 사제지간의 정이라 생각했을 뿐이었다. 그도 그럴 것이 오랜 세월 동안 고묘에서 둘이서만 지냈는데 서로에게 관심이 없었다면 어떻게 함께 지낼 수 있었겠는가. 그렇듯 두 사람은 자신들이 느끼기도 전에 서로를 깊이 사랑하고 있었던 것이다. 그리고 오늘에 이르러서야 자기 목숨보다도 상대방이 더욱 소중하다는 사실을 뼈저리게 깨달았다.

젊은 연인들이라면 누구나 서로를 목숨보다 사랑한다고 느낄 것이다. 그러나 사실은 우여곡절을 겪으면서 어려움을 견딘 후에라야 진정으로 서로를 자기 자신보다 아끼고 사랑하게 된다. 소용녀에게 양과의 오른팔은 자신의 생명보다 더 소중했다. 그녀는 힘겹게 팔을 뻗어 양과의 오른팔 소매를 만져보았다. 과연 옷소매 안은 텅 비어 있었다. 그녀는 양과에 대한 동정과 연민으로 자신의 고통은 까맣게 잊어버렸다. 그녀의 두 눈에 눈물이 가득 고였다.

"가엾어라……. 언제 이렇게 된 거야? 지금도 아프겠구나."

양과가 고개를 저었다.

"지금은 하나도 안 아파요. 선자를 볼 수만 있다면, 평생 선자와 함께 있을 수만 있다면 이까짓 팔 한쪽은 아무렇지도 않아요. 아직 왼팔로 선자를 안을 수 있잖아요."

소용녀는 힘없이 웃었다. 양과의 말이 맞았다. 그녀는 조금 전까지 죽기 전에 양과의 얼굴을 한 번만 볼 수 있기를 간절히 원했다. 비록 이제 양과는 왼팔밖에 없지만 그 왼팔에 안겨 있는 그녀는 이루 말할 수 없이 행복했고, 더 이상 바랄 것이 없었다.

금륜국사, 소상자, 윤극서, 전진오자, 전진파 제자들, 그리고 몽고의 무사 등은 모두 아무 말 없이 두 사람을 지켜보았다. 적어도 지금이 순간만큼은 이들을 공격할 수 있는 사람은 아무도 없었다. 두 사람은 많은 강적에게 둘러싸여 있으면서도 오직 둘만의 감정에 빠져 있었다. 그 어떤 것도, 생사의 위험조차 두 사람의 지극한 사랑을 방해할수 없었다. 이미 생사를 초월해버린 그들에게는 지금 눈앞의 적뿐만아니라 무림의 모든 고수가 한꺼번에 두 사람을 공격한다 해도 두려울 것이 없었다.

물론 금륜국사 등은 더 이상 두 사람의 무공이 두려워 공격을 하지않는 것은 아니었다. 어차피 소용녀는 부상이 심해 목숨을 부지하기힘든 상황이었고, 양과 역시 한쪽 팔을 잃은 상태였다. 그러니 두 사람이 함께 덤빈다 해도 두려워할 이유가 전혀 없었다. 다만 두 사람의 애절한 모습에서 뭔지 모를 숭고함과 장엄함이 느껴져 섣불리 공격할수가 없었을 뿐이었다.

소용녀가 다시 힘겹게 물었다.

"팔…… 팔은 어쩌다가 이렇게 된 거야?"

"당연히 싸우다가 잘린 거죠."

소용녀는 처연한 표정으로 양과를 바라보았다. 누구 짓인지 묻고싶었지만, 어차피 잘린 마당에 누가 한 짓인지는 중요하지 않았다. 그녀는 갑자기 가슴과 등의 통증이 심해졌다. 시간이 얼마 남지 않았음을 알고 숨을 몰아쉬며 천천히 말했다.

"부탁이 있어."

"고묘에 있을 때 선자의 말이라면 뭐든지 하겠다고 약속했잖아요.

어서 말해보세요."

소용녀가 힘없이 미소를 지으며 한숨을 쉬었다.

"오래전 일이지……."

"말씀해보세요."

"살날이 얼마 남지 않은 것 같아. 곽…… 곽 낭자에게 가지 말고, 내가…… 내가 죽는 순간까지 내 옆에 있어주겠니?"

소용녀의 말에 양과는 마음이 아팠다.

"당연하죠. 곽 낭자가 나와 무슨 상관이 있어요. 이 팔도 곽 낭자한테 잘린 거예요."

뜻밖의 말에 소용녀는 깜짝 놀랐다.

"아! 곽 낭자가 왜? 설마…… 설마 네가 그녀를 사랑하지 않기 때문에 그런 거야?"

"선자, 다른 생각은 하지 말아요. 난 평생 동안 선자 외에 다른 여자를 사랑해본 적이 없어요. 곽 낭자 따위가 뭔데……."

그랬다. 양과는 여전히 그녀만을 사랑하고 있었다.

양과의 팔은 곽부에 의해 잘린 것이었다. 그날 양과와 곽부는 심한 언쟁을 벌였고 화가 머리끝까지 치민 곽부는 군자검을 들고 양과의 머리를 향해 내리쳤다. 아직 완전히 회복되지 않은 양과는 온몸에 힘이 없어 제대로 대응할 수가 없었다. 하는 수 없이 다급한 마음에 오른팔을 들어 검을 막았다. 군자검은 예리하기가 이루 말할 수 없는 명검이었기에 결국 양과의 팔이 잘려나가고 말았다.

양과가 얼마나 놀라고 화가 났을지, 얼마나 고통스러웠을지는 말할 필요도 없었다. 일을 저지른 곽부 역시 깜짝 놀라기는 마찬가지였다.

자신이 얼마나 엄청난 일을 저질렀는지를 깨달은 곽부는 미처 양과의 상처를 치료해줄 엄두도 내지 못한 채 멍하니 서 있다가 울음을 터뜨리며 밖으로 뛰쳐나갔다. 잠시 후 정신을 차린 양과는 왼손으로 오른쪽 어깨의 견정혈肩貞穴을 찍고 이불을 찢어 어깨를 단단히 싸매 지혈을 한 후 상처에 약을 발랐다.

'더 이상 여기 머물러서는 안 되겠다. 어서 이곳을 나가야지.'

그러나 피를 너무 많이 흘린 탓인지 몇 걸음 가지 못해 눈앞이 캄캄해지면서 쓰러질 것만 같았다. 그때 곽정의 벽력같은 고함 소리가 들려왔다.

"어서 말하지 못해? 그래서 지금 양과는 어찌 되었느냐?"

다급한 목소리였다.

'다시는 백부님을 뵙지 말아야지. 절대로.'

양과는 크게 심호흡을 한 뒤 사력을 다해 방에서 빠져나온 후 말을 타고 성문을 향해 달렸다. 성문을 지키던 병사들은 일찍이 양과의 활약상을 보아온 탓에 즉시 성문을 열어주었다. 몽고군은 이미 성 밖 100여 리가 넘는 곳까지 후퇴한 상태였다. 양과는 성을 빠져나온 후 큰길로 가지 않고 좁고 황폐한 길을 골라 말을 달렸다.

'정화의 독에 중독되었는데도 아직 죽지 않은 것은 어쩌면 천축 승려의 말처럼 빙백은침에 중독된 탓일지도 몰라. 그러나 어쨌든 독성이 완전히 제거된 것은 아니니 언젠가는 발작을 하겠지. 지금 내 몸 상태로 선자를 찾아 종남산까지 간다는 것은 무리인데, 정말 이대로 선자와 헤어져야 한단 말인가?'

양과는 자신의 운명을 생각하면 할수록 서럽고 처량했다. 고묘에서 소용녀와 함께 서로 의지하며 지내던 때를 제외하고는 평생을 어렵고 힘들게 살아왔다. 그런데 지금 세상에서 유일하게 자신을 진정으로 사랑해주는 소용녀는 멀리 떠나버리고, 이제 팔까지 잘려 언제 죽을지 모를 신세이니 어찌 기가 막히지 않을 수 있겠는가?

양과는 자신도 모르게 눈물을 흘렸다. 어느덧 말 등에 엎드려 잠이 들었다. 한참 졸다 정신을 차려보니 며칠 전 무씨 형제와 무공을 겨루던 황량한 벌판에 도착해 있었다. 양과는 절대 곽정이나 몽고군과 마주치지 않기만을 바랐다. 사방을 둘러보니 인적이라곤 찾아볼 수 없이 고요했다. 양과는 말 위에서 내려 풀숲에 누웠다. 어차피 생사를 초월한지라 깊은 산속 풀숲에서 잠을 자면서도 맹수나 독충 따위가 전혀 두렵지 않았다. 그러나 그날 밤 양과는 극심한 통증으로 잠을 이룰 수 없었다.

다음 날 아침 일어나보니 조금 떨어진 곳에 지네 두 마리가 죽어 있었다. 붉고 검은 반점이 있는 무시무시하게 생긴 지네였다. 아마도 양과의 상처에서 흐른 피를 먹고 죽은 모양이었다. 양과는 쓴웃음을 지었다.

'핏속의 독이 얼마나 강하기에 지네마저 죽었을까.'

어이가 없기도 하고 자신의 신세가 처량하기도 해서 도리어 웃음이 나왔다. 양과는 하늘을 바라보며 큰 소리로 한바탕 웃어젖혔다.

돌연 어디선가 수리의 울음소리가 들려왔다. 고개를 들어보니 전에 만난 신조가 가슴을 꼿꼿이 세운 채 산봉우리 끝에 앉아 이쪽을 바라보고 있었다. 예전과 마찬가지로 생김새는 매우 기묘하고 추했지만 어딘지 모르게 위엄이 느껴지는 자태였다. 신조를 본 양과는 마치 오랜 친구라도 만난 것처럼 반가웠다.

"수리 형, 또 만났군요."

신조는 길게 한바탕 울어대더니 곧 산봉우리에서 내려와 양과를 향해 다가왔다. 신조는 몸집이 크고 날개가 짧아 날 수는 없었지만 달리는 속도만큼은 마치 말처럼 빨랐다. 순식간에 양과 곁에 도착한 신조는 양과의 한쪽 팔이 잘려나간 것을 알아보기라도 한 듯 한참 동안 뚫어져라 오른팔을 바라보았다.

"수리 형, 그러잖아도 수리 형을 찾아가려던 참이었어요."

양과의 말을 알아들은 듯 신조는 두 눈을 껌벅거리더니 곧 몸을 돌려 앞장서 걷기 시작했다. 양과는 말고삐를 끌고 뒤를 따랐다. 얼마 가지 않아 무슨 생각이 들었는지 신조가 갑자기 뒤로 돌더니 왼쪽 날개를 뻗어 말의 배를 쳤다. 그 힘이 어찌나 강한지 말은 비명을 지르며 도망쳐버렸다. 양과는 그 뜻을 알아챘다.

"그래요, 내 기왕 수리 형이 있는 곳으로 가는데 말을 데려가서 뭐하겠어요?"

양과는 신조가 참으로 영물이라는 생각이 들었다. 양과는 마구 달음질쳐서 도망가는 말을 바라보다 다시 신조의 뒤를 쫓았다. 기력이 많이 쇠해진 양과는 중간중간 바위에 걸터앉아 쉬어 가야만 했다. 그때마다 신조도 말없이 옆에 서서 양과가 기력을 회복할 때까지 기다려주었다. 이렇게 한 시진쯤 걸어 둘은 마침내 독고구패의 뼈가 묻혀 있는 동굴에 도착했다.

양과는 독고구패의 무덤을 보자 새삼 존경심이 일었다. 아마도 무덤 속의 선배는 이렇게 찾아온 후배를 환영할 것 같았다. 그는 강호를 누빌 때 무공이 신묘막측한 경지에 올라 천하에 그를 당해낼 적이 없다고 했다. 자연히 매우 자부심이 강하고 오만해 일반 사람들과 어울리는 것이 쉽지 않았을 테고, 그러다 보니 결국 이런 황량한 동굴 속에서 쓸쓸히 생을 마치게 된 모양이었다. 오랫동안 이런 곳에 은거해 있었으니 세상에는 그의 업적에 대해 전해지는 바도 없었다. 또 그의 무공을 계승할 제자도 거두지 않았으며, 그의 무공에 관한 비급 따위도 전해지지 않았다. 그러니 선배의 신세 또한 참으로 기구하다 할 만했다. 신조가 말을 할 줄 안다면 선배의 생애에 대해 듣고 싶었으나, 아무리 영물일지라도 결국 말 못 하는 짐승인지라 안타까울 따름이었다.

양과가 독고구패의 무덤 앞에서 멍하니 생각에 잠겨 있는 사이 신조가 산토끼 두 마리를 잡아왔다. 양과는 불을 피워 토끼를 구워 배불리 먹었다. 이렇게 며칠을 푹 쉬고 나자 상처가 많이 아물었고, 기력도 크게 회복되었다. 비록 피를 많이 흘리기는 했지만 그 덕분에 체내의 독도 많이 빠져나간 듯했다. 소용녀를 생각할 때마다 가슴이 아프기는 했지만 예전처럼 견디기 어려울 정도의 고통은 아니었다. 양과는 원래 활동적인 성격이라 오랫동안 동굴 속에서 지내다 보니 점차 무료해지기 시작했다.

그날은 날씨가 청명했다. 그는 동굴 밖으로 나가 뒤쪽에 숲이 우거진 곳으로 갔다. 조금 걷다 보니 눈앞에 절벽이 펼쳐졌다. 절벽은 마치 큰 병풍처럼 동굴 주변을 빙 두르고 있었다. 땅에서 20여 장 정도 떨어진 절벽 중간쯤에 3~4장 정도 되는 평평한 바위가 삐죽 나와 있었다. 자세히 보니 바위 위에 '검총劍塚'이라는 큰 글씨가 새겨져 있었다.

양과는 호기심이 일었다.

'검의 무덤이라니…… 무슨 뜻이지? 독고 선배가 아끼는 검이 부러져서 저곳에 묻어두기라도 했다는 말인가?'

올라가서 직접 보고 싶었지만 아무리 살펴보아도 손이나 발을 의지할 만한 곳이 없었다. 애초에 저곳엘 어떻게 올라갔는지 알 수가 없었다.

양과는 한참 동안 넋을 잃고 절벽 위를 바라보았다. 독고 선배가 아무리 무공이 뛰어나다고는 하나 그 역시 사람인데 그가 절벽 위를 올라갈 수 있었다면 틀림없이 무언가 방법이 있을 것이었다. 한참을 살펴보니 절벽 군데군데 이끼와 작은 풀이 자라 있었다. 양과는 가장 낮은 곳에 있는 이끼를 만져보았다. 과연 그 부분이 움푹 파여 있었다. 틀림없이 독고구패나 혹은 다른 사람이 날카로운 무언가로 군데군데 파놓은 모양이었다. 그러다 오랜 세월이 흐르자 그곳에 흙이 쌓여 이끼가 자란 듯했다. 양과는 무료하던 차에 검총의 실체를 확인해보고 싶은 욕구가 일었다. 그러나 한 팔로 절벽을 오를 수 있을지 선뜻 용기가 나지 않았다.

'올라가다 실패하면 관두지 뭐. 보는 사람도 없는데 아무렇게나 올라가면 어때? 설령 누가 보고 비웃는다 한들 무슨 상관이야?'

양과는 허리띠를 단단히 졸라매고 심호흡을 한 후 훌쩍 뛰어올라 첫 번째 이끼가 있는 곳에 발을 디뎠다. 파인 구멍을 딛고 힘을 받아 다시 두 번째 이끼가 있는 곳에 발을 옮기니 과연 그곳에도 작게 파인 구멍이 있었다. 처음에는 10여 장 정도 올라가다 결국 힘에 부쳐 미끄러졌으나, 일단 한번 해보고 나니 두 번째는 쉽게 올라갈 수 있을 것 같았다.

양과는 절벽 아래서 잠시 숨을 고르며 운기를 한 후 고묘파의 경공으로 절벽을 올라갔다. 이번에는 무난히 삐져나온 바위 위로 올라설 수 있었다. 팔은 잘렸지만 경공 실력은 변함이 없는 듯해서 다소나마 위안이 되었다. 바위에 새겨진 '검총'이라는 글씨 곁에는 다음과 같은 글이 작게 쓰여 있었다.

검마 독고구패는 천하에 적수를 찾을 수 없어 검을 이곳에 묻는다.
오호라! 군웅群雄들은 고개를 숙이는데, 장검이 헛되이 빛을 발하니 이 어찌 슬프지 아니한가!

양과는 독고구패라는 선배의 오만하면서도 당당한 태도가 어쩐지 자신과 닮은 면이 있는 것 같아 무척 마음에 들었다. 그러나 무공을 따진다면 차이가 너무 많이 났다. 지금 자신은 천하무적은커녕 한쪽 팔밖에 없는 불구자일 뿐이었다. 한참 동안 바위 위에 새겨진 글을 멍하니 바라보던 양과는 힘없이 고개를 숙였다.

그때 문득 바위 안쪽에 작은 돌멩이가 길게 쌓여 있는 것이 보였다. 아마도 그것이 검총인 모양이었다. 이런 곳에 검을 묻다니 독고구패라는 사람은 무공뿐 아니라 나름대로의 풍류가 있는 사람인 듯했다. 양과는 자신이 늦게 태어나 그 선배를 직접 만나볼 기회가 없었다는 것이 너무나 아쉬웠다.

양과는 바위 위에 가부좌를 틀고 불어오는 바람을 맞으며 호흡을 가다듬었다. 흉부에 맑은 공기가 가득 차자 이대로 바람을 타고 날아갈 수 있을 것만 같은 상쾌한 기분이 들었다.

그는 검총에 묻혀 있는 검이 얼마나 예리한지 보고 싶은 마음이 간절했으나, 행여 고인에 대한 실례가 되지 않을까 싶어 망설였다. 그때 절벽 밑에서 무슨 소리가 들렸다. 눈을 떠 아래를 바라보니 신조가 양과와 같은 방법으로 절벽을 올라오고 있었다. 신조는 비록 몸이 크고 무거웠지만 발의 아귀힘이 워낙 좋아서 순식간에 양과가 있는 바위 위로 올라왔다. 신조는 양과를 향해 고개를 끄덕이더니 기괴하게 울음 소리를 냈다.

"수리 형의 말을 알아들을 수 없는 것이 안타깝구려. 그렇지 않으면 독고 선배님의 생애에 대한 이야기를 들을 수 있었을 텐데."

신조는 눈을 껌벅거렸다. 그러더니 발을 뻗어 검총의 돌을 치우기 시작했다. 양과는 다소 흥분이 되었다.

'어쩌면 검과 함께 무공의 비급 같은 것이 있을지도 모르겠군.'

신조는 부지런히 돌맹이를 치웠다. 돌무더기 밑에는 넓고 평평한 석판이 있고, 그 위에 장검 세 자루와 긴 석판이 하나 놓여 있었다. 양과는 우선 첫 번째 검을 집어 들었다. 검 아래쪽 석판에 다음과 같은 글씨가 새겨져 있었다.

강하고 예리한 검이니 베지 못할 것이 없었다. 스무 살 이전에 하삭河朔의 군웅과 겨루면서 사용하였도다. 이 검으로 많은 영웅과 싸워 이겼다.

검을 자세히 살펴보니 길이는 약 사 척에 달했고 검 전체에 푸른빛이 풍겼다. 분명 보검임이 틀림없었다. 양과는 검을 원래 자리에 내려놓고 그 곁에 있는 긴 석판을 집어 들었다. 석판 밑에는 다음과 같은 글씨가 쓰여 있었다.

자미연검紫薇軟劍은 서른 살 이전까지 사용하였다. 그러나 불행하게도 의로운 사람을 실수로 해쳐서 후회하며 이 검을 깊은 계곡에 버리도다.

'원래는 검이 하나 더 있었는데 버린 모양이군. 어쩌다 의로운 사람을 죽이게 되었는지 그 내막은 영원히 알 수가 없겠구나.'

양과는 석판을 내려놓고 곁에 있는 검을 집으려다 그만 놓치고 말았다. 쨍, 하는 소리와 함께 푸른 불꽃이 사방으로 튀었다. 양과는 깜짝 놀랐다. 겉보기에는 거무스름한 평범한 검으로 보였는데 엄청나게 무거웠다. 길이는 삼 척 정도 되고 무게가 70~80근은 족히 될 것 같았다. 그렇게 무거운 검을 아무 생각 없이 집어 들려 했으니 놓칠 수밖에 없었다. 양과는 다시 힘을 주어 검을 집었다. 검날은 그다지 예리한 것 같지 않았고 검의 끝도 다소 뭉툭했다.

'실전에서 이렇게 무거운 검을 어찌 쓴단 말인가? 게다가 검이 예리하지도 않으니……. 고묘파의 무첨무봉검無尖無鋒劍과 약간 비슷한 것 같기는 한데…….'

양과는 궁금증이 일어 검 아래쪽 석판에 새겨진 글을 더 읽어보았다.

중검重劍은 날이 없으나 구태여 기교를 부리지 않는다大功不工. 마흔 살 이전에 이 검을 들고 천하를 누볐도다.

보통 어느 문파의 검술이건 대부분 민첩함과 신속함을 중시하게 마련이었다. 고묘파의 옥녀검법은 더욱 그랬다. 그러나 독고 선배는 이 무겁고 무딘 검으로 천하를 평정했다 하니 참으로 대단한 무공이 아닐 수 없었다.

한참 동안 생각에 잠겨 있던 양과는 중검을 내려놓고 세 번째 검을 집어 들었다. 이번에는 아까처럼 검을 놓치지 않으려고 팔에 힘을 주었다. 그런데 세 번째 검은 도리어 너무나 가벼워서 마치 전혀 무게가 없는 듯한 느낌이 들었다. 자세히 보니 목검木劍이었다. 오랜 세월이 지난지라 몸체와 자루는 이미 썩어 있었다. 검 아래쪽 석판에는 다음과 같이 적혀 있었다.

마흔 살 이후에는 풀, 나무, 대나무, 돌 등 그 어떤 것도 검을 대신해 사용할 수 있었다. 그 후 수련을 통해 검 없이 검을 이길 수 있는 경지에 도달하였다.

양과는 공손한 태도로 목검을 원래 자리에 내려놓았다. 존경심에 탄식이 절로 나왔다.

'정말 상상할 수 없는 경지로구나.'

양과는 혹 석판 밑에 무공의 비급 같은 것이 숨어 있지는 않은지 살펴보았으나 다른 물건은 보이지 않았다. 왠지 아쉬운 마음을 감출 수 없었다. 신조가 긴 울음소리를 내더니 고개를 숙여 중검을 입에 물고 양과의 손에 들려주었다. 또 한 차례 길게 울더니 갑자기 왼쪽 날개를 휘둘러 양과의 머리를 공격했다. 날개에서 이는 바람이 어찌나 강한지 순간 숨이 막힐 듯했다. 신조의 날개는 양과의 머리에서 약 한 척쯤 떨어진 곳에 멈추더니 움직이지 않았다. 그러고는 무언가를 재촉하는 듯 짧게 두어 번 울어댔다.

양과는 고개를 끄덕였다.

"수리 형, 내 무공 실력을 보고 싶은 거예요? 그럽시다. 할 일도 없는데 한번 해보지요."

그러나 신조가 들려준 중검은 너무나 무거워서 마음대로 휘두를 수가 없었다. 양과는 중검을 내려놓고 첫 번째 보았던 예리한 검을 집어 들었다. 그런데 그 모습을 본 신조가 갑자기 양 날개를 접더니 몸을 획 돌린 채 양과를 쳐다보지 않았다. 마치 화가 난 듯하기도 하고 무시하는 듯한 태도였다. 양과는 곧 신조의 의도를 알아채고 웃으며 대답했다.

"중검을 쓰라는 말이군요? 정히 그러시면 한번 해보겠지만 전 무공이 그리 강하지 않아요. 이런 곳에서 수리 형과 겨루다니, 제가 어디 적수가 되겠습니까? 그러니 좀 봐주시지요."

양과는 단전에 기를 모으고 왼팔에 힘을 주어 천천히 중검을 집어 들었다. 신조는 몸을 돌리지 않은 채 왼쪽 날개를 뒤로 휘저어 중검을 쳤다. 엄청난 힘이 검으로부터 전해져 숨을 쉴 수가 없었다. 양과는 급히 운기해 충격을 막아보려 했으나 결국 눈앞이 어지러워지더니 그만 그 자리에서 기절해버렸다.

얼마나 지났을까, 양과는 입안에 느껴지는 강한 쓴맛 때문에 눈을 떴다. 신조가 진한 자색의 무언가를 양과의 입에 넣어주고 있었다. 양과는 입안에 느껴지는 비릿한 냄새가 싫었지만 영물인 신조가 주는 것이라 틀림없이 효험이 있을 것 같아 잠자코 있었다. 동그란 것을 씹으니 껍질이 터지면서 쓰고 떫은맛이 입안 가득 퍼졌다. 비리고 써서 정말이지 삼키기가 어려웠다. 당장이라도 뱉고 싶었지만 신조의 성의를 생각하니 그럴 수도 없어 억지로 삼켰다.

잠시 후 양과는 마음이 편안해지는 걸 느꼈다. 깊게 숨을 들이쉬니 기분까지 맑아졌다. 그는 자리에서 일어나 손발을 움직였다. 조금도 피곤하거나 힘든 느낌이 없었다. 힘의 충격으로 정신을 잃고 쓰러졌다면 중상을 입지는 않는다고 해도 보통 온몸이 뻐근하고 아프기 마련이었다. 그런데 이렇듯 멀쩡하니 이상한 일이었다. 조금 전에 먹은 동그란 그 무엇 때문일까?

양과는 다시 중검을 집었다. 들기가 훨씬 수월했다. 신조가 짧은 울음소리를 내더니 즉시 날개를 펼치며 공격해왔다. 양과는 감히 응대하지 못하고 몸을 돌려 피했다. 신조는 전혀 틈을 주지 않고 앞으로 다가와 다시 날개로 공격했다. 엄청난 힘이 느껴졌다.

양과는 신조가 자신에게 악의를 가지고 공격하는 게 아니라는 것을 모르진 않았지만, 신조가 아무리 영물이라 하나 결국은 짐승이었다. 만약 저 엄청난 힘을 가진 날개에 맞기라도 한다면 절벽 아래로 굴러떨어지고 말 것이 뻔했기에 두려운 마음이 들었다. 양과는 신조의 공격에 또다시 뒤로 물러났다. 이미 바위 끝에 와 있었다. 그런데도 신조는 전혀 개의치 않았다. 머리를 신속하게 움직이더니 양과의 가슴을 쪼려 들었다. 양과는 더 이상 물러설 곳이 없었기에 하는 수 없이 검을 횡으로 들어 막았다. 그러자 신조의 부리가 검을 쪼았다. 그 충격에 팔이 마비되는 듯하면서 검을 놓칠 것만 같았다. 신조는 즉시 오른쪽 날개를 횡으로 휘둘러 양과의 다리를 공격했다. 깜짝 놀란 양과는 훌쩍 몸을 날려 신조의 머리를 넘어 바위 안쪽으로 들어갔다. 신조가 바로 공격해올까 봐 착지를 하자마자 검을 뺐었다. 그러자 신조의 부리와 검이 다시 맞부딪쳤다. 양과는 식은땀이 흘렀다.

"수리 형, 난 독고 대협이 아니라고요."

양다리에 힘이 빠진 양과는 그 자리에 주저앉고 말았다. 그 모습을 본 신조는 낮은 소리로 울부짖더니 더 이상 공격하지 않았다.

신조의 동작은 무공의 초식과 비슷한 점이 많았다. 아마도 독고 선배는 신조와 함께 살면서 신조를 상대로 무공을 연마한 것 같았다. 그렇다면 독고 선배의 무공을 신조가 전수받았을 수도 있다는 말이 아닌가. 여기까지 생각한 양과는 정신이 번쩍 들었다. 그는 벌떡 일어났다.

"수리 형, 갑니다!"

양과는 신조의 가슴을 향해 중검을 내질렀다. 신조는 왼쪽 날개를 뻗어 검을 막더니 오른쪽 날개를 힘차게 펄럭였다. 그 힘이 정말이지 너무나 엄청나서 날개 끝에 이는 바람이 마치 여러 명의 고수가 함께 장풍을 발하는 것만 같았다. 양과는 손에 들고 있던 검이 너무 무겁다 보니 제대로 대응할 수가 없었다. 방어라고 하면 경공을 써서 옆으로 피하는 것이 전부요, 공격이라고 하면 바보스럽게 검을 앞으로 뻗는 것이 고작이었다. 이렇게 몇 차례 대응한 양과는 숨이 차고 피로해 그 자리에 앉아 휴식을 취했다. 양과가 헐떡거리고 있으면 신조는 두어 걸음 물러나 가만히 기다려주었다. 양과와 신조는 몇 시진 동안 이렇게 무공을 겨루다 절벽을 내려와 동굴로 돌아갔다.

다음 날 아침 신조는 양과에게 어제 먹은 자색의 둥근 것을 세 개 더 주었다. 자세히 살펴보니 무슨 짐승의 담낭 같았다. 양과는 불현듯 떠오르는 게 있었다. 그가 처음 신조를 만났을 때 신조는 독사를 먹어치우고 구렁이와 격투를 벌였다. 그렇다면 이것은 아마도 뱀의 담낭이 아닐까? 독사의 담낭이라면 혹시 독이 있을지도 모르지만 어제 이것을 먹고 나니 기운이 부쩍 솟는 듯 했다. 게다가 양과의 체내에는 이미 맹독이 누적되어 있었기 때문에 독이 든 음식을 먹는다 한들 더 이상 악화될 일도 없었다.

양과는 거침없이 짐승의 담낭을 먹은 후 자리에 앉아 운기했다. 이상하게도 평소 기가 잘 통하지 않던 혈도까지도 시원스럽게 뚫렸다. 양과는 기분이 좋아 크게 고함을 질렀다. 원래 내공을 수련할 때는 정좌한 상태로 잡념이 들거나 감정의 동요가 있어서는 안 되는 법이었다. 자칫 잘못하면 위험할 수도 있기 때문이다. 그러나 감정이 격해서 고함을 질렀는데도 체내의 기가 여전히 막힘없이 시원스레 흘렀다. 양과는 벌떡 일어나 중검을 들었다. 그는 기운이 넘치는 듯 중검을 쳐들고 동굴 밖으로 나가 신조와 함께 검술을 연마했다. 여전히 양과가 수세에 몰리기는 했으나 어제보다 훨씬 적극적으로 검을 사용해 가끔은 제법 날카로운 공격을 가하기도 했다.

이렇게 며칠 무공을 연마하고 나니 이제는 중검도 처음처럼 무겁게 느껴지지 않고 비교적 자유롭게 휘두를 수 있었다. 그리고 점차 중검에 매력을 느꼈다. 예전에 배운 검술은 초식의 변화가 너무 복잡하고 화려한 기교만을 중시했다는 생각이 들었다.

독고 선배가 남긴 '중검은 날이 없으나 구태여 기교를 부리지 않는다'라는 글의 뜻을 이해할 수 있을 것 같았다. 정말이지 화려한 초식을 구사할 수는 없었지만, 그 위력은 어떤 검술의 기교보다도 대단한 듯했다.

양과는 연마하면서 검을 휘두르는 방향과 방법 등을 기억하려고 노력했다. 이상하게도 평범하다고 생각되는 초식일수록 더 강한 힘을 발휘해 신조를 제압할 수 있었다. 예를 들면 강한 힘을 실을 뿐 그저 단순하게 검을 앞으로 내지르는데도 옥녀검법의 변화무쌍한 검술보다 훨씬 강한 위력을 발하는 것 같았다. 그리고 매일 신조가 주는 짐승의 담낭을 먹은 탓인지 팔의 근력도 점차 강해졌다. 체내의 독이 발작할 때의 고통도 점차 가벼워지더니 이제는 거의 느껴지지 못할 정도가 되었다. 이제는 소용녀 생각이 날 때도 그다지 고통스럽지 않았다.

어느 날, 동굴 밖을 한가롭게 거닐던 양과는 골짜기에서 큰 독사 세 마리가 죽어 있는 것을 발견했다. 모두 배가 갈라져 있었다. 역시 양과의 생각대로 그동안 자신이 먹은 것은 뱀의 담이었다. 죽은 뱀은 맹독을 가진 듯 금빛을 발했고 머리가 삼각형이었다. 신조가 신력에 가깝게 힘이 센 것도 이런 담을 많이 먹은 탓인 듯했다.

이렇게 한 달여가 지났다. 그의 실력도 이제 신조의 공격을 충분히 받아낼 정도가 되었다. 검을 휘두를 때도 제법 힘이 실려 바람을 가르는 소리가 났다. 그 무거운 중검을 휘두를 때 생기는 바람 소리를 듣노라면 기분이 상쾌해졌다. 스스로 무공이 크게 진보했음을 느껴서인지 예전에 배운 무공은 아무것도 아닌 것 같은 느낌마저 들었다. 그러나 그런 기초가 없더라면 오늘날 이런 좋은 기회를 만났다 한들 이 심오한 무공의 경지에 도달하지 못했을 것이다. 신조가 비록 영물이라고는 하지만 결국은 말 못 하는 짐승이었다. 양과가 무공을 연마하도록 길을 안내해줄 수는 있었지만 결국 그 심오한 경지를 깨우치는 것은 양과 자신의 몫이었다. 게다가 신조는 무공을 할 줄 아는 것이 아니라 단지 엄청난 신력을 가졌을 뿐 독고구패와 함께 무공을 겨루던 때의 습관을 기억해 그대로 흉내 내는 것일 뿐이었다.

그날 아침은 일어나보니 먹구름이 잔뜩 끼어 있었다. 아니나 다를까 잠시 후 비가 쏟아졌다. 양과는 망설였다.

"수리 형, 이렇게 비가 쏟아지는데도 연마할 겁니까?"

신조는 양과의 옷자락을 물고 동북 방향으로 두어 차례 잡아끌더니 옷자락을 놓고 앞장서 걷기 시작했다.

'어딜 가려는 걸까?'

양과는 중검을 들고 뒤를 따랐다. 양과의 옷은 순식간에 흠뻑 젖었다.

'이렇게 비가 많이 오는데 조심해야지.'

얼마쯤 갔을까, 귀가 멍멍하게 울리도록 우렁찬 물소리가 들렸다. 잠시 후 골짜기에 들어서자 크고 높은 폭포가 나타났다. 그 모습이 마치 한 마리의 거대한 흰 용과도 같았고, 물이 떨어져 흘러가는 기세가 자못 대단했다. 나뭇가지며 커다란 돌이 물줄기를 따라 떨어지더니 순식간에 휩쓸려 내려가고 있었다.

사방을 둘러보니 폭포에서 수증기가 안개처럼 피어올라 장관을 이루고 있었다. 폭포의 기세가 어찌나 엄청난지 은근히 두려운 생각마저 들었다. 신조가 양과의 옷을 물더니 물가로 잡아끌었다. 물속으로 들어가라는 뜻 같았다.

"여기 들어가서 뭐 하게요? 물살이 너무 세서 서 있지도 못할 것 같아요."

　신조는 물고 있던 양과의 옷을 놓고 고개를 치켜들며 한 차례 길게 울더니 먼저 물속으로 들어갔다. 그러고는 물속 큰 바위 위에 자리를 잡고 서더니 왼쪽 날개를 펼쳐 폭포를 따라 내려오는 큰 돌멩이를 쳐올렸다. 위로 올라갔던 돌멩이가 내려오자 또다시 날개를 펼쳐 쳐올리는 동작을 여섯 차례 반복했다. 그다음에는 날개를 오른쪽으로 휘둘러 돌멩이를 오른쪽 언덕으로 쳐올렸다. 시범을 보인 신조는 다시 양과 곁으로 돌아왔다.

　양과는 신조의 의도를 알 수 있었다. 아마도 독고구패는 비가 올 때마다 이 같은 방법으로 검술을 연마한 모양이었다. 그러나 아무리 생각해도 자기는 그만한 실력이 안 될 것 같았다.

　양과가 망설이며 물에 들어가지 못하고 서 있자 신조가 머리를 쑥 내밀어 양과를 밀었다. 얼떨결에 양과는 그만 물속으로 첨벙 떨어졌다. 양과는 얼른 천근추 신법으로 조금 전 신조가 서 있던 바위 위로 몸을 날렸다. 물살이 어찌나 센지 반듯하게 서 있기조차 힘들었다.

　'좋아, 독고 선배가 비록 무공이 고강하기는 했지만 그분도 사람이고 나도 사람인데, 그분이 해낸 일을 난들 못 하겠는가.'

　양과는 기를 모아 격류를 거슬러 서서 중심을 잡았다. 겨우 중심을 잡을 수는 있었으나 검을 휘둘러 물살을 따라 거칠게 구르는 돌을 친다는 것은 쉽지 않았다. 빠르게 쓸려 내려오는 돌을 쳐보려고 정신을 집중했으나 물살이 어찌나 빠른지 정신이 몽롱해졌다.

　얼마나 버텼을까, 현기증이 나는 것 같았다. 양과는 견디지 못하고 검으로 물 밑을 짚어 중심을 잡고 뭍으로 뛰어올라갔다. 잠시 숨을 고르고 있는 사이 신조가 또다시 그를 물속으로 밀어 넣었다.

'정말 엄격한 스승이군. 그의 뜻대로 혹독한 훈련을 해야 성장할 수 있겠지. 내 성장을 위해 이렇게 정성을 다하니 그 성의를 저버릴 수야 없지.'

양과는 눈을 감고 중심을 잡았다. 시간이 조금 흐르자 어떻게 기를 모아야 중심을 잘 잡을 수 있는지 깨달았다. 그런데 쏟아지는 비 때문에 물이 점점 불어나 허리까지 차오르더니 순식간에 가슴까지 올라왔고, 이제 목까지 물이 튀어 서 있기조차 힘들었다.

'무공 연마도 좋지만 물에 빠져 죽을 수야 없지.'

양과는 뭍으로 뛰어올라갔다. 그러나 계곡 가에서 지키고 서 있던 신조가 이를 봐주지 않았다. 양과가 뭍을 향해 뛰자 발이 아직 땅에 닿기도 전에 날개를 휘둘러 양과를 밀었다. 검을 휘둘러 막아보려 했으나 결국 신조의 힘에 밀려 다시 물속으로 떨어졌다. 양과는 바위 위에 서려 했으나 물은 이미 키를 넘어 바위를 찾을 수가 없었다. 물이 입으로 쏟아져 들어왔다.

양과는 정신을 바싹 차렸다. 그는 기를 멈추는 고묘파의 초식을 사용해 잠시 호흡을 멈추었다. 그러고는 양발에 힘을 주어 수면 위로 떠올라 입속의 물을 내뿜은 후 다시 물속에 잠겼다. 강한 물살이 머리를 치며 흘러 내려갔다. 그러나 양과는 마치 물에 박힌 기둥인 양 그 자리에 선 채 꿈쩍도 하지 않았다. 점차 정신이 맑아지면서 마음도 편안해졌다.

'겨우 물속에서 중심을 잡고 서기는 했지만 검으로 내려오는 돌을 쳐내지 못하면 수리가 가만있지 않겠지? 또 물속으로 밀어 넣고 말

거야.'

승부욕이 강한 양과는 이번에는 기어이 해내리라 다짐했다. 물속에서도 물살을 따라 흘러 내려오는 나뭇가지며 돌을 볼 수 있었다. 양과는 검을 들어 돌을 쳤다. 물속인지라 검도 훨씬 가벼웠고 돌도 가벼웠다. 그러나 쉽사리 쳐지지는 않았다. 양과는 온몸의 기력이 빠질 때까지 검으로 돌을 치는 연습을 했다. 다리가 휘청거릴 지경이 되어서야 물속에서 나왔다.

양과는 혹여 신조가 또다시 물로 밀어 넣지 않을까 걱정되었다. 아니나 다를까, 양과가 물속에서 훌쩍 뛰어 땅에 오르려 하자 신조가 당장 날개를 휘둘러 공격해왔다.

"수리 형, 좀 살려주시오."

양과는 또 물속으로 들어가고 싶지 않았다. 그는 검을 휘둘러 신조를 공격했다. 삼 합이 지나자 신조가 양과에게 밀려 뒤로 물러났다. 이제 검을 휘두르는 몸짓이나 힘이 예전과 많이 달라져 있었다. 신조는 양과의 검을 직접 받아내지 못하고 연신 뒤로 물러나며 피했다.

"수리 형! 미안하오."

말하면서 스스로도 힘이 세졌음을 느끼자 양과는 더할 수 없이 기뻤다. 물속에서의 수련을 통해 더욱 강한 힘을 지니게 된 것이다. 겨우 반나절 수련했을 뿐인데도 평소 열흘 정도 수련한 것보다 더한 효과를 본 것 같았다. 빗줄기가 점차 가늘어졌다. 그렇다면 내일은 계곡물이 지금처럼 험난하지 않을 것이다. 그는 욕심이 생겼다. 잠시 휴식을 취한 후 기력이 회복되자 스스로 물속으로 들어가 검술을 연마했다. 한참 연습을 하고 땅에 올라와보니 신조의 모습이 보이지 않았다. 그

런데 바위 위에 자색 담낭 두 개가 놓여 있었다. 기력이 쇠해 있을 양
과를 위해 신조가 가져다놓은 것이었다.

양과는 그런 신조가 너무나 고마웠다. 동그란 담낭을 정성스럽게
삼키고 다시 물속으로 들어가 밤이 깊도록 검술을 연마했다. 이날 물
속에서의 연마를 통해 양과는 검술의 이치를 깨달을 수 있었다. 그 이
치에 따라 검을 사용하니 그야말로 무너뜨리지 못할 것이 없을 듯했
고, 검의 날이 예리할 필요도 없을 것 같았다. 그러나 중검이 아닌 보
통의 예리한 검을 이런 식으로 휘두르면 크게 힘을 주지 않아도 부러
지고 말 것이었다.

그날 밤 마침내 비가 그쳤다. 은색 달빛이 계곡을 비추었다. 흐르는
물줄기를 바라보던 양과는 이제 중검의 이치를 모두 깨달았으며, 더
이상 물속에서 검술을 연마할 필요가 없었다. 독고 선배가 살아 있어
직접 검법을 전수해준다 해도 이 이상의 것을 가르쳐줄 수 없을 것 같
았다. 앞으로 내공이 점차 강해지면 절벽 위에 있는 연검과 목검도 자
유자재로 사용할 수 있을 것이다.

'신속함과 민첩함으로 승부를 가리는 〈옥녀심경〉의 검법과 이 검법
은 같은 이치였어. 다만 〈옥녀심경〉은 여자를 위한 검법인지라 무거운
무기를 쓰지 않았을 뿐, 가볍고 민첩함과 무겁고 강함은 모두 무학의
정도正途라고 볼 수 있어. 그러니 중검무봉重劍無鋒과 천라지망 모두 무
학의 최고 경지인 거야.'

양과는 달빛 아래 고요히 펼쳐진 계곡을 거닐며 생각에 잠겼다. 이
런 심오한 무공을 독고 선배는 아무에게도 전수받지 않고 스스로 고
안해냈다니 참으로 총명하고 대단한 사람이라는 생각이 들었다. 만약

독고 선배가 이 중검을 남기지 않았더라면, 또 신조가 준 뱀의 담을 먹고 내공이 강해지지 않았더라면, 그리고 신조가 자신을 도와 무공을 연마하도록 인도해주지 않았더라면 이 심오한 검술은 이 세상에서 빛을 발하지 못했을 것이다. 새삼 독고 선배에 대한 존경심과 신조에 대한 고마움으로 마음속이 기쁨으로 가득 찼다. 그러다가 문득 서글픈 생각이 들었다.

'선자가 지금의 나를 봤다면 얼마나 기뻐하셨을까? 대체 선자는 어디에 계시는 걸까? 선자도 저 달을 보며 내 생각을 하고 계실까?'

소용녀 생각을 하자 가슴에 통증이 느껴졌지만 전처럼 참을 수 없는 고통은 아니었다.

'검술의 심오한 이치를 깨달았다 한들 이런 산속에만 있으면 아무 소용이 없지. 내 몸의 독성이 모두 없어진 것은 아니어서 어느 날 독이 발작하면 갑자기 죽을지도 모른다. 그렇게 죽어버리면 이 신묘막측한 검술은 또다시 사장되고 말겠지.'

양과의 눈이 번득였다.

'나도 독고 선배처럼 이 검술로 천하를 평정하고 말 테다. 그러기 전에는 결코 죽을 수 없어. 게다가 선자를 다시 만나기 전에는 절대 죽을 수 없지.'

그는 갑자기 마음이 조급해졌다. 그러다 문득 잘려버린 오른팔을 보자 곽부에 대한 증오심이 일었다.

'흥! 아버지와 어머니의 세력만 믿고 항상 나를 무시했지. 사실 내가 무씨 형제에게 거짓말을 한 것도 결국은 다 자기를 위한 것이었는데, 비겁하게 아파서 비실거리는 나를 공격해 팔을 자르다니……. 내

반드시 이 원수를 갚고 말 테다.'

양과는 원한은 반드시 갚아야 한다고 생각했다. 이제 상처도 다 회복되었고 무공도 크게 강해졌으니 원수를 갚아야 할 적기가 바로 지금이라는 생각이 들었다. 마음속의 격동을 참을 수 없어 양과는 그길로 동굴로 돌아가 신조를 향해 말했다.

"수리 형, 그동안 고마웠습니다. 수리 형의 은혜는 어떻게 해도 갚을 수 없을 겁니다. 이 아우, 강호에 아직 해결해야 할 일이 있어 잠시 이곳을 떠나고자 합니다. 그러나 내 언젠가는 반드시 돌아오겠습니다. 독고 선배의 이 중검은 제가 잠시 빌려가겠습니다."

양과는 신조를 향해 깊이 읍을 하고 독고구패의 무덤을 향해서 절을 올렸다. 신조는 목을 길게 빼고 눈을 껌벅거렸다. 이미 양과의 속마음을 다 아는 것 같았다. 양과는 동굴을 나섰다. 신조는 골짜기 입구까지 따라 나와 양과를 배웅했다. 둘은 서로 꼭 껴안고 한참 동안 석별의 정을 나눈 후에야 비로소 헤어졌다.

중검은 너무나 무거워 허리에 찰 수 없었다. 그는 나무를 따라 자라는 칡넝쿨을 잘라 서너 겹으로 겹쳐 꼬아 굵은 밧줄을 만들어 중검을 매단 후 어깨에 짊어졌다. 그러고는 양양을 향해 경공술을 펼쳐 달려갔다. 아직 해가 서녘 하늘에 있을 무렵 그는 양양성 밖에 도착했다.

'어젯밤에 한숨도 자지 않았더니 피곤하구나. 날이 너무 밝으면 행동하기가 불편하겠지?'

양과는 우선 성 밖 건초 더미에 누워 잠시 눈을 붙였다. 몇 시진쯤 지났을까, 이미 날은 어두워 사방을 제대로 분간할 수 없었다. 잠에서 깨어난 양과는 운공해 호흡을 고른 후 나무 열매를 따 허기를 채웠다.

초경初更쯤 되자 그는 마음의 준비를 했다. 곽 백부와 백모는 모두 무림의 고수들인 데다 지금쯤 건강도 회복했을 것이니 만약 마주쳤다 하면 한바탕 싸움을 피하기 어려울 터였다. 양과는 소리 없이 양양성 밑으로 갔다. 양양성의 성벽은 매우 높았다. 금륜국사나 이막수처럼 무공이 강한 사람들도 성벽 위에서 뛰어내릴 때 먼저 사람을 던진 후 그 사람을 밟고 뛰어내려야 할 만큼 만만치 않은 높이였다. 그러니 그 성벽을 맨손으로 기어오른다는 것은 더더욱 쉽지 않은 일이었다. 양과는 조금 전 건초 더미에 누워 휴식을 취할 때 성벽을 오를 방법을 궁리해두었다.

'백부님처럼 상천제의 무공을 할 줄 안다면 좋겠지만 그 방법을 모르니 쓸 수는 없고, 독고구패 선배가 절벽을 올랐던 방법을 흉내 내보는 수밖에 없겠다.'

양과는 비교적 인적이 드문 동문 쪽으로 갔다. 순시를 도는 병사가 멀어지기를 기다려 땅에서 훌쩍 뛰어올라 중검으로 성벽을 힘껏 찔렀다. 효과는 양과의 생각보다 훨씬 컸다. 중검은 비록 예리하지는 않지만 그 위력이 막강하기 때문에 화강석으로 쌓아 올린 성벽에서 불꽃이 튀더니 돌이 푹 파여 나갔다. 두 번째에는 땅에서 뛰어올라 일단 방금 파인 구멍에 발을 디딘 후 또다시 중검을 찔러 구멍을 뚫었다. 이런 식으로 하나하나 구멍을 만들어가며 성벽을 올라 마침내 성 위로 올라갔다. 성벽 안쪽에는 돌계단이 있었다. 양과는 우선 어두운 곳에 몸을 숨겼다. 그리고 순찰하는 병사가 지나가자 번개같이 돌계단을 내려가 곽정의 식구가 기거하는 곳으로 다가갔다.

양과는 자신의 무공이 이곳을 떠날 때보다 모든 면에서 월등하게 나아졌음을 알았지만 곽정의 무공과는 비교할 수 없었다. 항룡십팔장의 장력만 놓고 보더라도 곽정의 무공은 이미 천하무적이라 할 만했다. 게다가 초식의 변화가 워낙 다양하고 기묘한 황용의 타구봉법도 두렵지 않을 수 없었다. 양과가 비록 타구봉법을 조금 할 줄 안다고 하나 겨우 열의 일고여덟 정도만 알 뿐이었다. 그래서 결코 자만할 수 없었다. 만약 두 사람이 협공을 한다면 양과가 수세에 몰릴 것이 뻔했다. 여기까지 와서 헛되이 목숨을 잃을 수는 없었다. 물론 곽정이 양과에게 살수를 쓰지는 않겠지만 곽정의 동정을 사서 목숨을 부지하는 것 역시 양과가 바라는 바는 아니었다. 이런저런 생각을 하며 양과는 곽정의 침실 밖 큰 나무 뒤에 몸을 숨겼다. 이경二更을 알리는 소리가 들려왔다.

그때였다. 검은 그림자가 움직이는가 싶더니 누군가 살금살금 담을 넘어 들어가고 있었다. 자세히 보니 곽부였다. 그녀는 검은 옷을 입고 등에 장검을 비스듬히 짊어지고 있었다.

'늦은 밤에 뭘 하고 오는 걸까? 게다가 자기 집에 돌아오면서 왜 저리 조심스러워하는 거지?'

양과는 이상한 생각이 들었다. 곽부가 멀어지기를 기다려 자신도 담을 넘어 들어갔다. 저만치 조심스레 걸어가고 있는 곽부의 뒤를 살금살금 따라갔다. 자신의 방 앞에 도착한 곽부는 조용히 방문을 열고 안으로 들어갔다. 양과는 곽부의 방 밖에 있는 큰 나무 뒤에 몸을 숨겼다. 방 안에서 여자 목소리가 들려왔다.

"아가씨, 돌아오셨군요. 어머니께서 몇 번이나 사람을 시켜 아가씨가 돌아왔는지 물으셨어요."

"동생 소식을 알아보러 갔었어. 곧 아버지를 뵈러 가겠다고 전해."

"네."

방 안에는 곽부만 남게 되었다.

'지금이 기회다. 네 오른팔을 베어주리라!'

양과는 막 몸을 솟구치려다 멈칫했다.

'그녀의 팔을 베면 한이 풀릴 것인가?'

양과는 용모가 출중한 풍운아였다. 양과가 만난 대부분의 여자들, 즉 정영, 육무쌍, 공손녹악, 완안평 등은 모두 은근히 혹은 적극적으로 양과에게 관심을 표현해왔다. 물론 양과 자신이 소용녀 외에 다른 여자에게는 사랑을 느껴본 적이 한 번도 없지만, 지금의 양과는 이전과 달리 한쪽 팔이 없는 불구의 몸이었다. 아무리 무공이 강하다 해도 남들이 보기에는 그저 불쌍하고 보기 흉한 불구자에 불과했다. 착잡한 생각에 잠겨 있던 양과는 자신도 모르게 낮은 소리로 중얼거렸다.

"불구가 된 나를 변함없이 사랑해줄 사람은 선자뿐일 거야."

양과는 고개를 끄덕였다.

'그래, 선자는 내가 팔이 없어도 사랑해줄 거야. 선자가 있는데 한쪽 팔이 없으면 어때? 지금 곽부의 팔을 베어버리는 것은 식은 죽 먹기이지만 대장부가 할 짓이 아니지.'

곽부가 심부름을 보낸 계집아이가 저만치서 등불을 들고 걸어가고 있었다. 양과는 발소리를 죽여 그녀의 뒤를 따라갔다. 그녀가 곽정 부부의 방으로 들어가고 나자 양과는 창밖에 몸을 숨기고 방에서 나는 소리를 엿들었다.

"나리, 마님, 아씨가 방금 돌아오셨습니다. 곧 이리로 드시겠다고 하셨습니다."

곽정의 목소리가 들렸다.

"가서 쓸데없는 짓 그만하라고 일러라. 그리고 이리로 올 필요 없다고 전해. 만날 필요가 있으면 내가 가서 만날 테니."

"네, 그렇게 전하겠습니다."

계집아이는 몸을 돌려 문을 닫고 왔던 길로 되돌아갔다.

황용의 목소리가 들렸다.

"부는 과의 팔을 자른 것 때문에 당신한테 혼날까 두려워 집을 나갔던 거예요. 열흘째 소식이 없어서 걱정하던 참인데, 무사히 돌아와서 천만다행이에요. 오빠, 아직도 부의 얼굴을 보지 않으려 들다니요. 부가 잘못한 건 사실이지만 그래도 오빠 자식이잖아요. 참 독하기도 하세요. 차라리 부를 만나서 모질게 야단을 치시든지 매를 때리시든지 하세요. 그렇게 화가 나면 오빠의 항룡십팔장으로 호되게 때려주시면 될 것 아니에요?"

항룡십팔장을 언급하는 황용의 목소리에 장난기가 섞여 있었다.

"흥! 그런 녀석이 항룡십팔장으로 맞을 가치나 있나? 하여튼 내 이참에 단단히 혼을 내줄 터이니 두고 보라고."

황용이 부드러운 목소리로 달랬다.

"오빠는 그 애 아버지예요. 아버지가 봐주지 않으면 누가 봐주겠어요?"

"그런 녀석을 어떻게 봐줘? 그 녀석 때문에 양과가 어떻게 되었는데? 의지할 데 없는 외로운 녀석을 무공도 못 하게 팔을 잘라버렸으니 대체 앞으로 무슨 낯으로 양과의 얼굴을 보겠어? 이제 여기저기서 무시당하고 천대받을 터인데, 양과같이 자존심 강한 아이가 그걸 어떻게 받아들일 수 있겠어? 대체 무슨 수로 그 죄를 다 갚는단 말이야? 내가 그 아이를 거둔 이상 잘 돌봐주었어야 했는데, 부 그 녀석은 항상 과를 무시하기나 하더니 결국 사고를 치고 말았잖아!"

곽정은 불같이 화를 내더니 그만 목이 메어 말을 잇지 못했다. 풀 죽은 황용의 음성이 들렸다.

"꼭 부의 잘못만도 아니죠. 양과와 이막수가 우리 아기를 절정곡으로 데려가 단약과 맞바꾸려 한다는데, 부가 그 말을 듣고 가만히 있을 수 있었겠어요? 화가 나서 덤빈 건데 그만 실수를 한 거죠. 생각해보세요. 이막수라고 하면 강호에서 잔인하고 악독하기로 소문난 자인데, 그런 사람이 갓 태어난 동생을 잡아갔으니 부의 마음이 어땠겠어요? 후유! 도대체 우리 아기가 살아 있기나 한지……."

결국 황용도 흐느끼기 시작했다.

"과는 결코 그런 짓을 할 아이가 아니야. 설사 그랬다 해도 과가 우리를 구해준 게 벌써 몇 번이야. 그 은혜를 갚은 셈 쳐야지 어쩌겠어?"

"오빠 그렇게 생각할지 모르지만 전 달라요."

그때 방 안에서 우렁찬 아기 울음소리가 들렸다. 양과는 깜짝 놀랐다.

'이막수 손에서 아기를 되찾아오신 걸까? 조금 전 백모님이 아기가 살아 있는지 모르겠다고 하신 걸로 봐서는 그럴 리가 없는데.'

양과는 숨을 죽이고 창문 틈으로 안을 들여다보았다. 과연 방에는 아기가 요람에 누워 있었다. 마침 아기 얼굴이 창문 쪽을 향하고 있어 똑똑히 볼 수 있었다. 그런데 그 아기는 곽양이 아니었다. 양과는 전에 한참 동안 곽양을 품에 안고 있었기 때문에 아기 얼굴을 분명히 기억했다. 양과가 기억하는 곽양은 작고, 희고, 예쁜 얼굴이었는데, 지금 이 아기는 네모난 얼굴에 피부가 검고 튼튼해 보였다. 황용이 얼른 다가가 아기를 안으며 낮은 소리로 아이를 얼렀다.

"가엾은 쌍둥이, 큰 소리 때문에 깼구나. 미안하다."

그러면서 정색을 하고 곽정에게 말했다.

"부를 야단칠 생각만 말고 가서 우리 아기나 찾아오세요."

양과는 그제야 어찌 된 영문인지 알 수 있었다. 당시 황용은 쌍둥이를 낳은 것이다. 먼저 태어난 아기가 여자아이인 곽양이었고, 나중에 태어난 아기가 지금 황용이 안고 있는 남자아이였다. 남자아이를 낳았을 때는 이미 소용녀가 여자아이를 데리고 간 뒤였다.

곽정은 초조한 듯 방 안을 서성거렸다.

"용아, 항상 대범하고 냉정한 사람이 어떻게 아이들 이야기만 나오면 그렇게 생각이 짧아지니? 지금이 어떤 상황인데 군무軍務를 제쳐두고 딸을 찾아 양양성을 떠날 수가 있겠어?"

"그러게 내가 직접 찾으러 간다는데 그것도 못 하게 하시잖아요. 그럼 정말 우리 딸이 이막수 손에 죽도록 내버려두실 참이에요?"

"몸도 아직 성치 않으면서 어딜 간단 말이야?"

"아버지라는 사람이 정말 너무하는군요."

황용은 화가 난 듯 언성을 높이더니 이내 흐느끼기 시작했다.

양과는 어릴 때 도화도에서 이들 부부와 오랜 시간을 함께 살았고, 얼마 전까지도 가까이에서 생활했지만 두 사람이 싸우는 모습은 처음 보았다. 두 사람 모두 완강한 태도로 맞서고 있었다. 이미 이 일로 여러 차례 말다툼을 한 모양이었다. 곽정은 경직된 얼굴로 끊임없이 방

안을 서성거렸다. 잠시 후 곽정이 입을 열었다.

"설사 우리 아이를 찾아온다 해도 당신은 또 부와 마찬가지로 오냐 오냐 해가며 키워 막돼먹은 아이로 만들 터이니 그런 자식이라면 차라리 없는 것이 더 나아!"

"부가 어디가 어때서 그래요? 동생이 걱정되어 실수를 좀 했기로서니 그게 그렇게까지 죽을죄인가요? 만약 나였다면, 우리 아기를 이용하려는 양과를 남은 한쪽 팔마저 베어버렸을 거예요."

황용의 언성이 높아졌다.

"용아, 말이 지나치구나."

곽정도 화가 난 듯 탁자를 내리치며 언성을 높였다. 그 기세에 탁자가 산산이 부서졌다. 칭얼대던 아기가 그 소리를 듣고 깜짝 놀랐는지 울음을 뚝 그쳤다. 그때 서쪽 창문 근처에 사람 그림자가 얼씬거리는 것이 보였다. 그림자는 몸을 낮추더니 점차 창가에서 멀어졌다.

'나 말고 엿듣는 사람이 또 있었군.'

자세히 보니 바로 곽부였다. 갑자기 방 안이 어두워졌다. 등불을 끈 모양이었다. 황용의 화난 목소리가 들렸다.

"더 이상 우리 아기를 놀라게 하지 말고 어서 나가세요."

곽정이 밖으로 나온다면 몸을 숨기기 어려울 것 같아 양과는 급히 왔던 길을 되짚어 곽부의 방 밖 나무 뒤에 숨었다. 조금 지나자 곽부가 자기 방으로 돌아왔다. 시중을 드는 계집아이가 조심스레 말했다.

"벌써 이경이 지났어요. 이제 그만 주무세요."

"응, 내가 알아서 할 테니 넌 그만 가서 자렴."

"네."

시중드는 계집아이가 방을 나가자 곽부는 긴 한숨을 내쉬었다.

'한숨은 웬 한숨? 내 오늘 꼭 네 팔을 베어버리고 싶었으나 대장부가 연약한 여자를 상대로 할 짓이 아니어서 참는 줄이나 알아라.'

그때 발소리가 들렸다. 누군가가 이쪽을 향해 다가오고 있었다. 바로 곽정이었다. 그는 딸의 방문을 가볍게 두드리며 말했다.

"부야, 자니?"

곽부는 자리에서 벌떡 일어났다.

"아버지세요?"

곽부의 목소리가 떨리고 있었다. 양과는 깜짝 놀랐다.

'설마 백부님께서 내가 여기 있는 것을 알고 딸을 지키러 오신 건 아니겠지?'

"오냐, 아버지다."

곽부는 고개를 푹 숙이고 방문을 열었다.

지혜와 힘을 겨루다

27

闘智闘力

이막수는 혹 황용이 갑자기 아기에게 손을 쓸까 봐 단단히
방비를 했다. 그러나 황용은 등나무 가지만 열심히 잘라다
아기 주변에 겹겹이 두를 뿐이었다. 이렇게 방어벽을 만드
는 황용의 얼굴에 미소가 떠올랐다. 이막수는 절로 등골이
오싹해져 "그만하세요!"라고 소리쳤다.

곽정은 방으로 들어와 문을 닫았다. 그러고는 조용히 침상 옆 의자에 앉으며 딸의 얼굴을 바라보았다. 그는 한동안 말이 없었다. 곽부는 감히 아버지를 쳐다보지 못했다. 이윽고 곽정이 침착한 목소리로 입을 열었다.

　"그간 어딜 갔었느냐?"

　곽부는 더듬거리며 기어드는 목소리로 말했다.

　"양과 오빠를 다치게 했다고 혼이 날까 봐 겁이 나서…… 그래서…… 그래서……."

　"그래서 며칠 숨어 있었던 거냐?"

　곽부는 입술을 질끈 깨물고 말없이 고개를 끄덕였다.

　"내 화가 풀리길 기다렸다가 돌아온 것이로구나?"

　곽부는 고개를 끄덕이고는 곽정의 품으로 뛰어들었다.

　"아버지! 용서해주세요. 아직도 화가 안 풀리신 거예요?"

　곽정은 딸의 머리를 쓰다듬으며 속삭였다.

　"화를 내서 무슨 소용이 있겠느냐. 그저 마음이 아플 뿐이다."

　"아버지!"

　곽부는 울음을 터뜨렸다. 곽정은 천장을 올려다보며 길게 한숨을 내쉬었다. 그런 뒤 천천히 입을 열었다.

"부야, 내 얘기를 잘 들어라. 과의 조부 되시는 양철심 공은 네 할아버지인 곽소천 공과 친형제나 다름없이 지내셨다. 또 과의 아버지와 네 아비 역시 형제의 의를 맺었지. 너도 잘 알고 있을 거다."

"예."

"과가 비록 제멋대로 하려는 기질이 있긴 하지만 그래도 본성은 의롭고 착한 아이다. 몇 번이나 제 몸을 돌보지 않고 나나 네 엄마의 목숨을 구해주지 않았니. 또 널 구해준 적도 있고. 아직 어린 나이인데도 벌써 나라를 위해 공을 많이 세웠다."

곽정은 안겨 있는 곽부의 몸을 바로 세우고 딸을 바라보았다.

"네가 모르는 일 한 가지를 오늘 이야기해주마. 과의 아비 되는 양강은 행실이 바르지 못했다. 나는 그의 의형이면서도 그 잘못을 고쳐주지 못했어. 그는 결국 가흥 철창묘에서 죽고 말았다. 네 엄마가 해친 것은 아니지만 결과적으론 네 엄마 때문에 죽었어. 우리 곽씨 집안이 양씨 집안에 죄를 많이 지었다……."

양과는 가흥 철창묘라는 말과 네 엄마 때문에 죽었다는 말에 심장이 멎을 뻔했다. 가슴 저 깊숙한 곳에 눌려 있던 원한이 한꺼번에 요동치는 듯했다.

"나는 널 과와 짝지어주고 평생 동안 그 빚을 갚으려 했는데, 일이…… 어찌 이렇게…… 이렇게 되었는지……."

곽정은 말을 잇지 못하고 두 눈을 감았다. 이 말을 들은 곽부가 갑자기 고개를 들고 소리쳤다.

"아버지! 그는 동생을 잡아갔어요. 또 이상한 헛소리로 제 얼굴에 먹칠을 했고요. 아무리 양씨 집안에 잘못을 했다고 해도 설마 제가 그런 모욕을 당하고도 가만히 있어야 한다는 건 아니시겠죠?”

곽정은 의자에서 벌떡 일어났다.

“모욕을 당해서 그 아이의 팔을 잘랐단 말이냐? 그 아이의 무공이면 너보다 열 배는 강할 거다. 정말 너를 모욕할 생각이었다면 네 팔이 열 개라도 모두 그 아이 손에 잘려나갔을 거야! 검은 어디 있느냐!”

곽부는 더 이상 대꾸하지 못하고 베개 밑에서 군자검을 꺼냈다. 곽정은 검을 받아 들고 살짝 퉁겨보았다. 서슬 퍼런 날이 웅웅거리며 소리를 냈다.

“부야, 사람은 하늘에 한 점 부끄러움이 없어야 한다. 아버지가 평소 너에게 엄하게 대하기는 했지만, 널 사랑하는 마음은 네 엄마와 다름없다.”

곽정의 목소리는 준엄했다.

“저도 알아요.”

“그래, 오른팔을 내놓아라. 네가 다른 사람의 팔을 베었으니 너도 팔을 잃는 아픔을 알아야 하지 않겠니? 내가 너의 팔을 베어야겠다. 네 아비는 평생 바르게 살아왔다. 절대 사적인 일에 눈이 어두워 딸이라고 무조건 감싸는 일은 할 수가 없다.”

곽부는 큰 벌을 받을 것이라 예상은 했지만 아버지가 제 팔 하나를 내놓으라고 할 줄은 상상도 하지 못했다.

“아버지!”

그녀는 창백한 얼굴로 아버지를 부른 후 아무 말도 하지 못했다. 곽정은 조금의 흔들림도 없이 두 눈으로 딸의 얼굴을 똑바로 응시했다.

양과는 곽정이 이렇게까지 의를 중시하는 줄은 생각지도 못했다.

지금 눈앞에서 일어나는 상황이 도무지 믿기지 않아 가슴이 뛰고 손발이 떨릴 지경이었다.

'내가 들어가서 말려야 하나? 곽 낭자를 용서해달라고 해야 하나?'

양과가 마음을 정하지 못하고 갈팡질팡하는 사이, 곽정이 장검을 치켜들었다. 그러고는 심호흡을 하더니 서슴지 않고 순식간에 아래로 내리쳤다. 그때 갑자기 바람 소리와 함께 누군가가 뛰어들었다. 동시에 봉 하나가 검과 곽부 사이를 가로막았다. 바로 황용이었다. 그녀는 아무 말도 하지 않고 봉을 휘둘렀다. 그것은 타구봉법의 초식이었다. 봉법이 워낙 정교한 데다 곽정으로서는 예상치 못한 일이라 그대로 두어 걸음 물러서야 했다.

"부야, 어서 도망가!"

곽부는 제 어머니만큼 영리하지 못했다. 게다가 큰일을 당하고 보니 넋이 빠져 제대로 서 있지도 못했다. 황용은 왼손으로 아기를 안은 채 오른손으로 봉을 휘두르며 딸을 막아섰다. 그러고는 곽부의 등을 떠밀었다.

"도화도 가진악 큰사부님을 모셔와서 아버지께 용서를 구하거라!"

그녀는 말하면서 계속 타구봉법으로 곽정을 가로막았다.

"문 앞에 소홍마를 세워뒀다! 어서 가!"

황용은 정직하고 고지식한 남편의 성격을 잘 알고 있었다. 워낙 의를 중시하는 사람인지라 딸이 잘못을 저지르고 연락도 없이 집에 돌아오지 않고 있는데도 걱정은커녕 여전히 화를 내며 딸을 탓했다. 남편이 심상치 않은 표정으로 딸아이의 방으로 가는 것을 본 황용은 아무래도 마음이 놓이지 않았다. 분명 엄한 벌을 내릴 것이라 예상하고 뒤따라갔다. 남편이 곽부를 몇 대 때리고 끝나면 다행이지만, 그러지 않으면 일단 몸을 피하게 하는 것이 상책일 듯했다. 그래서 사람을 시켜 소홍마를 문 앞에 세워놓고 안장에는 옷가지며 은자를 챙겨두었다. 시일이 좀 지난 후에 다시 부녀 사이를 원만하게 만들 생각이었다. 이런 황용의 계책 때문에 곽부는 잃을 뻔한 팔을 온전히 보전한 채 화원을 빠져나가 말을 달렸다.

황용은 계속 세차게 공격해 곽정을 몰아붙였다. 무공으로 따지면 곽정이 한 수 위이지만 워낙 아내를 소중히 여기는 데다 그녀가 품 안에 아기를 안고 있으니 어떻게 해볼 도리가 없었다. 곽정은 이미 침상 구석까지 몰려 더 물러설 곳도 없었다.

"받아요!"

황용은 아기를 남편에게 던졌다. 곽정은 깜짝 놀라 허둥지둥 팔을 뻗어 아기를 받았다. 황용은 그제야 죽봉을 멈추고 남편 곁으로 다가섰다.

"오빠, 부를 용서해줘요."

"나라고 부를 사랑하지 않겠니? 하지만 이런 일을 저지르고도 벌을 받지 않는다면 그 아이도 마음이 편치 않을 거야. 그러지 않으면 우리가 어떻게 과를 보겠어? 과는 팔이 잘린 채 집을 나가 돌봐주는 사람도 없는데…… 도대체 죽었는지 살았는지……. 난 내 팔을 자르지 못하는 것이 한스러워."

곽정은 군자검을 들어 가만히 쏘아보았다. 황용은 그가 설마 자신의 팔을 자르지는 않을 것이라고 믿었지만, 워낙 고지식한 사람이라 조금 무서운 생각도 들었다. 그녀는 얼른 검을 가로챘다. 나무 뒤에서 이런 광경을 지켜보던 양과는 곽정의 진심 어린 사랑을 보고 가슴이 저려오면서 절로 눈시울이 뜨거워졌다.

황용의 음성이 들려왔다.

"그렇게 찾았는데도 과는 어디로 갔는지 흔적이 없었어요. 만약 일이 생겼다면 틀림없이 무슨 보고가 있었을 거예요. 그리고 조금 안심이 되는 것은 과의 무공이 우리와 엇비슷하니 부상을 입었다 해도 잘 견뎌낼 거라는 거예요."

곽정은 여전히 단호하게 말했다.

"나는 가서 부를 데려오겠어. 이번에는 버릇을 고쳐야 해!"

"소홍마를 타고 갔으니 벌써 성을 벗어났을 거예요."

"아직 한밤중이야. 영패슈牌가 없으면 아무도 성을 빠져나갈 수 없어."

"그래요. 마음대로 하세요."

황용은 할 수 없다는 듯 한숨을 내쉬며 아들 곽파로郭破虜를 넘겨받았다. 아기를 건네주는 곽정의 얼굴에는 미안해하는 기색이 역력했다.

"용아, 너에게는 정말 미안해. 하지만 부가 불구가 되더라도 제 잘못을 깨닫고 뉘우친다면 그 아이의 장래를 위해서는 더 좋은 일이 될 거야."

"그렇게만 된다면 더 바랄 것이 없죠."

황용은 고개를 끄덕이며 아기를 받아 드는 듯하더니 갑자기 몸을 낮추며 곽정의 팔 아래를 찔렀다. 그녀의 집안에 전해지는 난화불혈수蘭花拂穴手로 곽정의 왼팔 아래의 연액혈淵液穴과 오른팔 아래의 경문혈京門穴을 동시에 찍은 것이다. 이 두 혈은 팔 아래에 있어 황용이 속임수를 쓰지 않았다면 절대 찍을 수 없는 곳이었다. 그러나 그녀는 아기를 남편에게 던질 때부터 이미 여기까지 생각해둔 상태였다.

곽정은 아내의 계략에 걸려 그야말로 꼼짝도 못 하는 상태가 되고 말았다. 순식간에 온몸이 마비되더니 침상 위에 쓰러져 옴짝달싹할 수가 없었다.

황용은 아기를 침대 끝에 눕혔다. 그러고는 곽정의 신발과 겉옷을 벗기고 침상에 편히 눕힌 후 잘 잘 수 있도록 베개까지 받쳐주었다. 그런 뒤 곽정의 허리춤에서 영패를 꺼냈다. 곽정은 두 눈을 뻔히 뜬 채 황용의 행동을 보고 있는 수밖에 없었다. 황용은 아기를 남편 곁에 나란히 눕히고 이불을 덮어주었다.

"오빠, 미안해요. 부를 잘 보낸 후 맛있는 음식과 술로 사죄할게요. 그동안 많이 봐줬으니까, 한 번쯤 더 봐줘도 괜찮겠죠? 이번 한 번만 더 용서해주세요."

황용은 곽정을 토닥이더니 그의 볼에 입을 맞추었다. 세 아이의 어머니가 되고도 아직 애교가 넘치는 아내의 모습을 보며 곽정은 두 눈을 둥그렇게 뜬 채 웃고 말았다. 이제 그녀가 돌아와 혈도를 풀어주기만을 기다리는 수밖에 없었다. 어차피 자신의 내공을 허비하면서 혈도를 푼다고 해도 아무리 빨라야 반 시진이 걸릴 터였다. 그 시간이면 딸을 쫓아가는 것은 불가능했다. 그는 꼼짝없이 침상에 누운 채 울지도 웃지도 못하고 끙끙거릴 뿐이었다.

딸을 생각하는 황용의 마음은 참으로 지극했다. 그녀는 먼저 방으로 돌아가 도화도의 보물인 연위갑을 찾았다. 그러고는 서둘러 경공술을 펼쳐 순식간에 성의 남쪽 문에 다다랐다. 예상했던 대로 곽부는 성문을 나가지 못했다. 그녀는 소홍마에 올라탄 채 성문을 지키는 병사와 다투고 있었다. 수문장의 태도는 공손했지만, 영패 없이는 문을 열수 없다는 입장을 굽히지 않았다. 그도 그럴 것이 야밤에 영패도 없이 성문을 열어주는 것은 죽을죄에 해당했기 때문이다.

두 사람이 실랑이를 벌이는 모습을 보며 황용은 혀를 끌끌 찼다. 부를 어찌하면 좋을지 자신도 답답했다. 곽부는 어려서부터 어머니의 과보호 아래 자랐다. 그래서인지 어려움이 닥치면 해결할 방법을 찾아보는 것이 아니라 무조건 화부터 내는 것이다. 이 모든 것이 자신의 탓이라 생각하니 황용은 절로 한숨이 나왔다. 그녀는 영패를 들고 다가갔다.

"여 대인의 영패예요. 살펴보세요."

당시 양양성을 지키는 장수는 안무사 여문환이었다. 곽정은 벼슬 없는 빈객으로 이곳에 머물며 영을 내리는 문서에는 모두 여문환의 이름을 쓰고 있었다. 그러나 사실상의 모든 명령은 곽정이 맡고 있었다. 그런 곽정의 부인이 직접 온 데다 영패도 틀림없는지라 수문장은 얼른 성문을 열고 자신의 말까지 내주었다.

"곽 부인, 혹 말이 필요하시다면 이놈을 쓰십시오."

"고마워요. 그럼 잠시 빌리기로 하죠."

곽부는 어머니의 얼굴을 보자 안심이 되는 듯 환하게 웃었다. 두 사람은 나란히 말을 달려 남쪽으로 향했다. 황용은 딸을 혼자서 도화도로 보낼 생각을 하니 걱정이 앞섰다. 얼굴이 예쁘장한 여자아이가 그 먼 길을 혼자서 가다가 도중에 무슨 일을 당할 것만 같아 걱정이 된 것이다. 그래서 차마 딸과 헤어질 수 없어 점점 멀리까지 따라갔다.

양양 북쪽은 한수漢水를 사이에 둔 번성樊城 말고는 수백 리에 이르도록 인적이 없었다. 양양 이남은 양양성이 군건히 지키고 있어 몽고군의 침략을 피할 수 있었고, 백성도 이전과 마찬가지로 생업을 유지해갔다.

20여 리를 달리는 사이, 날이 뿌옇게 밝아왔다. 저 멀리 마을이 보였다. 마을에 들어서니 이미 아침 장이 열리고 있었다.

"부야, 남쪽으로 더 가면 의성宜城이 나온단다. 여기서 함께 요기를 하고 나는 양양으로 돌아가야겠구나."

곽부는 눈물을 머금고 고개를 끄덕였다. 제가 한 짓이 후회스러워 견딜 수가 없었다. 잠시 분을 참지 못해 양과의 팔을 자른 탓에 이렇게 어머니와 헤어져 혼자 도화도까지 가야 한다니……. 게다가 눈먼 가진 악 대사부님을 모시고 돌아오는 일도 고생스럽기 짝이 없을 터였다. 그러나 검을 내리치던 아버지의 표정을 떠올리면 아무래도 무서워서 당장 양양으로 돌아갈 수는 없었다.

두 사람은 한 음식점에 들어섰다. 이제 곧 헤어질 마당에 입맛이 있을 리 없었지만 일단 쇠고기며 전병 등의 음식을 시켰다. 황용은 딸에게 연위갑을 건넸다. 그리고 저녁에 객점에서 묵게 되면 꼭 이것을 입으라고 신신당부했다. 또 도화도로 가는 길에 조심할 일을 포함해 이런저런 이야기를 해주었지만, 필요한 이야기를 모두 하고 있는지 자신도 정리가 되지 않았다.

딸의 얼굴을 들여다보니 입으로만 무심히 대답할 뿐 눈언저리가 붉어져 있어 가엾기 그지없었다. 평소 그렇게 활달하고 애교스럽던 모습은 찾아볼 수가 없었다. 황용은 가슴이 미어지는 듯해 고개를 돌렸다.

'뭘 좀 사서 들려 보내고 그만 돌아가야겠다.'

마침 상점 앞에서 사과를 쌓아놓고 팔고 있었다. 알맹이가 붉고 큰 것이 먹음직스러워 보였다.

"부야, 전병 좀 더 먹어라. 억지로라도 많이 먹어둬. 의성까지 가야 식사를 할 수 있을 거다. 나는 가서 사과 좀 사 오마."

황용은 몸을 일으켜 사과를 파는 상점 앞으로 갔다. 사과를 열 개쯤 골라 넣고 돈을 치르려는데 갑자기 뒤에서 맑고 낭랑한 여자의 목소리가 들려왔다.

"백미 스무 근과 소금 한 근을 이 자루에 넣어주세요."

맑은 목소리를 따라 황용은 저도 모르게 고개를 돌렸다. 누런 도포를 입은 여도사가 한 양곡점에서 물건을 사고 있었다. 여도사는 왼손에 아기를 안고 오른손을 품에 넣어 돈을 꺼내고 있었다. 그런데 아기를 감싼 강보가 아무래도 눈에 익었다.

'아니, 저건……'

자세히 보니 푸른색 주단에 붉은 말을 수놓은 것이 바로 자신이 직접 만든 강보였다. 그녀는 가슴이 두근거리고 돈을 든 손이 덜덜 떨렸다. 돈이 과일 광주리로 굴러떨어졌다.

'그렇다면 저 아기는 내 딸 곽양이 아니고 누구겠는가!'

황용은 살짝 고개를 돌려 여도사의 얼굴을 보았다. 아름다우면서도 살기를 띤 눈빛과 옆구리에 찬 불진으로 보아 바로 강호에서 악명이 높은 적련선자 이막수가 틀림없었다.

황용은 이막수를 직접 본 적은 없었다. 그러나 그동안 익히 들어온 터라 그녀를 보는 순간 마치 이전에 만난 것처럼 친숙했다. 너무나 갑자기 닥친 상황이라 황용은 어찌해야 할지 판단이 서지 않았다.

'아기가 잔인하기로 유명한 이막수의 손에 있으니, 혹 억지로 빼앗으려고 하면 틀림없이 아기를 해칠 거야.'

황용은 곽양을 낳은 후 경황이 없어 아기 얼굴도 자세히 보지 못했다. 그녀는 저도 모르게 이막수에게 다가가 아기를 살짝 들여다보았다. 눈썹이 고르고 표정이 밝은 것이 무척 예쁘게 생겼다. 게다가 붉게 혈색이 도는 얼굴을 보니 아주 건강한 듯했다. 함께 태어난 남동생 곽파로는 어미의 젖을 먹었으면서도 이 아기처럼 뽀얗게 살이 오르고 귀엽지는 않았다. 황용은 다행이다 싶으면서도 아기를 보자 그만 주르르 눈물이 흘렀다.

이막수는 셈을 마치고 자루를 받아 들고는 상점을 떠났다. 황용은 저도 모르게 그녀의 뒤를 따르고 있었다. 이런 상황에서 곽부를 부를 틈이 없었다. 큰길을 따라 서쪽으로 향하는 이막수를 황용은 가깝지도 멀지도 않게 거리를 유지하며 뒤따랐다.

'저 여자는 과의 사백이야. 서로 사이가 좋지는 않다고 해도 부가 과의 팔을 잘랐으니 고묘파에서는 우리 곽씨 집안에 원한이 있다고 생각할 거야. 더 가다가 만약 과와 용 낭자까지 만나게 되면 혼자서 세 사람을 상대해야 하니 아무래도 힘이 부치겠지. 지금 손을 쓰는 게 상책이겠다.'

그녀는 이막수가 방향을 꺾어 남쪽으로 향하는 것을 확인하고는 숲으로 들어섰다. 그러고는 경공술로 숲을 돌아 나와 이막수 앞에 가서 기다렸다. 그녀가 다가오자 황용은 천천히 앞을 가로막았다.

"적련선자 이 도장 아니신가요? 만나 뵙게 되어 반갑습니다!"

이막수는 자신에게 인사하는 이 아름다운 여자를 잠시 살펴보았다.

몸놀림이 매우 가벼운 것을 보면 평범한 사람은 아닌 듯했다. 그녀는 무기 대신 허리춤에 옅은 황색의 죽장을 차고 있었다. 이 모습을 보는 순간 이막수는 뭔가 떠오르는 것이 있었다. 그녀는 살짝 미소를 짓고 자루를 내려놓으며 마주 예를 올렸다.

"곽 부인의 명성은 이미 오래전부터 들어왔습니다. 오늘에야 뵙게 되니 평생의 원이 풀린 듯합니다."

지금 무림에서 여류 고수를 꼽으라면 단연 황용과 이막수였다. 청정산인 손불이는 비록 일찍 명성을 얻기는 했지만, 무공은 이 두 사람에게 미치지 못했다. 소용녀는 나이가 어린 탓에 곽도 왕자가 종남산 고묘에서 망신을 당한 후에야 세상에 알려지기 시작했고, 그 후 대승관에서의 싸움으로 더욱 유명해졌다. 그러나 이 역시 얼마 전에 있었던 일이라 아직 이름을 떨칠 정도는 아니었다. 그러나 황용은 동사 황약사의 무남독녀에 대협이라 불리는 곽정의 아내였으며, 그 스스로는 개방의 방주로 20여 년을 지냈다. 또 이막수는 불진과 빙백은침, 적련신장이라는 세 가지 절기로 강호를 벌벌 떨게 만든 여인이었다. 그런 두 사람이 처음으로 맞닥뜨린 것이다. 두 사람은 상대를 뚫어지게 쏘아보았다.

'정말 아름다운 여자군.'

두 사람은 서로 상대의 미모에 감탄하며 아래위를 훑어보았다. 또한 강호에 이름을 떨치는 인물이라면 틀림없이 남다른 무공을 갖추었을 것이니 더욱 경계하는 눈빛을 띠었다. 황용이 먼저 웃으며 입을 열었다.

"도장의 명성은 이미 오래전부터 들어왔습니다. 이렇게 예를 갖추시니 오히려 송구스럽습니다."

"곽 부인은 강호에서 가장 큰 조직이라는 개방의 방주셨으니 무림 군웅의 우두머리가 아닙니까? 이제야 뵙게 되어 안타까울 뿐입니다."

두 사람은 서로 깍듯이 인사말을 주고받았다.

"그런데 도장께서 안고 계신 아기가 참 귀엽군요. 뉘 집 아기인지요?"

"부끄러운 일입니다만, 혹여 듣고 비웃지는 말아주십시오."

"부끄러운 일이라니요?"

황용은 이막수의 말에 심사가 뒤틀렸다. 그러나 우선 아기를 빼앗을 방법부터 모색해야 했다. 그리고 틈을 보아 즉시 공격할 계획을 세웠다.

"저희 고묘파의 불행이기도 하지요. 제가 부덕하여 사매를 제대로 교육시키지 못한 탓에 그만…… 이 아기는 저희 용 사매의 사생아랍니다."

황용은 내심 깜짝 놀랐다.

'용 낭자는 임신한 적도 없는데 어떻게 사생아를 낳는단 말인가? 분명 내 딸이거늘 어찌 내 앞에서 저런 거짓말을 할까? 도대체 무슨 꿍꿍이지?'

사실 이막수는 황용을 속이려는 것이 아니라 실제로 이 아기가 양과와 소용녀 사이에서 태어난 아기라고 믿었다. 그런 이막수의 속내를 황용이 알 리가 없었다.

한편 이막수는 아직도 사부님이 소용녀를 편애해 고묘파의 비급인 〈옥녀심경〉을 그녀에게만 가르쳐준 것을 원망하고 있었다. 그래서 황용이 아기에 대해 묻자 옳다구나 싶어 사매의 이름을 더럽히려고 숨김없이 털어놓은 것이다.

"용 낭자는 현숙하고 몸가짐이 단정하던데 그런 일이 있었군요. 정말 뜻밖이네요. 그럼 이 아기의 아버지는 누군가요?"

"아버지요? 말씀드리자니 더 화가 나는군요. 제 사매의 제자인 양과랍니다."

능청스럽게 거짓 표정을 잘 꾸미는 황용도 이쯤 되자 참지 못하고 얼굴이 벌게졌다.

'내 딸을 용 낭자의 사생아라고 떠벌려? 게다가 그 아비가 양과라고? 나를 대놓고 모욕하는 것이 아닌가!'

그러나 분노하는 기색은 잠시 얼굴을 스쳤을 뿐 곧 평정을 되찾았다.

"그럴 리가요! 말도 안 되지요! 어쨌든 이 아기는 정말 귀엽네요. 이 도장, 제가 좀 안아봐도 될까요?"

황용은 품에서 사과를 하나 꺼내 아기의 얼굴로 들이밀었다. 그리고 입으로 "까꿍, 까꿍" 소리를 내며 아기를 얼러주었다.

"귀엽기도 하지. 네 얼굴이 이 사과 같구나."

이 모습을 본 이막수의 표정이 온화해졌다. 사실 이막수는 곽양을 빼앗아온 후 줄곧 깊은 산속에 숨어 지내며 아기 키우는 데에만 전념했다. 그리고 매일 돼지고기, 양고기, 쇠고기를 사다가 표범에게 먹이고 그 표범의 젖을 짜 아기에게 먹였다. 그녀는 평생 악독하게 살기는 했지만, 결코 천성이 악한 사람은 아니었다. 사랑에 실패하고 세상을 미워하면서 제 스스로 분에 못 이겨 포악해진 것뿐이었다. 곽양의 귀여운 모습은 그녀의 마음속에 남아 있던 모성애를 자극했고, 나중에는 소용녀가 〈옥녀심경〉과 아기를 바꾸자고 해도 쉽게 내줄 수 있을 것 같지 않다는 생각마저 했다. 그런데 황용이 아기를 안아보자고 하자 마치 제 친자식이 칭찬을 받는 것처럼 마음이 흐뭇해져 웃으며 아기를 넘겨주었다.

황용은 강보에 싸인 곽양을 받아 드는 순간 끝내 참지 못하고 아기를 잃은 어머니의 표정을 드러내고 말았다. 지극한 모성은 무엇으로도 가릴 수가 없는 것이 아닌가. 그동안 밤낮으로 딸아이를 생각하며 혹 잘못되지는 않았을까 얼마나 걱정했던가. 그런데 이제 낳자마자 헤어진 아기를 품에 안으니 기쁨을 감출 수가 없었다. 이런 모습을 본 이막수는 이상한 생각이 들었다.

'아기를 귀여워하는 거라면 기쁜 표정을 지을 텐데 저렇게 감격하는 모습을 보이다니…… 뭔가 숨기고 있는 것이 분명해.'

이막수는 즉시 다가가 다짜고짜 아기를 빼앗아 안고 뒤로 물러섰다. 황용은 넋을 잃고 아기를 보고 있다가 다시 빼앗기자 마치 이막수의 그림자라도 된 양 그녀의 움직임을 뒤쫓았다. 이막수는 땅에 내려둔 자루를 들고 아무렇게나 휘둘렀다. 자루 안에 있던 백미와 소금이 황용의 얼굴에 흩뿌려졌다. 황용은 몸을 솟구쳐 이것을 피했다. 그 틈을 타 이막수는 불진을 뽑아 들었다.

"곽 부인, 양과에게 이 아기를 뺏어다 주기로 했나요?"

황용도 이미 상대가 자신을 의심하고 있음을 감지했다. 이제 상황이 어렵게 되었으니 힘으로 아기를 빼앗는 수밖에 없었다.

"갓난아기를 그렇게 무지막지하게 빼앗아가다니 너무 심하시군요."

"곽 대협 부부께서는 그 명성이 강호에 자자하시던데 저는 그저 감탄스러울 뿐입니다. 오늘 직접 뵙고 보니 정말 명불허전이로군요. 하지만 지금은 일이 있어 그만 먼저 가봐야겠습니다."

이막수는 혹 곽정이 주변에 있지 않을까 싶어 얼른 자리를 뜨려 했다. 황용이 그런 그녀를 놓칠 리 없었다. 황용은 몸을 날려 이막수의 앞을 막아섰다. 손에는 이미 죽봉이 들려 있었다. 개방에서 대대로 전해지는 타구봉은 이미 노유각에게 주었고, 지금 가지고 다니는 것은 다른 죽봉이었다. 이것은 타구봉만큼 단단하지는 않았지만 길이나 무게는 타구봉과 같았다. 타구봉과는 달리 색깔이 조금 옅은 황색이었다. 그녀의 몸은 아직 땅에 닿지 않았는데도 이미 타구봉의 요결로 이막수의 등을 붙잡았다. 이막수는 화가 났다.

'나와 원한 관계가 있는 것도 아니요, 오늘 처음 만나 예를 다해 대했거늘 도대체 무슨 연유로 갑자기 나타나 무기를 휘두른단 말인가?'

이막수도 가만히 있지 않고 불진을 뒤로 휘둘러 죽봉을 막아내며 반격에 들어갔다. 황용의 봉법이 너무나 빨라 여섯 초식이 지나자 이막수는 이미 막아내기가 어려웠다. 그녀의 무공이 황용보다 떨어지기도 했거니와 손에 아기를 들고 싸우니 더욱 불리한 상황이 되었다. 황용이 이리저리 자유자재로 움직이며 휘두르는 죽봉에 밀려 이막수는 순식간에 수세에 몰렸다. 그렇게 몇 초식을 다투는 사이 이막수는 죽봉이 아기에게서 멀리 떨어져 일정한 거리를 두고 있다는 사실을 알아챘다.

'아기를 안고 있으면 싸울 때 제법 덕을 보는군.'

"곽 부인, 저를 시험해보시겠다면 또 기회가 있지 않을까요? 오늘만 날이 아닌데 이럴 것 있습니까? 이러다 누군가 실수라도 하면 이 귀여운 아기가 다칠 것 같은데요."

이막수는 능청스럽게 웃으며 빈정댔다.

'정말 내 딸인 줄 모르는 건가, 아니면 그런 척하는 건가? 시험을 해봐야겠다.'

"그 아기 때문에 이미 10여 초식을 양보했어요. 아기를 내려놓지 않으면 이제 아기의 목숨은 상관하지 않을 거예요!"

황용은 냉정하게 외치며 봉을 들어 이막수의 오른쪽 다리를 공격했다. 이막수가 불진을 들어 막았지만, 황용은 불진을 상대하지 않고 그대로 봉을 들어 올려 왼쪽 가슴을 노렸다. 봉의 움직임은 너무나 빠르고 정확했다. 이 공격이 적중하면 이막수는 큰 부상을 입을 것이 분명했다. 당연히 그 품에 안겨 있던 곽양도 목숨을 잃을 수밖에 없었다. 전광석화와도 같은 황용의 봉이 지금 막 곽양의 강보에 닿으려 하고 있었다. 물론 황용은 그 강약과 원근을 정확히 계산해 절대 아기가 다치지 않도록 조절하고 있었다. 그런 황용의 속내를 알 리 없는 이막수는 급한 마음에 몸을 오른쪽으로 피했고, 그런 와중에 허점이 드러났다. 곧바로 이막수의 정강이에 타구봉이 떨어졌다. 이막수는 하마터면 넘어질 뻔했지만 다리를 벌려 중심을 잡았다. 겨우 일어선 그녀는 불진으로 앞을 막았다.

"곽 부인, 명성이 부끄럽지 않으신가요? 어찌 어린 아기에게 그런 독수를 쓰시는 건가요?"

이막수가 성을 내며 나무라는 품이 아무래도 거짓으로 꾸미는 것 같지 않았다. 황용은 그나마 다행이라는 생각이 들었다.

'정말 죽을힘을 다해 아기를 보호하는구나. 내가 일부러 위협한 걸 속고 있다니……'

황용은 피식 웃음이 나왔다.

"도장께서도 그 아기의 근본이 명확하지 못하다고 하시지 않았습니까? 그러니 그런 아기를 살려두어 뭘 하겠습니까?"

황용은 말을 하는 사이에도 봉을 쉬지 않고 움직였다. 그러자 다시 곽양이 위험해졌다. 아기는 이막수의 품에 안겨 이리저리 흔들려 불편했는지 갑자기 큰 소리로 울음을 터뜨렸다.

'착하지. 놀라지 말거라. 엄마가 널 구하려면 이렇게 하는 수밖에 없구나.'

황용은 안타깝기 짝이 없었다. 그러나 그런 내색은 하지 않고 점점 더 날카롭게 이막수를 공격했다. 이막수가 힘을 다해 막지 않는다면 곽양의 생명을 앗아갈 수도 있었다. 이막수는 뒤로 몇 걸음 물러나며 불진을 휘둘러 우선 곽양을 보호했다.

"곽 부인! 도대체 어쩔 셈인가요?"

"지금 강호의 여류 고수라면 역시 이 도장과 저일 것입니다. 오늘 이렇게 만나게 되었으니 한번 겨뤄보아도 좋지 않을까요?"

그녀가 계속 곽양을 위협하는 통에 이막수는 화가 머리끝까지 치밀었다.

'네 남편이 오면 몰라도 너뿐이라면 같은 여자끼리 겁날 것 있겠느냐!'

이막수는 코웃음을 쳤다.

"곽 부인께서 군이 가르침을 주시겠다니, 저로서는 영광입니다."

황용은 이막수와 잠시 겨뤄보고 그녀의 무공이 자신과 엇비슷하다는 것을 느낄 수 있었다. 설사 아기를 빼앗는다고 해도 이막수가 죽기 살기로 덤빈다면 아기가 다칠까 봐 제대로 싸워보지도 못하고 도리어 당할 수도 있었다. 그래서 우선 이막수를 제압하고 딸을 찾는 것이 안전하겠다는 생각이 들었다.

"계속 아기를 안고 있으면 제가 이겨도 이겼다 할 수 있겠습니까? 잠시 내려두시고 무공을 겨루지요."

이막수 역시 아기를 안은 채로는 황용의 상대가 되지 않을 것이라 생각했다.

'강호에서는 곽정 부부가 의롭다고들 하는데, 어린 아기에게조차 이렇게 잔인하게 구는 것을 보면 소문이 과장된 모양이군.'

그녀는 주위를 휙 둘러보았다. 동쪽 나무 아래에 풀이 자라 있는 것이 보였다. 그곳이 제법 푹신하고 편할 것 같았다. 이막수는 곽양을 풀숲 위에 눕히고 가만히 토닥이며 달래주고는 몸을 돌렸다.

"시작하시죠."

이제 아기를 어를 때와는 다른 살기가 번득였다. 황용은 이막수가 그간 저질러온 악행을 생각하면 백번을 죽여도 그 죄가 씻기지 않을 것이기에 마음속에 살의가 치밀어 올랐다. 이막수는 평소에는 독하기 짝이 없는 여자였다. 그러다 보니 다른 사람의 마음도 모두 저와 같은 줄 알고 있었다. 황용이 자꾸만 아기를 훔쳐보는 모습도 아무래도 심상치 않아 보였다.

'나를 이기지 못하면 아기에게 독수를 써서 정신을 분산시킬 생각이구나.'

그녀는 곽양을 가로막고 서서 황용을 맞았다. 이 짧은 순간, 황용은 속으로 여러 가지 계책을 떠올렸다. 모두 이막수의 목숨을 앗아갈 만큼 절묘하고 강력한 계책이었지만, 곽양에게까지 위험이 미칠 수 있었다.

'이 여자가 하는 것을 보니 우리 아기를 퍽이나 아끼는 것 같구나. 당분간은 이 여자 손에 맡겨도 큰 문제는 없을 듯하니 너무 위험을 감수할 필요는 없겠어.'

"이 도장, 승부가 금방 끝나지는 않을 듯한데, 그새 들짐승이라도 나타나 아기를 잡아먹기라도 하면 큰일 아니겠어요? 우선 아기를 잘 처리하고 마음 편히 싸워봅시다."

황용은 허리를 굽혀 작은 돌멩이를 하나 줍더니 중지로 튕겨냈다. 바람 소리와 함께 돌멩이가 곽양을 향해 날아갔다. 이것은 바로 그녀의 집안에 전해지는 절기인 탄지신통이었다.

이막수는 기겁을 했다. 그녀는 황약사의 탄지신통을 본 적이 있어 그 위력을 알고 있었다. 그녀는 얼른 불진으로 돌멩이를 막았다.

"도대체 이 아기가 당신에게 뭘 어쨌다고 자꾸만 어린 목숨을 노리는 거죠?"

황용은 속으로 웃었다. 사실 돌멩이를 힘껏 튕기기는 했지만 손가락에 회전을 넣어 이막수가 막지 않더라도 돌멩이는 곽양의 몸에 닿을 때쯤 방향을 바꾸게 되어 있었다.

"아기를 그토록 아끼는 걸 보니 혹시…… 모르겠군요, 혹시 당신의……."

이막수는 갑자기 얼굴이 빨개졌다.

"혹시 내 아기……."

이렇게 말한 이막수는 얼른 입을 다물었다. 잠시 뒤 얼굴이 더욱 붉어졌다.

"뭐라는 거예요?"

"당신은 여도사이니 아기가 있을 리 없지요. 남들이 아기를 보고 혹 당신의 동생이 아니냐고 하겠다는 거지요."

"흥!"

이막수는 코웃음만 칠 뿐 아무 말도 하지 못했다. 그녀는 황용이 자신을 놀린 진짜 속뜻을 이해하지 못했다. 사실 황용은 자신과 곽정의 아기를 양과의 아기로 알고 있는 것이 불쾌해 저 아기가 혹 당신의 동생이 아니냐고 함으로써 이막수를 자신과 곽정의 자식뻘로밖에 생각지 않는다고 비꼰 것이다.

"곽 부인, 그럼 시작하시죠!"

"이 도장은 아기 때문에 신경이 쓰여 대결을 하면서도 집중을 할 수 없을 테니 내가 이기더라도 별 의미가 없고, 당신도 핑곗거리가 생기는 셈입니다. 그러니 이렇게 합시다. 먼저 등나무 가지를 잘라 아기 주위에 둘러놓으면 들짐승이 다가오지 못할 거예요. 그렇게 해놓고 겨룹시다."

황용은 이미 허리춤에서 단도를 꺼내 들었다. 그러고는 대답도 듣기 전에 먼저 수풀 속으로 들어가 온통 가시가 돋친 등나무 가지를 자르기 시작했다.

이막수는 혹 황용이 갑자기 아기에게 손을 쓸까 봐 단단히 방비를 했다. 그러나 황용은 등나무 가지만 열심히 잘라다 아기 주변에 겹겹이 두를 뿐이었다. 그녀는 모든 정신을 울타리 치는 데에만 쏟고 있었다.

'곽 부인이 똑똑하고 꾀가 많다고 하더니, 정말 그렇구나.'

이렇게 방어벽을 만드는 황용의 얼굴에 미소가 떠올랐다. 이막수의 눈에는 그것조차 의심스러워 그냥 둘 수가 없었다.

"그만하세요!"

황용이 손을 멈추고 이막수를 바라보았다.

"이 도장이 됐다면 그만해야죠. 그런데 우리 아버지를 만난 적이 있죠?"

"그래요."

"양과가 하는 말을 들으니, 우리 아버지를 조롱하는 글을 썼다죠? 뭐, 도화도주 제자는 다섯이 한 명을 상대하니 강호의 비웃음을 살 거라고……."

이막수는 가슴이 서늘해졌다.

'그래! 바로 그거였구나. 오늘 계속 내게 달라붙은 것도 그 일 때문이었구나.'

그녀는 억지로 웃음을 지었다.

"그때는 다섯 명에서 나 하나에게 덤볐으니 결코 거짓이 아니었죠."

"그래요? 그렇다면 오늘은 일대일로 겨뤄보지요. 누가 강호의 비웃음을 살지 보자고요."

이막수는 벌컥 화가 났다.

"큰소리치지 말아요. 도화도의 무공은 이미 여러 번 봤어요. 별로 대단할 것도 없더군요."

황용이 차갑게 웃으며 말했다.

"흥! 도화도의 무공에 대해 함부로 말하지 말아요. 과연 당신이 상대할 수 있을까요? 어디 그럼 먼저 저 아기를 데려와 보시겠어요?"

이막수는 가슴이 철렁 내려앉았다.

'혹 아기에게 무슨 짓을 한 게 아닐까?'

이막수는 황급히 몸을 돌려 등나무 가시가 둘러쳐진 곳으로 달려갔다. 그런데 아기가 있는 곳으로 가기 위해 이리저리 방향을 꺾으며 걸음을 옮기는데, 도무지 어떻게 가야 할지 알 수가 없었다. 등나무 가시를 피해 가다 보면 어느새 울타리 밖으로 나와 있곤 했다. 마음이 조급해져 다시 시도해봐도 분명 들어갔는데 종국에는 나와 있는 상황이 반복되었다. 이막수는 더 생각하지 않고 무조건 안으로 발을 디뎠다. 발아래로 등나무 가지가 아무렇게나 널려 있었다. 옷자락이 가지 하나에 걸리며 찢겨나갔다. 그런데 어느새 황용이 울타리 안에 들어가 아기를 안아 들고 있는 것이 아닌가! 이막수는 날카롭게 소리쳤다.

"아기를 내려놓아요!"

눈으로는 분명 안으로 들어갈 수 있는 길이 보이는데 발걸음을 떼는 순간 등나무 가시가 앞을 가로막고 있었다. 황용이 바로 눈앞에 있는데 정작 다가갈 수가 없었다. 왼쪽으로 간 것 같은데 오른쪽에 가 있고, 앞으로 가야 할 것 같은가 하면 또 뒤로 돌아가야 할 것 같기도 했다. 그렇게 몇 번 방향을 바꾸어 가다 보면 또 밖으로 나와 있었다. 황용은 아기를 내려놓고 천천히 걸어 나왔다.

그제야 이막수는 정신이 번쩍 들었다. 지난번 양과와 정영, 육무쌍이 집 밖에 흙더미를 쌓아두었을 때도 정면으로 공격할 수가 없지 않았던가! 황용이 등나무 가지로 만든 것 역시 그때 본 도화도의 구궁팔괘술이었던 것이다.

이막수는 낮게 신음했다.

'우선 저 여자를 쓰러뜨리고 등나무 가지를 하나하나 잘라내며 들어가는 수밖에 없겠다. 지금 섣불리 아기부터 찾으려다간 저 여자의 손에 당하고 말 거야.'

마음을 정한 그녀는 몸을 솟구쳐 등나무 울타리에서 멀리 떨어진 곳에 착지했다. 황용은 그녀가 울타리 안에서 어쩔 줄 몰라 하는 것을 보고 속으로 비웃었다. 그런데 이내 상황 판단을 하고 멀리 떨어져 자신을 기다리는 모습을 보자 절로 감탄이 나왔다.

'취할 것인지 버릴 것인지의 결정이 빠르군. 강호에 이름을 날리는 데에는 다 그만한 이유가 있었던 거지. 오늘 강적을 만났구나.'

딸은 이제 안전한 곳에 두었으니 걱정할 것이 없었다. 황용은 죽봉을 휘두르며 이막수를 향해 달려들었다. 이막수는 감아쥔 불진을 휘둘러 죽봉을 휘감았다. 두 사람은 한 치의 양보 없이 자신이 가진 최고의 무공을 펼치며 수십 초식을 겨루었다.

이막수의 무공도 실로 대단해 불진이 변화무쌍하게 움직였으나, 상대는 강호에 이름을 날린 황용이었다. 황용의 타구봉법이 워낙 강력해 이막수는 겨우 막아내며 버틸 뿐이었다. 물론 무림에서 이렇게라도 황용을 막아내는 사람은 드물었다.

죽봉은 천천히 움직이는 듯하면서도 몸으로 다가와서는 순간적으로 방향을 바꾸며 공격해왔다. 죽봉은 보기에는 살인 무기가 아닌 듯 보였지만 신체의 서른여섯 개 혈을 이 죽봉에 찍히게 되면 꼼짝도 할 수 없었다. 이막수의 이마에 땀방울이 맺혔다. 그녀는 불진을 휘둘러 황용을 공격하는 척하다 일단 뒤로 물러섰다.

"봉법이 과연 대단하시군요. 아무래도 당해낼 수가 없겠습니다. 그런데 궁금한 점이 있는데 여쭤봐도 될까요?"

"그러시죠."

"이 봉법은 구지신개의 절기입니다. 도화도의 무공이 대단하다면 곽 부인은 어찌 가전의 무공을 사용하지 않고 다른 이의 무공을 쓰시는지요?"

'제법이구나. 봉법을 당해낼 수 없으니 내가 쓰지 못하도록 하려는 거야.'

황용은 가슴이 뜨끔했지만 얼굴에는 미소를 지었다.

"이 봉법을 구지신개께서 전해주신 걸 알고 있다면 봉법의 이름도 알겠군요?"

이막수는 코웃음을 치며 얼굴을 살짝 찌푸릴 뿐 대답하지 않았다.

"이건 타구봉법이에요. 개를 때리는 데는 이만한 게 없답니다."

이막수는 아무래도 황용이 타구봉법을 쓰지 못하게 할 수는 없을 것 같았다. 계속 말씨름을 해봤자 이길 수 없을 것 같아 불진을 허리춤에 꽂았다.

"천하의 거지들은 하나같이 말재주가 능수능란하더니, 방주께서도 말씀을 아주 잘하시는군요."

그리고는 숲 쪽으로 성큼성큼 걸어가더니 나무 아래에 주저앉았다. 이막수가 순순히 패배를 인정하고 물러선다는 것은 좀처럼 볼 수 없는 일이었다. 그러나 아예 도망가지도 않고 근처에 앉아만 있는 게 의아했다. 황용은 가만히 자리를 지키고 있는 이막수를 보고는 곧 그 의도를 알 수 있었다. 이막수는 아기를 두고 갈 수 없었던 것이다.

황용이 들어가 딸을 데리고 나올 때 붙잡고 늘어지면 다시 상황이 이막수에게 유리하게 돌아갈 것이다. 아무래도 지금 끝장을 보지 않으면 편안히 아기를 데리고 집으로 돌아갈 방도가 없을 듯했다. 황용은 왼쪽으로 세 걸음, 오른쪽으로 네 걸음을 옮긴 후 비스듬히 우회해 이막수의 앞에 섰다. 그저 적에게 다가간 것으로 보이지만 사실은 그 안에도 팔괘의 변화가 숨어 있었다. 이막수가 어느 쪽으로 피해도 가로막을 수 있도록 자리를 잡으며 다가가는 신술이었던 것이다. 뒤이어 황용은 오른손을 휘둘러 죽봉으로 이막수의 팔꿈치를 겨누었다.

이막수는 손을 들어 죽봉을 가로막으며 외쳤다.

"진현풍과 매초풍이 죽은 후 황약사에게는 정말로 후계자가 없었나 보군요."

그녀의 말속에는 가시가 돋쳐 있었다. 황용이 북개에게 전수받은 타구봉법만 쓰는 것을 비꼬고, 황약사가 제자를 거두는 데 소홀했음을 조롱하는 것이었다. 황용은 집안에서 전해오는 옥소검법도 수련했으나 검이 없어 쓰지 못했을 뿐이었다. 봉을 검 대신 사용하면 아무래도 자유롭지 못해 적을 이기기가 힘들기 때문이었다.

"우리 아버지께서 제자를 거두시기는 했지만 다들 신통치 못했어요. 무공과 행동이 꼭 닮은 이 도장과 용 낭자 같은 제자를 키우는 게 어디 쉬운 일인가요?"

소용녀 이야기를 꺼내며 빈정거리는 황용의 말에 이막수는 화가 머리끝까지 치밀어 소매를 획 휘둘렀다. 순간 빙백은침 두 개가 황용의 아랫배를 향해 날아갔다. 이막수는 눈 하나 깜짝하지 않고 사람을 죽이는 여자였지만, 자신의 몸은 깨끗이 지켜온 처녀였다. 행실이 단정치 못한 소용녀를 자신과 똑같다고 들먹이며 비꼬니 화가 나 가장 지독한 독수를 쓴 것이다.

이막수로부터 얼마 떨어지지 않은 곳에 서 있던 황용은 이미 피하기는 늦었다고 판단하고 얼른 죽봉으로 하나하나 쳐냈다. 황용의 타구봉법이 경지에 이르지 않았다면 하나는 쳐내더라도 두 번째는 힘들었을 것이다. 두 개의 은침이 그녀의 얼굴 위로 튕겨 날아갔다. 은은히 풍겨오는 악취가 정말 지독했다. 수년 전 아끼는 수리가 이 은침에 다리를 다친 적이 있었다. 그때 즉시 치료해주었지만 6~7개월이 지나고 나서야 독기가 모두 빠졌다. 황용이 가슴을 쓸어내리며 고개를 돌리니 은침이 또 날아왔다. 황용은 동쪽으로 몸을 날려 피했다. 은침 두 개가 바람을 가르며 귓가를 스쳐갔다.

'여긴 아기와 너무 가까운 거리야. 독침이 여기저기에서 날아다니다 아기의 약한 피부에 닿기라도 하면 큰일이다!'

곽양 생각이 들자 황용은 동쪽으로 내달려 숲을 가로질렀다. 이막수가 그 뒤를 바짝 쫓아왔다. 황용이 봉법 외에 다른 무공은 자기만 못한 것이 틀림없다고 생각하며 앞서 달리는 황용에게 외쳤다.

"승부가 나지 않았는데 어딜 가는 거예요!"

황용은 살짝 몸을 돌리고는 미소를 지었다.

"그럴 리가요. 이 도장의 적련신장이 천하무적이라는 이야기는 오래전부터 들었는데 어디 좀 받아볼까요?"

이막수는 잠시 어안이 벙벙했다.

'내 독장毒掌이 얼마나 대단한지 알고 있으면서 겨뤄보겠다고? 뭔가 믿는 게 있는 모양인데 조심해야겠다.'

그러나 내심 황용의 장력이 아무리 대단하다 한들 몸에 닿기만 하면 그 자리에서 죽어버리는 자신의 신장만은 못할 거라는 생각이 들었다. 이막수는 자신만만해하며 쌍장을 부딪쳤다. 그러자 내공이 장심으로 모였다. 그때 황용이 오른손을 가볍게 휘둘렀다.

"그럼 도화도의 도화낙영장을 보여드릴까요?"

이막수는 왼손으로 그녀의 장심을 밀어내며 그 기세를 타고 오른손으로 황용의 어깨를 공격했다. 두 사람의 움직임이 모두 바람처럼 빨랐다. 이막수는 오른손으로 공격하는 동시에 은침 두 개를 날렸다. 은침은 황용의 가슴을 노리며 날아갔다. 장력과 함께 은침을 날리는 초수는 그녀가 사문을 떠난 후 스스로 만들어낸 것이었다. 상대가 독장을 막느라 정신이 없는 사이 가까이 다가가 돌연 은침을 날리는 이 공격으로 목숨을 잃은 무림의 고수가 적지 않았다.

황용은 왼손을 거두며 이막수의 오른팔을 밀어 장력 공격을 풀며 오른손을 품 안으로 거두어들였다. 마치 반격할 암기를 찾는 듯한 모습이었다. 그러나 때는 이미 늦었다. 그녀가 오른손을 품에서 꺼냈을 때는 이미 은침이 갈비뼈 아래에 꽂히려는 순간이었다. 이쯤 되면 아무리 대단한 재주가 있는 사람이라도 피하기 어려울 것이라 생각하고 이막수는 쾌재를 불렀다. 그리고 은침이 옷을 뚫고 황용의 몸에 꽂히는 것을 두 눈으로 확인했다.

"아얏!"

황용은 외마디 비명을 지르고 두 손으로 배를 감싸쥐며 허리를 구부렸다. 동시에 왼손을 뻗어 이막수의 가슴을 공격했다.

"옳지!"

빠른 공격이었지만 이막수는 여유 있게 몸을 뒤로 피한 뒤 이어서 황용의 가슴을 향해 쌍장을 내질렀다. 그녀는 황용이 지금 은침의 독에 중독되어 독성이 빠르게 퍼지고 있으리라 생각하고 쌍장을 뻗어 황용을 멀리 밀쳐놓으려는 것이었다.

황용은 상반신을 조금 움직였을 뿐 공격을 막으려 하지 않았다. 이막수의 쌍장이 막 황용의 옷깃에 닿으려는 순간 이막수는 갑자기 손바닥에 뜨끔한 통증을 느꼈다. 무슨 뾰족한 침에 찔린 듯한 느낌이 들었다. 깜짝 놀라 뒤로 물러나 들여다보니 손바닥에 바늘구멍이 있고 그 주변에 검붉은 피가 맺혀 있었다. 틀림없이 자신의 빙백은침에 찔린 것이다. 당황스러우면서 분노가 치밀어 올랐다. 도대체 어찌 된 일인가?

고개를 들어보니 황용이 웃으며 품속에서 사과 두 개를 꺼내 보였다. 사과에는 은침이 하나씩 꽂혀 있었다. 그제야 이막수는 어찌 된 일인지 알 수 있었다. 황용은 품에 사과를 가지고 있다가 자신이 은침을 날리자 피하지 않고 손을 품 안에 넣어 사과를 쥐고 은침을 받았다. 그러고는 독이 묻은 쪽이 사과를 뚫고 나오자 얼른 방향을 바꾸고 다시 공격하도록 기다린 것이다. 이막수도 똑똑하기로는 둘째가라면 서러운 사람이었다. 그런데 오늘 더 많은 잔꾀를 가진 적수를 만나 고전을 면치 못했다. 할 수 없이 체념하고 해독약을 찾기 위해 손을 품 안에 넣는 순간, 황용의 쌍장이 바람 소리를 내며 덮쳐왔다. 이막수는 왼손을 들어 공격을 막았다.

황용의 눈처럼 하얀 손가락이 벌어지며 이막수의 오른쪽 팔꿈치에 있는 소해혈小海穴을 쓸어내렸다. 다섯 손가락이 마치 난처럼 펼쳐지는 그 모습은 참으로 우아했다. 이막수는 가슴이 철렁 내려앉았다.

'이것이 바로 그 유명한 난화불혈수?'

그녀는 약을 꺼내려다가 다시 황용의 장풍을 막아야 했다. 황용은 오른손을 거두고 이번에는 왼손으로 이막수의 목과 어깨 사이의 결분혈缺盆穴을 쓸었다. 황용의 손놀림은 자유자재로 움직였다. 순식간에 장력을 써 도화낙영장을 쓰는가 하면 또 손가락을 펼쳐 난화불혈수를 쓰기도 했다. 그녀의 움직임은 정말 복숭아꽃이나 난처럼 우아하고 아름다웠다. 거기에 엄청난 위력까지 실려 있으니 이막수는 곧 죽을지도 모르는 상황에 처해 있으면서도 감탄이 절로 나왔다.

'도화도의 신기를 실제로 보니 정말 대단한 무공이었구나. 오늘 독에 중독되지 않았다고 해도 나는 적수가 되지 못했을 것이다.'

빙백은침은 독성이 대단히 강했다. 그녀는 일상적으로 사용하기 때문에 이미 그 독에 익숙해서 버틸 수 있지만, 그러지 않았다면 이미 정신을 잃었을 것이다. 황용은 이막수의 안색이 점점 창백해지는 것을 보면서 조금 여유를 가질 수 있었다. 조금만 더 그녀를 붙잡고 있으면 아마 견디지 못할 것 같았다.

이막수는 해독약을 먹기 위해 황급히 공격에서 빠져나왔다. 그러나 황용이 그냥 놓아줄 리 없었다. 그간 이 여자는 나쁜 짓을 참 많이도 저질렀다. 오늘 자신의 독침에 당해 죽는다면 무씨 형제 어머니의 원수를 갚는 것이기도 했다. 황용은 공격의 끈을 조금도 늦추지 않고 계속 몰아붙였다. 그러면서도 혹 이막수가 죽을힘을 다해 빠져나갈까 봐 퇴로도 완전히 차단했다. 이막수는 손이 마비되는가 싶더니 몇 초식을 쓰고 나자 겨드랑이까지 움직일 수 없었다. 얼마 지나지 않아 팔 전체가 마비되고 말았다.

"잠깐!"

이막수는 옆으로 두어 걸음 비켜서며 참담한 목소리로 외쳤다.

"곽 부인, 나는 그동안 사람을 많이 죽였어요. 진작부터 이날까지 살아 있으리라 기대하지도 않았답니다. 지혜로 보나 힘으로 보나 저는 곽 부인의 적수가 되지 못해요. 이제 당신 손에 죽게 되는군요. 기꺼이 패배를 인정하고 죽음을 받아들이겠어요. 하지만 한 가지만 부탁드릴게요."

"무슨 일이죠?"

혹 이막수가 해독약을 꺼낼까 봐 황용은 경계를 늦추지 않았다. 그러나 늘어뜨린 팔을 보니 이미 구부릴 수 없는 지경이 된 듯했다.

"저는 사매와 줄곧 사이가 좋지 않았답니다. 하지만 아기는 아무런 죄도 없고 너무나 귀엽지 않습니까. 모쪼록 잘 보살펴주시기 바랍니다."

참으로 간절한 부탁이었다. 황용은 가슴이 찡해졌다.

'그렇게도 악행을 일삼더니 죽음에 이르러서는 내 딸을 저토록 생각해주는구나.'

황용은 그녀를 좀 더 시험해보기로 했다. 앞으로 다가가 우선 그녀의 혈도를 다시 찍은 후 그 품속에서 약병을 꺼냈다.

"이것이 당신의 독을 풀 수 있는 해독약인가요?"

"예!"

"나는 두 사람 모두를 살려줄 수 없어요. 당신을 살려주면 저 아기를 죽일 거예요. 만일 당신이 죽겠다면 저 아기를 살려주도록 하죠."

이막수는 목숨을 건질 기회가 있을 줄은 꿈에도 생각지 못했다. 그러나. 아기를 죽이라는 말은 차마 나오지 않았다. 그렇다고 아기를 살리기 위해 자신이 죽겠다는 것도 선뜻 내키지 않았다. 황용은 병에서 해독약 하나를 꺼내 손가락 두 개로 잡고 흔들며 대답을 기다렸다.

"저…… 저는……."

'저렇게 망설이는 것도 이미 힘든 일 아닌가. 뭐라 대답하든 지금까지 보여준 갸륵한 마음 때문에라도 이번에는 살려줄 수밖에 없겠다. 그간 저지른 일이 있으니 누구든 다른 사람이 복수를 할 테지.'

황용은 미소를 지으며 이막수의 말을 막았다.

"이 도장, 우리 양이를 잘 돌봐줘서 고마워요."

이막수는 무슨 말인지 몰라 어리둥절했다.

"뭐라고요?"

"이 아기는 성은 곽, 이름은 양으로 곽정 오빠와 저의 딸이랍니다. 태어나 얼마 안 돼 용 낭자의 손에 맡겨졌다가 무슨 오해가 있었는지 이렇게 되었군요. 그간 돌봐주신 것 정말 감사드려요."

황용은 공손히 예를 표하고 해독약 하나를 이막수의 입안에 넣어주었다.

"됐나요?"

이막수는 얼른 대답했다.

"아니요! 독이 깊어 세 알을 먹어야 해요."

"좋아요."

황용은 두 알을 더 넣어주었다. 그러고는 혹 앞으로 쓸모가 있을지도 모르겠다는 생각에 해독약은 돌려주지 않고 품 안에 넣었다.

"세 시진이 지나면 혈도는 자연히 풀릴 거예요."

황용은 숲으로 걸음을 옮기며 생각했다.

'자매가 다시 만나게 되면 정말 좋을 텐데……. 그나저나 시간을 너무 지체했어. 부가 기다리다 그냥 가버리지 않았을까?'

황용은 얼른 등나무 울타리 안으로 들어가 딸을 안으려다가 그만 돌처럼 굳어버리고 말았다. 아기가 없어진 것이다. 등나무 울타리 안은 달라진 것이 없는데 아기는 온데간데없이 사라졌다. 황용은 가슴이 세차게 요동치기 시작했다. 그렇게 지혜롭고 꾀가 많은 그녀도 이번에는 너무 놀란 나머지 꼼짝도 할 수 없었다. 그녀는 먼저 마음을 진정시켰다.

'정신 차려야 돼! 내가 이막수와 숲 밖으로 나가서 싸우기 시작한 게 얼마 되지 않았으니까 누군가 양이를 데려갔다고 해도 멀리 가지는 못했을 거야.'

그녀는 일단 숲에서 가장 높은 나무에 올라가 사방을 둘러보았다. 양양성 부근은 지세가 평탄해 그 정도 높이에서도 10여 리 밖까지 살필 수 있었다. 그러나 주변에는 아무것도 눈에 띄지 않았다. 몽고 대군이 휩쓸고 간 후라서 나다니는 사람이 워낙 없었기 때문에 사람이나 혹은 말이라도 지나간다면 틀림없이 눈에 띌 텐데 아무것도 보이지 않았다. 번성으로 가는 서쪽에도, 의성으로 가는 남쪽에도 움직이는 물체가 전혀 없었다.

'멀리 가지 않았다면 근처에 있을 것이다!'

황용은 근처에 무슨 흔적이 없는지 자세히 살폈다. 그러나 등나무 울타리에는 건드린 듯한 흔적이 전혀 없었다. 들짐승이 들어와 아기를 해친 것 같지도 않았다.

'나는 여기를 구궁팔괘방위로 만들어놓았어. 그건 우리 아버지가 만든 기문술이야. 도화도 제자 외에는 아무도 모르는데 도대체 누구의 짓이란 말인가? 금륜국사 같은 재주 있는 자라고 해도 이곳을 마음대로 드나들 수는 없다. 설마 아버지가 오셨단 말인가……. 아차, 이런!'

몇 개월 전 금륜국사와 맞붙었을 때 양과에게 다급한 와중에 석진을 만들며 진법의 이치를 대강 설명해준 일이 생각났다. 양과는 워낙 똑똑해 하나를 알려주면 열을 아니 이 기문술에 정통하지는 못하더라도 등나무 울타리처럼 바삐 만들어놓은 팔괘 정도는 쉽게 뚫을 수 있었을 것이다. 양과를 떠올리자 머릿속이 멍해지며 딸이 더욱 걱정되었다.

'부가 팔을 베었으니 우리 곽씨 집안에 원한이 깊겠지. 아기가 과의 손에 있다면 목숨을 부지하기 힘들지도 모른다. 손을 쓸 것도 없이 그저 아무 데나 버려두기만 해도 그 어린것이 무슨 수로 살 수 있을까……'

태어난 지 며칠 되지도 않은 아기가 이런 고초를 연달아 겪게 되다니, 황용은 너무 안타까워 눈물을 흘렸다. 그러나 황용은 온갖 위험을 헤쳐온 지혜가 남다른 여인이었다. 절대 그냥 걱정만 하고 있을 리 없었다. 잠시 울고 난 황용은 눈물을 닦고 마음을 가라앉힌 후 양과의 행적을 찾아보았다. 그런데 이상하게도 주변에서 발자국이라고는 하나도 찾을 수가 없었다. 정말 이상한 일이었다.

'아무리 경공술이 뛰어나다 해도 부드러운 흙 위에는 자국이 남는 법인데, 설마 공중으로 날아왔단 말인가?'

그녀의 짐작은 틀리지 않았다. 곽양은 양과가 데려간 것이었다. 그리고 양과는 이 등나무 울타리를 날아서 넘어왔다가 다시 날아서 나갔다.

그날 저녁, 양과는 창밖에서 황용이 곽정의 혈도를 찍고 딸을 풀어주는 것을 모두 지켜봤다. 그리고 원래 들어왔던 길로 성을 나가 두 사람의 뒤를 쫓았다.

'곽 백모, 당신 딸이 내 팔을 잘랐으니 그만한 대가는 치러야 할 겁니다. 나는 당신들을 보고 있지만 당신들은 내가 보고 있다는 것조차 모르니 딸의 팔을 지키는 게 그리 쉽지는 않을 거예요.'

황용은 마음이 심란하던 터라 미처 인기척을 느끼지 못했다. 이후 마을에서 이막수를 만나 맞붙어 싸우는 것도 양과는 숲 밖에서 모두 지켜보았다. 그리고 두 사람이 숲을 나오자 그는 높은 나무로 올라가 긴 가지 세 가닥을 묶어 한 끝은 나무에 묶고 다른 한쪽은 왼손에 쥐었다. 이렇게 가지를 타고 등나무 울타리 안으로 들어가 두 발로 곽양의 허리를 잡은 후 왼손에 힘을 주고 튕기자 몸이 다시 나무 위로 되돌아왔다. 그리고는 황용과 이막수가 장력을 주고받으며 싸우는 것을 확인한 뒤 숲을 빠져나와 뒤도 돌아보지 않고 달렸다. 순식간에 마을로 돌아와보니 곽부가 거리에 서서 소홍마의 고삐를 쥐고 두리번거리며 어머니가 돌아오길 기다리는 모습이 보였다. 양과는 두 발로 땅을 찍으며 뛰어올라 홍마의 등에 올라탔다. 곽부는 깜짝 놀라 돌아보았다. 말 위에 앉아 있는 사람은 양과였다.

"아!"

곽부는 저도 모르게 비명을 지르고는 손을 검에 갖다 댔다. 군자검과 숙녀검이 예리하기는 했지만, 모두 침실에 있었다. 총총히 떠나느라 미처 챙기지 못하고 지금은 평상시에 쓰던 검을 가지고 있었다. 곽부는 공포에 질리며 얼굴이 창백해졌다. 그러면서도 주변에 자신을 도와줄 사람이 없음을 아는 듯 처량한 표정을 지었다. 지금 양과가 곽부의 오른팔을 자르는 거야 손바닥 뒤집기보다 쉬운 일이었다. 그런데 어쩐지 그녀가 측은한 생각이 들어 차마 내리칠 수가 없었다.

"흥!"

양과는 콧방귀를 뀌며 오른팔을 휘둘렀다. 팔이 없는 빈 소매가 곽부의 장검을 감아 올리더니 멀찍이 던져버렸다. 곽부는 어찌해 보지도 못하고 검을 빼앗기고 말았다. 그녀의 손에서 빠져나온 검은 담 구석에 처박혔다.

양과는 왼손으로 말고삐를 당기며 양다리로 배를 찼다. 소홍마는 앞으로 내달렸다. 곽부는 팔다리가 마비된 것처럼 멍하니 보고 있다가 비틀비틀 걸어가 장검을 주워 들었다. 검날이 담 모서리에 부딪친 탓인지 심하게 망가져 있었다.

부드러운 것이 강한 것을 이긴다 했던가. 고묘파 무공의 핵심이 바로 이것이었다. 이막수가 쓰는 불진, 소용녀의 비단 띠가 모두 이런 이치를 품고 있었다. 양과 역시 내공이 강하니 소매로 감아 던졌다 해도 그 힘은 강한 무기를 쓴 것과 별반 차이가 없었다.

양과는 곽양을 품에 넣은 채 소홍마를 타고 북으로 내달렸다. 잠시 후 양양을 지나 수십 리를 더 달렸다. 황용이 나무 위에 올라가 둘러보았을 때는 그가 너무 멀리 가서 보이지 않았다. 양과는 말을 달리며 길옆 나무들이 마치 뒤로 달리듯 지나치는 모습을 보았다. 고개를 숙여 곽양을 살펴보니 귀여운 모습으로 곤히 잠들어 있었다.

'절대 이 아기를 돌려주지 않을 거야. 내 팔에 대한 원한을 이것으로 갚는 거야. 지금 그들이 느끼는 괴로움과 내가 팔을 잃고 괴로워하는 모습 중 어느 것이 더 아플까?'

한참을 달리면서 양과는 스스로에게 반문했다.

'양과야, 너는 혹시 풍류를 좋아하는 천성이 다시 살아나 어여쁜 곽부를 보고 원한을 잊은 것 아니냐? 네 팔을 자른 사람이 남자였대도, 무씨 형제 중 한 명이었대도 이렇게 용서했겠느냐?'

한참을 생각에 잠겨 있던 양과는 고개를 저으며 쓴웃음을 지었다. 자꾸만 생각이 바뀌는 자신의 성격을 이제 스스로도 어찌할 수가 없었고 때로는 이해조차 할 수 없었다. 200리 정도 달리자 길가에 차츰 인가가 나타났다. 양과는 농가에 들어가 젖동냥으로 곽양을 먹인 뒤 고묘로 향했다.

며칠 후 드디어 종남산에 닿았고 고묘 앞에 도착했다. 지난 흔적을 더듬어보자니 가슴이 벅찼다. '활사인묘'라고 쓰여 있는 큰 석비가 여전히 버티고 서 있는 모습이 전과 똑같았다. 묘의 문은 이막수가 공격해왔을 때 막아버려 그곳에 들어가려면 계곡에서 지하로 통하는 비밀 통로를 찾아가야 했다.

지금 양과의 내공이라면 비밀 통로를 지나가는 것은 그리 힘든 일이 아니었다. 그러나 곽양이 문제였다. 어린 아기가 물속에 들어간다면 어찌 살 수 있을 것인가. 소용녀는 묘 안에 있을 테니 들어가면 그녀를 만날 수 있을 것이다. 양과는 일단 위험을 무릅쓰고 안으로 들어가기로 했다.

그는 호주머니에서 과자를 꺼내 입으로 오물오물 씹은 후 곽양에게 먹였다. 그리고 부근에 있는 작은 동굴을 찾아 곽양을 눕힌 후 가시나무를 꺾어 입구를 막았다. 고묘에서 소용녀를 만나든 만나지 못하든 곧 다시 나와 아기를 데려갈 생각이었다. 가시나무를 잘 쌓고 뒤로 돌아가려는데 어디선가 발소리가 들려왔다. 몇 사람이 급한 걸음으로 지나가고 있는 듯했다. 양과는 얼른 그들의 뒤를 따라갔다. 그러고는 몸을 나무 뒤에 바싹 붙인 채 그들의 대화를 엿들었다.

"신임 대장교 청숙淸肅 조 진인께서 몽고군이 중양궁에 올 때면 모두 예를 갖추고 막지 말라고……."

또 다른 사람의 목소리가 끼어들었다.

"정 사형, 신임 대장교는 분명 충화 견 진인이 아니었습니까? 어찌 청숙 진인으로 바뀐 거죠?"

"충화 진인이 갑자기 병이 있다면서 대장교직을 청숙 진인에게 넘겼다네. 아까 의식도 다 끝났고."

"대장교 진인은 우리 전진교 수만 명의 도사를 이끄는 중요한 자리가 아닙니까. 어찌 그렇게 말 한마디에 바뀔 수가 있단 말입니까? 이게 무슨 아이들 놀이입니까?"

"뭐야? 자네는 인정할 수 없다는 건가? 그렇다면 중양궁에 가 다른 사람들에게 그리 말하게. 재주가 있다면 자네가 하면 되겠군. 다른 사람들이 인정할지 모르겠네만!"

전 씨라는 도사가 목소리를 누그러뜨리며 대답했다.

"제가 무슨 재주가 있다고 했습니까? 정 사형, 전에 충화 진인은 우리에게 이곳을 지키라고 보내면서 몽고군을 한 명도 들이지 말라고 하지 않았습니까. 혹 쳐들어오면 천강북두진으로 막고 그래도 안 되면 와서 알리라고요. 그런데 이제는 막지 말라니, 우리는 어느 말을 따라야 합니까?"

"지금 대장교가 누군가?"

"조 진인이라면서요?"

"그래, 조 진인이지. 그러면 우리 아랫것들은 위에서 시키는 대로 하면 되는 걸세."

그는 "예" 하고 대답하고는 목소리를 높여 외쳤다.

"사제 여러분, 정 사형께서 신임 대장교 조 진인의 지시를 받아 오셨소! 이제 몽고 군사를 보면 예를 갖추어 대하고 막지 말라 하셨다오!"

그러자 조금 떨어진 곳에서 대여섯 명이 입을 모아 대답하는 소리가 들렸다.

"예!"

듣고 있자니 양과는 화가 났다.

'전진교 놈들, 절대 외적에 굴복하지 않고 백성을 지킨다고 하더니 뭐 몽고군을 보고 예를 갖추라고? 저것들이 말하는 청숙 진인이라는 자는 틀림없이 조지경이겠지. 그 비열한 인간이 몽고에 투항했다면 이상할 것도 없군. 그런데 그자가 어떻게 대장교가 됐을까?'

그러나 지금은 얼른 고묘에 들어가 소용녀를 찾을 생각뿐이라 조지경에게 따지고 물을 겨를이 없었다. 그때 정 씨라는 도사의 목소리가 또 들려왔다.

"조 진인께서 혹 흰옷을 입은 낭자를 보면 어찌 되었든 붙잡아 절대 산 위로 들여보내지 말라고 하셨네!"

양과는 깜짝 놀랐다.

'저건 틀림없이 선자를 말하는 것 같은데, 왜 선자를 막으라는 거지?'

전 씨 도사가 물었다.

"고묘파의 소용녀 말씀이신가요? 그 여자라면…… 벌써 산 위로 올라갔는데……"

"뭐라고? 이…… 이런 무슨 소릴 하는 건가? 조 진인께서 천강북두진을 짜서라도 절대 산 위로 올라오지 못하게 하라 하셨는데 어찌 명령을 어기는 거야?"

"이봐, 사제들! 전 대장교 견 진인께서는 고묘파 소용녀 낭자를 보거든 절대 실례를 저지르지 말고 예의 바르게 모시라고 하지 않았는가?"

"그러셨지요. 견 진인께서 보낸 사람이 그렇게 전했습니다."

"정 사형, 조 진인께서 말씀하신 그 여자가 소용녀라면 올라간 지 한참 되었습니다. 우리가 얼마나 공손하게 대했는데요. 저는 '용 낭자, 살펴 가십시오!' 하고 인사까지 했는걸요. 그랬더니 '감사합니다' 하고 화답하고 가더라고요."

올라간 지 한참 되었다는 말에 양과는 마음이 급해졌다. 이 도사들이 뭐라고 떠들어대는지 더 이상 듣고 있을 수가 없었다. 그는 고묘파 경공술로 산 위로 달렸다. 멀리 중양궁이 보였다.

'몰래 가서 선자를 모셔와야 할까, 아니면 당당하게 들어가 전진교 녀석들과 한판 붙을까?'

양과가 마음을 정하지 못하고 고민하는 사이, 은륜이 웅웅 소리를 내며 하늘을 나는 것이 눈에 들어왔다. 금륜국사의 무기를 보고 양과는 깜짝 놀랐다.

'금륜국사도 여기 와 있단 말인가? 그가 전진교 고수들과 싸우는 것일까? 선자는 어디 숨어 계시는 걸까? 벌써 모습을 드러냈을까?'

그는 은륜이 있는 방향을 가늠해 중양궁 뒤편 옥허동 앞으로 갔다. 그때 소용녀는 전진오자의 칠성취회와 금륜국사의 무기의 협공에 빠져 중상을 입었다. 양과가 조금만 일찍 왔더라면 그 지경이 되지는 않았을 것이다. 세상사 기쁨과 슬픔, 만남과 헤어짐, 길흉화복이 때로는 이처럼 간발의 차이로 달라지기도 한다.

전진오자는 양과가 다가오는 것을 보고 이제 일이 더 복잡해졌다는 걸 예상했다.

"우리 중양궁의 수련지에 왜 여러분이 와서 소란을 피우시는 거요?"

구처기가 외치자 왕처일도 화가 난 표정으로 함께 소리를 질렀다.

"용 낭자, 고묘파와 전진파 간에 서로 연을 끊었으면 그뿐이지 어찌 이렇게 서역의 이민족에 사교의 무리까지 끌고 와 우리 제자들을 해치는 거요?"

소용녀는 중상을 입어 상황을 밝힐 수가 없었다. 그녀에게는 입을 열 힘조차 남아 있지 않았다. 전진교 제자들은 그녀가 검으로 견지병을 찌르고 조지경에게 부상을 입힌 것을 보았기 때문에 대장교 일로 서로 갈라져 있던 두 파가 모두 그녀를 적대시했다. 그래서 이 혼란의 내막을 설명해주는 사람이 아무도 없었다.

양과는 왼팔을 뻗어 소용녀의 허리를 부드럽게 감았다.

"선자, 함께 고묘로 가요. 이런 사람들, 상대할 것 없어요!"

"팔은 안 아파?"

양과는 웃으며 고개를 저었다.

"이젠 괜찮아요."

"정화 독은?"

"가끔 발작하는데, 심하지 않아요."

조지경은 소용녀에게 부상을 입은 후 감히 나서지 못하고 뒤에 숨어 있기만 했다. 드디어 전진오자가 나섰으니 내막을 조사하면 대장교 자리가 날아가는 것은 물론이고 엄한 벌까지 당할 터였다. 이젠 아무리 생각해보아도 도무지 수습할 수가 없는 지경이 되었다. 차라리 일을 더 크게 저질러 모두들 뭐가 뭔지 모르게 만들어놓고 그 틈에 살길을 찾아봐야겠다는 생각을 했다. 금륜국사의 손을 빌려 전진오자를 없 앨 수 있다면 이 또한 문제를 해결하는 좋은 방도가 되지 않겠는가. 보아하니 양과는 이미 오른팔을 잃고 왼팔로만 소용녀를 안고 있었다. 그가 가장 미워했던 자요, 사문을 배반하고 치욕을 입힌 자가 외팔이로 돌아왔으니 어찌 이런 좋은 기회를 놓칠 것인가. 조지경은 옆에 선 녹청독에게 눈짓을 하고는 고함을 쳤다.

"역도 양과 놈아! 두 분 사조님께서 말씀을 하시는데 어찌 공손히 무릎을 꿇지 않고 이토록 오만하게 구는 것이냐!"

양과는 고개를 돌렸다. 두 눈에 증오와 원망의 빛이 가득했다.

"선자께서 너희 전진교 놈들 손에 부상을 당하셨다. 하지만 오늘은 일단 그냥 가마. 다음에 반드시 이 빚을 갚아줄 것이다."

양과는 그들을 둘러싼 무리를 집어삼킬 듯한 눈빛으로 쏘아보고는 소용녀를 부축하며 걸음을 옮겼다.

"잡아라!"

그와 동시에 조지경과 녹청독의 검이 양과의 오른쪽 옆구리를 노리고 들어왔다. 조지경은 그다지 상처가 깊지는 않은지 공격이 여전히 날카롭고 위력적이었다. 구처기 역시 양과의 행동거지와 안하무인격인 오만함이 못마땅했다. 그러나 곽정의 부탁도 있고 그의 부친인 양강과 사제 간의 정도 남아 있었다.

"지경아, 너무 심하게 하지 마라!"

한쪽에서 마광좌가 욕을 퍼붓는 소리가 들렸다.

"이놈들! 부끄럽지도 않으냐! 잘려 나간 팔을 공격하다니!"

그는 예전에도 양과와 가장 사이가 좋았다. 그런 그가 위험에 처하자 일단 달려들어 구하고 싶었으나 거리가 너무 멀어 그럴 수 없었다.

순간 녹청독의 육중한 몸이 솟구치며 니마성이 있는 쪽으로 날아갔다. 그는 돼지 먹따는 소리를 질러댔다. 니마성의 무공이라면 그런 정도는 피할 수 있었지만, 지금 그는 두 다리를 잃은 상태였다. 두 팔로 지팡이를 짚고 있어 녹청독의 몸을 피할 수도 막을 수도 없었다. 그는 녹청독과 정통으로 부딪쳐 우당탕 넘어졌다. 니마성은 즉시 등에 힘을 주어 그 반동으로 일어섰다. 그러고는 지팡이로 녹청독의 등을 후려치니 녹청독은 그대로 정신을 잃어버렸다. 한쪽에서는 양과가 조지경의 장검을 밟고 있었다. 조지경은 검을 빼보려고 힘을 주어 얼굴이 온통 붉게 달아올랐지만 검은 꼼짝도 하지 않았다. 알고 보니 조지경과 녹청독의 검이 날아오자 양과가 오른쪽 빈 소매를 휘둘러 엄청난 힘으로 녹청독을 날려버린 것이었다. 그는 급류 속에서 검술을 연마해 힘이 굉장히 강해졌다. 조지경은 양과의 힘이 대단한 것을 보고는 천근추를 사용해 몸을 단단히 세웠다. 양과는 조지경의 검이 낮게 깔리자

검 위를 가볍게 밟았다. 양과가 검을 밟고 서니 조지경은 마치 산이 내리누르고 있는 것 같은 느낌이 들었고, 아무리 힘을 주어 빼보려 해도 검은 꼼짝도 하지 않았다.

양과는 차갑게 웃었다.

"조 도장, 대승관에서 곽 대협 앞에 나섰을 때 나는 분명 당신이 나의 스승이 아니라고 했소. 그런데 왜 또 스승이네, 사조네 하면서 떠드는 거요? 좋소, 과거 당신을 스승이라고 몇 번 부른 일을 생각해 오늘은 그냥 놓아드리지!"

말은 그렇게 하면서 그의 발은 여전히 미동도 하지 않았는데, 검을 밟고 있던 힘은 순식간에 사라져버렸다.

조지경은 온 힘을 다해 검을 당기던 중이었다. 그런데 갑자기 양과가 힘을 빼자 팔이 휙 당겨지며 검 자루에 가슴을 호되게 얻어맞고 뒤로 나둥그라졌다. 적이 공격을 한 것이라면 방어를 하든지 내공으로 버티든 했을 테지만 스스로 때린 것이라 전혀 방어할 사이도 없이 가슴을 얻어맞았다. 그 힘이 얼마나 강했던지 그는 그만 피를 토해내며 정신을 잃고 말았다.

왕처일과 유처현은 좌우에서 양과를 공격해갔다. 두 사람이 검을 막 내뻗는데 쨍그랑, 하는 소리와 함께 누군가 두 검을 막아냈다. 니마성이었다. 그는 녹청독과 부딪친 후 그를 한 방에 쓰러뜨리기는 했지만 여전히 분이 풀리지 않았다. 씨근덕거리며 생각을 해보니 이 모든 것이 양과 때문이었다. 그는 일단 왼손에 짚은 지팡이로 왕처일과 유처현의 검을 막은 후, 오른손에 짚은 지팡이로 양과와 소용녀의 머리를 향해 사정없이 휘둘렀다.

니마성의 무공이 얼마나 대단한지 잘 알고 있는 양과는 우선 부상을 입은 소용녀를 안전하게 보호해야 했다. 그녀는 완전히 힘이 빠진 채 그의 팔에 축 늘어져 있었다. 양과는 몸을 왼쪽으로 기울이며 오른쪽 소매를 횡으로 휘둘러 소용녀의 허리를 감았다. 그러고 나서 그녀를 제 가슴 오른쪽에 기대게 한 후, 왼손으로 등 뒤에 있는 중검을 뽑아 들어 휘둘렀다. 퍽, 하는 둔중한 소리와 함께 기다란 그림자가 하늘로 솟구쳤다. 바로 니마성의 지팡이가 튀어나간 것이다. 무게가 10여 근이나 되는 지팡이가 하늘 높이 솟구치더니 옥허동 뒤쪽으로 날아가 떨어졌다.

양과는 처음으로 독고구패의 중검을 사용했다. 그리고 이 검이 지닌 위력에 내심 놀라움을 금치 못했다. 니마성은 오른팔이 저리면서 아무런 감각이 없었다. 용맹하기가 사자 같은 그는 큰 소리로 고함을 치더니 왼손에 든 지팡이를 들고 몸을 솟구쳤다.

양과는 검의 힘을 시험해보았으니 이번에는 유연성을 시험해보기로 했다. 양과의 손놀림에 따라 검 끝이 부르르 떨리더니 어느새 니마성의 쇠지팡이에 달라붙었다. 양과가 내공을 토해내니 니마성은 힘없이 수 장 밖으로 밀려 나갔다. 이대로 바위에 부딪치면 온몸의 근육과 뼈가 부서질 판이었다. 이때 니마성의 잘려나간 다리가 보였다. 양과는 한쪽 팔이 없는 자신의 모습이 생각나 갑자기 동병상련의 정이 생겼다. 그는 곧 중검에 가했던 내공을 줄이고 쇠지팡이를 내리눌렀다. 겨우 목숨을 부지한 니마성은 쇠지팡이를 움켜쥐고 당겨보았지만 중검에 눌려 마치 혈도를 찍힌 것처럼 힘을 줄 수가 없었다.

"오늘은 목숨을 살려주겠소. 어서 천축으로 돌아가시오."

니마성의 얼굴은 핏기를 잃어 하얗게 된 채 굳어 있었다.

"참으로 대단한 무공이오!"

니마성은 한참 후 신음하듯 한마디를 뱉어낼 뿐이었다.

소상자와 윤극서는 한 달 사이 양과의 내공이 크게 강해졌음을 알았고, 동시에 니마성은 전혀 도움이 안 된다는 것도 깨달았다. 소상자는 남의 불행을 기뻐하는 위인이었다. 그는 친구든 적이든 다른 사람이 잘못되는 것을 보면 속으로 쾌재를 불렀다.

'천축에서 온 난쟁이가 잘난 체만 하더니 결국 저 꼴이 되었군. 모두가 달려들어 양과를 잡으려고 하니, 지금이야말로 이름을 날릴 수 있는 기회다!'

그는 앞으로 나서며 외쳤다.

"양과, 이놈! 감히 왕자님의 일에 관여하다니 오늘은 가만두지 않겠다. 어서 덤벼라!"

양과는 소용녀를 바라보았다. 그녀의 얼굴이 창백했다.

'부상이 심해 빨리 치료를 해야 하는데……'

"많이 아프세요?"

"너에게 안겨 있어서…… 난…… 기뻐."

소용녀는 힘없이 겨우 말을 뱉었다. 양과는 마음을 다져먹었다.

'강적들이 너무 많아 살수를 쓰지 않으면 벗어나기가 힘들겠다.'

양과는 고개를 번쩍 들고 소상자에게 외쳤다.

"덤벼라!"

중검 끝이 그의 몸에서 이 척쯤 거리를 두고 수평을 이루었다. 소상자가 살펴보니 검이 시커먼 것이 두껍고 뭉툭했다.

'저런 검이라면 오히려 속도가 떨어질 텐데……. 아까 검의 위력으로 보아 아무래도 보통 검은 아닌가 보군.'

"어디서 그런 몽둥이 같은 것을 주워왔느냐?"

그는 곡상봉을 휘두르며 공격해 들어갔다. 양과는 내공을 검에 실어 비스듬하게 들었다. 챙, 하는 소리와 함께 두 검이 부딪쳤다. 순간 곡상봉이 여러 조각으로 부서지며 사방으로 튀었다.

"이런!"

양과가 녹청독, 조지경, 니마성 세 사람을 연달아 제압하자 옥허동 앞에 모여 있던 사람들은 이미 그의 무공에 넋을 잃었다. 그런데 이번에는 손가락 하나 까딱하지 않고 내공으로 소상자의 무기를 부러뜨리니 사람들은 벌어진 입을 다물 수가 없었다.

'이건 아무래도 사문의 무공이다!'

윤극서는 서역의 상인이어서 진귀한 물건을 볼 줄 알았다. 양과가 중검으로 니마성의 쇠지팡이를 날렸을 때부터 이미 속으로 감탄을 금치 못했다.

'저 검은 보통 검이 아니야. 몸체가 검은 듯하면서도 은은한 붉은빛이 흘러나오는 것을 보면 아마도 현철로 만든 것 같은데. 현철이란 하늘에서 떨어진 운석 중에 있는 것으로, 귀하디귀한 보물이라 할 수 있지. 아무리 평범한 검이라도 이 현철을 조금만 첨가하면 그 위력이 엄청나게 증가한다는데, 저 검은 첨가한 정도가 아닌 것 같아. 만일 저 검의 전체가 현철로 되어 있다면 그 무게가 40~50근은 될 텐데 어떻게 저렇게 자유자재로 사용할 수 있는 것일까? 또 저렇게 많은 현철을 어디서 구한 것일까?'

사실 지금 양과의 손에 들린 검의 무게는 81근에 달했다. 그 정도 무게가 아니라면 양과가 아무리 내공이 강하다 해도 지금과 같은 위력을 발휘할 수는 없었을 것이다.

소상자의 곡상봉이 부서지는 것을 본 윤극서는 양과의 검이 대단한 물건이라는 것을 다시 한번 확인했다. 그는 그다지 악독한 사람은 아니었다. 그러나 어려서부터 보석 장사를 해서인지 진귀한 보물을 보면 욕심이 생겨서 그것을 사든지 속이든지 빼앗든지 훔치든지 수단을 가리지 않고 반드시 제 손에 넣어야 직성이 풀렸다. 그런 윤극서의 눈에 양과의 현철검은 그냥 지나칠 수 없는 물건이었다. 그는 앞으로 나서며 금룡편을 휘둘러 양과의 검을 휘감았다.

양과와 윤극서는 절정곡에서 함께 고생한 사이였다. 그동안 윤극서는 언제나 웃는 낯으로 공손하게 대했고, 전혀 적의를 드러내지 않았다. 그런 그의 금룡편이 양과의 검을 휘감고 있었다. 금룡편이 번쩍거려 살펴보니 채찍 마디마디에 각종 보석이 박혀 있었다.

"윤 형, 그간 윤 형과는 아무런 유감도 없지 않았소! 어서 이 채찍을 풀고 좀 비켜주시오. 채찍에 보석이 박힌 것을 보니 함부로 다루기에는 아까운 물건인 것 같소."

"뭐라고?"

윤극서는 차갑게 웃으며 오히려 더 힘을 주어 당겼다. 양과는 마치 커다란 바위처럼 버티고 서서 움직이지 않았다. 아까보다 가까이 다가선지라 윤극서는 검을 더욱 정확히 볼 수 있었다. 그것은 정말로 현철로 만든 게 틀림없었다. 윤극서의 금룡편에 박힌 금강석은 천하에서 가장 단단한 보석이라 다른 물건과 부딪치면 반드시 흠집을 내거나 깨뜨렸다. 그런데 채찍을 휘감아 당겼는데도 현철검은 흠집 하나 남지 않았다. 윤극서는 슬슬 화가 났다. 하지만 상대는 엄청난 무공을 지니고 있으니, 뭔가 다른 방법을 생각해 검을 빼앗을 수밖에 없을 듯했다.

"양 형의 무공이 크게 진보했으니 참으로 축하드립니다. 저는 상대가 안 되겠습니다."

윤극서는 입에 발린 칭찬을 늘어놓으며 왼팔을 찔렀다. 번쩍이는 빛과 함께 비수가 드러났다. 그는 맹렬하게 달려들어 소용녀의 가슴을 노렸다. 그러나 사실 그가 노린 것은 결코 소용녀가 아니었다. 소용녀에 대한 양과의 마음이 절실하다는 것을 알고 있기 때문에 만일 그녀가 위험하다면 분명 제 몸을 돌보지 않고 덤빌 것이란 걸 예측한 것이다. 그리고 그 틈을 타서 검을 빼앗을 생각이었다. 아니나 다를까, 양과는 크게 놀라며 소용녀를 방어하고 나섰다. 검은 길지만 비수는 짧은 터라 비수가 미처 소용녀에게까지 닿지 않았다. 그러나 다음 순간 윤극서의 채찍이 다시 검을 감아 당겼다.

"검을 놓아라!"

윤극서의 고함에 양과는 엉겁결에 손을 놓고 채찍에 딸려가는 검을 보았다. 윤극서는 검이 무겁다는 것을 미리 예측했기에 망정이지 그러지 않았다면 도리어 검에 딸려갈 뻔했다. 그는 온 힘을 다해 금룡편과 검을 잡아챘지만 눈앞이 어질하더니 검의 무게에 못 이겨 순식간에 몸이 뒤로 대여섯 걸음 밀려났고, 오장육부가 모두 뒤집히는 듯한 느낌을 받았다. 윤극서는 검을 손에 넣어 흡족한 미소를 지었지만 더 이상 움직이지 못하고 석상처럼 그대로 굳어버리고 말았다.

양과는 다가가 현철검을 다시 받았다. 가볍게 검 끝을 퉁기니 온갖 보석을 박아 만든 금룡편이 산산조각 났고 보석 조각이 여기저기로 흩어졌다. 현철검은 웅웅, 소리를 내며 햇빛 아래 눈부신 빛을 발했다.

"금륜국사, 오늘 끝장을 볼까요, 다음번에 다시 만날까요?"

금륜국사는 니마성, 소상자, 윤극서 등이 차례로 쓰러지는 것을 보면서 적잖이 당황했다. 그들은 모두 단 일 초식에 제압당했다. 이 어린 녀석이 어떻게 이런 무공을 터득할 수 있었을까? 금륜국사는 그저 놀라울 따름이었다. 자신이 나서면 앞서 세 사람처럼 쉽게 당하지는 않겠지만 그렇다고 쉽게 이길 것 같지도 않았다. 하지만 여러 고수가 모인 자리에서 이대로 놀라 물러선다면 이 역시 체면이 크게 손상되는 일 아닌가.

'이 녀석은 팔을 하나 잃었다. 왼팔이 대단하기는 하지만 오른쪽 방비가 허술할 것이다. 더구나 지금은 다친 소용녀까지 보살피고 있으니 계속 시간을 끌면서 그 틈을 찾아봐야겠다.'

그는 옷매무새를 가다듬으며 무기를 챙겼다. 이번 대결이야말로 목숨과 명예가 달린 중요한 결전이었다. 조금도 방심하거나 소홀해서는 안 된다는 생각이 들었다.

"양 형, 무공이 크게 진전된 걸 진심으로 축하드립니다. 게다가 대단한 신검까지 얻으셨군요. 양 형의 보검을 보게 된 것만도 영광입니다."

국사는 우선 자신이 만약 밀릴 것에 대비해 현철검을 극력 칭찬했다. 사람들에게 양과의 대단한 무기 때문에 자신이 패했다는 생각이 들게 하려는 속셈이었다.

그때 양과의 품에 안겨 있던 소용녀도 금륜국사의 말을 들었다. 의식이 희미한 중에도 양과 혼자서 상대하기는 무리라는 생각이 들어

27. 지혜와 힘을 겨루다

겨우 몸을 일으키며 낮게 말했다.

"과야, 내게 검을…… 검을 줘. 우리…… 함께…… 함께 옥녀소심검법을 쓰자."

양과는 마음이 아팠다.

"선자, 염려 마세요. 제가 혼자서 상대할 수 있어요."

소용녀는 고개를 저으며 양과의 몸을 감싸 안았다. 몸으로라도 양과를 지켜주려는 마음이었다. 양과는 가슴이 뭉클해졌다.

"선자, 이렇게 함께 있는 것만도 좋아요. 저는 목숨이 여기까지라해도 여한이 없어요."

양과는 속삭이듯 말하고는 금륜국사를 향해 큰 소리로 외쳤다.

"자, 이제 해보실까요."

이미 국사의 연륜이 바람을 가르며 날아왔다. 양과는 중검을 들어 맞받을 준비를 했다. 그러나 연륜이 그의 몸을 돌아 다시 국사를 향해 날아갔다. 잇따라 바람 소리가 일며 금륜, 은륜 등 다섯 개의 무기가 각기 다른 방향에서 날아왔다.

양과는 소용녀의 부상이 심해질까 봐 함부로 움직이지 못했다. 국사의 연륜은 두 사람에게 부상을 입히지 못하고 다시 돌아왔다. 그는 양과가 검을 들어 쫓지 않는 것을 보고 그 이유를 눈치챘다.

'소용녀의 부상이 심해질까 봐 움직이지 못하는구나. 이런 기회는 다시 오지 않는다. 멀리서 공격하면 승산은 내게 있다.'

상대는 한쪽 팔이 없고 남은 한쪽 팔로는 소용녀를 지켜야 했다. 지금 이 기회를 놓치고 소용녀가 회복된다면 국사는 영원히 두 사람의 공격을 당해낼 수 없을 것이다. 또 소용녀가 죽기라도 한다면 양과는 행동이 자유로워진다. 그 역시 승리를 장담할 수 없다. 오늘 이 기회를 이용해 두 사람을 모두 죽여버려야 후환이 없을 터였다. 국사의 신분이면 이런 식으로 싸워서는 안 되지만, 이 대결에서 그런 문제를 돌아볼 여유는 없었다. 옆에서 지켜보던 사람들도 국사의 그런 속내를 훤히 판단할 수 있었다. 그들 중 마광좌가 소리쳤다.

"국사, 그건 무뢰배의 짓이오!"

국사는 그를 한 번 힐끗 쳐다보고는 양과를 향해 다섯 개의 윤자를 잇달아 던졌다. 하나는 높게 날아가고 하나는 낮게, 또 다른 것은 비스듬히, 그리고 직선으로 오는 것도 있었다. 윤자 다섯 개가 사방에서 날아와 양과와 소용녀의 주위를 감쌌다. 날아오면서 내는 소리 역시 상당히 요란스러워 옆에서 지켜보던 사람들의 머리가 다 어지러울 지경이었다. 그때 갑자기 마광좌가 비명을 질렀다.

비스듬히 날아오던 동륜이 갑자기 방향을 바꾸어 그의 머리를 치고 지나간 것이다. 머리 가죽이 벗겨지고 머리카락도 뽑혔다. 이마에서는 피가 흘러내렸다. 마광좌는 숙동곤을 쳐들고 고래고래 소리를 지르면서도 앞으로 나서지는 못했다.

연이은 국사의 외침이 들렸다.

"조심하시오!"

다섯 개의 윤자가 돌아오자마자 국사는 그것을 다시 두 사람을 향해 힘껏 던졌다. 그 위력이 마치 소 다섯 마리가 돌진해오는 것 같았다. 양과는 온몸의 힘을 모두 왼팔에 끌어모아 현철검을 들었다. 검 끝이 바르르 떨렸다. 연이은 소리와 함께 금륜, 동륜, 철륜이 검에 부딪쳐 되돌아갔다. 그리고 두 개의 연륜은 네 조각이 되어 바닥에 떨어지며 자욱한 먼지를 일으켰다.

국사는 놀라 한 걸음 물러섰다. 그는 얼른 다가가 왼손으로 금륜과 철륜을 쥐고 양과의 머리를 향해 냅다 내던졌다. 양과는 이를 막으려 하지 않고 몸을 숙여 현철검을 가슴까지 들어 내질렀다. 윤자가 양과의 머리까지 닿지 못해서 양과의 검 끝이 오히려 국사의 가슴까지 다가갔다. 국사는 얼른 뒤로 물러서며 동륜을 던졌다. 이 역시 무림의 고수에게서나 볼 수 있는 빠른 몸놀림이었다.

"대단하군!"

바라보던 사람들 사이에서 감탄사가 터져 나왔다. 양과는 육중한 검을 위로 향해 동륜을 반 토막 냈다. 이 동륜이 바닥에 채 떨어지기도 전에 다시 한번 휘두르니 또 네 토막으로 조각났다. 사람들은 국사의 철륜을 다루는 기술에 감탄하다가 양과의 검술을 보고는 감탄하는 소리조차 내지 못했다.

이제 국사의 오륜 중 이미 세 개가 부서졌다. 그러나 그는 남은 금륜과 철륜을 맹렬하게 휘둘러대며 이리저리 부지런히 움직였다. 그러나 양과가 쓰는 현철검의 기세에 짓눌려 세 걸음 안으로 다가갈 수 없었다. 그렇게 40~50초식을 겨루어도 승산이 없자 국사는 윤자를 하나로 합쳐 소용녀를 향해 날렸다. 양과가 현철검을 가슴 앞으로 들어 밀자 날카로운 소리와 함께 금륜과 철륜 사이에 검이 끼었다. 두 병기가 서로 맞붙어 있는 상태에서 두 사람은 잠시 흔들림조차 없이 굳은 듯 움직임을 멈추었다. 국사에게서 전해지는 힘이 점점 강해지고 있었다.

'이자의 내공은 정말 심후하구나. 이렇게 계속 내공으로 버티면 현철검이 위력을 발휘할 수 없다. 그러면 오랜 세월 내공을 연마한 저 중

이 유리해질 테지. 이자를 유인해서 불시에 소매로 공격해야겠다.'

양과는 현철검을 천천히 거두어들였다. 두 사람의 거리가 조금씩 좁혀졌다. 국사의 제자 달이파와 곽도는 줄곧 사부 곁을 지키고 있다가 사부가 유리해지는 것을 보고 흥분해 몇 걸음 앞으로 다가섰다. 곽도는 그저 양과를 없애고 싶은 마음뿐이었다. 그는 짐짓 부채를 살랑살랑 흔들었다. 마치 더위를 쫓으려는 것처럼 보였지만 사실은 기회를 봐서 부채에 숨어 있는 암기를 쓰려는 것이었다. 달이파는 사부의 안전을 바라면서도 사부가 환생한 '대사형'을 다치게 하지는 말았으면 했다.

구처기와 왕처일은 곽도가 심상찮은 눈빛으로 다가서는 것을 보고, 그가 제 사부를 도우려 한다는 것을 눈치챘다. 두 사람은 서로 눈빛을 교환했다.

'물론 양과가 적이기는 하지만, 그래도 몽고와의 싸움이 우선이다. 그리고 대장부가 대결할 때는 이기든 지든 공명정대해야 하는 법인데, 국사는 지금 정도에서 벗어난 싸움을 하고 있다. 어찌 종남산에서 이런 무리가 날뛰도록 할 것인가.'

두 사람은 장검을 쥐고 앞으로 한 발 나서며 곽도를 노려보았다. 구처기와 왕처일은 이미 백발이 성성한 노인들이었다. 그러나 오랜 세월 현공玄功을 닦아 얼굴이 온통 불그스름했다. 이런 두 사람이 서슬 푸른 검을 들고 다가서니, 그 위압감에 곽도는 마음대로 행동할 수가 없었다.

이때 양과의 왼쪽 어깨가 점점 뒤로 젖혀지고, 국사와의 거리도 더욱 가까워졌다.

'자, 앞으로 오너라. 내 팔은 잘렸지만, 부드러운 채찍과도 같은 내 소매는 아직 남아 있다. 이렇게 점점 가까워지다가 왼쪽 어깨의 힘을 완전히 거두고 내가 공격해 들어가면 당신은 중상을 입을 수밖에 없을 거야.'

소용녀는 정신을 잃은 채 양과에게 기대고 있었다. 소용녀의 상태가 점점 더 심각해졌다. 조금만 더 시간을 지체하면 그녀를 구할 기회도 없어질 것 같았다. 양과는 입술이 바짝바짝 타들어가는 듯했다.

양과는 내공으로 혈행을 더 빠르게 해 온몸에서 열을 방출했다. 소용녀는 양과의 얼굴에서 열기가 내뿜어지자 두 눈을 떴다. 그리고 양과의 시선을 따라가다 그만 깜짝 놀라고 말았다. 커다란 국사의 눈이 바로 앞에 와 있지 않은가. 그의 두 눈에서 살기가 넘쳤다. 그녀는 품 안에서 옥봉침 하나를 천천히 꺼내 국사의 왼쪽 눈을 찔러갔다. 이대로 찌르기만 하면 국사는 그대로 장님이 될 터였다. 지금 소용녀는 그저 보기 싫은 눈을 없애버리고 싶을 뿐 결코 암기를 발사할 생각은 없었다. 그러나 중상을 입어서인지 손에 아무런 힘이 없었다.

국사는 양과와 내공으로 맞서고 있던 터라 위급한 상황인데도 쉽게 움직일 수 없었다. 소용녀의 금침이 다가오는 것을 뻔히 보면서도 막을 수 없었다. 금침이 계속 다가오자 국사는 외마디 고함을 지르며 쌍륜을 앞으로 내던지고 공중제비를 돌며 뒤로 물러섰다. 그러나 현철검에서 전해져오는 강력한 힘 때문에 제대로 서지 못하고 비틀거리다가 바닥에 쓰러졌다. 그러자 달이파와 곽도가 얼른 달려갔다.

"사부님!"

양과는 현철검에 달린 금륜과 철륜을 공중으로 던지면서 두 동강을

냈다. 이제 그의 검이 국사의 정수리로 떨어질 차례였다. 국사는 바닥에 웅크린 채 저항할 힘이 없었다. 부축하던 달이파가 금저를 들고, 곽도는 쇠부채를 들고 현철검을 막으려 했다. 그러나 그 정도 힘으로는 역부족이었다. 달이파와 곽도는 다리에 힘이 빠져서 버티고 서 있을 수도 없었다. 두 사람은 동시에 무릎을 꿇고 앉았다. 두 사람은 앉아서도 현철검을 밀었으나 마치 바위에 눌린 듯 전신의 근육과 뼈가 흔들렸다.

"사형, 우선 버티고 계세요. 저는 사부님을 살펴봐야겠어요."

두 사람이 버텨도 힘든 판에 어찌 달이파 혼자서 상대를 할 수 있겠는가. 그러나 달이파는 제 목숨을 버려서라도 사부를 구할 각오가 되어 있었다.

"그러게."

그는 사력을 다해 금저를 앞으로 들고 버텼다. 두 사람이 하는 말은 모두 몽고어라서 양과는 알아듣지 못했다. 그사이 금저의 힘이 갑자기 강해졌다. 양과가 이를 억누르려 했을 때 곽도는 이미 빠져나간 뒤였다. 곽도는 다른 속셈이 있었던 것이다.

"사형, 저는 몽고로 돌아가 더 열심히 무공을 쌓겠습니다. 10년 후에 양가 놈을 찾아 사형과 사부님의 복수를 할게요!"

곽도는 이 한마디를 남기고 바람처럼 사라졌다. 달이파는 곽도에게 속자 화가 머리끝까지 났다. 또 양과는 환생한 대사형인데, 어찌 사부님을 이렇게 해치려고 하는 것인지 이해할 수가 없었다.

"대사형, 저를 놓아주시면 우선 사부님을 구하고, 저 못돼먹은 사제를 찾아 산산조각을 낸 후에 돌아오겠습니다. 그때는 대사형께서 하시는 대로 맡기겠습니다. 저를 죽이신다 해도 눈썹 하나 찡그리지 않을 것입니다.”

달이파가 떠들어대는 소리를 양과는 알아듣지 못했다. 그러나 곽도는 도망을 치는 반면 이자는 사부에 대한 의를 지키기 위해 남았다는 것을 알 수 있었다. 그리고 무슨 말인지는 알아듣지 못했지만 진심 어린 눈빛으로 이야기하는 것을 보면서 이자가 사내대장부라는 생각이 들었다. 고개를 숙이니 소용녀가 부드러운 눈빛으로 자신을 바라보고 있었다. 그러자 복수를 해야겠다는 마음이 순식간에 사라져버렸다. 모든 원한과 복수가 부질없다는 생각이 들었다.

“가거라.”

달이파는 벌떡 일어났다. 그러나 너무 힘을 과하게 쓴 탓인지 금저를 제대로 쥐지 못했다. 그는 엎드려 양과에게 감사의 절을 올렸다. 국사는 바닥에 앉은 채 꼼짝도 하지 못했다. 달이파는 사부를 등에 업고 서둘러 산을 내려갔다.

양과는 팔 하나, 검 하나만을 가지고 몽고의 고수 여섯 명을 몰아냈다. 몽고군들은 저희 우두머리 여섯 명을 박살 낸 이 고수에게 덤벼볼 생각조차 하지 못하고 부상당한 소상자와 윤극서 등을 부축하고는 중양궁에서 물러갔다. 마광좌는 한 손으로 머리에서 나는 피를 누르며 양과 앞에 섰다.

“정말 대단하시오!”

그는 엄지손가락을 번쩍 치켜세웠다.

“마 형, 저들은 모두 악한 마음을 품고 있는 무리요. 저들과 함께 있으면 마 형은 틀림없이 손해를 입을 거요. 홀필열을 떠나 고향으로 돌아가세요."

"양 형 말이 맞수."

그는 소용녀를 힐끔 쳐다보았다. 중상을 입은 몸이지만 여전히 아름다웠다.

"두 사람은 아직도 혼례를 올리지 않았소?"

그는 절정곡에서 소용녀를 본 뒤부터 두 사람이 곧 결혼할 사이로 알고 있었다. 양과는 씁쓸하게 웃으며 고개를 저었다. 그러고는 자신을 둘러싸고 있는 전진교 도사 수백 명을 둘러보았다. 마광좌가 팔을 걷어붙이고 나섰다.

"아하, 아직도 상대해야 할 도사 놈들이 많이 남았군. 내가 도와주겠소."

'일대일로 싸우면 이 도사들 가운데 내 적수는 없다. 그러나 한꺼번에 달려들면 상황이 좀 어려워질 것이다. 그래도 괜한 사람을 끌어들일 필요는 없겠지.'

"혼자서 할 수 있습니다. 마 형은 어서 가세요."

마광좌는 고개를 끄덕이며 손뼉을 쳤다.

"그렇죠, 그렇죠. 국사와 몽고 고수들을 이긴 분이 여기 있는 도사들이 뭐가 대수겠소. 그럼 양 형, 나는 가겠소."

그는 호탕하게 웃으며 몸을 돌렸다. 그가 끌고 가는 숙동곤이 땅에 끌리면서 요란한 소리를 냈다. 그 소리가 한참 동안 산을 울렸다. 그동안 양과는 암암리에 기를 모으고 있었다. 아까 국사와 겨루느라 내공이 거의 소진된 상태였다. 그는 다시 검을 쥔 손에 힘을 주었다.

'자, 이제 정신을 차려야 한다. 금륜국사, 소상자 등은 하나씩 상대를 하니 그런대로 이길 수 있었지만 그들 여섯 명이 한꺼번에 덤볐다면 막아낼 수 없었을 것이다. 더구나 금륜국사와의 대결에서는 선자가 금침을 꺼낸 덕에 겨우 이길 수 있었다. 그런데 지금 전진교는 한 무리가 되어 전진오자의 지시에 따라 움직일 것이다. 이들의 무공이 국사만 못하다고 해도 함께 모여 천강북두진을 쓰면 국사보다 월등할 것이다. 어쨌든 나는 선자와 함께 있으니 싸울 수 있을 때까지 싸우다 함께 죽으면 그만이다.'

구처기의 목소리가 들려왔다.

"양과야, 네 무공이 이러한 경지에 이르렀으니 우리는 당해내지 못하겠구나. 그러나 여기 수백 명이 있는데 네가 뚫고 나갈 수 있겠느냐?"

양과는 사방이 모두 검으로 번득이며 일곱 명이 한 조를 이루어 자신과 소용녀를 겹겹이 둘러싸고 있는 모습을 지켜보았다. 무공이 중간쯤 되는 사람 일곱이 한 조를 짜면 그 힘은 일류 고수와 맞먹었다. 이렇게 되니 양과의 전후좌우에는 수십 명의 고수가 검을 들고 노리는 형국이 되었다. 양과는 이미 목숨을 부지할 생각 같은 건 버린 지 오래였다.

"한번 해보지요!"

그는 코웃음을 치며 한 걸음 앞으로 나갔다. 즉시 일곱 명의 도사가 앞을 가로막았다. 양과가 검을 휘두르자 쨍그랑, 소리가 연달아 터지며 검 일곱 자루가 반 동강이 났다. 양과가 가진 검의 위력은 참으로 대단했다. 구처기같이 강한 적을 많이 상대해본 고수도 본 적이 없을 정도였다.

왕처일이 외쳤다.

"우선 둘러싸고 뒤에서 공격해라!"

양과는 이들의 움직임에는 신경을 쓰지 않았다. 무조건 있는 힘을 다해 밖으로 뚫고 나갈 생각이었다. 그는 소용녀를 안은 채 앞으로 두어 걸음 나아갔다. 그러자 그 앞을 일곱 명이 가로막았다. 양과가 검을 휘둘렀다. 그들은 검으로 막는 것이 아니라 얼른 몸을 피하며 자리를 바꾸어 진법을 펼쳤다. 그 와중에 두 사람이 부상을 입고 바닥에 쓰러졌다. 이제 열네 자루의 장검이 양과와 소용녀의 뒤를 노렸다. 양과가 아무리 힘써 막는다고 해도 소용녀까지 보호하기에는 역부족이었다. 죽음을 각오하고 덤벼도 힘에 부칠 터였다.

구처기가 손을 들었다.

"잠깐!"

번쩍이던 검광이 멈추고 사람들이 양과와 소용녀에게서 물러났다.

"너희의 사존과 우리의 사존은 서로 인연이 깊으셨다. 우리 전진교가 오늘 수를 믿고 대결에 나선다면 이겨도 명예롭지 못할 것이다. 게다가 용 낭자는 이미 중상을 입은 몸이고…… 두 사람은 우선 돌아가 치료부터 하거라. 과거의 일들은 일단 접어두고 다음에 다시 이야기하는 것이 좋겠다."

양과는 전진교와 원래 깊은 원한이 없었다. 손 할멈이 학대통의 손에 죽은 일은 학대통이 직접 잘못을 뉘우치고 목숨으로 갚겠다고 했기 때문에 어느 정도 누그러진 상태였다. 그리고 그가 이번에 종남산으로 온 것은 소용녀를 찾기 위해서였지 전진교와 싸우기 위해서가 아니었다.

'선자의 목숨을 살리는 것이 급하다. 이 도사 놈들과 싸워봤자 아무런 소용이 없지.'

그가 막 대답을 하려는 순간, 소용녀가 가늘게 눈을 뜨고 주위를 살펴보았다.

"견지병은?"

견지병은 윤자의 공격을 받아 가슴에 부상을 입었다. 두 군데 상처는 치명적이었지만 아직 죽지는 않았다. 그러나 이미 가망이 없는 상태였다. 그런 중에 견지병은 소용녀가 자신을 찾는 목소리를 듣자 마치 번개를 맞은 듯 가슴이 울렸다. 그는 어디서 힘이 솟았는지 벌떡 몸을 일으켜 사람들을 헤치고 다가갔다.

"용 낭자, 저 여기 있습니다."

소용녀는 잠시 그를 응시했다. 도포를 적시고 있는 선혈과 핏기 없는 얼굴을 본 그녀는 지그시 눈을 감았다.

"과야, 나…… 나는 구양봉에게 혈도를 찍히고 꼼짝도 못 하고 있을 때 이 사람에게 순결을 잃었어. 그래서 부상을 치료한다고 해도 너와 혼인할 수가 없어. 하지만 이 사람…… 이 사람이 자기 몸을 돌보지 않고 날 구해줬어. 그러니까 앞으로는 이 사람을 괴롭히지 말아줘. 다…… 다 내 운명이었나 봐."

소용녀는 견지병과 양과가 있는 이곳에서 이제 숨길 것도, 속일 것도 없다는 생각이 들었다. 그녀는 수백 명이 지켜보는 가운데 자신의 괴로운 과거를 털어놓았다.

견지병은 소용녀의 말을 듣고 가슴이 갈기갈기 찢기는 듯했다. 한때의 경솔함으로, 한때의 어리석음으로 소용녀에 대한 자신의 마음이 오히려 그녀를 평생 괴롭히는 재앙이 된 것이었다. 백번을 죽어도 갚을 수 없는 죄였다.

"사부님, 사백님, 사숙님! 제자, 너무나 엄청난 죄를 지었습니다. 소용녀가 혈도에 찍혀 움직이지 못하고 있는 틈에 그녀의 깨끗한 몸을 더럽히고 말았습니다. 그러니 더는 소용녀와 양과를 괴롭히지 말아주십시오."

그는 마지막 힘을 다해 몸을 솟구쳐서는 다른 도사가 손에 쥐고 있던 비수를 빼앗아 제 몸을 수차례 찔렀다. 그러고는 그 자리에서 절명하고 말았다.

이 모든 것을 지켜본 사람들은 너무나 뜻밖의 상황에 놀라 숨소리조차 내지 못했다. 도사들은 소용녀의 이야기와 견지병이 스스로 죄를 고하는 말을 직접 들었다. 견지병이 교파의 규율을 어기고 비열한 수단으로 소용녀를 더럽힌 것이 분명했다. 전진오자는 모두 규율에 엄격한 도사들이었다. 잘못이 자기들 쪽에 있었다는 사실이 밝혀지자 부끄러워 고개를 들지 못했다. 어떻게든 사죄를 해야 하나 도무지 입이 떨어지지 않았다. 구처기가 제자들을 바라보며 외쳤다.

"검진劍陣을 풀어라!"

검을 내려놓는 소리가 끊이지 않는 가운데 도사들은 양과와 소용녀에게 한 줄기 길을 터주었다.

동방화촉

소용녀는 거울을 보며 헝클어진 머리를 단정하게 빗은 후 머리 장식을 꽂고 귀고리와 팔찌를 했다. 이렇게 꾸미고 나니 촛불 아래 비친 그녀의 얼굴은 정말이지 아름다웠다. 양과는 슬픔을 억제할 수 없어 하염없이 눈물을 흘렸다. 그는 억지로 얼굴에 미소를 지으며 진주가 달린 봉관을 소용녀의 머리에 씌워주었다.

양과는 텅 빈 오른팔 소매로 소용녀의 허리를 감싸 안은 채 낮은 목소리로 말했다.

　"선자, 우리 이제 가요."

　소용녀가 미소를 지었다. 매우 편안해 보이는 미소였다.

　"네 품에 안겨 죽을 수 있어서 너무…… 너무 다행이야."

　그러다 문득 무슨 생각을 했는지 표정이 어두워졌다.

　"곽 낭자가 네 팔을 잘랐으니 너와 관계가 좋을 리 없겠구나. 그럼 앞으로 누가 널 돌봐주지? 불쌍한 우리 과…… 외로워서 어쩌지……."

　양과는 죽음을 눈앞에 둔 소용녀를 보고 있자니 가슴이 찢어지는 듯 아팠다. 문득 전에 종남산에서 소용녀가 자신을 아내로 맞이할 생각인지 물은 기억이 났다.

　'당시 너무 뜻밖의 질문이라 미처 대답하지 못했던 탓에 결국은 이런 재난을 겪게 된 것이다. 좋아, 이제 시간이 얼마 남지 않았지만 지금이라도 선자에게 내 마음을 보여주어야지.'

　"선자, 사제지간의 명분이고 뭐고 그게 다 무슨 소용이 있어요. 욕할 테면 욕하라지. 어차피 우린 둘 다 명이 길지도 않을 테고, 얼마 남지 않은 삶을 또 갈등을 겪으며 보낼 수는 없잖아요. 앞으로 선자는 이제 사부도, 선자도 아니에요. 오늘부터 우린 부부가 되는 거예요. 이젠 내 아내가 되어주세요."

소용녀의 얼굴에 기쁨이 넘쳤다.

"진심이야? 나를 기쁘게 해주려고 일부러 그러는 거 아니야?"

"당연히 진심이죠. 내가 한쪽 팔이 없는 불구자가 됐는데도 당신은 변함없이 날 사랑하고 있잖아요. 나 역시 당신이 어떤 상황에 처했든 사랑할 거예요. 진심이에요."

"그래, 이 세상엔 우리 둘밖에 없어."

수백 명에 달하는 중양궁의 도사가 두 사람의 대화를 듣고 난처한 표정을 지었다. 그들은 평생 동안 도를 닦아온 사람들이었다. 그런데 갑자기 청춘 남녀 사이의 밀어를 듣게 되니 저절로 얼굴이 붉어졌다. 나이가 지긋한 사람들은 난처해서 어쩔 줄 몰라 했고, 젊은 사람들은 억눌러온 격정이 끓어올랐다. 그때 한 목소리가 날카롭게 쏘아붙였다. 보다 못한 손불이가 나선 것이다.

"중양궁은 도를 닦는 깨끗한 곳이다. 이런 곳에서 예에 어긋나는 행동을 하지 말고 어서 이곳을 떠나라!"

그러나 양과는 개의치 않고 오히려 여러 사람이 다 들을 수 있도록 큰 소리로 말했다.

"원래 중양 조사와 고묘파의 조사님께서는 마땅히 부부의 연을 맺으셔야 했건만 무슨 예가 어떻고, 계율이 어떻고를 따지다 결국 뜻을 이루지 못하고 세상을 떠나셨어요. 선자, 우리 오늘 중양 조사님 앞에서 부부의 연을 맺어 두 분의 한을 풀어드립시다."

양과는 처음에는 왕중양에 대해 별다른 관심이 없었다. 그러나 고묘의 벽에 새겨진 그의 무술을 익힌 후부터는 점차 왕중양을 존경하

143

게 되었고, 더 나아가 어쩐지 자신이 그의 제자가 된 듯한 생각이 들었다. 소용녀는 한없이 사랑스러운 눈길로 양과를 쳐다보았다.

"과야, 그렇게 하자."

당시 왕중양과 임조영의 관계는 전진오자도 모두 잘 아는 사실이었다. 사부가 사적인 정을 칼같이 끊고 수련을 쌓은 것에 대해 모두들 존경해 마지않았고, 사부를 대단한 영웅으로 여겼다. 반면에 그 일로 절세의 미모와 고강한 무공을 지닌 임조영이 평생 고묘에서 생을 마친 것에 대해선 유감스럽게 생각했다. 그런데 갑자기 양과가 옛날 일을 거론하니 젊은 제자들은 무슨 말인지 영문을 몰라 어리둥절한 표정을 지었고, 사연을 아는 도사들도 모두 낯빛이 붉게 변했다. 역시 손불이가 나서서 외쳤다.

"선사께서 사사로운 정을 물리치고 지혜와 힘을 다해 본교를 창립하셨는데, 그분의 뜻과 생각을 한낱 네 따위가 어찌 알 수 있단 말이냐? 네놈이 계속해서 건방진 짓을 하면 내 검이 용서치 않을 것이다!"

손불이가 굳이 나선 데는 이유가 있었다. 일전에 대성관 영웅대연에서 양과는 손불이가 장검을 건네주는 것을 거절해 그녀를 무안하게 만들었다. 그녀는 비록 도를 닦는 도사라고는 하나 구처기나 왕처일처럼 도량이 넓지는 않았다. 그래서인지 그날 일을 항상 마음에 두고 있었고 게다가 아무래도 여자인지라 정절, 계율 등을 더욱 엄격하게 지키는 편이었다. 그런데 양과가 중양궁의 도사들이 모두 신성시하는 중양 선사 앞에서 부부의 연을 맺겠다고 하니 화가 나지 않을 수 없었다.

양과가 여전히 자신의 말을 들은 척하지 않자 화가 난 손불이는 결국 참지 못하고 장검을 빼 들었다. 양과는 냉담한 눈초리로 그녀를 힐

끗 바라보았다.

'당신 하나쯤이야 내 적수가 될 수 없지. 하나 일단 싸웠다 하면 전진교의 도사들이 모두 덤빌 테고, 그렇게 되면 문제가 복잡해진다. 난 지금 당장 선자와 혼례를 올려야 해. 지금 이곳에서 혼례를 올리지 않고 다른 곳을 찾아 나섰다가 혹 선자가 죽기라도 하면 선자의 한을 풀어줄 수가 없잖아. 흥! 내가 건방지다고? 그게 어디 하루 이틀 일인가? 중양 조사 앞에서 혼례를 올리겠다고 한 이상 내 반드시 그렇게 하고 말 테다.'

양과가 사방을 둘러보니 이미 절반 이상의 도사가 손에 검을 쥐고 있었다.

"손 도장, 기어이 우리를 여기서 쫓아내야만 하겠소?"

"어서 나가라! 전진교와 고묘파의 모든 인연은 오늘로 끝났다. 다시는 이곳에 나타나지 마라!"

양과는 고개를 가로저으며 길게 한숨을 내쉬더니 현철검을 천천히 들어 올려 등에 짊어지고 왼팔로 소용녀를 부축해 일으켰다. 양과는 기를 단전에 모은 후 갑자기 고개를 쳐들어 하늘을 바라보며 큰 소리로 웃어젖혔다. 웃음소리가 어찌나 큰지 숲이 다 쩌렁쩌렁 울리는 듯했다. 귀가 멍멍해지도록 울려 퍼지는 큰 웃음소리에 도사들은 모두 깜짝 놀랐다.

그 순간이었다. 양과가 갑자기 소용녀를 내려놓고 몸을 날리는가 싶더니 어느새 손불이의 왼쪽 손목의 회종혈會宗穴과 지구혈支溝穴을 잡았다. 갑자기 의지할 대상을 잃은 소용녀가 그 자리에서 비틀거리다 막 쓰러지려는 순간, 양과는 이미 손불이를 끌고 소용녀 곁으로 돌아가 뒤를 받쳐주었다. 그야말로 번개같이 빠른 동작이었다.

손불이는 어찌 저항해볼 틈도 없이 양과의 손에 혈을 잡혀 꼼짝도 할 수 없었다. 사실 구처기, 왕처일, 손불이 등은 적과 겨룬 경험이 풍부한 사람들이었다. 당연히 적의 기습에 대비할 수 있어야 했지만, 양과가 무기를 거두고 물러날 듯한 태도를 취했고, 게다가 남은 한 팔로 소용녀를 부축하고 있었기 때문에 갑작스레 공격을 해오리라고는 생각지도 못했다. 전진교의 도사들은 고함을 지르며 제각기 검을 치켜들기는 했지만, 손불이가 양과의 손에 잡혀 있는지라 섣불리 공격할 수 없었다.

"손 도장, 실례가 많습니다. 용서해주십시오."

양과는 손불이의 손목을 끌고 소용녀와 함께 중앙궁 후전後殿을 향해 걸어갔다. 전진파 도사들은 양과의 의도를 알고 화가 머리끝까지 치밀었지만 속수무책으로 그저 두 사람의 뒤를 따를 뿐이었다. 세 사람은 옆문을 통해 들어가 편전便殿을 지나 복도를 돌아 마침내 후전에 도착했다. 양과가 고개를 돌려 여러 도사를 바라보며 말했다.

"여러분은 잠시 밖에서 기다려주십시오. 저와 용 낭자는 이미 죽기를 각오한 몸, 혹 싸움이 붙으면 손 도장의 목숨을 보장할 수 없으니 조심하시는 것이 좋을 겁니다."

왕처일이 구처기를 바라보며 물었다.

"구 사형, 어떻게 하지요?"

"일단 상황을 지켜보세. 양과도 함부로 손 사매를 해치지는 않을 것이네."

왕처일과 구처기는 평생 동안 강호를 누비며 적지 않게 이름을 떨쳐

온 무림의 고수들이었다. 그런데 뜻밖에 말년에 새파랗게 젊은 양과 하나를 어찌하지 못해 쩔쩔매야 하다니 그저 웃음밖에 나오지 않았다.

"실례하겠습니다."

양과는 방석을 하나 가져다가 손불이를 앉히고 대추혈大椎穴과 신당혈神堂穴을 찍어 움직이지 못하게 만들었다. 전진교의 다른 도사들은 양과의 말대로 밖에서 안의 상황을 지켜보기만 할 뿐 감히 들어가지 못했다. 양과는 소용녀를 부축해 어깨를 나란히 한 채 왕중양의 화상畵像 앞에 섰다.

그림 속의 왕중양은 서른 살 정도의 젊은 나이였다. 손에 장검을 들고 있는 모습이 비록 그림이지만 매우 늠름하고 위풍이 넘쳤다. 화상 옆에는 '활사인活死人'이라는 글씨가 쓰여 있었다. 양과는 어려서 중양궁에서 살 때 이 화상을 여러 번 보았기 때문에 이것이 곧 왕중양의 초상이라는 것을 단번에 알아보았다. 그런데 문득 고묘 안에 있는 왕중양의 초상화가 생각났다. 고묘에 있는 것은 비록 왕중양의 뒷모습이기는 했지만 지금 눈앞에 있는 이 그림과 화법이 비슷해 보였다.

"이것도 조사님께서 그리신 것이군."

소용녀가 미소를 지으며 고개를 끄덕였다.

"우리 고묘파의 조사님께서 그리신 중양 조사님의 화상 앞에서 혼례를 올리니 정말 감개무량합니다."

양과는 화상 앞에 방석 두 개를 나란히 놓았다.

"제자 양과와 제자 용씨, 오늘 중양 조사님 앞에서 부부의 연을 맺습니다. 여기 계시는 수백 명의 전진교 도장님께서 모두 증인이십니다."

말을 마친 양과는 방석 위에 무릎을 꿇었다. 그런데 소용녀가 무릎을 꿇지 않은 채 가만히 서 있었다.

"어서 무릎을 꿇고 절을 올려야지요."

그러나 소용녀는 한숨만 내쉴 뿐 움직이지 않았다. 눈에서는 금방이라도 눈물이 쏟아져 내릴 것만 같았다. 양과가 부드러운 목소리로 달랬다.

"왜 그래요? 여기서 혼례를 올리는 게 싫어요?"

"아니, 아니야."

소용녀의 목소리가 떨렸다.

"난 이미 더럽혀진 몸이고, 이제 곧 죽을 사람인데 어떻게 너와……. 너와 혼례를 올리겠다고……. 과야……."

결국 소용녀는 참지 못하고 눈물을 흘렸다.

"정말 내 마음을 몰라서 그래요?"

양과는 옷소매로 소용녀의 눈물을 닦아주었다. 그러고는 그녀를 꼭 안으며 속삭였다.

"당신과 함께 100년 동안 살았으면 좋겠어요. 그럼 나는 100년 동안 최선을 다해 당신을 보살필 거예요. 그렇지만 만약 하늘이 우리에게 하루밖에 허락하지 않는다면 하루 동안이라도 부부가 되어 행복하게 살아요. 만약 하늘이 우리에게 한 시진밖에 허락하지 않는다 해도 나는 당신과 한 시진 동안 부부로 살면서 최선을 다해 당신을 보살필 거예요."

양과의 목소리는 부드럽고 따뜻했다.

"과야, 정말 고마워."

소용녀는 양과의 진심 어린 표정을 보며 깊이 감동받았다. 양과에 대한 자신의 사랑을 어떻게 표현해야 할지 알 수가 없었다. 눈물로 범벅이 된 그녀의 얼굴에 따뜻한 미소가 퍼졌다. 그제야 소용녀는 방석 위에 무릎을 꿇었다. 두 사람은 함께 왕중양의 화상을 향해 절을 올렸다.

'평생 외롭고 힘들게 살기는 했지만, 오늘과 같이 행복한 날을 맞이할 수 있으니 우린 참으로 행복한 사람들이야. 우리 둘이 함께라면 지금까지 겪은 고생도 모두 잊을 수 있고, 머지않아 죽게 될 비참한 운명도 받아들일 수 있어.'

양과가 또렷한 목소리로 맹세했다.

"제자 양과와 용씨, 서로 사랑하는 마음 죽을 때까지 변치 않겠습니다. 이제 여기서 부부의 연을 맺고자 하니 축복해주소서."

뒤이어 소용녀의 목소리가 들렸다.

"중양 조사님께서 보우하사 오늘 우리의 혼례를 축복해주소서."

두 사람은 마주 보며 미소를 지었다. 양과는 다시 절을 올리며 다짐했다.

"존경하는 조사님, 제자 양과 감히 전진교에 무례를 범했습니다. 용서해주시고 앞으로 전진교가 저를 필요로 한다면 힘껏 돕겠습니다."

양과는 연신 절을 올렸다. 혈도가 찍힌 손불이는 방석에 앉아 움직일 수는 없었지만 두 사람이 하는 이야기를 모두 들을 수 있었다. 양과와 소용녀의 행동이 비록 황당하기는 했지만, 그래도 한마디 한마디에서 두 사람의 진심을 느낄 수 있었다. 손불이는 문득 젊은 시절 자신과 마옥 사이에 있었던 일이 생각났다. 게다가 양과가 전진교에 무례를 범한 것에 대해 진심으로 사죄하고 앞으로 전진교를 돕겠다고 맹세하는 말을 듣자 노기가 많이 풀렸다.

'이제 우리 둘이 부부의 연을 맺었으니 지금 당장 죽는다 해도 여한이 없구나.'

양과는 전진교 도사들에 대한 경계심이 일시에 사라졌다.

"내가 전진교의 제자로서 본교를 배반했다는 것은 무림이 다 아는 사실이지만, 이제 당신도 고묘파를 배반한 셈이 되었군요."

소용녀는 여전히 미소를 지은 채 고개를 끄덕였다.

"사부님께서는 남자를 제자로 받아들이는 것은 물론 남자에게 시집도 가지 말라고 하셨지. 난 두 가지 모두를 어겼으니 벌을 받아 마땅해."

"왕 조사님과 우리 고묘파의 조사님께서는 우리와는 비교도 할 수 없는 진정한 영웅들이셨지만 그분들조차 감히 부부의 연을 맺지 못하셨는데, 우리가 혼례를 올리다니 정말 감개무량합니다. 하지만 지하에 계신 두 분께서 지금 우리를 보고 계신다면 우리를 탓하지 않으실지도 몰라요."

양과의 목소리는 제법 당당하고 자신에 넘쳤다. 바로 그때 지붕 위에서 엄청난 소리가 들리더니 기와 조각이 우두두 떨어졌다. 깜짝 놀라 고개를 들어보니 지붕 위에 뚫린 구멍을 통해 커다란 종이 손불이의 머리를 향해 떨어져 내리고 있었다.

일인즉 양과와 소용녀의 대범하고 무례한 행동에 전진교 도사들이 모두 분노를 금치 못하던 중 유처현이 좋은 계책을 떠올렸다. 그는 자신의 생각을 구처기, 왕처일, 학대통 등에게 알렸고, 세 사람은 고개를 끄덕이며 찬성했다. 구처기 등은 몇 명의 제자를 불러 무엇인가를 분부했다.

양과와 소용녀가 왕중양의 화상을 향해 절을 하고 있는 사이 제자들은 무게가 1,000근에 달하는 종을 가져왔다. 구처기, 왕처일, 학대통, 유처현 등 네 사람은 제자들이 가져온 종을 가지고 지붕 위로 올라가 방위를 정확히 조준해 지붕을 뚫어 떨어뜨리게 했다. 우선 큰 종으로 손불이를 덮어놓으면 양과가 손불이를 해치지 못할 테니 그 틈에 모든 도사가 한꺼번에 덤벼 두 사람을 잡으려고 한 것이다.

양과는 큰 종이 손불이 머리 위로 떨어지는 것을 보고 다급하게 현철검으로 종을 쳤다. 검과 종이 부딪치니 둔중한 소리가 났다. 그 소리가 어찌나 엄청난지 귀가 다 쩌렁쩌렁 울렸다. 종은 비록 1,000근에 달할 정도로 무거웠지만 양과가 검을 휘두르는 힘이 워낙 엄청난 데다 옆에서 종을 쳤기 때문에 결국 방향이 약간 밀려났다. 그대로 두면 손불이가 다칠 것 같았다. 지붕 위에서 이 모습을 지켜본 유처현 등은 깜짝 놀라 비명을 질렀다. 양과에게 이런 신력이 있으리라고는 생각지도 못한 것이다. 이제 손불이는 거대한 종에 깔려 목숨을 부지하기 힘든 상황에 처했다. 유처현은 차마 그 모습을 볼 수가 없어 고개를 돌렸다. 그런데 갑자기 구처기의 다급한 목소리가 들렸다.

"됐어, 됐어!"

눈을 뜨고 아래를 바라본 유처현은 뜻밖에도 손불이가 종 속으로 들어가 모습이 보이지 않자 의아해했다. 손불이의 도포 자락조차 종 밖으로 나와 있지 않았다. 알고 보니 손불이가 위험에 처한 것을 보고 양과가 오른손 소매를 휘둘러 손불이와 방석을 종 밑으로 밀어넣은 것이었다.

'오늘은 우리가 부부의 연을 맺는 기쁜 날인데 무고한 사람을 죽게 만들 수는 없지. 게다가 손 도장은 성격이 좀 괴팍하기는 해도 나쁜 사

람은 아니잖아.'

이런 생각이 양과로 하여금 손불이를 구하게 만든 것이다. 지붕 위에 있던 네 사람은 안도의 한숨을 내쉬었다. 이렇게 되자 양과와 싸우기도 힘들게 되었다. 그러나 후전 밖에 있던 제자들은 이 상황을 알지 못하고 그저 종이 떨어지는 소리가 나자 사전에 지시받은 대로 함성을 지르며 장검을 들고 후전 안으로 뛰어들었다. 양과는 현철검을 등에 꽂고 팔로 소용녀를 안은 채 뛰쳐나가 후전 뒤쪽을 향해 달렸다.

"조심해라. 두 사람을 다치게 해서는 안 된다!"

구처기가 큰 소리로 외쳤다. 그러나 우렁찬 그의 목소리도 제자들의 함성에 묻혀버렸다. 제자들은 양과와 소용녀를 쫓아 후전 뒤로 달려갔다.

"저놈 잡아라!"

"조사님을 모독한 저놈을 잡아라!"

"서둘러! 너희는 동쪽으로 가라!"

"장춘 진인의 명령이다. 두 사람을 다치게 해서는 안 된다!"

유처현은 지붕 위로 올라가기 전에 이미 후전 뒤뜰에 스물한 명의 제자를 매복시켜두었다. 양과는 후전 뒤뜰 쪽을 향했다. 곳곳에 고수들이 숨어 있는 것이 보였다.

'차라리 후전 지붕을 뚫고 올라가는 것이 나을지도 모르겠다. 비록 지붕에 고수들이 있기는 하지만 내게 실수를 쓰지는 못할 거야.'

양과는 소용녀를 안은 채 다시 후전 안으로 뚫고 들어갔다. 소용녀는 양손으로 양과의 목을 꼭 껴안고 있었다.

"너와 부부가 되었으니, 난 더 이상 바랄 것이 없어. 여기서 빠져나가든 잡히게 되든 상관없어."

"나도 그래요."

양과는 허공으로 뛰어오르면서 빠른 속도로 발을 휘둘러 순식간에 두 명의 도사를 후전 밖으로 걷어찼다. 후전은 그다지 넓지 않은 데다 도사들로 꽉 차 있어서 그들의 장기인 북두진법을 쓸 수 없었다. 양과 역시 소용녀를 안은 채 발로 도사들을 공격할 뿐이었으므로 그들의 포위를 완전히 벗어날 수는 없었다.

'어서 이 자리를 피해야 하는데 도무지 진전이 없군. 두 팔만 다 있었다면 저런 도사들쯤은 아무것도 아닌데. 게다가 지금은 저들이 북두진법도 쓰지 못하는 상황이잖아.'

양과는 한쪽 팔이 없는 것이 한스러웠다. 그사이에도 한 명의 도사가 양과의 발에 차여 후전 밖으로 날아가다 다시 두 명의 도사와 부딪쳤다.

그때였다. 갑자기 밖에서 흰 수염을 기른 백발노인이 미친 듯이 뛰어들어왔다. 새까만 벌 떼가 노인의 뒤를 쫓고 있었다. 바로 노완동 주백통이었다. 후전은 원래 난장판이 되어 있던 터라 주백통 하나쯤 더 끼어든다고 해서 크게 달라질 것은 없었다. 그러나 주백통이 벌 떼를 끌고 왔기 때문에 더욱 북새통으로 변해버렸다. 수많은 벌 떼가 이 사람 저 사람을 쏘아대자 모두들 싸움은커녕 벌을 피하느라 정신이 없었다.

이 벌들은 소용녀가 고묘에서 키우던 옥봉이었다. 전진교 도사들 중 벌에 물린 사람은 가려움과 고통을 참지 못하고 땅바닥을 데굴데굴 구르며 비명을 질렀다.

주백통은 원래 곽정을 돕기 위해 양양성으로 가려 했다. 그러나 소용녀의 옥봉꿀을 훔친 뒤 그녀를 다시 만나게 될까 봐 양양성으로 가지 않고 종남산으로 가서 조지경에게 왜 자신을 해치려 했는지 물어볼 작정이었다. 종남산으로 가는 도중 주백통은 옥봉꿀을 이용해 옥봉을 조종하는 방법을 조금씩 깨우치게 되었다. 그러나 종남산에 도착하자 문제가 터지고 말았다. 산 위에 있던 벌들이 옥봉꿀의 단내를 맡고 모두 주백통을 향해 날아든 것이다. 소용녀에게만 길들여 있던 벌들이 주백통을 습격했고, 다급해진 주백통은 숨을 곳을 찾아 중양궁으로 뛰어든 것이다. 양과와 소용녀를 본 주백통은 떨 듯이 기뻐하며 급히 소용녀를 향해 벌꿀통을 던졌다.

"제발 이 벌 떼 좀 어떻게 해줘!"

양과가 소매를 휘둘러 벌꿀통을 받아 소용녀에게 건네주었다. 소용녀는 미소를 지으며 벌꿀통을 받아 들었다. 후전 안은 온통 벌 떼로 가득했다. 구처기 등은 지붕에서 뛰어내려와 사숙을 향해 예를 갖추었다. 학대통이 큰 소리로 외쳤다.

"가서 불을 가져오너라!"

도포 자락으로 얼굴을 가리거나, 검을 휘둘러 벌 떼를 쫓는 등 모두들 갑자기 나타난 벌 떼 때문에 정신을 차리지 못했다. 몇몇 제자가 이리저리 벌을 피하며 학대통의 분부에 따라 불을 가지러 갔다.

주백통은 구처기 등을 상대할 여유가 없었다. 이미 이마가 두 군데나 벌에 쏘여 퉁퉁 부어올랐다. 그저 어떻게든 벌 떼가 없는 곳으로 몸을 숨기고 싶어 주위를 둘러보니 웬 큰 종이 눈에 들어왔다. 주백통은 힘을 주어 종을 들어 올렸다. 뜻밖에 종 안에는 사람이 들어 있었다.

주백통은 누구인지 살피지도 않고 상대방을 종 밖으로 밀어냈다.

"실례하겠소이다."

손불이를 밀어내고 종 안으로 들어간 주백통은 그제야 한숨을 돌렸다.

'벌 떼가 아무리 많아도 더 이상은 날 쫓아오지 못하겠지.'

양과가 낮은 목소리로 소용녀에게 속삭였다.

"어서 벌을 조종해서 이곳을 빠져나가요."

양과의 말투는 전과 다르게 정이 담뿍 담겨 있었다. 소용녀는 그런 양과의 말투가 더없이 듣기 좋았다.

'정말 더 이상은 나를 사부로 대하지 않는구나. 날 정말 아내로 생각하나 봐.'

소용녀는 자신도 말투를 고쳐야겠다는 생각이 들어 공손하고 온유하게 대답했다.

"그래요."

소용녀는 벌꿀통을 몇 차례 흔들면서 날카로운 소리를 냈다. 옥봉은 주인을 만나자 금세 한 무리를 지어 소용녀를 향해 날아왔다. 소용녀가 계속해서 소리를 내자 벌 떼는 그 소리에 따라 두 무리로 나뉘더니 한 무리는 양과와 소용녀의 앞에서 길을 인도하고 또 다른 한 무리는 뒤에서 적의 공격을 막았다. 양과와 소용녀는 벌 떼의 호위를 받으며 중양궁을 빠져나갔다.

구처기 등은 주백통이 반갑기도 하고, 그 때문에 벌어진 소동에 어이가 없기도 해서 그만 서로 마주 보며 웃고 말았다. 그들은 양과와 소용녀가 후전 뒤로 빠져나가는 것을 보고 제자들에게 더 이상 쫓지 말라고 지시했다. 왕처일은 손불이의 혈도를 풀어주었고, 구처기는 주백통이 갇혀 있는 큰 종을 들어 올렸다. 바깥 상황을 전혀 모르는 주백통은 누군가가 종을 들어 올리려 하자 당황한 나머지 얼른 종을 끌어당겼다.

"안 돼!"

구처기는 내공이 주백통보다 강하지 못했기 때문에 주백통의 힘을 당해낼 수가 없었다. 엄청난 소리와 함께 종은 다시 주백통의 몸을 가렸다. 구처기가 웃으며 말했다.

"주 사숙께서 또 장난을 치려 드시는군. 자, 모두들 같이 종을 들어 올립시다."

구처기, 왕처일, 유처현, 학대통 네 사람이 동시에 덤벼들어 종을 들어 올렸다. 그런데 바닥에서 약 삼 척쯤 종을 들어 올린 후 보니 뜻밖에 안쪽에 아무도 보이지 않았다.

"어!"

"이런!"

모두들 깜짝 놀라는 사이 획, 하고 사람 그림자가 스치더니 어느새 주백통이 종 옆에 서 있었다. 알고 보니 주백통은 종 안쪽 벽에 붙어 있었던 것이다. 구처기 등은 다시 한번 주백통을 향해 예를 갖추었다. 주백통은 양손을 휘저으며 네 사람을 말렸다.

"관둬라, 관둬. 착한 녀석들 같으니, 인사 따위는 필요 없다."

사실 구처기 등도 이미 나이가 많은 노인이건만 주백통은 여전히 그들을 아이 다루듯 취급했다. 막 서로 안부 인사를 건네려는 순간, 주백통은 슬그머니 빠져나가고 있는 조지경을 발견했다. 주백통은 큰 소리를 지르며 그쪽으로 달려가 조지경의 멱살을 낚아챘다.

"이런 쥐새끼 같은 놈, 어딜 도망가려고?"

주백통은 왼손으로 종을 들어 올리더니 조지경을 종 속으로 밀어넣은 후 종을 덮어버렸다.

"쥐새끼 같은 놈!"

그 자리에 있던 사람들은 주백통을 제외하면 모두 도를 닦는 도사들이었다. 당연히 주백통의 거친 말투가 듣기 거북할 수밖에 없었다. 그러나 모두들 워낙에 주백통의 성격을 잘 아는지라 달리 마음에 두지 않았다. 왕처일이 물었다.

"사숙, 조지경이 어쩌다 사숙님을 화나게 했습니까? 제가 호되게 벌을 줄 터이니 말씀해보시지요."

"흥! 저 녀석이 나보고 동굴 속에서 왕기를 훔치라고 꼬이기에 들어가봤더니 깃발은커녕 징그럽게 생긴 거미들뿐이었다고. 거미들의 독이 얼마나 센지 그놈들한테 물려 죽을 뻔한 것을 용 낭자가 구해줘서 겨우 목숨을 부지했네. 으응? 아까 용 낭자가 있었는데 어디로 갔지? 벌 떼는 어디로 갔나?"

주백통은 소용녀를 찾는 듯 사방을 두리번거리며 살폈다. 그때 10여 명의 제자가 들어와 상황을 알렸다. 양과와 소용녀가 장경각藏經閣으로 도망갔으며, 제자들이 뒤쫓기는 했으나 행여 장경각이 불에 탈까 봐 불을 지르지는 못했다는 것이다. 제자들의 보고를 들은 구처기 등은 모두 깜짝 놀랐다. 장경각은 전진교의 중요한 곳으로 많은 도서와 왕중양 및 전진칠자의 저작 등을 보관하고 있는 곳이었다. 행여 불이라도 난다면 정말 보통 큰일이 아니었다.

"우리가 직접 가봐야겠소. 양과가 손 사매를 해치지 않고 살려주었으니 우리 또한 꼭 양과를 적으로 삼을 필요는 없지."

"그 말이 맞아요."

손불이도 구처기의 말에 맞장구를 쳤다. 모두들 장경각을 향해 달려갔다. 왕처일은 종 속에 갇힌 조지경이 숨이 막히지나 않을지 걱정되었다.

'사숙님의 성격이 워낙 독특하니 하시는 말씀을 모두 믿을 수가 있어야지. 어쩌면 조지경에게 별 잘못이 없을지도 몰라. 나중에 자세히 물어보면 되겠지.'

왕처일은 제자 세 명을 불러 종을 들어 올리게 하고 종 밑에 돌을 괴어 공기가 통하도록 한 다음 다른 사람들의 뒤를 쫓아 장경각으로 향했다. 장경각 앞에서는 수백 명의 제자가 저마다 고함을 질러대고 있었다. 그러나 감히 아무도 안으로 들어가는 사람이 없었다. 구처기가 큰 소리로 외쳤다.

"지나간 일은 모두 잊고 친구가 되는 것이 어떠냐?"

그러나 장경각 안에서는 아무 소리도 들리지 않았다.

"용 낭자의 부상도 가볍지 않은데 어서 내려와서 용한 의원을 청해 치료를 해야 할 것 아니냐? 결코 두 사람을 해치지 않을 테니 어서 내려오너라. 내 명예를 걸고 약속하겠다."

그러나 여전히 아무 소리도 들을 수 없었다. 유처현이 문득 짚이는 바가 있어 입을 열었다.

"이미 갔나 봅니다."

"으음?"

"보세요. 그 많던 벌 떼가 모두 사라지고 없잖아요."

왕처일이 한 제자의 손에서 횃불을 받아 든 후 장경각 안으로 들어갔다. 구처기 등도 뒤를 따랐다. 과연 책상 위에 벌꿀통이 놓여 있을 뿐 장경각 안에는 아무도 없었다. 주백통은 벌꿀통을 발견하고 뛸 듯이 기뻐하며 품속에 넣었다. 장경각 안의 책이며 문서 등은 원래 상태를 그대로 유지하고 있었다. 다만 책 몇 권이 땅바닥에 떨어져 있고, 그 책들이 담겨 있던 나무 상자가 보이지 않을 뿐이었다.

"이쪽으로 달아난 모양입니다."

학대통의 말에 고개를 돌려보니 나무 기둥에 밧줄이 묶여 있고, 밧줄은 창문을 통해 밖으로 연결되어 있었다. 창밖을 내다보니 밧줄의 끝은 맞은편 언덕의 나뭇가지에 묶여 있었다. 장경각과 맞은편 언덕 사이에는 깊은 골짜기가 가로놓여 있어 오갈 방법이 없었다. 양과는 경공술로 밧줄을 타고 맞은편 언덕으로 빠져나간 듯했다.

양과와 소용녀가 중양궁 후전에서 혼례를 올린 것은 전진교의 입장에서는 크게 위신이 떨어지는 일이었다. 그러나 이제 두 사람이 완전히 물러갔으니 홀가분한 기분마저 들었다. 전진오자는 서로 마주 보며 쓴웃음을 지었다.

원래는 전진오자 중 손불이가 두 사람에 대해 가장 강경한 태도를 보였으나 그런 손불이도 후전에서 양과와 소용녀 사이의 감정이 얼마나 진실한 것인지 직접 들은 데다 양과가 머리 숙여 사죄하는 모습도 보았고, 무엇보다 위기의 순간에 자신의 생명을 구해주었기 때문에 더 이상 아무 말도 하지 않았다.

전진오자와 주백통은 대전으로 돌아와 둘러앉았다. 이지상과 송덕방은 그동안 일어난 일을 일일이 보고했다. 몽고 대칸이 성지를 내린 일과 견지병, 조지경 일파가 서로 싸운 일, 그리고 소용녀가 갑자기 공격해온 일 등을 소상히 아뢰었다.

구처기가 먼저 입을 열었다.

"지병이 큰 잘못을 한 것은 사실이나 전진교에 대한 충의를 버리지 않았고 몽고군에 투항하지 않았으니 이것은 큰 공이라 할 수 있지 않을까요?"

왕처일도 맞장구를 쳤다.

"비록 지병의 잘못이 크나 충의를 지킨 공 또한 적지 않습니다. 대장교의 지위를 인정해줘야 합니다."

유처현, 학대통 등도 이에 찬성했다. 구처기가 말했다.

"만약 용 낭자가 적시에 와서 적을 교란시켜주지 않았다면 우리 전진교는 지금쯤 어찌 되었을지 모릅니다. 용 낭자는 우리 전진교의 큰 은인이라 할 수 있으니 앞으로 다시는 그 두 사람에게 무례한 행동을 해서는 안 됩니다. 그뿐만 아니라 어떻게 해서든 은혜를 갚아야지요. 허허…… 그런데 그만 우리 실수로 용 낭자를 다치게 했으니……."

구처기는 소용녀의 부상이 치유되기 어렵다는 사실을 잘 알기에 더욱 미안한 마음이 들었다. 모두들 심각하게 전후 상황에 대해 논의를 하고 있건만 주백통은 전혀 관심이 없는 듯했다. 오로지 품속에서 벌 꿀통을 꺼내 가지고 노느라 정신이 없었다. 생각 같아서는 몇 번이나 벌꿀통을 열어 벌 떼를 불러모으고 싶었으나 조금 전처럼 다시 쫓아보내지 못할 것이 두려워 꾹 참고 있는 중이었다. 그때 제자 한 명이 와서 제자 중 여러 명이 벌에 물려 고통이 심하다며 구해줄 것을 호소

했다. 학대통은 과거 손 노파가 중양궁에 와서 벌꿀을 주었던 기억이 났다.

"그 벌꿀은 아마도 용 낭자가 일부러 우리에게 남기고 간 것일 겁니다. 사숙, 제자들에게 꿀을 나누어주시지요."

주백통은 양손을 뒤집어 보이며 말했다.

"어찌 된 일인지 벌꿀통이 갑자기 사라져버렸네."

바로 조금 전까지 꿀통을 손에 들고 장난을 치던 그가 이제 와서 꿀통이 사라졌다고 하니 벌꿀을 내놓지 않으려고 일부러 꾸민 말임이 분명했다. 그러나 주백통은 웃어른이어서 그에게 내놓으라고 강요할 수도 없는 노릇이었다. 주백통은 한술 더 떠서 손으로 자기 옷을 툭툭 털며 말했다.

"내가 치사하게 벌꿀통을 내놓지 않으려고 숨겼다고 생각하는 건 아니겠지? 정 의심스러우면 내 옷을 벗어 보여줄까?"

주백통은 여전히 늙은 장난꾸러기 모습을 벗지 못하고 있었다.

'벌에 물려봤자 반나절 괴롭고 말면 그뿐 생명에 지장이 있는 것도 아닌데 그 때문에 소중한 벌꿀통을 내놓을 수는 없지.'

주백통은 벌꿀을 소매에 감춘 후 팔을 따라 가슴으로 내려보내 다시 바지 속으로, 다시 다리를 따라 땅바닥으로 내려보냈다. 그는 워낙 내공이 강했기 때문에 근육을 자유롭게 수축할 수 있어서 아무도 그 사실을 눈치채지 못했다.

'사숙께서 자진해서 내놓지 않는다면 내놓게 할 수밖에 없지. 우리가 모두 자리를 뜨고 혼자 남으면 틀림없이 벌꿀통을 꺼내실 거야. 하지만 지금은 그보다 우선 조지경을 처벌하는 일이 급해. 만약 견지병이 끝까지 충의를 지키지 않았다면 우리 전진교의 명예는 조지경 때문에 하루아침에 무너지고 말았을 것 아닌가?'

왕처일은 곧 엄한 소리로 명령을 내렸다.

"학 사제, 제자들의 부상을 치료하는 일은 천천히 하도록 하고 우선 조지경을 처벌하는 일을 서둘러야겠네."

전진오자는 수십 년 동안을 함께 지냈기 때문에 서로의 성격이나 품성을 잘 알고 있었다. 왕처일은 정직하고 사심이 없는 사람이었다. 조지경이 비록 그의 수제자이기는 하나 본교에 큰 죄를 범한 이상, 왕처일이 나서서 그를 처벌할 수밖에 없었다.

'조지경 이놈이 전진교를 팔아 부귀영화를 꾀하고 동문들을 해하려 했으니 절대 용서할 수 없다.'

모두들 조지경을 용서할 수 없다는 생각이었다. 그때 문득 큰 종 밑에서 조지경의 목소리가 들렸다.

"주 사숙, 한 번만 살려주시면 벌꿀통을 돌려드릴게요. 그러지 않으면 어차피 죽을 목숨 벌꿀을 다 먹어버릴 거예요."

주백통은 깜짝 놀라 다리 밑을 살펴보았다. 과연 꿀통이 보이지 않았다. 알고 보니 주백통이 종 옆에 서 있었던지라 종 안에 있던 조지경이 몰래 손을 뻗어 꿀통을 가져간 것이었다.

조지경은 한낱 벌꿀 한 통을 가지고 살길을 도모하려 들었다. 과연 조지경이 벌꿀을 다 먹어버리겠다고 위협하자 주백통의 마음이 움직였다.

"이봐, 절대로 벌꿀을 먹으면 안 돼. 문제가 있으면 잘 상의해서 해결하면 되지, 이게 무슨 짓이야?"

"그럼 사숙께서 먼저 제 목숨을 살려주겠다고 약속해주세요."

전진오자는 모두 깜짝 놀랐다. 만약 주백통이 조지경의 목숨을 살려주겠다고 약속해버리면 문제가 골치 아파지기 때문이었다. 구처기가 급히 나섰다.

"사숙, 이자는 지은 죄가 너무 무거워 용서해줄 수 없습니다."

주백통은 땅바닥에 납작 엎드린 채 종 안쪽을 향해 소리쳤다.

"이봐, 벌꿀을 먹으면 안 돼!"

유처현이 말했다.

"사숙, 그놈을 상대할 필요 없습니다. 정히 벌꿀이 필요하시면 용 낭자에게 부탁하면 되잖아요. 조금 있다가 고묘에 가서 벌꿀을 달라고 해보지요. 한 병도 줬는데 또 한 병 안 주겠어요?"

"아니야, 주지 않을 수도 있어."

주백통은 다급한 듯 고개를 저었다.

'이것도 용 낭자가 준 줄 아는 모양인데 내가 훔친 거라고. 지금 와서 더 달라고 하면 그녀가 주지 않을 수도 있고, 설사 준다 해도 벌에 물린 제자들을 치료하라고 주는 것이겠지.'

그때 어디선가 벌이 윙윙대는 소리가 들렸다. 잘 살펴보니 대여섯 마리의 옥봉이 나갈 길을 찾지 못해 창문에 몸을 비벼대고 있었다. 주백통은 문득 좋은 생각이 떠올랐다.

"조지경, 네가 가져간 것은 옥봉의 벌꿀이 아닌 것 같구나."

다급해진 조지경이 소리쳤다.

"그럴 리가요. 왜 옥봉의 벌꿀이 아니라고 하시는 거죠?"

"좋다. 그럼 벌꿀통의 뚜껑을 열어보아라. 냄새를 한번 맡아봐야 믿을 수 있겠다. 만약 옥봉의 벌꿀이 아니라면 더 이상 널 상대할 필요가 없지 않느냐?"

조지경은 급히 꿀통의 뚜껑을 열었다.

"자, 어서 냄새를 맡아보세요."

주백통은 종 밑에 코를 갖다 대고 냄새를 맡아보았다.

"음, 음, 아닌 것 같은데. 조금만 더 냄새를 맡아보자."

조지경은 행여 주백통이 꿀통을 빼앗아갈까 봐 두 손으로 꼭 붙잡고 있었다.

"이 향기를 맡아보세요. 틀림없이 옥봉의 벌꿀이지요?"

과연 옥봉의 벌꿀은 향기롭기 그지없어 순식간에 후전 안을 달콤한 냄새로 가득 채웠다. 주백통은 일부러 재채기를 했다.

"감기가 낫지 않아서 냄새를 잘 구분 못 하겠는걸."

주백통은 조지경과 대화를 나누며 구처기 등을 향해 눈짓을 했다. 조지경도 주백통이 무언가 꿍꿍이속이 있음을 눈치채고 다시 한번 다짐을 했다.

"만약 조금이라도 종을 건드리시면 벌꿀을 모두 먹어버리겠어요."

그때 창문가를 배회하던 벌들이 벌꿀 냄새를 맡고 냄새가 나는 쪽으로 날아갔다. 주백통이 소매를 휘둘러 벌들을 종 밑으로 몰아넣으며 소리쳤다.

"들어가서 저놈을 물어라!"

벌들이 주백통의 명령을 들을 리는 없지만, 종 안쪽에서 워낙 달콤한 꿀 냄새가 나고 있었기 때문에 모두 순순히 종 밑의 작은 틈을 통해 종 안으로 들어갔다. 잠시 후 조지경의 끔찍한 비명 소리가 들려오더니 뒤이어 쨍그랑하며 그릇 깨지는 소리가 났다. 벌에 물려 정신을 차리지 못한 조지경이 꿀통을 깨뜨린 모양이었다. 주백통은 버럭 화를 냈다.

"멍청이 같은 녀석, 벌꿀통 하나도 못 지키다니!"

주백통이 막 종을 들어 올리려는데 후원에 남아 있던 벌들이 꿀 냄새를 맡고 하나둘 모여들기 시작했다. 벌들은 줄을 이어 종 밑으로 들어갔다. 그는 옥봉의 따끔한 맛을 이미 경험한 터라 감히 종을 들어 올리지 못했다. 점점 더 많은 벌이 종 안으로 들어가고 있었다. 종 안에 있던 조지경이 비명을 지르며 몸부림치는 소리가 들렸다. 그러나 그것도 잠시뿐 시간이 조금 지나자 종 안에서는 아무 소리도 들리지 않았다. 조지경이 벌에 쏘여 죽은 것일까.

주백통이 유처현의 옷소매를 잡아당기며 말했다.

"좋아. 처현아, 네가 가서 용 낭자에게 벌꿀통을 좀 얻어 오너라."

유처현은 눈살을 찌푸렸다. 조금 전에야 주백통이 조지경을 돕는 것을 막으려고 해본 소리였는데, 지금 어찌 용 낭자에게 가서 벌꿀을 얻어 올 수 있단 말인가. 게다가 용 낭자는 전진오자의 칠성취회에 당해 목숨이 경각에 달린 상태가 아닌가. 유처현은 난처한 듯 쓴웃음을 지으며 말했다.

"알겠습니다. 가긴 가지만……."

유처현은 마지못해 뒷산 고묘 쪽을 향해 발걸음을 옮겼다. 구처기 등은 이것이 얼마나 위험한 일인지 잘 알고 있었다. 만일 용 낭자가 무사하다면 상관없지만 혹 죽기라도 했다면 양과가 가만있을 리 없었다. 그래서 일제히 말했다.

"모두 다 같이 갑시다."

왕중양 이래로 전진교 제자들은 고묘 근처 숲속으로 들어가지 못하도록 되어 있었다. 그래서 모두들 숲 밖에서 걸음을 멈춘 채 목소리를 높여 양과를 불렀다.

"양 형, 용 낭자의 부상은 어떻습니까? 여기 부상을 치료하는 데 효과가 있는 구전영보환九轉靈寶丸을 좀 가져왔습니다."

구처기의 말에 주백통이 낮은 소리로 중얼거렸다.

"옳지, 옳지. 구전영보환과 벌꿀을 맞바꾸면 되겠군."

그러나 한참이 지났건만 고묘에서는 아무런 반응도 없었다. 구처기가 다시 한번 내공을 운기해 큰 소리로 외쳤다.

"양 형, 잠시 나와보시지요."

그러나 숲속은 고요하기만 할 뿐 여전히 아무런 소리도 들리지 않았다. 고묘 앞쪽은 숲이 우거지고 가시덤불이 이리저리 엉켜 있었다. 유처현과 학대통은 숲을 따라 한 바퀴 빙 둘러보았다. 자세히 살펴보니 수풀과 가시덤불에는 사람이 들어간 흔적이 보이지 않았다. 아무래도 양과와 소용녀는 고묘로 돌아가지 않고 종남산을 내려간 듯싶었다.

그들은 중양궁으로 돌아오면서 제각기 생각에 잠겼다. 두 사람이 종남산을 내려갔다면 차라리 멀리 떠났으니 다행이라는 생각이 들었다. 그러나 한편으론 소용녀가 부상을 입었으니 멀리 가다가 치료 시기를 놓쳐 죽음에 이르지 않을까 걱정도 되었다. 주백통도 마찬가지였다. 만약 소용녀와 마주치게 되면 옥봉 벌꿀통을 훔친 것이 탄로 날 터인데 그럴 염려가 없어졌으니 다행이다 싶었다. 그러나 이젠 벌꿀을 얻을 길이 없어졌다는 생각이 들자 안타깝기도 했다.

전진오자는 비록 종남산에서 수십 년을 살았지만 종남산을 잘 알지 못했다. 그러니 양과와 소용녀가 어디로 갔는지 전혀 짐작조차 하지 못했다.

양과와 소용녀는 벌 떼의 호위를 받으며 후원으로 도망을 가다가 작은 누각을 발견했다. 양과는 그것이 중양궁의 중요한 도서와 문서들을 모아놓은 장경각이라는 사실을 잘 알고 있었다. 그는 소용녀를 품에 안은 채 장경각으로 올라갔다. 두 사람은 그곳에서 잠시 숨을 돌렸다. 조금 지나자 장경각 밑이 시끄러워지기 시작했다. 전진교 도사들이 뒤를 쫓아온 모양이었다. 그러나 도사들은 벌 떼가 두려워 함부로 공격하지 못했다.

양과는 소용녀를 의자에 내려놓고 장경각을 자세히 살폈다. 장경각 뒤쪽은 수십 장 깊이의 골짜기였다. 계곡이 비록 깊기는 했으나 다행히 그다지 넓지는 않았다. 양과는 항상 긴 밧줄을 지니고 다녔다. 그 밧줄은 그의 잠자리였다. 그는 나무와 나무 사이에 밧줄을 묶고는 그 위에서 잠을 자곤 했다. 그는 밧줄의 한쪽을 장경각의 기둥에 묶은 후 다른 한쪽을 잡고 몸을 날려 골짜기를 뛰어넘어 맞은편 언덕에 사뿐히 내려섰다. 밧줄의 다른 한쪽 끝을 맞은편 언덕의 큰 나무에 단단히 묶은 후 경공술을 펼쳐 밧줄을 타고 장경각으로 돌아왔다.

"어디로 갈까요?"

양과의 목소리는 참으로 부드러웠다.

"나는 어디든지 따라갈 거예요."

"바늘 가는 데 실이 가야 하니까 당연히 그래야겠지요?"

양과는 잠시 생각에 잠겼다가 다시 물었다.

"어디 가고 싶은 데 없어요?"

소용녀의 얼굴빛이 침울하게 변했다. 그녀는 가볍게 한숨을 내쉬었다. 양과는 그녀가 고묘로 돌아가길 원한다는 것을 너무나 잘 알고 있었다. 그러나 장경각을 둘러싸고 있는 수많은 도사의 소리를 들어보면 그들이 가만있을 것 같지 않았다. 고묘로 간 것을 알면 또 따라올 것이 분명했다. 소용녀 또한 양과의 생각을 읽고 있었다.

"꼭 고묘로 돌아가고 싶은 건 아니니까 너무 신경 쓰지 말아요. 그냥 같이 있을 수만 있다면 난 어디라도 좋아요."

소용녀가 양과를 위로하려는 듯 미소를 지어 보였다.

'부부의 연을 맺은 후 첫 번째 소원이기도 하고, 어쩌면 평생의 마지막 소원이 될는지도 모르는데 어떻게든 해봐야지.'

그러나 장경각 밖의 소란스러움 때문에 마음만 산란할 뿐 좋은 방법이 떠오르지 않았다. 문득 서쪽 책꽂이 뒤에 커다란 나무 상자 하나가 보였다.

'옳지!'

가까이 다가가서 살펴보니 상자는 구리로 된 자물쇠로 잠겨 있었다. 양과는 손에 힘을 주어 자물쇠를 부러뜨린 후 상자를 열었다. 거기에는 낡은 책 몇 권이 들어 있었다. 양과는 상자를 뒤집어 책을 바닥에 쏟아부은 후 이리저리 살펴보았다. 상자는 장목으로 만들어 두껍고 견고했다. 양과의 손놀림이 바빠졌다. 그는 책꽂이 위를 만져보았다. 과연 책꽂이 위에는 기름을 먹인 천이 깔려 있었다. 비가 샐 때를 대비해 책이나 책꽂이가 물에 젖지 않도록 하기 위해 놓아둔 것이었다. 양과는 기름 먹인 천을 두 장 가져다가 나무 상자에 넣은 후 밧줄을 타고

맞은편 언덕에 옮겨놓았다. 그리고 잽싸게 다시 돌아와 소용녀를 안고
맞은편 언덕으로 갔다.

"자, 이제 우리의 집으로 돌아갑시다."

소용녀는 환하게 미소를 지었다.

"날 여기 넣을 생각이군요?"

"상자 안이 안전할 거예요. 물속을 잠수해 가다가 혹 바위가 상자를
막으면 내가 즉시 이 검으로 바위를 깨뜨릴 거예요. 이 검은 뭐든지 벨
수 있으니 걱정 말아요. 그리고 속력을 내면 금방 지나갈 테니 상자 안
에서 숨이 막히는 일은 없을 거예요."

"다른 건 다 좋은데 딱 한 가지가 걱정이군요."

"그게 뭔데요?"

"한참 동안 볼 수가 없잖아요."

"참 그렇군요. 하지만 잠시니까 견뎌야죠."

두 사람은 너무나 행복했다. 이제 고묘로 돌아가는 건 그리 어려운
일이 아니었다. 양과는 문득 동굴 속에 놓아둔 곽양이 생각났다.

"참, 백부님의 딸을 데려왔는데 어쩌죠?"

소용녀의 안색이 창백하게 변했다.

"곽 대협의…… 곽 대협의 딸을 데려왔다고요?"

목소리가 떨리고 있었다. 소용녀는 곽 대협의 딸이 곽부를 말하는
것이라 생각한 것이다. 소용녀가 오해한 것을 눈치챈 양과는 소용녀의
볼에 따뜻하게 입을 맞추며 말했다.

"낳은 지 한 달 된, 그래서 남의 팔을 자를 수 없는 어린 딸 말이에요."

소용녀는 얼굴을 붉히며 양과의 품속으로 파고들었다. 한참 후 소

용녀가 낮은 목소리로 말했다.

"우리가 데려가는 수밖에 없죠. 이런 산속에 갓난아기를 혼자 둘 수는 없잖아요."

양과는 중양궁에서 상당히 오랜 시간을 지체했기 때문에 지금쯤 곽양이 어찌 되었는지 걱정이 됐다. 양과는 소용녀를 부축해 상자 안에 앉힌 후 어깨에 짊어지고 빠른 걸음으로 동굴로 갔다. 동굴 가까이 갔지만 아기의 울음소리는 들리지 않았다. 양과는 걱정이 되어 서둘러 가시덤불을 헤치고 안을 들여다보았다. 다행히 아기는 편안히 잠들어 있었다. 양 볼에 연지라도 바른 듯 불그레한 것이 매우 건강해 보였다. 두 사람 모두 안도의 숨을 내쉬었다.

"제가 안을게요."

양과는 곽양을 소용녀에게 건네준 후 다시 나무 상자를 어깨에 짊어졌다. 중양궁의 도사들은 모두 돌아간 뒤인지라 아무도 마주치지 않고 고묘로 갈 수 있었다. 양과는 도사들이 심어놓은 호박 몇 개를 따서 상자 안에 넣었다.

"이 정도면 며칠은 먹을 거예요."

조금 더 걷자 고묘와 연결된 계곡에 도착했다. 양과는 고개를 숙여 소용녀에게 가볍게 입을 맞춘 후 상자 뚜껑을 닫았다. 기름을 먹인 천으로 나무 상자의 밖을 단단히 싸맨 후 밧줄로 튼튼하게 묶었다. 양과는 먼저 나무 상자를 계곡 안에 넣고 심호흡을 한 번 한 후 물속으로 잠수해 들어갔다. 지난번 수리와 함께 폭우 속에서 수련한 탓인지 물이 전혀 두렵지 않았다. 더구나 이렇게 물살이 세지 않은 얕은 계곡에서 잠수하는 것 정도는 아무것도 아니었다. 양과는 계곡 바닥을 따라

올라갔다. 가다가 진흙이나 바위에 막혀 나무 상자를 끌고 가기가 힘들면 검으로 바위를 부수고 진흙을 헤치면서 걸었다. 양과는 행여 상자 속에 있는 소용녀가 숨이 막힐까 봐 속도를 높였다. 얼마 지나지 않아 마침내 고묘로 통하는 지하 통로에 도착했다. 양과는 급히 기름 먹인 천을 걷어내고 상자 뚜껑을 열었다. 소용녀는 숨을 쉬기가 불편해서인지 얼굴이 창백해져 있었다. 그러나 아기는 눈을 반짝거리며 매우 기운차 보였다. 한 달여 동안 표범의 젖을 먹고 자라서인지 다른 아기들보다 훨씬 튼튼한 것 같았다.

"드디어 집에 돌아왔군요."

소용녀는 미소를 지으며 힘없이 겨우 한마디를 내뱉더니 이내 눈을 감았다. 양과는 상자를 짊어지고 고묘의 석실로 들어갔다. 석실 안은 이막수와 한바탕 치열한 싸움을 벌인 후에 떠나서인지 의자와 탁자가 쓰러져 있고 침대도 비스듬히 놓여 있었다. 양과는 어릴 때부터 사용해오던 물건들을 보자 감회가 새로워지며 말로 형용할 수 없는 묘한 기분에 사로잡혔다. 반갑기도 하고 왠지 모를 슬픔 같은 것이 밀려들기도 했다. 양과는 한참 동안 넋을 잃은 듯 멍하니 석실 안에 어지러이 놓인 물건들을 바라보고 서 있었다. 고개를 돌려보니 소용녀가 의자에 기댄 채 눈물을 흘리고 있었다. 그녀의 눈은 꿈을 꾸는 듯 몽롱했다.

두 사람은 마침내 바라던 대로 가족이 되었다. 이제 집으로 돌아왔으니 그동안 쌓인 원한을 모두 떨쳐버릴 수 있을 것 같았다. 그러나 두 사람의 마음은 왠지 모를 슬픔과 서러움으로 가득 차 있었다. 소용녀는 금륜국사와 전진오자의 공격을 동시에 받아 깊은 상처를 입었다. 그리고 두 사람 모두 평생을 외롭게 살아왔고 한 번도 편안하고 행복한 삶을 누려본 적이 없었다. 이제 그렇게 갈망하던 부부가 되었으니 남은 생을 행복하게 살면 좋으련만 머지않아 영원히 이별을 해야 하다니! 한참 동안 멍하니 생각에 잠겨 있던 양과는 정신이 번쩍 들었다. 이 소중한 시간을 이렇게 부질없는 생각으로 허비할 수는 없었다. 그는 손 할멈의 방으로 건너가 소용녀의 침대를 들어 자신의 침상 옆으로 옮겨왔다. 이부자리를 잘 편 후 소용녀를 안아 편안히 눕히고 쉬도록 했다. 그러고는 고묘 안을 정리하기 시작했다. 저장해둔 식량은 모두 썩었지만 밀봉해놓은 벌꿀은 전혀 상하지 않고 그대로 있었다. 양과는 벌꿀을 물에 타 소용녀와 아기에게 주고 자신도 한 그릇 마셨다.

'정신을 차려야지. 내가 기운이 나야 그녀를 기쁘게 해줄 수 있잖아. 마음은 슬프고 괴롭지만 결코 내색해서는 안 돼.'

양과는 굵은 양초 두 자루를 찾아 붉은 천으로 싼 후 탁자 위에 세웠다.

"오늘이 우리의 첫날밤이잖아요."

석실 안에 촛불을 밝혀놓으니 제법 분위기가 있었다. 불이 밝혀지자 소용녀는 석실에 비친 자신의 모습을 보았다. 피와 진흙으로 얼룩져 엉망진창이었다.

"내 꼴 좀 봐요. 누가 날 새신부로 보겠어요? 아, 그렇지. 나도 단장을 해야겠어요. 조사님 방에 가면 금박 무늬 상자가 있을 거예요. 그것 좀 가져다주세요."

양과는 비록 고묘에서 여러 해 살았지만 임조영의 거실에는 한 번도 들어가본 적이 없었다. 당연히 임조영의 유물도 보지 못했다. 그는 촛불을 들고 방에 들어갔다. 침대 머리맡에 여러 개의 상자가 놓여 있었다. 그중 가장 밑에 놓여 있는 상자에 금박 무늬가 새겨 있었다. 상자는 무겁지도 않고 자물쇠도 채워져 있지 않았다. 자세히 보니 금색 실로 꽃무늬를 수놓은 매우 화려한 상자였다.

소용녀는 금박 무늬 상자를 받아 쓰다듬으며 우수에 잠겼다.

"손 할멈이 그러는데 이 상자 안에 들어 있는 것들은 조사님이 시집 갈 때 가져가려고 준비해둔 물건이래요. 결국 혼례를 올리지 못했으니 쓸모없게 된 거죠."

"그래요?"

양과는 호기심에 찬 시선으로 화려하고 아름다운 상자를 바라보았다.

"나 대신 좀 열어볼래요?"

"내가요? 나야 좋죠."

양과는 일부러 짓궂게 말하며 상자를 옥침상 위에 놓고 뚜껑을 열었다. 과연 상자 안에는 진주가 달린 관이며, 붉은 비단옷 등이 들어 있었다. 모두 한 번도 사용한 적이 없는 듯한 새것이었다. 비록 수십 년 전에 만든 것들이지만 여전히 아름답고 화려했다.

"내게 좀 보여주세요."

양과는 상자 안에 들어 있는 물건을 조심스럽게 하나하나 꺼내놓았다. 예쁘게 수놓인 비단옷을 꺼내자 그 밑에 진주가 박힌 경대鏡臺가 나왔다. 경대를 열어보니 비취로 꾸민 머리 장식이 보였고, 분과 향수도 있었다. 분은 이미 딱딱하게 굳어버렸고 향수도 거의 날아가 그 향기만 은은히 풍기고 있었다. 또 보석 상자도 있었다. 뚜껑부터 보석으로 장식된 화려한 상자를 열자 눈앞이 휘황찬란해졌다. 붉은빛과 초록빛이 영롱하게 빛나는 보석으로 만든 팔찌며 귀고리, 진주로 만든 비녀, 각종 보석이 박힌 장식품 등이 들어 있었다. 매우 화려하고 아름다운 것들로, 오랜 세월이 지났지만 여전히 찬란한 빛을 발했다. 모두 세심하고 정교하게 장식되어 있었고 매우 귀해 보이는 것들이었다.

소용녀가 미소 띤 얼굴로 양과를 바라보았다.

"나 이걸로 꾸며보고 싶어요. 신부처럼……."

"피곤하지 않아요? 오늘은 이만 자고 내일 해요."

"아니에요. 오늘이 우리의 첫날밤인걸요. 절정곡에서 공손지와 혼인하려 했을 때는 이렇게 꾸미고 싶은 생각이 들지 않았어요. 그런데 지금은 정말 신부처럼 예쁘게 꾸미고 싶어요."

"그때야 당신이 원해서 하려던 혼인이 아니었잖아요."

소용녀는 고개를 끄덕였다.

"그래서 지금 너무 기뻐요."

소용녀는 진주가 박힌 경대를 열어 분을 꺼냈다. 딱딱해진 분에 꿀을 조금 부어 잘 섞은 후 거울을 보며 화장을 하기 시작했다. 태어나서 처음 해보는 화장이었다. 워낙 희고 고운 피부를 타고났기 때문에 분을 바를 필요는 없었지만 지금은 부상을 입어 얼굴에 핏기가 없었다. 약간 붉은 분을 바르자 혈색이 도는 듯했다. 소용녀는 분을 바르고 잠시 휴식을 취한 후 빗을 들고 머리를 빗기 시작했다.

"머리를 올려야 하는데 할 줄을 모르니 어쩌죠?"

"괜찮아요. 머리를 올리지 않아도 너무 예쁘니까 걱정 말아요."

"그래요?"

양과의 말에 기분이 좋아진 소용녀는 천진난만하게 웃었다. 그녀는 거울을 보며 헝클어진 머리를 단정하게 빗은 후 머리 장식을 꽂고 귀고리와 팔찌를 했다. 이렇게 꾸미고 나니 촛불 아래 비친 그녀의 얼굴은 정말이지 아름다웠다. 화장을 마친 소용녀는 환한 미소를 띠고 거울을 통해 양과를 보았다. 그런데 소용녀는 그만 깜짝 놀라고 말았다. 양과가 눈물로 범벅이 된 얼굴로 자신을 바라보고 있었다. 소용녀는 양과가 우는 이유를 잘 알고 있었지만, 아무것도 보지 못한 척 여전히 머리를 매만지며 밝은 목소리로 물었다.

"어때요? 예쁘지 않아요?"

"너무 예뻐요. 내가 관을 씌워줄게요."

양과는 목멘 목소리로 대답하더니 옷소매로 눈물을 훔친 후 소용녀에게 다가갔다. 그는 억지로 얼굴에 미소를 지으며 진주가 달린 봉관鳳冠을 들고 소용녀의 머리에 씌워주었다. 그러나 소용녀는 이미 거울을 통해 양과가 눈물을 닦는 모습을 모두 보고 있었다.

"앞으로 계속 선자라고 부를까요, 아니면 당신이라고 부를까요?"

양과의 말은 소용녀를 더욱 슬프게 만들었다.

'앞으로…… 우리에게 앞으로라는 게 있을까요?'

그러나 소용녀 역시 웃음을 잃지 않았다.

"물론 선자라고 불러서는 안 돼요. 하지만 색시니 당신이라고 부르는 것도 너무 나이가 많이 든 것처럼 느껴져요."

"그럼 뭐라고 부를까……. 어릴 때 아명이 뭐였어요?"

"사부님께서는 그냥 용이라고 불렀죠."

"좋아요, 그럼 나도 앞으로 용이라고 부를게요. 용이도 나를 과라고 부르니까 공평하군요. 나중에 아기를 낳으면 아기 이름 따라 누구 아빠, 혹은 누구 엄마라고 부르면 되겠지요? 아기가 커서 며느리를 맞게 되면…….”

억지로 미소 짓고 있던 소용녀는 결국 참지 못하고 상자 위에 엎드린 채 울음을 터뜨렸다. 양과가 얼른 다가가 그녀를 품에 안고 부드러운 목소리로 달랬다.

“용아, 괜찮아요. 울지 마요. 적어도 오늘은 용이도 나도 죽지 않을 테니까 우리 내일의 일 따위는 생각하지 말고 오늘 밤을 행복하게 보내요.”

소용녀는 눈물이 그렁그렁한 눈으로 양과를 바라보며 고개를 끄덕였다.

“여기 봉황이 수놓인 옷 좀 봐요. 정말 예쁘지 않아요? 이리 와요, 내가 입혀줄게요.”

양과는 소용녀를 부축해 금색 실로 봉황을 수놓은 붉은 옷을 그녀에게 입혀주었다. 소용녀는 눈물을 닦고 촛불 곁에 앉았다. 그녀의 얼굴에 다시 미소가 번졌다. 침대 머리맡에 눕혀둔 곽양은 까만 눈동자를 굴리며 두 사람을 살피고 있었다. 비록 어린 아기지만 아름다운 소용녀의 모습이 퍽 마음에 드는 듯한 표정이었다.

“난 이제 다 됐어요. 신랑이 입을 옷도 있으면 좋을 텐데, 아쉽군요.”
“뭔가 있을지도 모르지요. 내가 찾아볼게요.”

양과는 다시 상자 속을 보았다. 아직 몇 가지가 더 남아 있었다. 우선 자질구레한 물건을 하나씩 탁자 위에 꺼내놓고 보니 금으로 만든 꽃 한 송이가 나왔다.

“이건 신랑 것이 틀림없어요.”

소용녀는 꽃 장식을 들어 양과 머리에 꽂아주었다.

"정말 새신랑 같아요."

두 사람은 마주 보며 유쾌하게 웃었다. 상자에 있는 물건을 모두 꺼내자 바닥에서 편지 다발이 나왔다. 굵고 붉은 비단 실로 곱게 묶은 편지였다. 비단 실의 색깔은 이미 퇴색되었고 편지 봉투 역시 누렇게 바래 있었다.

"웬 편지일까?"

"꺼내서 읽어봐요."

편지지 상단에는 '임조영 여사께'라고 쓰여 있고, 하단에는 '철玼'이라는 글씨가 쓰여 있었다. 나머지 20여 통의 편지 역시 모두 마찬가지였다. 양과는 중양궁에서 살 때 왕중양의 출가하기 전 이름이 왕철王玼이었다는 말을 들은 적이 있었다.

"아무래도 중양 조사님께서 우리 조사님께 보내신 편지인 것 같은데 우리가 봐도 될까요?"

소용녀는 어려서부터 임조영을 지극히 공경해오던 터였다.

"안 돼요. 그런 편지라면 함부로 봐서는 안 되죠."

양과는 웃으면서 편지를 원래 있던 자리에 넣었다.

"전진교의 손 도장 등은 참 고지식하기도 하지. 우리가 중양 조사님의 화상 앞에서 혼례를 올린 것이 마치 무슨 대역무도한 죄라도 되는 것처럼 소란을 피웠잖아요. 만약 그 사람들이 중양 조사님께서 쓰신 이 편지들을 보면 어떤 얼굴이 될까요? 재미있겠는걸요."

그러다 문득 임조영에 비하면 자신들의 처지는 나은 편이라는 생각이 들었다.

'조사님은 평생 동안 고묘 속에서 외롭게 사셨지. 이런 옷을 한 번도 입어보지 못하신 것 같아. 그에 비하면 우린 얼마나 행복한가.'

"그래요, 조사님에 비하면 우린 훨씬 행복한 거죠. 그런데 왜 그렇게 슬퍼하는 거예요?"

"맞아요. 어! 내가 무슨 생각을 했는지 어떻게 알았어요?"

소용녀의 얼굴에 수줍은 미소가 번졌다.

"아내가 되어서 당신이 무슨 생각을 하는지조차 몰라서야 되겠어요?"

양과는 침상 끝에 앉아 왼팔로 소용녀를 가볍게 껴안았다. 지금 이 순간만큼은 더없이 행복했고, 이 순간이 영원히 지속되기를 진심으로 바랐다. 두 사람은 서로에게 기댄 채 오랫동안 아무 말도 하지 않았다.

한참이 지난 후, 양과는 편지 묶음을 보고 장난기 어린 웃음을 띠었다. 마음으로는 조사님의 편지를 보면 안 된다고 생각하면서도 보고 싶은 마음을 억제할 수가 없었다.

"딱 한 통만 보면 안 될까요?"

"하긴, 나도 보고 싶긴 해요. 좋아요. 우리 딱 한 통만 보기로 해요."

양과는 신이 나서 편지 한 통을 집어 들고 비단 끈을 풀었다.

"만약 편지 내용이 너무 슬프면 나한테 들려주지 않아도 돼요."

소용녀의 말에 양과는 문득 주저하는 마음이 들었다. 왕중양과 임조영의 사랑이 결실을 맺지 못했으니 필경 슬프고 우울한 내용일 것 같았다.

'그럴 바에야 차라리 보지 않는 것이 낫지 않을까?'

소용녀가 양과의 마음을 눈치채고 말했다.

"내용을 보기도 전에 단정 짓지 말아요."

양과는 편지를 들고 읽기 시작했다.

"임조영 누이 보시오. 얼마 전 사부님께서 금군과 교전한 끝에 패하셔서 병사 400명을 잃고……."

편지에 쓰인 내용은 모두 의군을 일으켜 금국의 병사들과 싸움을 하는 내용이었다. 호기심에 몇 통을 더 읽어보았지만 모두 마찬가지일 뿐 남녀 사이의 사랑을 속삭이는 내용은 한 통도 없었다. 양과가 한숨을 쉬며 말했다.

"정말 대단한 분이셨군요. 진정한 사내대장부셨어요. 오로지 나라를 위한 걱정과 의병에 관한 말뿐이에요. 그러니 우리 조사님께서 불행하셨을 수밖에요."

"아니에요. 조사님께서는 편지를 받고 매우 좋아하셨을 거예요."

"당신이 어떻게 알죠?"

"나야 물론 모르죠. 만약 나였다면 그랬을 것 같다는 말이에요. 편지 내용을 보세요. 모두 급박하고 위급할 때마다 자신의 상황을 알리는 것이잖아요. 그런 상황에서도 잊지 않고 조사님께 편지를 썼다는 것은 그만큼 한시도 조사님을 잊지 않고 있었다는 말 아니겠어요?"

소용녀의 말에 양과는 고개를 끄덕였다.

"음, 일리가 있는 말이군요."

양과는 또 한 통의 편지를 집어 들었다. 왕중양은 의군을 일으켰으나 수적으로 워낙 불리했기 때문에 연달아 패배했다. 맺음말에 임조영의 부상에 대해 묻는 부분이 있었는데, 비록 간단한 몇 마디에 지나지 않았지만 이것을 통해 임조영에 대한 따뜻한 관심과 애정을 느낄 수 있었다.

"당시 우리 조사님께서도 부상을 입으셨다 나은 모양이군요. 당신 부상도 오래 걸릴지는 모르지만 언젠가는 치유될 거예요."

양과의 말에 소용녀는 쓸쓸한 미소를 지었다. 그녀는 자신의 부상이 절대 치유될 수 없다는 것을 잘 알고 있었다. 그러나 소용녀는 그런 말로 분위기를 깨고 싶지 않았다. 물론 양과 역시 그 모든 것을 잘 알고 있었지만 잠시나마 위안이 될까 해서 해보는 말일 뿐이었다.

"천천히 치료되면 그만이지, 서두를 필요 뭐 있겠어요? 보아하니 편지 중에 무슨 사적인 말도 없는 것 같으니 보고 싶으면 다 봐도 될 것 같아요."

양과는 또 한 통을 꺼내 읽었다. 왕중양의 의병이 크게 패해 전멸당하고 왕중양은 겨우 적의 포위를 뚫고 도망쳤다는 내용이었다. 편지 끝에 또다시 병사와 말을 모아 끝까지 금군과 싸우겠다고 쓰여 있었다. 편지마다 어떻게 패했고 금국의 세력이 어떻게 강해지고 있는지가 주요 내용이었으며, 그로 인한 우국의 정과 비분강개로 가득 찬 감정 표현이 서술되어 있었다.

"보면 볼수록 마음이 아프군요. 우리 더 이상 보지 말아요."

양과는 편지를 집어넣으려다가 다시 한 통의 편지를 펼쳤다.

"어? 이게 뭐지?"

갑자기 양과의 목소리가 흥분되는가 싶더니 편지를 든 손이 가볍게 떨렸다.

"듣자 하니 북극의 매우 추운 지역에 한옥寒玉이라는 돌이 있는데, 불치병을 치료하는 데 큰 효험이 있다 하여 누이를 위해 구해보려 하오."

편지를 읽던 양과가 흥분한 목소리로 말했다.

"이것은 옥침상을 말하는 것일까요?"

소용녀도 흥분한 듯 얼굴에 홍조를 띠며 떨리는 목소리로 대답했다.

"그렇다면 옥침상이 제 부상을 치료할 수 있다는 말일까요?"

"그럴지도 몰라요. 분명한 것은 중양 조사님의 말이니 헛소리는 아닐 거예요. 이 옥침상이 바로 중양 조사님이 구해주신 침대임이 틀림 없어요. 당시 조사님은 큰 부상을 입으셨던 모양인데 어떻게 치료하셨는지 어서 읽어봐야겠어요."

양과는 서둘러 모든 편지를 읽어보았다. 그러나 조금 전 그 한 통을 제외하고는 병에 대한 것이나 다른 내용이 쓰인 편지는 한 통도 없었다. 양과는 편지를 모두 정리해서 원래대로 상자 안에 넣었다.

'이 옥침상이 부상을 치료하는 데 효험이 있는 것이 틀림없어. 그러나 어떻게 사용하는지를 모르겠군. 혹시 가루를 내어 복용하는 것이 아닐까?'

양과는 멍하니 생각에 잠겼다.

"무슨 생각을 그렇게 깊이 해요?"

"옥침상으로 당신의 부상을 치료할 수 있는 방법을 생각하는 중이에요."

양과는 정확히 방법을 알지 못하니 안타까운 마음에 속이 타는 듯했다. 그런 양과를 보며 소용녀가 어두운 표정으로 말했다.

"손 할멈을 기억하시죠? 조사님을 오랫동안 모셨고 또 사부님과도 여러 해 동안 함께 지내셨어요. 그런 그녀도 학 도장에게 당한 후 세상을 떠나셨잖아요. 만약 옥침상이 부상을 치료할 수 있다면 그렇게 했겠지요. 손 할멈은 말할 것도 없고 우리 사부님도 부상을 입어 돌아가 신걸요."

양과는 옥침상으로 소용녀의 부상을 치료할 수 있을지도 모른다는 희망을 품었다가 소용녀의 말을 듣고 보니 마지막 희망이 사라지는 느낌이 들었다. 소용녀는 손을 뻗어 양과의 머리카락을 부드럽게 쓰다 듬었다.

"나 때문에 너무 걱정하지 말아요."

그때 양과의 머리에 한 가지 생각이 스쳐 지나갔다. 그는 급하게 물 었다.

"사부님께서는 어쩌다 부상을 당하신 거죠?"

양과는 고묘에서 여러 해 동안 살았지만 소용녀의 사부님이 어떻게 돌아가셨는지에 대해서는 들어본 적이 없었다.

"사부님께서는 고묘에 거하시면서 거의 외출을 하지 않으셨어요. 어느 해 사자가 바깥에서 사고를 치고 적에게 쫓겨 종남산으로 돌아 왔어요. 그때 고묘에서 나오셔서 적을 상대하다가 적의 계교에 넘어 가 당하고 말았지요. 패하여 돌아오셔서는 사자를 되찾은 것으로 만족 하고 더 이상 적을 상대하지 않으려 했어요. 그러나 적은 물러서려 하 지 않았고, 고묘 밖에서 소리를 질러대며 도전을 했어요. 그래도 상대 해주지 않자 고묘 안에까지 쳐들어왔어요. 사부님께서는 적을 당해내 기가 쉽지 않자 동굴 입구를 막아 적과 함께 최후를 맞으려 했어요. 그 러나 다행히 마지막에 금침으로 공격한 것이 제대로 적중해 적이 가 렵고 고통스러워 어쩔 줄 모르는 사이 적의 혈도를 찍어 꼼짝 못 하게 만들었지요. 그런데 뜻밖에 사자가 몰래 적의 혈도를 풀어준 거예요.

신조협려

사부님은 방심하고 있다가 결국 적의 독수에 당하고 말았지요."

"대체 그 적이 누구예요? 무공이 당신 사부님보다 강하다니 대단한 고수였던가 보군요?"

"애석하게도 아직 모르고 있어요. 사부님께서는 만약 내가 적이 누구인지를 알면 언젠가 복수를 하려 들지 모른다면서 끝내 알려주지 않으셨어요. 도리어 희로애락이나 애증 등 일체의 감정을 철저히 절제하도록 가르치셨지요."

"대단한 분이셨군요."

"그래요, 정말 대단한 분이셨어요. 만약 사부님께서 제가 이렇게 훌륭한 남자에게 시집간 것을 아시면 얼마나 기뻐하셨을까요?"

"글쎄, 당신이 남자에게 시집가는 것을 허락하셨을까요?"

"사실은 매우 자상하신 분이셨어요. 처음에는 물론 허락하지 않으셨겠지만, 내가 고집을 부리면 결국은 내 뜻을 들어주셨을 거예요. 사부님께서도 틀림없이 당신을 좋아하셨을 텐데."

소용녀는 사부님이 생각나는 듯 가벼운 한숨을 내쉬더니 다시 말을 이었다.

"사부님께서는 부상을 당하신 후 거실로 옮겨왔는데, 옥침상은 쳐다보지도 않으셨어요. 고묘파의 무공과 한기는 서로 상극이기 때문이라고 하셨죠. 옥침상이 무공을 연마하는 데는 더없이 많은 도움이 되지만 부상을 당한 후에는 한기를 접하면 안 된다고 하셨어요."

"음."

양과는 마음속으로 고묘파 내공으로 경맥을 통해 운행해봐야겠다는 생각을 해보았다. 〈옥녀심경〉의 내공은 순純 음기로서 관맥을 통하도록 하는 게 핵심이었다. 그래서 체내는 차지만 몸 밖으로는 뜨거운 열기를 발했다. 그래서 옷을 벗고 내공을 수련함으로써 뜨거운 열기가 순조롭게 발산될 수 있도록 해야 했다. 만약 한기를 접한다면 내상을 입을 수밖에 없었다.

'그렇다면 중양 조사님께서 한옥이 치료에 도움이 된다 하신 건 무슨 의미일까? 뭔가 상생상극의 이치가 있을 텐데 그게 무엇일까?'

골똘히 생각에 잠겼다가 문득 소용녀를 바라보니 얼굴에 피로한 기색이 역력했다.

"내가 옆에 있을 테니 어서 자요."

소용녀가 눈을 크게 뜨며 말했다.

"아니에요, 피곤하지 않아요. 우리 오늘 밤 자지 말아요."

그녀는 자신의 부상이 깊어 혹 깊이 잠들었다가 다시는 깨어나지 못할까 봐 두려웠던 것이다.

"당신은 피곤하지 않아요?"

양과는 고개를 저었다.

"자기 싫으면 자지 말아요. 그냥 눈 감고 쉬면서 이야기해요."

"그래요."

소용녀는 천천히 눈을 감으며 한숨을 토하듯 말했다.

"사부님께서 죽을 때까지 이해할 수 없는 사실이 하나 있다고 하셨는데, 당신은 총명하니까 혹 알 수 있을지도 몰라요."

"무슨 일인데요?"

"사자가 왜 적의 혈도를 풀어주었을까요?"

양과가 잠시 생각에 잠긴 사이 어느덧 소용녀는 잠이 들었다. 양과는 한참 동안 멍하니 잠든 소용녀의 얼굴을 들여다보았다. 온갖 상념으로 머릿속이 복잡했다. 촛불이 파닥거리더니 이내 꺼졌다. 양과는 문득 도화도에서 본 한 폭의 대련對聯이 떠올랐다.

봄 누에는 죽어서야 실 짜기를 다하고
촛불은 제 몸을 다 살라서야 눈물이 마르네.
春蠶到死絲方盡 蠟炬成灰淚始乾

이것은 당시唐詩의 한 구절인데 황약사가 죽은 아내를 그리워하면서 써서 걸어둔 것이었다. 양과는 그 무렵 이 시를 보고서도 아무런 느낌이 없었다. 그러나 이제 자신도 머지않아 아내와 사별하게 될 처지에 놓이니 한마디 한마디가 아프게 느껴졌다. 양과는 불이 꺼진 후 촛불 주위에 흘러 굳은 촛농을 바라보며 슬픔에 잠겼다. 다른 한 자루의 촛불마저 꺼지자 갑자기 눈앞이 캄캄해졌다.

'촛불 두 자루가 마치 나와 용이 같구나. 한 자루가 다 타니 다른 한 자루도 따라가는군.'

양과는 한동안 넋이 나간 듯 그 자리에 앉아 생각에 잠겼다. 그때 잠든 줄 알았던 소용녀가 한숨을 내쉬더니 말을 걸어왔다.

"죽고 싶지 않아. 과, 나 죽고 싶지 않아요. 언제까지나 당신 곁에 있고 싶어요."

"그래, 죽지 않을 거예요. 내가 잘 보살피면 틀림없이 나을 수 있어요. 지금도 가슴이 아파요?"

그러나 소용녀는 아무 대답도 없었다. 잠꼬대를 한 것이었다. 양과는 소용녀의 이마를 만져보았다. 이마가 뜨거웠다. 양과는 걱정이 되어 견딜 수가 없었다.

'이막수는 그렇게 못된 짓을 많이 하고도 멀쩡하게 살아 있는데, 평생 동안 아무도 해치지 않고 착하게만 살아온 우리 용이는 왜 죽어야 하는 것일까? 참, 하늘도 무심하시지.'

양과는 평생 동안 무서운 것도 두려운 것도 없이 자기 하고 싶은 대로 하면서 살아왔다. 그러나 오늘 자신의 힘으로 극복할 수 없는 난관에 부딪히자 어찌해야 할지 알 수가 없었다. 양과는 소용녀를 편히 눕힌 후 바닥에 무릎을 꿇고 앉아 기도를 드렸다.

"하늘이시여, 제발 우리 용이를 살려주세요. 살려만 주신다면……
살려만 주신다면……."

양과는 정말이지 소용녀만 살릴 수 있다면 무슨 짓이라도 할 수 있을 것 같았다. 소용녀가 또 잠꼬대를 했다.

"구양봉이에요. 손 할멈이 그러는데 틀림없이 구양봉이라고 했어요. 과, 과, 어디 가는 거예요?"

소용녀는 나쁜 꿈을 꾸었는지 소리를 지르며 그 자리에 일어나 앉았다. 양과는 급히 일어나 그녀를 부축하고 손을 꼭 잡아주었다.

"나 여기 있어요."

소용녀는 무언가 허전한 느낌에 깜짝 놀라 잠에서 깨어났다가 양과를 보자 안도의 한숨을 내쉬었다.

"걱정하지 말아요. 평생 당신 곁을 떠나지 않을 거예요. 나중에 우리가 고묘를 떠나는 날이 있더라도 당신 곁에서 한 발짝도 떠나지 않을 테니 걱정 말고 어서 자요."

"바깥세상은 과연 고묘보다 훨씬 좋아요. 그렇지만 무서운 일이 너무 많아요."

"무서울 것 하나도 없어요. 몇 달이 지나 당신 몸이 완전히 좋아지면 검이고 무공이고 다 버리고 그저 땅이나 일구면서 살아요. 닭과 오리도 키우고 아들딸 낳고 행복하게 살아요. 어때요?"

"무공을 버리면 아무도 우리를 경계하지 않겠죠. 우리도 누구를 해칠 필요가 없을 테고요. 그러면 얼마나 좋을까? 땅을 일구고 가축을 키우고…… 아! 그렇게 조금만 더 살 수 있다면……"

소용녀의 마음은 벌써 따뜻한 남쪽 지방 산언덕에 가 있었다. 상쾌한 봄바람이 그녀의 머리카락을 쓸어 올렸다. 향기로운 꽃 냄새를 맡고 있자니 어디선가 삐악삐악 병아리 우는 소리가 들리는 것 같았다.

소용녀는 또다시 잠에 빠져들었다. 그러다가 그녀는 손을 허우적거리며 잠에서 깨어났다. 자지 않으려고 애를 쓰는데도 자꾸만 잠이 몰려오는 모양이었다.

"정신이 가물가물해요. 어서 아무 말이나 좀 해봐요."

양과는 그녀의 손을 꼭 잡으며 말을 걸었다.

"조금 전 잠꼬대를 하면서 구양봉에 대한 이야기를 하던데, 무슨 말인지 기억나요?"

"아! 손 할멈이 그러는데 사부님을 해친 사람은 틀림없이 서독 구양봉일 거라고 했어요. 이 세상에 사부님을 해칠 수 있는 사람이 몇 되지 않는데 그중 구양봉만이 나쁜 사람이래요. 사부님은 돌아가시는 순간까지도 자신을 해친 사람의 이름을 말하지 않았어요. 손 할멈이 구양봉이냐고 묻자 사부님은 고개를 저으며 미소만 지으셨대요. 참, 구양봉은 당신의 의부죠? 그 사람 무공 정도 되니까 사부님을 해칠 수 있었겠죠."

양과는 안타까운 마음에 탄식했다.

"지금은 의부도 돌아가셨고, 당신 사부님과 손 할머니도 돌아가셨고, 중양 조사님과 우리 조사님도 모두 돌아가셨으니 원한 따위를 따져 무엇 하겠어요? 사부님께서 끝까지 우리 의부의 이름을 말씀하시지 않았다면 어쩌면 잘한……."

그런데 그 순간 번쩍하고 뭔가가 떠올랐다.

"아! 그랬었구나!"

"왜요?"

"사부님께서 의부의 혈을 찍었는데 이막수가 풀어주었다면서요? 실은 그게 아니라 혈을 제대로 찍지 못한 거예요!"

"그럴 리가 없어요. 사부님의 점혈술이 얼마나 뛰어나신데요."

"아니에요. 의부는 온몸의 경맥을 역행시키는 기이한 무공을 할 줄 알거든요. 경맥을 역행시키면 모든 혈도의 위치가 바뀌게 되기 때문에 혈도를 제대로 찍을 수가 없어요."

"그런 무공이 있어요?"

"내가 시범을 보여줄게요."

양과는 자리에서 일어나 왼손으로 땅바닥을 짚고 물구나무를 선 채 호흡을 조절했다. 그러더니 갑자기 일어나 침대 옆의 탁자 모서리에 정수리를 사정없이 부딪쳤다. 소용녀가 깜짝 놀라 소리쳤다.

"어머! 조심하세요!"

그러나 이미 정수리의 백회혈百會穴을 탁자 모서리에 제대로 부딪친 뒤였다. 백회혈은 정수리 중앙에 있는 혈도였다. 이마 중앙에서 목 중앙까지를 종으로 연결하고, 왼쪽 귀에서 오른쪽 귀까지를 횡으로 연결했을 때 두 선이 만나는 지점이 바로 백회혈이었다. 또한 이 혈은 태양혈과 독맥督脈이 서로 교차하는 곳이기도 해서 의술에서는 천상북극성天上北極星이라 불렀다. 그런데 지금 양과가 이 혈을 탁자 모서리에 세게 부딪친 것이다. 양과는 아무렇지도 않은 듯 소용녀를 향해 웃어 보였다. 백회혈을 부딪치고도 아무렇지 않다니 이상한 일이었다.

"어때요? 경맥을 역행시키니 백회혈의 자리가 바뀐 거예요."

"정말 신기한 일이군요. 어떻게 그런 무공을 배웠어요?"

양과는 비록 백회혈을 다치지는 않았지만 머리를 워낙 세게 부딪쳤기 때문에 머리가 조금 멍해졌다. 그런 탓에 무언가 중요한 생각이 떠올랐는데 그게 무엇이었는지 얼른 생각나지 않았다. 소용녀는 양과의 멍한 표정을 보며 웃음을 터뜨렸다.

"바보 같아요. 가볍게 시범만 보이면 될 것을 왜 그리 세게 부딪쳐요? 많이 아파요?"

그러나 양과는 무언가를 생각해내려는 듯 손을 저어 소용녀의 말을 막았다. 생각이 날 듯 날 듯 하면서 생각이 나질 않았다. 옛날 일을 생각한 것 같기도 하고 앞으로의 어떤 일에 대한 생각 같기도 했다. 도무지 생각이 나지 않자 답답했지만 포기하고 싶어도 포기할 수가 없었다. 양과는 왼손으로 머리를 쥐어뜯으며 생각해내려 애를 썼다.

"방금 뭔가 생각이 떠올랐는데 금세 잊어버렸어요. 그게 뭘까요?"

"중요한 일인가 보죠?"

"그런 것 같아요."

사실 양과 자신조차 생각나지 않는 일을 옆 사람에게 묻는다는 것은 말도 안 되는 일이었다. 그러나 양과와 소용녀는 워낙 오랜 세월을 함께 살아왔고 서로 끔찍이 사랑하기 때문에 평소에도 상대방의 생각을 열의 아홉은 맞힐 수 있었다.

"제 부상을 치료하는 것과 관계 있는 일인가요?"

"맞아요, 맞아. 그런 것 같아요. 뭔가 좋은 생각이 떠올랐던 것 같은데……."

"구양봉이 경맥을 역행시킬 수 있다는 이야기를 하고 있었잖아요. 그것과 내 부상을 치료하는 것과 무슨 연관이 있나요?"

양과가 갑자기 무릎을 탁 쳤다.

"생각났다!"

그 목소리가 어찌나 우렁찬지 석실 여기저기에서 메아리가 울렸다. 양과는 흥분해서 소용녀의 오른팔을 꼭 붙잡았다.

"방법이 있어요! 당신 부상을 치료할 수 있는 방법이 있다고요."

양과는 너무나 기쁜 나머지 눈물을 흘리며 말을 잇지 못했다. 소용녀는 무슨 영문인지 알 수는 없었지만 덩달아 흥분한 나머지 자리에서 몸을 일으켰다.

"용아, 내 말을 좀 들어봐요. 지금 당신은 큰 부상을 입어 〈옥녀심경〉을 연마할 수 없잖아요. 경맥을 역행시키면 〈옥녀심경〉을 연마함으로써 부상을 치료할 수 있어요. 옥침상이 큰 도움이 될 거예요."

"경맥을 역행시킨다…… 옥침상……."

"어때요? 좋은 생각 아니에요? 경맥을 역행시켜 〈옥녀심경〉을 거꾸로 연마하는 거예요. 옥침상이 있으니 얼마나 다행이에요."

"무슨 말인지 잘 모르겠어요."

"〈옥녀심경〉을 순행하면 음陰이에요. 반대로 역행하면 양陽이 되겠지요. 의부가 경맥을 역행시킨다는 말을 하면서 당신의 부상을 치료할 수 있는 방법을 생각해낸 거예요. 하지만 정확한 방법은 떠오르지 않았는데 문득 중양 조사님이 편지에 언급한 한옥이 생각났어요. 바로 그거였어요."

"그렇다면 조사님께서도 경맥을 역행시켜 옥침상의 도움으로 부상을 치료하셨단 말인가요?"

"글쎄, 그건 알 수 없지요. 조사님께서는 경맥을 역행시키는 무공을 할 줄 몰랐을 거예요. 그렇지만 내 생각에 조사님은 음강陰剛 내공에 당한 것이고, 용이는 전진교 도사들의 음유陰柔 내공에 당했으니 정반대 아니에요? 용이가 경맥을 역행시켜 도가 무공의 음력을 양기로 바꾸어 옥침상을 통해 몸 밖으로 내보내면 되지 않겠어요?"

연신 고개를 끄덕이며 듣고 있던 소용녀의 얼굴에 어느덧 미소가 번졌다.

"지금 당장 시작해봐요."

양과는 땔감을 모아둔 방에 가서 나무를 좀 가져다가 석실 모서리에서 불을 지폈다. 그런 다음 경맥을 역행시키는 초보적인 방법을 소용녀에게 알려준 후 그녀를 부축해 옥침상에 앉혔다. 양과는 불 옆에 앉아 왼손을 뻗어 소용녀의 오른손 장과 마주 댔다.

"내가 불의 열기로 당신의 각 혈도를 순통하게 할 테니까 당신은 호흡을 역행시켜 혈도를 하나하나 뚫도록 하세요. 열기가 옥침상을 통해 몸 밖으로 빠져나가면 당신 상태가 많이 좋아져 있을 거예요."

"나도 당신처럼 물구나무를 서야 하나요?"

"그럴 필요는 없어요. 물구나무를 서면 경맥을 역행시키기가 쉬워서 적을 만났을 때 유리하긴 하죠. 우린 천천히 하면 되니까 그냥 앉아서 해요."

소용녀가 손을 뻗어 양과의 왼손을 잡으며 농담했다.

"곽 낭자가 그나마 한 팔을 남겨놓아서 고맙군요."

생사의 고비를 넘긴 지금 두 사람에게는 한쪽 팔이 없는 것 정도는 아무것도 아니었다. 그러다 보니 편안하게 농담도 할 수 있었다.

"두 팔이 다 없으면 다리가 있는데요 뭐. 발바닥으로 당신을 도와주면 되지요. 하긴 그럼 냄새가 나려나?"

소용녀는 키득, 하고 웃더니 진지한 표정으로 경맥을 역행시키는 방법을 다시 한번 떠올렸다.

"준비됐어요."

양과는 불기운이 점차 세지는 것을 보고 호흡을 고르며 기를 운행시켰다.

"이런! 큰일 날 뻔했군."

"왜요?"

양과가 침대 머리맡에 눕혀둔 곽양을 가리키며 말했다.

"수련이 최고조에 달했을 때 만약 아기가 울기라도 하면 어떻게 되겠어요?"

"그렇군요."

원래 무공을 수련할 때 가장 조심해야 할 것은 외부 요인으로 인해 마음 상태가 흐트러지는 것이다. 소용녀와 양과가 함께 〈옥녀심경〉을 연습하던 중 견지병과 조지경에게 발각되었을 때, 소용녀는 너무 놀라고 화가 나서 하마터면 그 자리에서 피를 토하고 죽을 뻔했다. 몸이 건강했을 때도 그랬으니 만약 부상이 심각한 지금 그런 일을 당한다면 그야말로 큰일이었다.

양과는 벌꿀을 물에 희석해 곽양에게 먹인 후 다른 석실에 눕히고 양쪽 방의 문을 모두 닫았다. 이렇게 해두면 설사 아기가 큰 소리로 운다 해도 들리지 않을 터였다.

"전신의 서른여섯 개 대혈을 모두 뚫어야 해요. 빠르면 10일 정도 걸릴 테고 천천히 하면 보름 정도 걸릴 거예요. 아무런 방해도 받지 않고 이렇게 오랜 시간 동안 수련한다는 것이 쉽지 않은 일이지만, 이 고묘는 바깥세상과 단절된 곳이기 때문에 최적의 장소라고 할 수 있어요. 설사 아무도 없는 깊은 산속이라 해도 바람 소리, 새소리, 벌레 소리 때문에 방해를 받을 수 있거든요."

소용녀가 미소를 지었다.

"전진교 도인들 때문에 입은 부상인데, 만약 전진교의 조사님께서 만든 고묘와 옥침상을 통해 건강이 회복된다면 결국은 전진교 도사들에게 원한을 가질 필요가 없는 셈이군요."

"금륜국사는? 그자는 결코 용서할 수 없지요."

소용녀가 한숨을 내쉬었다.

"내가 다시 살 수만 있다면 더 이상 뭘 바라겠어요."

양과는 소용녀의 손을 꼭 쥐었다.

"당신 말이 맞아요. 이번에 당신의 부상이 나을 수만 있다면 다시는 아무와도 싸우지 말아요. 하늘이 우리에게 그렇게 큰 축복을 내려주셨는데 더 이상 뭘 바라겠어요?"

"만약 부상이 치유된다면 멀리 남방 지역에 가서 땅을 일구고 살아요. 닭이며 오리도 키우고……."

소용녀는 잠시 생각에 잠겼다. 문득 손바닥을 통해 열기가 전해졌다. 깜짝 놀란 소용녀는 정신을 차리고 양과가 일러준 대로 경맥을 역행시키기 시작했다.

이 방법은 과연 부상을 치료하는 데 큰 효과가 있었다. 예전에 일등대사가 일양지신공으로 황용의 혈도를 순통하게 해서 부상을 치료한 것도 이와 같은 맥락으로 볼 수 있다. 일양지신공에 능통한 사람이면 자신의 고강한 내공으로 현문을 통하게 해 무공을 전혀 할 줄 모르는 사람이 중상을 입었을 경우에도 기사회생시킬 수 있었다. 다만 일양지신공으로 치료를 하는 경우 내공이 많이 소모되지만 효과가 매우 빠르다는 장점이 있고, 양과와 소용녀의 방법은 시간이 좀 많이 걸리지만 내공 소모가 전혀 없다는 것이 차이점이었다. 그러나 경맥을 역행시키는 이 같은 방법은 사정이 크게 달랐다. 만약 소용녀가 내공이 없고 두 사람의 무공이 같은 문파에 뿌리를 두지 않았다면 설사 구양봉이나 왕중양이 직접 치료해준다 해도 시술자와 환자의 내공이 서로 맞지 않기 때문에 경맥을 역행시켜 각 혈도를 하나하나 통하게 해주어야 하는 어려운 관문을 제대로 통과할 수 없게 된다. 양과와 소용녀는 함께 〈옥녀심경〉을 연마했기 때문에 서로 손바닥을 마주 대고 경맥을 통하게 하는 것에 아주 익숙했다.

양과는 하루 세 차례 곽양에게 꿀과 삶은 호박을 먹이는 것을 제외하고는 한시도 소용녀 곁을 떠나지 않았다. 때로 어려운 관문에 부딪

힐 때면 연속해서 네댓 시진 동안 손바닥을 맞대고 기를 통하게 해야
할 때도 있었다.

예전에 곽정이 부상을 입었을 때 황용도 7일 밤낮을 쉬지 않고 곽
정을 도와 부상을 치료했다. 소용녀의 체질은 물론 곽정과 비할 수 없
고 부상의 깊이도 매우 심각했기 때문에 그보다 훨씬 많은 시간을 필
요로 했다. 다행히 고묘의 석실은 워낙 조용하고 아무런 방해도 받지
않았기 때문에 그나마 시간을 줄일 수 있는 셈이었다. 만약 곽정이 당
시 우가촌에서 부상을 치료할 때처럼 걸핏하면 적들이 공격해오는 상
황이었다면 결코 쉽지 않았을 것이다.

한편 황용은 숲 밖에서 난화불혈수로 이막수를 제압한 후 딸 곽양
이 보이지 않자 조급한 나머지 이막수에게 호통을 쳤다.

"대체 내 딸을 어디다 숨긴 거예요?"

이막수가 이상하다는 듯 물었다.

"아기는 가시덤불 속에 잘 있을 텐데요?"

걱정이 된 황용은 거의 울상이 된 표정으로 고개를 저었다.

"아기가 보이지 않아요."

이막수는 며칠 동안 곽양을 키웠기 때문에 자기도 모르게 정이 많
이 들었다. 그런데 갑자기 아기가 보이지 않는다고 하자 깜짝 놀랐다.

"양과 아니면 금륜국사가 데려간 것이 틀림없군."

"뭐라고요?"

이막수는 황용에게 양양성 밖에서 양과와 국사가 서로 아기를 빼
앗으려 했던 일을 들려주었다. 이막수의 말을 믿어도 될지 의심스러

윘지만 그녀의 표정에서 아기에 대한 관심과 염려를 엿볼 수 있었다. 황용은 이막수의 혈을 풀어주고 새끼손가락을 뻗어 그녀 가슴의 선기혈旋璣穴을 살짝 스쳤다. 이렇게 되자 이막수는 평소처럼 행동은 자유로이 할 수 있었지만 최소한 열두 시진 동안은 기를 발할 수 없게 되었다. 이막수는 쓴웃음을 지으며 자리에서 일어나 불진으로 옷의 먼지를 털며 말했다.

"만약 양과가 데려갔다면 상관없지만, 국사가 데려갔다면 큰일이군요."

"왜요?"

"양과는 목숨 걸고 아기를 보호하려 했으니까요. 만약 양과가 아니었다면 아기는 진작 금륜국사에게 빼앗기고 말았을 거예요. 그래서 난 양과의 아기인 줄 알았다니까요."

말을 마친 이막수는 문득 황용의 눈치를 보았다. 행여 마지막 말이 또 황용의 비위를 거스르지는 않았을까? 그러나 황용의 생각은 다른 데 가 있었다. 양과는 그토록 목숨 걸고 딸을 지키기 위해 노력했는데, 자신과 부는 오히려 양과를 의심한 데다 심지어 부는 양과의 팔을 자르기까지 했으니 정말 엄청난 실수를 저지른 것이다.

'휴, 그랬구나. 과는 정 오빠와 나 그리고 부뿐만 아니라 이제 양이까지 구해주었구나. 그런데 나는 항상 과의 아버지에 대한 인상만 가지고 그 아이를 평가했어. 그 아비에 그 아들이라는 생각에 과를 믿으려 들지 않았어. 가끔은 잘 대해준 적도 있지만 그래도 늘 의심을 바닥에 깔고 있었으니, 쯧쯧……. 스스로 총명하다고 자부해왔으면서도 결국은 사람 보는 눈은 정 오빠만 못하구나. 나 자신이 얼마나 어리석은

지 이제야 알다니…….'

황용은 가슴속에서 양과에 대한 고마움과 미안함이 일어나 눈시울이 붉어졌다. 그 모습을 본 이막수는 딸에 대한 걱정 때문이라고 여겼다.

"곽 부인, 따님이 비록 생후 한 달도 안 되어 이런 수난을 겪기는 했지만 털끝 하나도 상하지 않았어요. 나같이 눈 하나 깜짝하지 않고 사람을 죽이는 사람도 따님이 어찌나 예쁘고 귀여운지 해칠 마음이 들지 않더군요. 그것도 타고난 복이죠. 너무 걱정하지 마세요. 우리 함께 아기를 찾아보죠."

황용은 옷소매로 눈물을 훔쳤다. 듣고 보니 이막수의 말이 옳은 것 같았다.

'그래, 누구든 원래 악한 사람은 없다. 나도 앞으로 설사 배신을 당하는 한이 있더라도 항상 성심껏 남을 대해야지.'

황용은 곧 이막수의 선기혈을 풀어주었다.

"함께 아기를 찾아주신다니 고마워요. 그러나 바쁘실 터인데 여기서 그만 헤어지지요. 나중에 다시 만날 날이 있겠지요."

"바쁘긴요. 아기를 찾는 일이 더 급하지요. 잠시만 기다리세요."

이막수는 커다란 동굴로 들어가더니 표범의 발에 묶인 밧줄을 풀어준 후 등을 툭툭 두드렸다.

"자, 이제 그만 널 놓아주마. 어서 가거라."

표범은 낮은 소리로 한 차례 울부짖더니 곧 수풀 사이로 사라졌다.

"웬 표범이에요?"

"저 표범이 바로 따님을 이제까지 살려줬어요. 따님은 그동안 저 표범의 젖을 먹고 자랐거든요. 양과가 생각해낸 거죠. 정말 영리하지 않아요?"

두 사람은 함께 마을로 돌아왔다. 곽부는 마침 마을 입구에 서서 어머니가 돌아오기를 눈이 빠지게 기다리고 있는 중이었다. 곽부는 어머니를 보자 뛸 듯이 기뻐했다.

"엄마! 아기는…….

그런데 말을 하다 보니 어머니 곁에 이막수가 서 있는 것이 아닌가. 깜짝 놀란 부는 그만 말문이 막혔다. 그녀의 마음속에서 이막수는 천하제일의 악한이었다. 이막수와 겨뤄본 적도 있고, 또 평소 무씨 형제에게 이막수가 자신들의 어머니를 죽인 원수라는 말을 들어왔기 때문이었다.

"이 도장께서 우리를 도와 동생을 찾아주시겠다는구나. 그래, 넌 아기가 어쨌다는 거냐?"

"양과가 아기를 데려갔어요. 게다가 내 홍마까지 훔쳐갔어요. 이 검을 좀 보세요."

곽부는 손에 구부러진 검을 들고 있었다.

"잘린 팔소매를 휘두르자 검이 벽에 부딪쳐서 이 모양이 됐어요."

"소매로?"

황용과 이막수가 동시에 물었다.

"예, 어디서 그런 사악한 무공을 배웠는지 모르겠어요."

황용과 이막수는 서로 놀란 눈빛을 교환했다. 내공이 지극히 깊은 경지에 올라가면 부드러운 비단도 몽둥이처럼 사용할 수 있다는 것을 두 사람은 잘 알고 있었다. 그러나 그런 경지에 오르려면 아무리 본인의 자질이 뛰어나다고 해도, 또 아무리 훌륭한 스승을 만났다고 해도 최소한 30~40년은 걸리게 마련이었다. 그런데 양과처럼 어린 나이에 벌써 그런 내공을 쌓았다는 것은 정말 믿기지 않는 일이었다. 황용은 양과가 아기를 데려갔다는 말에 다소 마음이 놓였다.

곽부의 말을 듣고 이막수는 다른 생각을 품었다.

'양과가 그렇게 강한 내공을 쌓을 수 있었던 것은 사부님의 〈옥녀심경〉을 수련했기 때문일 거야. 딸을 찾는 걸 도와준 후 〈옥녀심경〉을 찾는 것을 도와달라고 해야겠다. 사실 내가 고묘파의 수제자가 아닌가. 사매가 비록 사부님의 총애를 받긴 했지만 이미 우리 고묘파의 규율을 어긴 것이 한두 번이 아니니 이젠 고묘파라고 할 수 없다. 소중한 〈옥녀심경〉을 남자인 양과의 손에 들어가게 할 수는 없지.'

이막수는 아무리 생각해도 〈옥녀심경〉을 자신이 갖는 게 훨씬 떳떳하고 이치에 맞는 것 같았다. 황용은 양과가 어디로 갔는지 자세히 물었다.

"부야, 너도 도화도로 돌아갈 필요 없다. 우리 같이 과를 찾으러 가자꾸나."

어머니의 말에 곽부는 크게 기뻐했다.

"좋아요."

그러나 막상 양과를 만날 생각을 하자니 난처하고 거북했다. 딸의 심정을 눈치챈 황용이 안색을 흐리며 말했다.

"넌 어차피 한 번은 과를 만나 용서를 빌어야 해. 용서해줄지는 양과의 마음이지만, 어쨌든 만나서 사죄를 해야지."

곽부는 아무래도 인정하기가 싫었다.

"왜 제가 사죄를 해야 돼요? 양과가 우리 아기를 빼앗아갔잖아요."

황용은 이막수에게서 들은 말을 간단하게 전해주었다.

"만약 과가 나쁜 마음을 먹었다면 우리 아기가 아직까지 살아 있었 겠니? 게다가 소매를 한 번 휘둘러 검을 이 지경으로 만들었다면서. 만약 네 머리를 향해 소매를 휘둘렀다면 지금쯤 네가 살아 있기나 했 겠어?"

어머니의 말을 듣고 생각해보니 과연 소름 끼치는 일이었다.

'정말 날 죽일 수 있었는데 봐준 것일까?'

그러나 부는 어려서부터 어머니의 사랑을 많이 받고 응석받이로 자 란지라 자신의 잘못을 인정하는 데 익숙지 않았다.

"아기를 안고 북쪽으로 갔어요. 틀림없이 절정곡으로 간 거라고요."

황용이 고개를 저었다.

"아니다. 분명 종남산으로 갔을 거다."

곽부가 입술을 삐죽거렸다.

"엄만 양과 편만 드는군요. 나쁜 의도가 없었다면 왜 아기를 우리에 게 돌려주지 않고 종남산으로 데리고 갔죠?"

황용이 탄식을 했다.

"넌 어려서부터 과랑 함께 자랐는데 아직도 그 아이의 성격을 모르 겠니? 그 아인 자존심이 강하고 오기가 센 아이라 모욕을 받으면 참고 넘기지를 못했어. 네가 그 아이의 팔을 잘랐으니 널 죽이고 싶었지만 차마 그러지는 못하고 그대로 참자니 분했던 거지. 넌 아직도 모르겠 니? 과가 네 동생을 데려간 건 바로 너 때문이라고."

황용은 두 사람을 데리고 조금 전 자신들이 묵었던 객점으로 들어갔다. 그러고는 종이와 붓을 빌려 간단히 몇 자 적은 뒤, 객점의 점원에게 은자 두 냥을 주면서 편지를 양양성의 곽정에게 전해달라고 부탁했다.

"곽 대협은 나라와 백성을 위해 큰일을 하시는 분인데 그분을 위해 일할 수 있는 기회가 생긴 것만으로도 영광입니다. 제가 어찌 돈을 받을 수 있겠습니까?"

점원은 절대로 은자를 받으려 들지 않았다. 곽부는 아버지가 이토록 존경받는 것을 보자 마음이 뿌듯하고 자랑스러웠다.

세 사람은 말을 세 필 사서 종남산을 향해 떠났다. 곽부는 이막수를 싫어했기 때문에 가는 동안 내내 어쩔 수 없는 경우를 제외하고는 그녀와 말을 섞지 않았다. 그녀를 대하는 표정 역시 냉랭하기 짝이 없었다.

그들은 날이 밝으면 길을 재촉하고 밤이 되면 객점에서 쉬었다. 가는 길에 별다른 사고는 생기지 않았다. 그러던 어느 날 오후, 세 사람이 길을 재촉하는데 맞은편에서 누군가가 말을 타고 쏜살같이 달려오는 것이 보였다.

劫難重重

우리의 운명일 뿐

곽부는 연기 때문에 곧 정신을 잃을 지경이었다. 너무 놀란 나머지 울음도 나오지 않았다. 그때 갑자기 동쪽에서 무언가가 날아왔고, 고개를 돌려보니 누군가 바람처럼 빠르게 다가오고 있었다. 눈 깜짝할 사이에 그녀 앞에 선 사람은 바로 양과였다.

곽부가 먼저 알아보고 놀라 외쳤다.

"소홍마예요! 우리 소홍마가……."

그녀의 말이 끝나기도 전에 홍마가 일행 앞으로 달려왔다. 곽부가 얼른 앞으로 나섰다. 홍마도 주인을 알아본 듯 고개를 높이 쳐들더니 큰소리로 울었다. 가까이 다가온 말을 보니 한 소녀가 타고 있었다. 곽부는 미간을 찌푸리며 검은 옷을 입고 있는 소녀를 바라보았다. 전에 본적이 있는 얼굴이었다. 자세히 보니 예전에 이막수에게 대항하던 완안평이었다. 그런데 지금 그녀의 몰골은 말이 아니었다. 머리는 봉두난발을 한 채 얼굴은 핏기라고는 찾아볼 수 없이 창백했다.

"언니, 도대체 무슨 일이 있었던 거죠?"

완안평이 손을 들어 자신이 온 방향을 가리켰다.

"어서…… 어서……."

그녀는 말을 마치지 못하고 앞으로 고꾸라지며 말 아래로 굴러떨어졌다. 곽부는 얼른 다가가 그녀를 안아 일으켰다. 완안평은 이미 정신을 잃은 상태였다.

"엄마, 완안평 언니인데 어떡하죠?"

황용은 머릿속으로 상황 판단을 하고 있었다.

'홍마를 타고 달렸다면 아무도 따라올 수 없었을 테니 위험할 것도 없다. 그런데 손으로 자신이 온 쪽을 가리키며 정신을 잃은 것은 틀림없이 뒤쪽에 무슨 일이 있다는 것이겠지? 일단 가서 확인해보자.'

황용은 딸에게 완안평을 안고 소홍마에 올라타라고 일렀다.

"이 말은 발이 빠르다. 절대 내 앞으로 나서지 마라."

"왜요?"

"위험이 도사리고 있을 거야. 어찌 그런 생각도 못 해!"

황용은 딸을 나무라고 이막수에게 손짓했다. 두 사람은 북쪽으로 말을 몰았다. 10여 리를 가니 과연 산기슭 쪽에서 무기 부딪치는 소리가 들렸다. 황용과 이막수는 천천히 말을 몰아 산 밑에서 살짝 엿봤다.

공터에서 다섯 사람이 싸움을 벌이고 있었다. 그중 두 사람은 무씨 형제였고, 또 다른 젊은 남녀는 처음 보는 얼굴이었다. 그들 네 사람은 중년 남자 한 사람과 겨루면서도 상당히 힘들어했다. 무씨 형제는 이미 부상을 당했고 젊은 남자의 검이 비교적 날카롭게 움직이며 중년 남자의 공격을 받아내고 있었다. 옆에는 누군가 쓰러져 있었는데, 바로 무삼통이었다. 그는 쓰러진 채 쉬지 않고 고래고래 소리를 질러댔다. 중년 남자는 왼손에 금빛이 번득이는 대도를 들고, 오른손에는 가늘고 긴 흑검을 들고 있었다. 양손에 든 무기도 전에 본 적이 없고 그 초수 또한 대단히 기묘했다.

황용은 때마침 잘 왔다는 생각을 했다. 이제 자신이 나서지 않으면 무씨 형제가 위험해질 듯했다. 그녀가 이막수에게 말했다.

"저 두 아이는 내 제자예요."

이막수는 고개를 끄덕이며 냉소를 지었다.

'저들의 어미를 내가 죽였는데 어찌 모르겠소.'

"그럼 가지요!"

이막수는 불진을 뽑아 들고 나섰고 황용도 죽봉을 힘껏 쥐고 휘둘렀다. 두 사람은 좌우에서 협공을 했다. 이막수는 흑검을, 황용은 금빛 대도를 노리고 들어갔다. 중년 남자는 두 사람이 합세를 하는데도 조금도 기세가 꺾이지 않았다. 대단한 실력자였다. 그런데 강호에서 저런 인물에 대해서는 들어본 적이 없으니 참으로 이상한 일이었다. 이 중년 남자는 바로 절정곡의 곡주 공손지였다. 그는 갑자기 나타나 양쪽에서 협공하는 여자들을 보고 의아해했다.

"뉘신데 참견하려 하오?"

그때 이막수의 외침이 들렸다.

"하나!"

외침과 함께 불진이 옆을 스쳤다.

"둘!"

그녀의 불진은 살기를 띠고 예리하게 움직였다. 사실 그녀는 누가 먼저 상대방의 무기를 떨어뜨릴지 황용과 경쟁을 하는 것이었다. 황용도 이막수가 불진을 휘두를 때 틈을 주지 않고 죽봉을 내질렀다. 이막수가 열을 셀 때까지도 공손지는 두 사람 사이를 오가며 날렵하게 움직였다. 그러나 계속 이렇게 싸우다간 아무래도 불리할 것 같았다. 그는 황용과 이막수를 매섭게 쏘아보았다.

'어디서 이렇게 지독한 여자들이 나타난 거지? 그런데 예쁘기도 하군. 절정곡에서 나오지 않았으면 좋은 인연을 놓칠 뻔했어!'

공손지는 대도와 흑검을 부딪쳐 웅웅, 소리를 내며 달려들었다. 황용과 이막수는 함부로 나서지 못하고 무기를 들어 앞을 막았다. 그러나 뜻밖에 공손지는 공중에서 몸을 회전시키더니 그대로 솟구쳐 산등성이로 뛰어올라갔다. 황용과 이막수는 서로 마주 보며 놀라움을 금치 못했다. 두 사람은 같은 생각을 했다.

'이자는 무공이 강하면서 교활하기까지 하니 혼자였다면 대적하지 못했을지도 모르겠군.'

그때 무씨 형제가 다가와 황용에게 인사를 올렸다. 그러다 옆에 있는 이막수를 보자 흠칫 놀라면서 경계 자세를 취했다. 황용은 차갑게 말했다.

"옛 원한은 잠시 접어두거라. 너희 아버지의 상처는 어떠시냐? 또 저분들은 누구고?"

이렇게 묻던 황용이 소리쳤다.

"참! 이 도장! 큰일 났어요!"

황용은 갑자기 외치며 말에 타지도 않은 채 달려갔다. 이막수는 무슨 일인지도 모르고 일단 따라나섰다.

"왜 그러세요?"

"부, 우리 부가 그자와 만나겠어요!"

두 사람은 나르듯 달려갔다. 곽부는 두 팔로 완안평을 껴안은 채 소홍마에 올라타고 천천히 산기슭을 돌아오는 중이었다. 그런데 몇 발짝 앞에서 공손지가 오고 있는 것이 아닌가. 멀리서 이 모습을 본 황용이 소리를 지르며 달려갔다.

"부야! 조심하거라!"

그러나 공손지는 이미 곽부에게 다가가고 있었다. 그는 몸을 솟구쳐 말 위에 올라타더니 곽부를 제압하고 말고삐를 당겨 방향을 바꾸려 했다. 황용은 길게 휘파람을 불었다. 홍마는 주인의 신호를 알아듣고 황용 쪽으로 달려왔다. 공손지는 화들짝 놀랐다.

'오늘은 정말 되는 일이 없군. 짐승조차 말을 듣지 않으니……'

공손지는 있는 힘껏 고삐를 당겼다. 그러나 말 역시 힘이 상당해 앞다리를 번쩍 들며 버둥거렸다. 공손지가 억지로 방향을 남쪽으로 향하게 하자 홍마는 뒷걸음질 치며 거꾸로 갔다.

황용은 크게 기뻐하며 얼른 다가갔다. 홍마가 말을 듣지 않고 황용과 이막수에게로 점점 가까이 다가가자 공손지는 하는 수 없이 곽부와 완안평을 하나씩 옆구리에 끼고 말에서 뛰어내렸다. 그러고는 몸을 솟구쳐 경공술을 전개해 달아나기 시작했다. 황용과 이막수 역시 경공술의 고수였다. 공손지의 뒤를 쫓아가니 얼마 되지 않아 거리가 몇 걸음으로 좁혀졌다. 공손지가 뒤를 돌아보며 위협했다.

"내 팔 힘이 이 정도인데, 만일 더 힘을 주면 이 두 아가씨는 어찌 될까?"

"당신은 누구요? 누군데 내 딸을 데려가는 거요?"

"아하, 당신 딸인가? 그럼 당신이 완안 부인?"

황용은 곽부를 가리켰다.

"이 아이가 내 딸이오!"

공손지는 곽부를 흘깃 보고는 황용을 바라보았다.

"헤헤헤, 예쁘군. 모녀가 둘 다 예뻐. 마치 자매 같은걸!"

황용은 화가 머리끝까지 났다. 그러나 딸이 잡혀 있으니 함부로 암기를 던질 수도 없었다. 일단 그의 경계심을 풀어야겠다고 생각했다. 그때 뒤에서 바람 소리가 일며 어디선가 화살이 날아왔다. 화살은 공손지를 향해 정확하게 날아갔다. 황용은 남편이 왔다고 생각하고 반색을 하며 고개를 돌렸다.

중원의 무림 고수들은 대부분 궁술을 익히지 않았지만 몽고의 무사들은 특히 궁술에 뛰어났다. 그러나 몽고 무사라도 심후한 내공이 없으면 이렇듯 멀리 활을 쏠 수 없었다. 날아오는 화살의 기세를 보건대, 곽정이 아니고는 이렇게 쏠 수 있는 사람은 없을 것 같았다. 그러나 잠시 후 황용은 활을 쏜 사람이 남편이 아니라는 것을 알았다. 자세히 보니 곽정의 궁술과는 차이가 있었던 것이다.

공손지는 화살이 날아오는 것을 보고는 고개를 살짝 돌려 잽싸게 화살을 물었다.

'오빠가 쏜 화살이라면 입으로 물었어도 네 면상을 뚫었을 것이다.'

황용이 실망하는 사이, 또 바람 소리가 나더니 화살이 잇따라 날아왔다. 짧은 순간 이미 아홉 개나 되는 화살이 일제히 공손지의 양미간을 향해 날아갔다. 이렇게 되자 공손지는 정신이 번쩍 들었다. 그는 얼른 두 팔에 끼고 있던 곽부와 완안평을 내려놓고는 검을 뽑아 들어 화살을 막았다.

황용과 이막수가 달려들어 두 아이를 구하려는 순간, 누군가 곽부를 안고 길옆으로 뒹굴었다. 그가 몸을 일으키려는 사이, 미처 금도를 뽑아 들지 못한 공손지가 왼손을 들어 그의 정수리를 내리쳤다. 그는 바닥에 누운 채 팔을 들어 막았다. 두 장이 서로 부딪치자 펑, 하는 소리와 함께 먼지가 피어올랐다.

"흥! 잘됐군."

공손지의 목소리였다. 그가 두 번째 공격에 돌입하려 하자 황용은 상황이 위급해진 것을 느끼고 타구봉을 휘둘러 공손지의 공격을 원천 봉쇄했다. 공손지는 황용 또한 만만하게 볼 적수가 아님을 느끼고 계속 싸우다가는 무사히 돌아가기 힘들겠다는 생각이 들었다.

"하하하……. 오늘은 미인을 만난 것으로 위안을 삼아야겠군."

그는 큰 소리로 웃더니 몸을 돌려 가버렸다. 그의 몸놀림이 워낙 빠른 데다 위풍당당해서 황용은 선뜻 뒤쫓지 못했다.

곽부를 구한 청년은 여전히 곽부를 안은 채 쓰러져 있었다. 그는 몸을 일으킨 후에야 곽부를 놓아주었다. 곽부는 다행히 다친 곳이 없었다. 황용은 청년을 살펴보았다. 허리에 활을 두른 것으로 보아 아까 활을 쏜 청년인 것 같았다.

"야율 오빠, 구해주셔서 고마워요."

인사를 하는 곽부의 얼굴이 발그레해졌다. 곽부는 그녀를 구해준 청년을 가리키며 황용에게 소개했다.

"엄마, 이분은 야율제, 야율 오빠예요."

그러고는 옆에 있는 키 큰 소녀를 가리켰다.

"이분은 야율연 언니고요."

"두 분 모두 무공이 대단하시더군요!"

황용이 칭찬을 아끼지 않자 야율 남매는 얼른 허리를 굽히며 예를 갖추었다.

"과찬이십니다!"

"두 분 무공을 보니 전진파 무공인 듯하던데, 전진칠자 중 어느 분 문하이신지?"

그녀는 특히 야율제의 무공이 인상 깊었다. 그녀 이후 세대에서는 양과를 빼고는 그런 무공을 갖춘 자가 없었다. 전진 문하의 제4대 제자는 아닐 것이라는 생각이 들었다.

"저는 오빠에게 배웠어요."

황용은 고개를 끄덕이고 야율제를 바라보았다. 야율제는 난감한 표정을 지었다.

"선배님께서 물으시니 사실대로 말씀드리는 것이 마땅하나, 사부님께서 절대 이름을 발설치 말라 하셨으니 용서하십시오."

황용은 이상한 생각이 들었다.

'전진칠자가 그런 이상한 규칙을 만들 리가 없는데? 아직 젊은 나이에 무공이 대단한데 왜 말을 못 하게 했을까?'

고개를 갸웃거리던 황용은 뭔가 생각이 난 듯 갑자기 깔깔 웃기 시작했다. 배를 잡고 웃는 모습으로 보아 뭔가 대단히 재미있는 일이 생각난 듯했다.

"엄마, 뭘 그렇게 웃으세요?"

진지한 얼굴로 질문을 던지던 엄마가 갑자기 웃어대니 곽부는 당황스러웠다. 황용이 계속 웃기만 하자 곽부는 궁금해서 견딜 수가 없었다.

"엄마, 뭐가 그렇게 우스운지 어서 말해요."

멀쩡히 야율제에게 사부가 누군지 묻다가 느닷없이 웃음을 터뜨리는 건 아무리 엄마지만 예의가 아니라는 생각이 들었다. 혹 야율제가 불쾌하지 않을까 걱정되기도 했다.

"엄마, 야율 오빠가 말하기 곤란하다면 그만이지 그렇게 웃으실 건 없잖아요."

황용은 여전히 웃을 뿐 대답이 없었다. 야율제도 미소를 지었다.

"곽 부인께서 눈치를 채셨군요."

곽부는 무슨 영문인지 알 수가 없었다. 야율연을 돌아보니 역시 어리둥절한 표정이었다. 그때 무수문과 완안평이 다가왔다. 무수문은 분노에 가득 찬 얼굴로 이막수를 노려보고 있었다. 황용이 몇 번 불러보았지만 귀에 들어오지 않는 모양이었다. 정작 이막수는 멀찌감치 서서 주위 풍경을 돌아보며 모여 있는 사람들을 상관하지 않았다. 황용은 다시 한번 무수문을 불렀다.

"수문아, 네 아버지 상처는 좀 어떠시냐?"

그제야 제정신이 돌아온 듯 무수문이 황급히 대답했다.

"오른쪽 다리에 검을 맞으셨습니다만, 다행히 근골은 다치지 않으셨습니다. 지금 형님이 보살펴주고 계십니다."

황용은 고개를 끄덕이며 소홍마를 쓰다듬어주었다.

"말아, 너의 현명한 선택 덕에 이렇게 다들 무사하구나. 우리 집안이 어찌 보답해야 할지 모르겠다."

그런데 가만히 보니 무수문이 줄곧 완안평을 살뜰하게 보살피고 있었다. 반면 곽부와는 이야기도 하지 않는 것이 어쩐지 어색한 기운이 감돌았다. 일부러 보라고 그러는 것인지, 아니면 정말 이 처녀에게 마음이 있는 것인지 알 수가 없었다.

"네 아버지께 가보자꾸나."

황용은 아무런 내색도 하지 않고 무삼통을 살피러 갔다. 무삼통은 바닥에 앉아 있다가 황용이 다가오자 벌떡 일어났다.

"곽 부인!"

그러나 그는 다리에 부상을 입어 몸을 똑바로 가누지 못했다. 무돈유와 야율연이 동시에 손을 뻗어 그를 부축하려 했다. 두 사람은 무삼통의 허리에서 손이 겹치자 얼굴을 붉히며 미소를 지었다. 황용은 그 모습도 놓치지 않았다.

'그래, 얘도 그렇구나. 얼마 전까지만 해도 형제가 부를 놓고 다투더니…… 이제 다른 처녀를 보니 옛일은 생각도 나지 않는 모양이군.'

그런 아이들을 보니 자신만을 아껴주는 곽정이 떠올라 저도 모르게 뿌듯해졌다. 곽정은 오직 한 여자만을 위해 살며 온갖 어려움을 헤쳐오지 않았는가. 이 아이들 중 곽정 같은 기개를 지닌 사람이 있을까? 그러고 보니 양과가 떠올랐다. 비록 사제 관계를 무시해 손가락질받고 있기는 하지만 죽음도 갈라놓지 못하는 그 정은 참으로 감탄스러울 정도였다.

무씨 형제는 어려서부터 곽부와 도화도에서 자라 다른 여자를 만나본 적이 없었다. 그런 탓에 자연스럽게 정이 쌓인 것이니, 두 형제가 곽부에게 마음이 없었다면 그 또한 이상한 일이었을 것이다. 그 후 곽부가 자신들에게는 마음이 없다는 사실을 양과에게 듣고 상심한 나머지 도무지 사는 즐거움이 없더니, 뜻밖에 야율연과 완안평을 만날 줄이야! 게다가 두 사람 모두 이 형제에게 마음이 없지만은 않은 듯했다. 무씨 형제는 곽부를 다시 살펴보며 마음속으로 이리저리 재보고 있었다. 새로 알게 된 이 낭자 역시 곽부에 비해 빠지지 않는 외모인 데다 오히려 더 나은 것 같기도 했다. 무돈유는 이렇게 생각했다.

'야율 낭자는 성격이 발랄하고 시원스러워. 부처럼 까다롭고 쉽게 토라지지도 않지.'

무수문도 완안평을 보살펴주면서 같은 생각을 했다.

'완안 낭자는 청순하고 가냘픈 여인이야. 언제나 온화하고 부드러워서 부처럼 걸핏하면 신경질을 내며 사람을 괴롭히는 일이 없어.'

두 형제는 원래 다시는 곽부를 보지 않기로 했으나 이렇게 맞닥뜨렸으니 피할 수도 없었다. 두 사람은 서로 눈치를 보면서 똑같은 생각을 했다.

'오늘은 내가 널 찾아온 것이 아니니 맹세를 깼다고 할 수 없다.'

곽부의 마음도 딴 데 가 있었다. 아까 공손지에게 잡혀 있을 때 야율제가 자신을 감싸 안고 구해준 일이 머릿속에서 떠나지 않았다. 몰래 그의 모습을 훔쳐보니 늠름한 태도며 반듯한 이목구비가 한눈에 들어왔다.

'작년에 처음 만나고는 금방 잊어버렸는데…… 이 사람의 무공이 이렇게 대단할 줄이야. 그런데 엄마와 이 사람이 무엇 때문에 그렇게 웃었을까?'

황용은 무삼통의 상처를 살펴보았다. 다행히 큰 부상은 아니었다. 그래서 일행은 걱정을 덜고 그간 있었던 일들을 이야기했다.

무삼통은 원래 주자류와 함께 사숙인 천축승을 따라 길을 나섰다. 그들은 양과의 해독약을 찾기 위해 절정곡으로 가는 중이었다. 막 양양성을 나서는데, 무삼통의 눈에 두 아들이 들어왔다. 그는 둘이 또 싸우지나 않을까 걱정되어 주자류와 사숙을 먼저 보내고 두 형제를 붙잡아 다그쳤다. 형제는 양과에게 다시는 곽부를 보지 않겠노라 맹세하고, 더 이상 양양성에 머물고 싶지 않아 떠나는 길이었다. 그 말을 듣고서야 무삼통은 안심이 되었다.

"그래야지. 잘 생각했다! 그리고 양 형제가 제 목숨을 돌보지 않고 우리 부자를 살려주지 않았느냐. 지금 어려움에 빠진 그를 모른 체할 수는 없지. 함께 절정곡으로 가자꾸나."

그러나 절정곡은 세상 밖 도원桃源과 같은 곳이었다. 양과가 대략 위치를 가르쳐주기는 했지만, 그 입구를 찾기가 쉽지 않았다. 세 사람은 이리저리 헤매며 엉뚱한 길로 들어가기도 했다. 겨우 계곡 입구를 찾았을 때 천축승과 주자류는 이미 함정에 빠져 있었다. 구천척이 보낸 제자들의 어망진에 사로잡혀 있었던 것이다. 무삼통 부자가 여러 차례 구해내려 했지만 번번이 실패하고 오히려 계곡에 떨어질 뻔하기도 했다. 결국 세 사람은 양양성에 가서 도움을 청하기로 하고 일단 물러났다. 그런데 양양성으로 향하던 길에 공손지와 맞닥뜨린 것이다. 공손지는 세 사람이 금지 구역에 들어갔다 해서 싸움을 걸었고, 그런 와중에 무삼통은 다리에 부상을 입고 말았다. 공손지는 그래도 세 사람의 목숨을 해치지는 않고 다만 이들을 쫓아내기 위해 몰아댔다.

그때 야율 남매와 완안평 세 사람이 말을 타고 다가왔다. 세 사람은 과거 무씨 형제와 힘을 합쳐 적에 대항한 적이 있어 얼른 말에서 내려 인사를 건넸다. 공손지는 이들을 차가운 눈으로 살펴보았다. 소용녀와의 혼사가 틀어지고 아내에게 쫓겨난 공손지는 마침 모든 것이 못마땅하던 차에 젊고 아름다운 완안평을 보자 딴마음이 생겼다. 그는 느닷없이 팔을 뻗어 그녀를 낚아챘다. 야율 남매와 무씨 형제는 즉시 공손지를 공격했다. 무삼통이 다치지 않았다면 여섯 사람이 힘을 합쳐 공손지와 겨뤄볼 만했을 터이나 야율제를 빼고 다른 사람의 무공은 상당히 낮은 수준이었다. 그러니 공손지를 당해내지 못하고 밀리고 말았다.

그때 종남산에서 양양으로 달려가던 소홍마가 무수문의 눈에 띄었

29. 우리의 운명일 뿐

다. 그는 얼른 말을 붙잡아 완안평을 태우고 도망시켰다. 어차피 완안평을 노리고 이러는 것이니 그녀가 없으면 공손지도 자연히 물러날 것이라 예상했는데, 황용과 이막수가 오리라고는 꿈에도 생각지 못했다.

황용은 이야기를 다 듣고 나서 양과가 팔이 잘린 일이며, 아기를 데리고 간 일 등을 간략하게 이야기해주었다. 무삼통은 크게 놀라 그날 있었던 일을 설명하기 시작했다.

"아아, 이 일을 어쩌나……. 양 형제의 뜨거운 마음에 어찌 보답해야 할지! 순전히 저 두 녀석이 형제끼리 서로 해치는 것을 막으려다가 그런 일을 당한 겁니다!"

팔이 잘린 양과의 모습을 상상하자 무삼통은 화가 치밀었다. 변변치 못한 자식 놈들 때문이란 생각에 그는 입에서 나오는 대로 욕을 퍼부어댔다. 무씨 형제는 야율 남매, 완안평과 한창 이야기를 하던 중이었다. 잠시 후, 곽부도 이야기에 끼어들었다. 여섯 사람은 나이도 비슷하고 각자 어려운 일을 겪은 후라 흉악한 공손지가 줄행랑을 친 상황을 즐거워하고 있었다. 그런데 갑자기 무삼통이 욕을 퍼붓는 소리가 들려왔다.

"무돈유, 무수문! 너희 두 놈에게 양 형제가 어찌 대해주었느냐! 그런데 짐승 같은 네 녀석들 때문에 그분 팔이 잘렸다지 않느냐! 이제 우리 집안은 그분을 어찌 대한단 말이냐!"

그는 얼굴이 온통 붉어진 채 점점 목소리를 높였다. 다리를 다치지 않았다면 달려가 두 아들을 두들겨 팰 기세였다. 무씨 형제는 어찌 된 영문인지 몰라 멀거니 아버지를 바라볼 뿐이었고, 야율연과 완안평 앞에서 아버지에게 욕을 들으려니 체면이 말이 아니었다. 혹여 저러다 형제가 곽부 하나를 놓고 다툰 이야기라도 나오면 낭패일 것 같았다. 두 형제는 서로 얼굴을 마주 보며 어찌할 바를 몰랐다.

황용은 상황이 어색해지는 것을 지켜보다가 무삼통을 말렸다.

"그렇게 화내실 것 없습니다. 양과가 그리된 것은 저희 교육이 부족해 딸을 제대로 단속하지 못한 탓입니다. 저희 곽정 오빠도 화가 나 딸아이의 팔을 자르려고 했는걸요."

"암요! 그렇게 해야죠! 팔을 잘랐으면 팔로 갚아야죠!"

곽부는 눈치 없이 맞장구를 치는 무삼통을 흘겨보았다.

'정말 그렇게 하란 말이야?'

어머니만 옆에 없다면 당장 한마디 쏘아붙였을 터였다.

"이제 모든 걸 다 알겠네요. 정말 공연히 과만 나무랐군요. 이제 두 가지 일을 서둘러야겠습니다. 일단 어서 과를 찾아 사과를 해야겠어요."

황용의 말에 무삼통이 고개를 끄덕였다.

"암요, 그래야죠!"

"다음에는 절정곡에 가서 사숙과 주 대형을 구하고 과의 해독약을 찾아야죠. 그런데 주 대형은 지금 어찌 되셨는지요? 혹 목숨이 위험하지는 않은가요?"

"사숙과 사제는 지금 석실에 갇혀 있는데 그 거지 할멈이 어찌할 것 같지는 않더군요."

"음, 그렇다면 우선 양과를 찾은 다음 함께 절정곡으로 가요. 약을 구해 즉시 먹여야 해요."

"그럼요! 그런데 지금 양 형제는 어디에 있을까요?"

황용은 소홍마를 가리키며 말했다.

"양과가 이 말을 타고 갔으니, 온 길로 되돌아가게 하면 그가 있는 곳을 찾을 수 있을 거예요."

무삼통의 얼굴이 환하게 밝아졌다.

"오늘 이렇게 지모가 풍부하신 곽 부인을 못 만났더라면 저는 혼자서 분통을 터뜨리다가 숨이 넘어갔을 겁니다."

곽부가 얼른 끼어들었다.

"그러게요! 화내는 것 말고는 할 줄 아는 게 없으시죠!"

황용은 눈을 흘기며 가만히 있으라고 눈짓을 했다. 그녀는 딸을 찾으러 간다는 말은 한마디도 하지 않았다. 무삼통 등이 기꺼이 따라오게 만들 속셈이었던 것이다.

'무씨 부자가 간다면 세 젊은이도 따라나설 테지. 힘을 보탤 사람이 많아지면 훨씬 안전할 거야.'

그녀는 야율제를 돌아보며 짐짓 지나가는 듯한 말투로 물었다.

"야율 소형도 별일 없으면 함께 가지 그래요?"

야율제가 미처 대답하기도 전에 야율연이 손뼉을 치며 나섰다.

"그래요, 오빠! 함께 가요!"

야율제는 저도 모르게 곽부를 바라보았다. 곽부는 그와 눈이 마주치자 뺨을 붉혔다. 그녀의 눈에 함께 가자고 권하는 듯한 눈빛이 떠올랐다.

"무 선배님과 곽 부인 말씀대로 하겠습니다. 두 분의 가르침을 받을 수 있다면 더 바랄 것이 없지요."

완안평은 말은 없었지만 기쁜 표정으로 가만히 고개를 끄덕였다.

"자, 우리는 비록 수가 많지는 않지만, 누군가 이끄는 사람이 있어야겠지요? 무 형, 우리 모두 무 형의 지시에 따를게요. 모두들 절대 거역해서는 안 돼요."

무삼통은 연방 손을 저었다.

"지략이 출중한 제갈공명에 버금가는 군사가 여기 계신데 제가 어찌 나서겠습니까? 당연히 제가 지시에 따라야지요."

황용이 웃으며 되물었다.

"정말이세요?"

"그럼 거짓말을 하겠습니까?"

"여기 젊은이들이야 그렇지 않겠지만, 혹 나이 드신 분께서 제 말을 듣지 않으실까 봐 그럽니다."

무삼통은 펄쩍 뛰며 손을 내저었다.

"뭐든지 하라는 대로 하겠습니다. 불 속으로 뛰어들어도 좋고, 뜨거운 물에 들어가라 해도 좋습니다."

"젊은 아이들이 보고 있습니다. 약속 지키셔야 해요?"

무삼통은 얼굴이 다 붉어졌다.

"옆에 아무도 없다고 한들 제가 실언을 하겠습니까?"

"좋아요! 그러면 이제 양과와 해독약을 찾고, 사숙님과 사제를 구하도록 하죠. 이제 우리는 함께 움직이는 거예요. 과거의 원한은 잠시 잊도록 하세요. 다시 한번 말하겠어요. 무 형, 절대 이막수에게 원수를 갚으려 하시면 안 돼요. 그건 일을 마치고 난 후에 해도 늦지 않아요."

무삼통은 그만 할 말을 잊고 말았다. 황용이 그렇게 다짐을 한 게 이것 때문일 줄이야! 이막수는 자신의 부인을 죽인 원수인데, 이 분노를 어떻게 누르고 있으란 말인가. 무삼통은 가만히 신음할 뿐 대답이 없었다. 황용이 나직이 속삭였다.

"무 형, 다리에 부상도 입으셨잖아요. 사내의 복수는 10년 후라도 늦지 않는다는데 급하실 것 없지요."

"알았소. 곽 부인 말씀을 따르겠소."

황용은 이번에는 이막수에게 말했다.

"자, 어서 가요!"

그들은 소홍마를 앞세우고 그 뒤를 따랐다. 홍마는 양양으로 가던 길이었는데, 주인이 방향을 돌려 오던 길로 몰자 종남산을 향해 걸음을 옮겼다.

무삼통과 완안평이 부상을 입어 마음껏 달리지 못하니 일행은 하루에 100리 정도밖에 갈 수가 없었다. 이막수는 마음을 놓지 못하고 휴식을 취할 때면 일행과 멀리 떨어져 있었고, 낮에도 뒤로 처져서 걸었다. 일행은 해가 뜨면 걷고 저녁에는 쉬며 길을 재촉했다. 여정 중에 여섯 젊은이는 이야기를 나누며 점점 친해졌다. 무씨 형제는 한때 곽부를 두고 다투느라 우애에 금이 가기는 했지만 이번에는 각자 다른 사람을 마음에 두고 있어서인지 사뭇 화기애애하게 이야기를 나누었다. 무삼통은 두 아들의 모습을 보고 안도하면서 한편으로는 마음이 아팠다.

'그날 저 녀석들이 이막수의 독침에 맞지 않았더라면 서로 죽기를 각오하고 싸웠겠지. 그래서 둘 중 하나는 틀림없이 죽었을 거야. 그렇다면 살아남은 놈도 내가 아들로 보지 않았겠지. 그런 두 녀석은 저렇게 희희낙락하고 있는데, 양 형제는 팔이 하나 잘린 채 어디 있는지도 모르다니. 아…… 정말 불쌍하고 미안하구나. 저 녀석들의 팔을 하나씩 잘라 양 형제에게 붙여주는 것이 도리이건만…….'

그러나 그렇게 하면 양과는 팔이 세 개가 되는 것을 무삼통은 미처 생각지 못했다.

이렇게 하여 일행은 종남산에 도착했다. 황용, 무삼통은 전진오자에게 인사하기 위해 일행을 이끌고 중양궁으로 향했다. 이막수는 멀찍이 떨어져 있었다.

"나는 여기서 기다릴게요."

황용은 그녀가 전진교와 원한이 있음을 알기에 억지로 권하지는 않았다. 중양궁에 도착하니 미리 소식을 들은 유처현, 구처기 등이 궁 밖으로 나와 기다리고 있었다. 막 서로 인사를 몇 마디 나누고 있는데 궁 뒤쪽에서 누군가 소리를 지르는 것이 들렸다. 황용은 얼굴에 웃음을 띠고 그를 맞이했다.

"노완동! 누가 왔는지 와보세요!"

요 며칠 주백통은 옥봉을 다루는 방법을 알아내느라 여념이 없었다. 머리가 비상한 주백통이 한 가지 일에만 몰두하니 과연 그새 어느 정도 성과가 있었다. 이날도 옥봉을 가지고 끙끙대고 있는데 누군가 자신을 부르는 소리가 들렸다. 언뜻 듣기에 황용의 목소리였다.

"이야, 내 동생의 마누라가 왔구먼!"

그는 소란스럽게 떠들어대며 후원에서 뛰어나왔다. 야율제가 얼른 앞으로 나서 고개를 숙였다.

"사부님, 제자 인사 올립니다. 그간 무고하셨는지요?"

주백통도 그를 보고는 미소를 지었다.

"뭐 그렇게 예를 갖출 것 있느냐. 그래, 너도 잘 지냈느냐?"

곁에 서 있던 무삼통 등은 적잖이 놀라는 표정이었다. 야율제가 주백통의 제자였다니. 이렇게 정신없는 늙은이가 키운 제자가 대단한 무공을 지니고 있다는 것이 믿기지 않는 얼굴이었다. 젊은 나이에도 의젓한 야율제는 사부와는 영 딴판이었다.

구처기 등은 주백통 문하에 제자가 있다는 말에 흐뭇한 표정이 되어 주백통에게 축하 인사를 올리고 야율제와 인사를 나누었다. 곽부는 그제야 얼마 전 엄마와 야율제가 서로 마주 보고 웃은 연유를 알았다. 황용은 야율제가 주백통의 제자임을 알아보고 웃은 것이었다.

야율제는 12년 전 주백통을 처음 만났다. 그때 그는 나이가 아직 어려 주백통과 재미있게 놀았고, 주백통은 그를 제자로 삼았다. 가르쳐준 무공이 많은 것은 아니었으나 야율제가 영특하고 부지런해 또래 가운데서 제법 돋보였다. 그의 무공이 나날이 나아지고 행동거지가 의젓해지자 주백통은 오히려 흥미를 잃어갔다. 게다가 좌우호박술도 익히지 못하자 아예 자신의 제자라는 말을 입 밖에 내지 못하게 했다. 그러나 이제 일이 이렇게 되었으니 더 숨길 수도 없었다.

야율제의 아버지 야율초재는 여진의 금나라가 요나라를 멸한 것에 복수하기 위해 테무친, 와활태 아래에서 재상을 지냈다. 그러나 충직한 성품에 황후의 뜻을 거스르고 모함을 당해 아들 야율주와 함께 목숨을 잃고 말았다. 이에 야율제는 어머니와 여동생을 이끌고 남조로 도망쳐 난민이 되었다. 지금 그들은 송나라의 여느 백성과 다를 게 없었다.

한참 이야기를 나누고 있는데, 산 아래가 소란스러워지더니 전진교의 한 제자가 달려와 적이 공격해온다고 알려왔다. 전진교는 몽고 대칸의 성지를 거절하고 여러 사람을 죽였다. 구처기 등은 일이 심상치 않다는 것을 이미 예상했다. 조만간 몽고군이 쳐들어올 것이 분명하나, 그렇다고 그 대군과 맞서 싸울 수는 없었다. 그래서 이들은 진작부터 궁을 버리고 서쪽으로 물러날 방책을 세워두었다. 지금 전진교 대장교는 장춘 문하의 제3대 제자 송도안宋道安이 맡고 있었다. 그러나 이같이 중요한 일은 여전히 전진오자가 지시를 내릴 수밖에 없었다. 구처기는 황용을 돌아보았다.

"곽 부인, 몽고군이 산을 공격해오고 있습니다. 상황이 여의치 않아 주인으로서 예를 갖추지 못하니 양해 바라오."

산 아래는 고함 소리로 가득 찼다. 황용 일행이 남쪽 줄기를 따라 산을 오르는 사이 몽고군은 북쪽에서 올라온 것이었다. 서로 채 반 시진도 차이가 나지 않았다.

주백통이 들뜬 목소리로 외쳤다.

"뭐야? 적이 쳐들어온 거냐? 자 자, 그럼 우리가 아주 낙화유수로 쓸어버리자꾸나!"

그리고 야율제의 손목을 잡아끌었다.

"사부에게 배운 무공을 여기 계신 노 사형들께 보여드리거라. 전진 칠자와 비교해도 떨어질 것 없으니 아예 이참에 전진팔자라고 하는 게 어떻겠느냐."

주백통은 그의 제자는 도사가 아니라는 사실을 아예 망각하고 있었다. 어린아이는 좋은 장난감을 가지고 있으면 어떻게든 남에게 자랑하고 싶어 한다. 애초에 주백통이 야율제에게 자신이 사부라는 사실을 숨기라고 한 것은 그에게 개구쟁이 같은 구석이 전혀 없어 자신과 어울리지 않는다고 생각했기 때문이다. 그러나 오랜만에 만나고 보니 즐거운 나머지 그런 일들은 깡그리 잊고 말았다.

구처기가 나서며 조심스럽게 말했다.

"사숙, 수십 년을 이어온 전진교입니다. 조사님들의 필생의 업적을 하루아침에 무너뜨릴 수는 없지 않습니까. 오늘은 일단 물러나는 것이 좋을 듯합니다."

구처기는 주백통의 대답은 기다리지도 않고 좌우에 지시를 내렸다.

"각자 소지품을 챙겨 산을 내려가거라!"

제자들은 일제히 대답하고 미리 챙겨놓은 짐을 들쳐 멨다. 그러고는 동서로 나뉘어 산을 내려가기 시작했다. 지난 며칠 동안 전진오자와 송도안은 전진교 제자들에게 어느 길을 통해 피할지, 어디서 만날지, 어떻게 연락해야 할지 등을 미리 정하고 그에 따라 여러 차례 실제 연습을 해보기도 했다. 그래서인지 급한 상황에서도 혼란 없이 일사불란하게 하산이 이루어졌다.

황용은 이들의 모습에 혀를 내둘렀다.

"구 도장님, 이렇게 질서 정연한 모습을 보니 과연 전진교답습니다. 지금 이 정도 난관은 위기라 할 것도 없겠군요. 틀림없이 권토중래하여 더욱 빛나게 될 것입니다. 저희는 양과를 만나기 위해 왔으니 그만 가보겠습니다."

양과라는 말에 구처기는 놀라는 눈치였다.

"양과라고요? 글쎄…… 아직 이 산에 있는지 모르겠군요."

"그가 있는 곳을 아는 친구가 있습니다."

황용은 미소를 지어 보였다.

'전진교는 준비를 했다니 알아서 피할 수 있겠지. 나는 양과와 내 딸을 찾아온 것이니 공연히 섞여 일을 그르치면 안 돼.'

이야기를 나누는 사이 산 아래는 더욱 소란스러워졌다. 황용은 구처기와 인사를 나누고 일행을 불렀다. 그런 뒤 중양궁 뒤편 으슥한 곳으로 가 이막수에게 속삭였다.

"묘로 들어가는 길을 가르쳐줘요."

"양과가 묘에 있을 거라 어찌 단정하는 거죠?"

"양과는 없더라도 〈옥녀심경〉은 있겠죠?"

미소를 짓는 황용의 얼굴을 바라보며 이막수는 가슴이 서늘해졌다.

'이 여자, 과연 대단하구나. 내 마음을 꿰뚫어보고 있잖아.'

이막수는 양양성에서 종남산으로 오면서 황용 외에는 누구도 상대하지 않았고, 다른 어떤 일에도 관심을 가지지 않았다. 무씨 부자는 호시탐탐 그녀에게 복수할 기회를 노렸다. 그런데도 그녀는 줄곧 일행을 따라왔다. 자연히 황용은 그녀의 속내가 무엇인지 생각해보게 되었다.

'우리 양이를 예뻐한다고는 해도 이런 모험을 할 것 같지는 않은데……. 분명 다른 속셈이 있을 거야.'

이리저리 생각하던 그녀는 양과와 소용녀가 〈옥녀심경〉 검술로 금륜국사를 물리치던 일이 생각났다. 이막수는 분명 그런 무공은 없었다. 이막수 역시 〈옥녀심경〉을 할 줄 알았다면, 자신과 싸우던 날 이를 쓰지 않았을 리가 없었다. 결국 그녀는 〈옥녀심경〉을 원하는 것이다.

이막수는 생각이 바뀌었다. 이왕 알고 있는 것, 그냥 사실대로 말하는 것이 낫겠다는 생각이 들었다.

"곽 부인, 내가 딸을 찾도록 해주면 나에게 우리 문파의 무공 경전을 찾을 수 있도록 도와줘요. 개방파의 전 방주이시고 천하에 이름을 날린 여협이시니 약속을 저버리지 않을 거라고 믿어요."

"양과는 우리 남편 옛 친구의 아들이에요. 나와는 오해가 조금 있어 껄끄럽기는 하지만 정말 그 아이가 내 딸을 데리고 있다면 당연히 내게 돌려줄 거예요. 되찾고말고 할 것도 없단 얘기예요."

"그렇다면야 각자 제 갈 길을 가면 그만이군요. 그럼 이만……."

이막수는 정말 몸을 돌려 가려고 했다. 황용은 무수문에게 얼른 눈짓을 했다. 무수문은 기다렸다는 듯이 장검을 빼 들었다.

"이막수! 네가 살아서 종남산을 내려갈 수 있을 것 같으냐?"

이막수는 걸음을 멈추었다. 황용 하나만 해도 제가 감당할 수 없을 정도인데 거기에 무씨 부자, 야율 남매 등까지 합세한다면 목숨을 부지하기 힘들 터였다. 이막수도 머리깨나 쓴다는 여자였으나 황용 앞에서는 도무지 속수무책이었다. 아무리 꾀를 부려보아도 뭐 하나 떠오르는 것이 없었다. 그녀는 한숨을 푹 내쉬었다.

"곽 부인은 기문술에 능하시니 양과가 이곳에 있기만 하다면야 못찾을 리가 없잖아요? 왜 군이 저더러 앞장서라 하시는 거죠?"

"고묘의 입구를 찾는 재주는 없으니까요. 하기야 양과와 소용녀가 고묘에서 은거한다고 해도 가끔은 쌀이며 땔감을 구하기 위해 밖으로 나오겠죠. 우리 여덟 명이 흩어져 기다리고 있으면 언젠가는 만날 수 있지 않겠어요?"

황용의 말속에는 뼈가 있었다. 양과를 만나는 일이야 며칠 늦춰도 상관없으니 혹 이막수가 길을 알려주지 않는다면 그냥 죽여버려도 그만이라는 뜻이었다.

이막수는 가슴이 덜컹 내려앉았다. 상대는 거리낄 것이 없었다. 이런 평지에서라면 이막수도 적들을 모두 상대할 수는 없었다. 그러나 이들을 지하 묘실로 유인하면 자신에게 익숙한 지세를 이용해 하나씩 해치울 수도 있을 터였다.

"이렇게 여럿이서 저 하나를 몰아붙이니 더 할 말이 없군요. 어쨌거나 저도 양과를 만나러 온 것이니 따라오세요."

그녀는 풀숲을 헤치며 앞장섰다. 황용 일행은 그녀를 바짝 뒤따라갔다. 이막수는 바위틈을 날렵하게 타고 다녔다. 분명 길이 끊겼다고 생각하는 순간, 이리저리 방향을 바꾸고 보면 어느새 생각지도 못한 길이 나오곤 했다. 이런 지세는 완전히 자연적으로 이루어진 것으로, 누가 일부러 만들어놓은 게 아닌 것 같았다. 그래서 기문술에 능한 황용이라도 이치를 따져 찾을 수는 없었다. 황용은 감탄을 금치 못했다.

'하늘의 재주는 따를 자가 없다고 하더니 참으로 사람이 만들 수 없는 형세로다!'

밥 한 그릇 먹을 시간쯤 지났을까, 눈앞에 작은 개울이 나왔다. 몽고 병들의 고함 소리는 어느덧 저 멀리서 희미하게 들렸다.

이막수는 이미 몇 년간이나 〈옥녀심경〉을 빼앗겠다는 생각을 품고 지냈다. 지난번 지하를 통해 고묘를 빠져나올 때는 물속에서 거의 목숨을 잃을 뻔했다. 이후 일부러 강을 찾아다니며 물에 익숙해지기 위해 노력했다. 이번에는 준비를 했으니 거리낄 것이 없었다. 그녀는 개울가에 서서 일행을 돌아보았다.

"고묘의 문은 이미 닫혀버렸어요. 다시 열려면 수천 명이 매달려 힘을 써야 할 거예요. 뒷문은 이 개울에서 물속으로 들어가야 해요. 누가 나와 함께 가시겠어요?"

곽부와 무씨 형제는 어릴 때 도화도에서 자라 매년 여름이면 바다에서 파도를 타며 수영을 했다. 물이라면 자신이 있었다.

"내가 갈게요."

세 사람이 동시에 외쳤다. 무삼통도 수영은 할 줄 알았다. 능숙하지는 않았지만, 그렇다고 이 정도 개울을 무서워하지는 않았다.

"나도 가겠소."

이막수는 독한 여자였다. 황용은 혹 그녀가 고묘에서 갑자기 독수를 쓴다면 무삼통 등으로는 상대할 수 없다는 것을 뻔히 알고 있었지만, 아이를 낳고 이제 한 달이 겨우 지난 터라 차가운 물속으로 들어간다면 몸이 크게 상할 터였다. 황용이 망설이고 있는 사이 야율제가 나섰다.

"곽 백모께서는 여기 남아 계시지요. 제가 무 백부와 함께 가보겠습니다."

황용은 반색을 했다. 야율제는 총명하고 재주가 많은 데다 무공도 뛰어나니 그가 함께 간다면 마음을 놓을 수 있을 듯했다.

"잠수를 한다는데, 괜찮겠소?"

"수영을 잘하지는 못하지만, 잠수하면 어떻게든 견딜 수 있을 것 같습니다."

황용은 뭔가 짚이는 것이 있었다.

"물속에서 무공을 닦은 거요?"

"예."

"어디서 수련했소?"

"어려서 아버지와 함께 알난하斡難河에서 몇 년 살았습니다."

몽고는 추운 지방이었다. 알난하라면 1년 중 반은 얼음으로 덮여 있는 강이었다. 몽고 무사 중 체력이 강한 사람들은 종종 얼음 밑에서 잠수를 하며 서로 오래 견디는 내기를 한다는 소리를 들었다. 어느새 이막수는 물에 들어갈 준비를 하고 있었다. 황용은 더 자세히 묻지 못하고 목소리를 죽여 당부했다.

"사람 마음은 모르는 거예요. 조심해야 해요."

그녀는 딸에게는 별다른 당부를 하지 않았다. 천성이 제멋대로인 곽부에게는 그런 말을 해봐야 소용이 없다는 것을 알기 때문이었다. 곽부는 스스로 부딪쳐가며 교훈을 얻는 아이였다.

야율연과 완안평은 물을 무서워해 황용과 함께 남았다. 이막수는 앞에서 길을 인도했다. 지난번 물에서 나와 올라온 곳까지 간 그녀는 동굴을 찾아 잠수했다. 야율제가 그 뒤를 바짝 따라가고 이어 곽부와 무씨 부자가 뒤따랐다.

야율제 등 다섯 사람은 개울 바닥을 걸어가는 이막수의 뒤를 쫓았다. 바다 통로는 때로는 좁아지는가 싶더니 갑자기 넓어지기도 했다. 물의 흐름도 급해졌다가 느려졌다 하며 일정치 않았다. 물의 깊이도 도무지 가늠할 수 없었다. 그렇게 한참을 가자 고묘 입구가 나왔다. 이막수는 그 안으로 쏙 들어갔다. 다섯 사람 역시 그 뒤를 따랐다.

'이막수의 뒤를 따라오지 않았다면 이런 곳이 있으리라 생각이나 했을까……'

일행 모두 같은 생각이었다. 이미 물 밖으로 빠져나온 후였지만 주위는 여전히 칠흑 같은 어둠뿐이었다. 다섯 사람은 서로 손에 손을 잡고 조심조심 이막수를 쫓아갔다.

한참을 가니 땅이 조금 높아지는 듯했다. 발밑은 이제 완전히 마른

29. 우리의 운명일 뿐

땅이었다. 뭔가 육중한 것이 끌리는 소리가 나서 살펴보니 이막수가 석문을 밀어 열고 있었다.

"여기는 고묘 중심이니 잠시 쉬었다가 양과를 찾아봅시다."

이막수의 목소리였다. 고묘에 들어온 이후로 무삼통과 야율제는 이막수에게서 조금도 떨어지지 않았다. 혹 그녀가 뭔가 엉뚱한 짓을 할까 봐 마음을 놓을 수 없었던 것이다. 그러나 손을 뻗으면 손가락이 보이지 않을 정도로 어두운 상황이라 이들은 귀로 눈을 대신하며 그녀의 움직임을 놓치지 않기 위해 온 신경을 곤두세웠다. 곽부와 무씨 형제는 평소에 대담하다고 자부해온 터였다. 그러나 이렇게 지하로 들어와 눈뜬 장님 꼴이 되니 소인배처럼 몸을 낮추고 감히 나서지 못했다. 그들 세 사람은 어둠 속에서 숨소리조차 내지 않으며 주의를 기울였다. 그때 이막수의 음성이 들렸다.

"내 손에 빙백은침이 들려 있다. 너희 무씨 삼 부자, 맛 좀 보겠느냐?"

무삼통은 깜짝 놀랐다. 무씨 부자는 모두 이막수의 독침에 당한 적이 있었기에 미동도 하지 않은 채 무기를 꼭 쥐고 귀를 기울였다. 침이 날아오는 소리로 방향을 알아채고 공격을 막아야 했다. 그러나 모두 이렇게 모여 있는 상황에서 은침이 무기에 맞아 튀기라도 하면 같은 편이 당할 수도 있었다.

야율제는 그녀에게 뭔가 속셈이 있을 것이라 예상하기는 했지만 이렇게 빨리 위기가 올 줄은 몰랐다. 이막수를 내버려두면 틀림없이 다섯 명 중 하나가 다칠 것이라는 생각이 들었다. 일단 앞으로 나가 가까이서 공격해야 그녀가 독침을 쓰지 못할 터였다. 곽부 역시 같은 생각이었다. 두 사람은 동시에 이막수의 목소리가 들린 곳으로 몸을 날렸다.

이막수는 짐짓 큰 소리로 이야기하고 사람들이 어찌할 바를 모르고 당황하는 사이 소리 없이 문 쪽으로 피해 있었다. 야율제와 곽부가 몸을 날리며 쓴 초식은 가까이 있는 적을 상대하는 소금나수법이었다. 야율제의 손이 허공을 가르며 한 사람을 잡았다. 그러나 손에 느껴지는 피부는 탄력이 있었고 동시에 한 줄기 향기가 코를 간지럽혔다. 곽부가 깜짝 놀라며 "어?" 하는 소리를 내뱉었을 때에야 야율제는 어찌 된 일인지 알 수 있었다. 그 순간 석문이 다시 밀리고 있었다.

"아차!"

야율제와 무삼통은 정신이 번쩍 들었다. 문 쪽으로 가려고 하니 예리하게 바람을 가르는 소리와 함께 두 개의 은침이 날아왔다. 두 사람이 몸을 틀어 침을 피하고 문을 붙잡으려 손을 뻗었을 때는 이미 문이 닫힌 후였다. 문은 아무리 밀어보아도 꼼짝하지 않았다.

야율제는 손을 뻗어 문 여기저기를 만져보았다. 틈이 있는 것도 손잡이가 있는 것도 아니었다. 벽을 따라가며 가늠해보니 이 석실은 약 이 장 정도 길이에 사방의 벽이 거친 바위로 이루어져 있는 듯했다. 그는 장검을 뽑아 들어 검 손잡이로 석문을 몇 차례 두드려보았다. 소리를 들어보아서는 상당히 무거운 석문이었다. 곽부는 덜컥 겁이 났다.

"어쩌죠? 이대로 여기서 죽는 건가요?"

금방이라도 울음을 터뜨릴 것만 같은 목소리였다.

"걱정 마세요! 곽 부인께서 밖에 계시니까 틀림없이 뭔가 대책을 생각해내실 거예요."

야율제는 곽부를 달래면서 여기저기 출로를 찾아 더듬어보았다. 이막수는 무삼통 등을 석실에 가두고 쾌재를 불렀다.

'너희는 이제 나올 수가 없게 되었다. 사매와 양과는 내가 물을 무서워하는 걸로 알고 있겠지? 내가 비밀 통로로 들어와 공격하리라고는 생각지도 못했을 거야. 그런데 이 두 사람이 정말 여기에 있기나 한 건지 모르겠네.'

이막수는 두 사람을 소리 없이 속전속결로 해치워야 했다. 이미 〈옥녀심경〉을 완전히 터득한 두 사람 중 하나라도 만난다면 상대하기가 여간 버거운 일이 아닐 것이다. 그녀는 손에 빙백은침을 쥔 채 신발을 벗고 가만가만 걸음을 옮겼다.

그간 소용녀는 한옥 침상에서 양과가 해주는 역행 경맥법에 따라 온몸의 서른여섯 개 대혈을 하나하나 통하게 했다. 두 사람은 한창 내호흡으로 소용녀의 전중혈膻中穴을 일깨우고 있었다. 이 혈은 가슴 가운데 옥당혈玉堂穴 아래로 일 촌 육 분쯤 되는 곳에 있었다. 옛 의서에는 이를 기해氣海라고 해 인체의 모든 기가 통하는 가장 중요한 곳이라 했다. 두 사람은 정신을 집중하며 조금도 흐트러짐이 없이 기를 모았다. 소용녀는 목 아래의 자궁紫宮, 화개華蓋, 옥당玉堂 세 혈에 기가 충만해지는 것을 느꼈다. 기가 점차 아래로 흐르는 사이, 한옥 침상의 한기는 천천히 배에 있는 구미혈鳩尾穴과 중정혈中庭穴로 모여 목 부근에 있는 뜨거운 기를 끌어내렸다. 열기는 전중혈에서 튕기며 계속 통하지 못하고 막혀 있었다. 소용녀는 열기가 전중을 통과하기만 하면 임맥이 모두 소통되어 부상이 8할은 회복되리라는 것을 알았지만 고비를 넘기기 전까지는 마음을 놓을 수가 없었다.

소용녀는 원래 서두르지 않는 느긋한 성격이었다. 고묘에서 지낼 시간은 아직 많이 남아 있으니, 오늘 못 하면 내일 해도 무방하다고 생각했다. 그래서 내호흡도 천천히 하며 서두르지 않았다. 마치 고수가 운기법을 하는 것과도 같은 행동이었다.

그러나 양과는 성격이 급했다. 소용녀가 어서 몸을 추스르고 일어나기를 바랐다. 그러나 내호흡으로 하는 운공은 급하면 그르치게 마련이고 더구나 역행 경맥은 더욱 그러했다. 이렇게 둘이서 힘을 쏟는 사이 소용녀의 팔에 맥박이 일정해지고 힘이 느껴졌다. 그때 숨소리조차 들리지 않던 고묘에 탁, 하는 소리가 들렸다. 아주 미세한 소리였다.

양과가 운기를 하느라 정신을 집중하고 숨소리조차 크게 내지 않았기에 망정이지 그러지 않았다면 들리지도 않을 소리였다. 잠시 후 또 탁, 하는 소리가 들렸다. 처음보다 조금 가까이서 들렸다. 양과는 이상한 생각이 들었지만 소용녀의 정신이 분산될까 봐 함부로 움직일 수가 없었다. 지금은 매우 중요한 고비였다. 여기서 내호흡이 잘못되기라도 하면 가볍게는 중상이요, 심하게는 즉시 목숨을 잃을 수도 있었다. 양과는 아무래도 불안했지만 애써 모르는 척하고 운기에 집중했다.

조금 있으려니 소리가 또 들려왔다. 더 가까운 곳이었다. 누군가 고묘에 들어왔음이 분명했다. 침입자는 단번에 뛰어들어오지 못하고 천천히 접근하는 중이었다. 잠시 후, 뭔가를 미는 듯한 소리가 들리다가 멈추었다. 그리고 또다시 같은 소리가 들렸다. 침입자는 아주 천천히 석문을 밀고 있었다. 침입자가 이곳에 당도하기 전에 소용녀의 전중혈까지 기를 보낼 수 있다면 더할 나위 없이 좋겠지만, 그러지 못할 경우 이러지도 저러지도 못하는 곤경에 빠지고 말 터였다. 운기를 그만두려 해도 이미 그럴 수도 없었다.

침입자가 한 발을 더 들여놓는 소리가 들렸다. 양과는 더 이상 평정심을 유지할 수가 없었다. 갑자기 손바닥이 흔들리며 열기가 느껴졌다. 소용녀도 뭔가 이상하다는 것을 눈치챈 것이다. 양과는 급히 호흡을 가다듬어 소용녀가 보낸 내공을 다시 가만히 밀어냈다.

"모두가 마음에 달린 거예요. 보지도, 듣지도 말아요."

어느 정도 무공을 쌓은 사람은 종종 환각이 생기기도 했다. 뭔가 큰 소리가 들리는가 하면, 고통이 느껴지기도 했다. 이럴 때에는 모든 것을 환상이라 생각하고 전혀 신경 쓰지 말아야 주화입마를 피할 수 있다. 양과는 분명 누군가의 발소리를 듣고 있었지만, 생사의 갈림길에 있는 소용녀에게는 그저 마음속에 생긴 환상으로 치부하도록 하는 수밖에 없었다. 양과의 말을 들은 소용녀는 곧 안정을 되찾았다.

고묘 밖에는 해가 중천에 떠 있건만, 묘 안은 어두컴컴해 흡사 한밤중 같았다. 양과는 발소리가 들릴 때마다 침입자가 점점 가까워지고 있음을 느꼈다. 양과와 소용녀 외에 이곳에 들어올 수 있는 사람은 이막수와 홍능파뿐. 그렇다면 지금 밖에 있는 자는 분명 그 두 사람 중 하나일 것이다. 양과의 무공이라면 무서울 것이 없으나 하필이면 지금 온 것이 문제였다. 발소리가 느려지면 양과는 조바심이 생겼고, 발소리가 빨라지면 꼼짝없이 당할 수밖에 없다는 생각이 들었다. 그의 이마에 땀방울이 맺혔다.

'전에 곽부가 내 팔을 자를 때는 아프기는 했지만 단칼에 끝났지. 그런데 지금 이 상황은 정말 견디기 힘든걸.'

조금 지나자 소용녀 역시 발소리를 들었다. 이제는 마음속에 생긴 환상이 아님을 알게 되었다. 이제 조금만 더 운기를 하면 전중혈까지 기가 닿으련만, 마음이 어지러워 오히려 더욱 위험해졌다. 발소리가 더욱 조심스러워지더니 입구에서 멈췄다. 그러고는 곧 바람을 가르는 소리와 함께 빙백은침 네 개가 날아왔다.

지금의 양과와 소용녀는 무공을 전혀 하지 못하는 평범한 사람과 다를 바 없었다. 다행히 미리 준비를 하고 있어 독침이 날아오는 것을 보고 바로 뒤로 피할 수 있었지만, 두 사람의 손이 떨어지지 않은 상태여서 아무래도 위험했다.

이막수는 두 사람이 운공을 하며 부상을 치료하고 있을 줄은 몰랐다. 그래서 혹 반격을 할까 봐 독침을 발하고는 얼른 뒤로 피했다. 그런 두려움이 있었기에 망정이지 빙백은침을 발하고 대담하게 네 개를 더 던졌다면 두 사람은 공격을 피하지 못했을 것이다. 이막수는 가만히 두 사람이 옥침상에 앉아 있는 모습을 지켜보았다. 첫 번째 공격이 무위로 돌아가자 그녀는 마른침을 삼키며 두 사람이 어떻게 나올지 기다렸다. 그런데 뜻밖에 아무런 반격도 없자 일단 문가로 물러서며 불진을 꺼내 들었다.

"그간 안녕하셨는가?"

"왜 이러는 거냐!"

양과는 이막수를 노려보았다.

"내가 왜 이러는지 모른다는 것이냐?"

"〈옥녀심경〉을 원하는 것이겠지? 그래, 우리는 묘 안에 은거하며 세상과는 인연을 끊었으니 가져가라."

뜻밖의 반응에 이막수는 반신반의하는 표정을 지었다.

"가져와라."

〈옥녀심경〉은 다른 석실 천장에 새겨져 있었다.

'사실대로 알려주면 이막수는 다른 석실로 옮겨가겠지. 그 오묘한 심경을 터득하려면 차근차근 익혀야 할 것이고, 우리는 몇 시진을 벌 수 있다. 그사이 선자의 전중혈을 통하게 한다면 이막수쯤이야 능히 상대할 수 있다.'

그러나 지금은 소용녀의 호흡이 흐트러지고 있어 양과가 온 힘을 다해 이를 받치고 있는 중이었다. 도저히 이야기를 하고말고 할 상황이 아니었다.

이막수는 눈을 크게 뜨고 두 사람을 자세히 살폈다. 어슴푸레하게 두 사람의 윤곽이 나타났다. 소용녀가 한쪽 팔을 들어 양과와 손바닥을 마주 대고 있었다. 그녀는 나름대로 상황을 짐작했다.

'양과가 부상이 심해 저 계집애가 내공으로 치료해주는 모양이구나. 지금 한창 중요한 순간인 듯한데, 오늘 저 두 사람을 해치우지 않으면 앞으로 이런 기회는 다시 오지 않을 것이다.'

그녀의 짐작은 반은 맞은 것이었으나 어찌 되었든 두려운 마음은 싹 가셨다. 그녀는 몸을 솟구치며 불진을 휘둘러 소용녀의 정수리를 가격했다. 소용녀는 강한 바람이 다가오는 것을 느꼈다. 이미 머리카락이 나부꼈지만 어떤 행동도 취하지 못하고 눈을 감은 채 죽기만을 기다릴 수밖에 없었다. 바로 그때 양과가 후, 하고 입김을 불었다. 그러나 그는 모든 내공을 소용녀에게 쓴 후였기 때문에 이 입김에는 전혀 힘이 실려 있지 않았다. 그저 소용녀가 위급한 상황에 처한 것을 보고 급한 와중에 취한 방법일 뿐이었다.

이막수는 꾀가 많은 양과의 후끈한 입김이 얼굴에 확 끼치자 가슴이 철렁 내려앉아 훌쩍 뒤로 물러섰다. 그녀는 스스로 머리가 황용만 못하다는 것을 인정한 후부터 무슨 일이든 조심스레 행동했다. 적을 해치우기 전에 자기부터 챙겼다. 그런데 물러서고 보니 아무런 이상이 없었다.

"죽고 싶은 거냐?"

양과는 피식 웃었다.

"지난번에 빌려준 옷을 돌려주러 오셨나?"

이막수는 대장장이 풍묵풍과 싸우면서 그의 달구어진 쇠지팡이에 옷이 다 타버려 하마터면 벌거숭이가 될 뻔한 일이 떠올랐다. 그때 양과가 옷을 던져주지 않았다면 크게 낭패를 볼 뻔했다. 이치를 따지자면야 그 일을 생각해서라도 두 사람을 해치면 안 되는 것이었지만 이막수는 고개를 흔들며 생각을 고쳐먹었다. 이대로 두 사람을 살려두면 앞으로 무슨 후환이 있을지 모를 일이었다. 그녀는 몸을 곧추세우며 또 왼손을 뻗었다.

위급한 상황이 닥쳐오자 양과는 문득 얼마 전 소용녀와 이야기하던 일이 생각났다. 두 팔이 모두 잘리면 발을 잡으면 된다고 하며 웃던 일이었다. 귓가에 바람 소리가 일며 이막수의 적련신장이 이미 공격해 들어오고 있었다. 양과는 더 생각할 것도 없이 물구나무서기를 해 거꾸로 섰다. 그러고는 두 발을 뿌리쳐 신발을 벗어버렸다.

"내 발을 잡아요!"

그러면서 왼발을 앞으로 뻗어 이막수의 손을 막았다. 그의 몸 안에 흐르던 강한 내공은 원래 소용녀의 몸으로 보내던 것이었다. 이 힘이 갑자기 움츠러들자 순식간에 주위 사물을 끌어들이는 힘으로 바뀌며 이막수의 손을 빨아들였다. 그 틈에 소용녀는 양과의 오른발을 잡았다. 이막수는 양과의 이상한 자세를 보고 놀라지 않을 수 없었다. 그러자 과거 양과가 자신을 상대하며 썼던 삼무삼불수가 떠올랐다. 그때도 이처럼 괴상한 자세였지만 대단치는 않았다. 이막수는 다시 힘을 끌어올려 양과와 맞섰다. 그녀는 그간의 수련을 통해 더욱 강해졌다. 양과는 한 줄기 열기가 몸으로 전해지는 것을 느끼면서도 이에 대항하지 않고 자신의 힘을 더해 소용녀의 몸으로 전했다.

이렇게 되자 이막수와 양과가 힘을 합쳐 소용녀의 기가 통하도록 돕는 형국이 되었다. 이막수가 수련한 초수는 양과와 소용녀만큼 오묘한 것은 아니었으나 내공으로 말하자면 두 사람보다 상당히 심후했다. 소용녀는 강한 힘과 함께 엄청난 기가 자신의 몸으로 엄습해오는 것을 느꼈다. 전중혈이 갑자기 탁 트이는 듯하더니 가슴의 열기가 단전으로 흘러갔다. 소용녀는 정신이 번쩍 들어 눈을 뜨며 큰 소리로 외쳤다.

"그래! 사자, 고마워요!"

그러고는 잡고 있던 양과의 발을 놓고 옥침상 아래로 훌쩍 뛰어내렸다.

이막수는 어안이 벙벙했다. 그녀는 소용녀가 양과의 부상을 치료하는 줄만 알고 있었다. 그래서 자신의 힘을 쏟아 양과의 맥을 혼란시키려고 했다. 그런데 이것이 오히려 적을 돕게 될 줄이야! 양과는 활짝 웃으며 몸을 돌려 맨발로 바닥에 섰다.

"때마침 이렇게 도우러 와줄 줄은 몰랐네. 당신 사매의 전중혈이 영 뚫리지 않아 애를 먹었거든!"

빙글빙글 웃는 양과를 바라보며 이막수는 할 말을 잊어버렸다.

갑자기 소용녀가 아, 하고 외마디 신음 소리를 내더니 가슴을 움켜

쥐고 옥침상에 쓰러졌다.

"무슨 일이에요?"

양과는 깜짝 놀라 소용녀에게 달려들었다.

"사, 사자의 손에 독이 있었어요."

순간 양과도 갑자기 머리가 핑그르르 도는 것을 느꼈다. 이막수가 적련신장을 쓰면서 손에 독을 품은 것이었다. 그리고 양과가 그녀와 겨루는 사이 그 독은 계속해서 그의 몸을 통해 소용녀에게 전해졌다.

"해독약을 내놔!"

양과는 현철중검을 빼 들어 이막수의 머리를 겨누었다. 이막수는 불진을 들어 검을 막았다. 그러자 정교하게 만든 불진의 자루가 두 동강이 났다. 동시에 이막수의 손등에서 붉은 피가 흘러내렸다. 이막수는 너무나 놀라 뒤로 물러섰다. 그녀의 불진은 부드러운 성질이 강점이었다. 그간 천하의 수많은 영웅호걸을 만나 그들의 무기와 맞섰지만 이렇게 잘린 일은 한 번도 없었다. 이막수는 일단 자리를 피하는 게 상책일 것 같았다. 그녀는 석실을 빠져나와 어둠 속을 달렸다. 양과는 그녀를 쫓아가려 발을 옮겼으나 갑자기 눈앞이 흐릿해지는 것을 느끼며 다리에 힘이 빠졌다. 그러나 이막수는 여전히 걸음을 멈추지 않고 한참을 더 달렸다. 그런 뒤 문득 고개를 돌려보니 양과가 저 뒤에서 비틀거리며 벽에 기대고 있는 게 눈에 들어왔다.

'저 녀석 무공은 정말 이상하단 말이야. 정말 중독이 된 건지 확인할 수 없으니 조금 있다가 쓰러지고 나면 다가가야지.'

양과는 머리가 터질 듯이 아프고 목이 타들어가는 것 같았다. 이막수가 다가오면 즉시 장력을 써 단숨에 죽여버릴 생각이었으나 멀찍이 서서 바라볼 뿐 다가오질 않았다. 양과는 짧은 신음을 토하고는 그 자리에 쓰러졌다. 손은 여전히 현철검을 쥐고 있었다. 그런데도 이막수는 아까 크게 놀랐는지 도무지 다가올 생각을 하지 않고 가만히 서서 상황을 지켜볼 뿐이었다.

양과는 조금 더 버틸 생각이었다. 그는 깊게 숨을 들이쉬고는 내공을 운행했다. 그러자 어지럼증이 조금 가셨다. 그는 현철검 자루를 꽉 쥐고 일어섰다. 그러고는 팔을 뻗어 소용녀의 허리를 안았다. 그가 성큼성큼 밖을 향해 가는 동안 이막수는 그 기세에 눌려 막을 생각조차 하지 못했다.

양과는 다른 석실로 들어가 문을 잠그고 이막수가 들어오지 못하게 하려 했다. 소용녀의 혈과 맥은 이미 잘 통했고 이제 반 시진만 더 있으면 두 사람은 몸 안의 독을 모두 빼낼 수 있을 것이었다. 양과는 어려서 이막수의 은침에 당하고 당시 구양봉이 가르쳐준 무공 덕에 간신히 독을 빼낼 수 있었다. 지금은 두 사람 다 공력이 쌓인 몸이니 그때보다 훨씬 쉽게 독을 제거할 수 있으리라.

이막수는 그의 생각을 눈치챘다.

'흥! 두 사람이 독을 빼내게 그대로 둘까 보냐……'

그러면서도 그녀는 다가가 공격할 수가 없었다. 그저 멀지도 가깝지도 않은 자리에서 지켜볼 뿐이었다. 양과는 맥박이 빨라지는 것을 느꼈다. 그는 더 이상 버틸 수 없어 소용녀를 탁자 위에 두고 크게 숨을 쉬어보았다. 뒤에서 이막수가 지켜보고 있었지만 신경 쓸 겨를이 없었다. 잠시 후 간신히 석관이 놓인 방에 들어갔다. 소용녀를 석관 안에 눕힐 생각이었다.

이막수는 사부에게 무공을 배울 때 고묘에서 제법 오랜 세월을 보냈다. 그래서 양과나 소용녀만은 못하지만 어둠 속에서 사물을 분별할 수 있는 능력이 출중했다. 그녀 역시 석실에 석관 다섯 개가 놓여 있는 것을 보았고, 그중 하나가 바로 지하 비밀 통로로 통하는 문이라는 걸 알고 있었다. 그녀 역시 방금 이곳을 통해 들어온 것이다.

'이곳으로 도망가려고? 그렇게 쉽지는 않을걸!'

양과는 몸이 기우뚱하더니 현철검을 바닥에 떨어뜨렸다. 그러고는 안간힘을 써서 걸음을 옮기며 소용녀 곁으로 다가갔다. 그런 뒤 뭔가를 손으로 집어 석관 속으로 던져 넣었다.

"이막수! 너는 절대 〈옥녀심경〉을 익힐 수 없어. 아아……."

양과는 마지막 힘을 쓰듯 신음 소리를 내며 소용녀에게 쓰러지더니 꼼짝도 하지 않았다. 이 석실에는 석관 다섯 개가 나란히 놓여 있었다. 세 개는 임조영과 그의 제자, 그리고 손 노파의 관이었고, 나머지 두 개는 비어 있었다. 그중 하나가 비밀 통로가 있는 관이었다. 또 다른 관 뚜껑은 조금 틈이 벌어져 있었다.

이막수는 양과가 〈옥녀심경〉을 관에 던져 넣었다고 생각하며 놀라면서도 입이 헤벌쭉 벌어졌다. 그러나 지난번 소용녀에게 속아 가져간 것이 도교에서 흔히 볼 수 있는 《참동계》였기 때문에 이번에는 속지 않겠다고 다짐했다. 그는 양과를 더 두고 보았지만 한참을 기다려도 움직임이 없었다. 이막수는 그제야 다가가 양과의 이마를 만져보았다. 한기가 느껴지는 것이 이미 죽은 듯했다.

"하하하하! 귀찮은 녀석, 결국 이런 날이 오는구나."

이막수는 당장 관 안으로 손을 집어넣었다. 그러나 손에 잡히는 것이 없었다. 그녀는 미간을 찌푸리며 석관을 들여다보았다. 저쪽 반대편에 무언가가 눈에 띄었다. 아마도 양과는 〈옥녀심경〉을 석관의 반대쪽 구석으로 던진 모양이었다. 불진이 있었다면 이를 휘둘러 감아 올렸을 것이나 이미 부러져 쓸모가 없었다. 팔을 뻗어 더듬어보았으나 도무지 잡히지 않았다. 결국 그녀는 관 뚜껑이 열린 틈으로 몸을 조금씩 밀어 넣었다. 석관 구석으로 기어들어가 손을 저으니 뭔가 잡히는 것이 있었다. 순간 이막수는 흠칫 놀랐다. 손에 느껴지는 촉감은 책이 아니라 신발 같은 것이었다. 순간, 몸을 솟구치려 했지만 석관 뚜껑이 닫혀버렸다.

이막수의 몸이 조금씩 석관으로 들어갈 때 이미 준비를 하고 있던 양과가 느닷없이 뚜껑을 닫아버린 것이다. 이막수는 〈옥녀심경〉이 석실 천장 위에 새겨져 있는 것인 줄은 꿈에도 생각지 못하고 책을 찾아 관 속에 갇히는 신세가 되고 말았다.

한편 양과는 소용녀 몸 위로 쓰러지는 척하면서 그녀가 신고 있던 신발 한 짝을 벗겨 관 안으로 던져 넣었다. 신발이 딱딱한 물건이 아니어서 그런지 석관에 부딪치는 소리며 느낌이 책과 비슷한 효과를 냈다. 그러고는 즉시 경맥을 거꾸로 운행시켜 죽은 것처럼 가장했다.

사실 독에 중독되어 죽는다고 해도 순식간에 체온이 떨어지며 차가워지지는 않는다. 사람은 숨이 멈춰도 최소한 반 시진은 지나야 온몸이 차가워진다. 그러나 이막수는 욕심이 앞서서 그런 것을 그냥 지나치고 말았다. 그녀가 좀 더 신중했더라면 양과는 정말 죽을 수도 있었다. 다시 말해 정수리에 적련신장을 한 번만 맞았더라면 양과는 그대로 죽었을 것이다. 양과로서도 그런 두려움이 없지는 않았지만, 워낙 위급한 상황이라 운에 맡겨본 것이었다.

관 뚜껑을 닫은 양과는 왼팔에 힘을 주어 다른 관을 밀어 올렸다. 기합 소리와 함께 빈 관을 세워 이막수가 갇힌 관 위에 놓았다. 이 관은 원래 무게가 600근이 넘었다. 거기에 또 하나의 관이 정확하게 겹쳐졌기 때문에 이막수가 아무리 무공이 높다고 해도 쉽게 벗어날 수는 없을 터였다. 이렇게 하고 나서야 양과는 한숨을 놓았다. 그러자 온몸의 힘이 소진되어 더 이상 버틸 수가 없었다. 가슴이 뛰고 머리가 아파왔다. 지금까지는 적과 맞서느라 강한 정신력으로 버텼지만 이제 중독 현상이 역력하게 나타나는 듯 어지러워서 쓰러질 것만 같았다. 그래도 아직 할 일이 남아 있었다. 그는 현철검을 놓고 남은 힘을 다해 소용녀 곁으로 다가갔다. 구양봉에게 배운 무공으로 자신의 몸에 있는 독을 반쯤 밀어냈다. 그러고는 손을 뻗어 소용녀의 오른손과 마주 대고 천천히 소용녀가 경맥을 역행할 수 있도록 도와주었다.

그때 곽부, 야율제 등은 석실에 갇혀 두려움에 떨고 있었다. 가지고 있던 횃불은 물속을 지나오는 동안 모두 젖어버려 불을 켤 수도 없었다. 어둠 속에서 이리저리 헤매보았으나 도무지 길을 찾을 수 없었다. 일행은 어찌할 수가 없어 그냥 멍하니 앉아만 있을 뿐이었다.

무삼통은 이막수의 음험함을 힐난했다. 곽부는 그러잖아도 머릿속이 복잡한데 무삼통이 옆에서 계속 떠들어대자 더 이상 참을 수가 없었다.

"무 백부, 이막수가 음험한 거야 전부터 알고 있던 거잖아요. 그러면서도 제대로 막지 못하고 놓친 후에 욕만 하면 어쩌자는 거예요?"

무삼통은 머쓱해져 대꾸할 말을 찾지 못했다. 무씨 형제는 곽부 때문에 여전히 마음이 불편했다. 야율 남매, 완안평과는 이야기를 하고 웃기도 했지만, 곽부와는 말을 섞지 않았다. 그러던 차에 곽부가 제 아버지에게 무안을 주자 무수문이 참지 못하고 나섰다.

"우리가 고묘에 들어온 것은 네 동생을 찾기 위해서였어. 상황이 이렇게 되긴 했지만 아버지 탓은 아니야. 정 안 되면 죽으면 그만인데 아버지한테 그렇게 무례하게 신경질을 낼 필요는 없잖아?"

무돈유가 말을 가로막았다.

"수문아!"

뭔가 더 말을 하려던 무수문은 하는 수 없이 입을 다물었다. 그러나 그렇게라도 말을 하고 나니 좀 개운한 것 같기도 했다. 그는 그동안 곽부의 말이라면 뭐든 다 들어주었다. 한 번도 그녀와 부딪친 일이 없는 그가 오늘은 정면으로 반박하고 나선 것이다.

곽부는 눈이 휘둥그레진 채 할 말을 잃어버렸다. 그동안 한 번도 이런 일이 없었으므로 어리둥절할 뿐이었다. 그러나 딱히 뭐라 대꾸할 말도 없어 그저 답답하고 불안하기만 했다. 갑자기 어머니 황용이 그리워졌다. 어쩌면 이대로 고묘에 갇혀 다시는 아버지, 어머니도 못 만나고 죽을지 모른다고 생각하니 가슴이 아팠다. 어둠 속이라 주위 사물을 분간할 수도 없어 뭔가 손에 잡히는 것 위에 올라앉아 흐느끼기 시작했다. 무수문은 그녀의 우는 소리가 들리자 당황했다.

"내가 말을 잘못했어. 미안해."

"미안하다면 다야!"

곽부는 더욱 흐느끼며 손에 잡히는 대로 천을 끌어다 콧물을 닦았다. 그런데 갑자기 자신이 누군가의 다리에 앉아 있다는 느낌이 들었다. 그리고 보니 콧물을 닦은 천은 그 사람의 옷자락이었다. 곽부는 화들짝 놀라 몸을 일으켰다. 이제껏 한마디도 하지 않은 사람은 바로 야율제였다. 그렇다면 곽부가 앉아 있던 것은 야율제의 다리가 아닌가? 그녀는 얼굴이 온통 빨개지며 우물거렸다.

"저……"

그때였다. 한마디도 하지 않던 야율제가 낮은 소리로 말했다.

"이게 무슨 소리지?"

네 사람은 일제히 숨소리를 죽이고 귀를 기울였다. 아무런 소리도 들리지 않았다.

"아기 울음소리였어요. 분명 곽 낭자의 동생일 거예요."

울음소리는 석벽을 사이에 두고 가늘게 이어졌다. 내공이 깊은 야율제가 아니었다면 알아듣지 못했을 소리였다. 그는 자리에서 일어나 몇 걸음 걸어갔다. 울음소리가 잠시 잦아들었다.

'아기 울음소리가 들린다면 이 석실에 공기가 통하는 곳이 있겠군.'

그는 온 신경을 집중해 울음소리가 들리는 방향을 가늠해보았다. 서쪽으로 몇 걸음 가니 울음소리가 작아졌다. 동쪽으로 다시 걸음을 옮기니 울음소리가 조금 크게 울렸다. 거기서 북쪽으로 조금 가니 울음소리가 더욱 커졌다. 그는 북동쪽 구석으로 가 검을 빼 들고 석벽을 가만히 두드려보았다. 어느 한 부분에서 울리는 소리가 조금 달랐다. 거기가 다른 곳보다 유독 얇은 것이 틀림없었다. 그는 검을 집어넣고 두 손으로 바위를 잡고 밀어보았다. 전혀 움직임이 없었다. 그는 쌍장을 석벽에 붙였다. 그러고는 숨을 깊이 들이마시고 돌을 힘껏 밀었다. 펑, 소리와 함께 석벽의 돌이 장력에 밀려 벽에서 빠졌다.

곽부 등은 놀라면서도 기쁜 마음에 환호성을 질렀다. 그런 뒤 한꺼번에 달려들어 다 같이 돌을 밀어냈다. 그러자 사람 하나 들어갈 정도의 구멍이 뚫렸다. 일행은 서둘러 구멍을 빠져나가 다른 작은 석실로 들어갔다. 거기도 칠흑같이 어두웠으나 아기 울음소리는 더욱 뚜렷하게 들렸다. 곽부는 소리 나는 쪽으로 급히 다가갔다. 과연 아기가 바구니에서 악을 쓰며 울고 있었다. 곽부는 그렇게 찾아다니던 동생 곽양을 안았다.

야율제는 탁자 위를 더듬다가 촛대를 찾았다. 그 주변을 가만히 더듬어보니 부싯돌도 만져졌다. 그는 그것으로 초에 불을 붙였다. 어둠 속에서 답답해하던 사람들은 갑자기 환해지자 가슴이 탁 트이는 듯 후련해져 일제히 탄성을 질렀다.

곽부는 아기를 톡톡 두드리고 흔들면서 달래기에 여념이 없었다. 그러나 곽양은 점점 더 심하게 울어댔다. 곽부는 슬슬 짜증이 나기 시작했다. 그녀는 아기를 무삼통에게 건네주었다.

"무 백부, 뭐가 잘못됐는지 좀 봐주세요."

어찌 되었든 그중에서 아기를 키워본 경험이 있는 사람은 무삼통뿐이었다. 그는 아기의 울음소리를 듣고 대충 배가 고파서 우는 것임을 알 수 있었다. 사실인즉, 양과가 소용녀의 치료를 돕느라, 또 그 후에는 이막수를 상대하느라 아기에게 아무것도 먹이지 못한 것이다. 주위를 살펴보니 탁자 위에 꿀물이 있고 나무 수저가 놓여 있었다. 무삼통은 꿀물을 한 숟가락 떠서 아이의 입속에 흘려 넣어주었다. 곽양은 거짓말처럼 울음을 뚝 그치고 꿀물을 받아먹었다. 야율제는 신기해하며 미소를 지었다.

"우리 작은 곽 낭자가 배고파 울지 않았다면 우리는 저 석실에서 죽었겠지요."

무삼통은 다시 생각해도 분통이 터지는 듯 이를 갈았다.

"이제 이막수를 찾으러 가자."

일행은 각자 탁자며 의자를 부숴 횃불이 될 만한 것을 들고 통로를 따라 걸음을 옮겼다. 꺾이는 길이 나올 때마다 무돈유가 검으로 표시를 해 돌아올 때 길을 잃지 않도록 했다.

일행은 몇 개의 석실을 거치며 이막수의 흔적을 찾아보았다. 고묘 안은 워낙 규모가 커 통로가 끝없이 이어지고 석실도 수없이 많았다. 일행은 놀라움을 금치 못했다. 작은 개울 아래 이런 엄청난 묘가 있으리라고는 상상조차 하지 못한 것이다. 소용녀의 침실까지 왔을 때 일행은 땅에 떨어진 빙백은침 두 개를 발견했다. 곽부는 천으로 이것을 싸 조심스럽게 주워 들었다.

"이 침은 이따가 주인에게 돌려줘야겠지!"

그때 양과는 내공으로 소용녀의 몸에 퍼지는 독을 빼내고 있었다. 그녀의 왼손 손가락 끝으로 새까만 물이 조금씩 맺히기 시작했다. 조금만 더 하면 몸 안의 독을 완전히 빼낼 수 있을 것 같았다. 그런데 갑자기 통로에서 발소리가 들려왔다. 다섯 명이 움직이는 소리였다. 양과는 흠칫 놀라며 숨을 멈추었다.

왜 자꾸만 중요한 순간에 침입자가 방해를 하는 것인가. 지금 소용녀는 경맥은 트였으나 내공이 부족해 독을 바로 빼내지 않으면 급소가 손상될 것이다. 조급해하는 와중에 불빛이 흔들리는 게 보였다. 다섯 사람이 더욱 가까워진 것이었다. 양과는 팔로 소용녀를 감싸 안고 이막수를 가두기 위해 올려놓은 관 속으로 들어갔다. 그러고는 관 뚜껑을 완전히 닫지 않고 살짝 열어둔 채 숨을 죽이고 누웠다. 두 사람이 막 관으로 들어간 순간, 야율제 등이 방으로 들어왔다. 다섯 사람은 다섯 개의 관을 보고 놀라 우뚝 멈춰 섰다. 관과 사람 수가 너무나 공교롭게 맞아떨어지는 것이 어쩐지 불길한 징조처럼 느껴졌다. 곽부가 뒷걸음질을 하며 소리쳤다.

"엉? 우리가 다섯 사람이라고 관도 다섯 개가 있네."

양과와 소용녀는 관 안에서 곽부의 목소리를 듣고 의아한 생각이 들었다.

'어떻게 여기에?'

양과는 왼손을 여전히 소용녀의 손에 마주 댄 채 독소를 빼내고 있었다. 그는 다섯 사람 중 곽부의 목소리가 섞여 있는 것을 알고 다소 안심했다. 어쩌면 황용도 저들 무리에 있을 것이다. 그녀가 다른 사람의 위기를 이용하지는 않으리라 생각하고 양과는 조용히 소용녀 몸속의 독을 뽑아내는 데에만 정신을 집중했다.

야율제는 석관 속에서 미세하게 울리는 숨소리를 듣고 거기에 이막수가 숨어 있을 것이라 생각했다. 그렇다면 틀림없이 뭔가 꿍꿍이가 있을 터, 또다시 그녀에게 속을 수는 없었다. 그는 조용히 손짓으로 일행에게 석관을 둘러싸도록 했다. 곽부는 관 뚜껑이 완전히 닫히지 않은 데다 그 틈으로 옷자락이 보이자 틀림없이 이막수가 숨어 있는 것이라 확신했다. 누가 말릴 새도 없이 그녀는 큰 소리로 웃음을 터뜨렸다.

"하하하! 당신이 해준 대로 갚아주겠어!"

곽부는 냉큼 관 뚜껑을 열어젖히며 빙백은침을 꽂았다. 워낙 거리가 가까운 데다 좁은 석관이라 어디 피할 데도 없었다.

"아악!"

양과와 소용녀는 그대로 오른쪽 다리와 왼쪽 어깨에 침을 맞고 말았다. 은침을 발하고 득의양양해하던 곽부는 관 속에서 남녀의 비명이 들리자 놀라 뛰어올라갔다. 야율제도 달려가 관 뚜껑을 완전히 차냈다. 양과와 소용녀가 바들바들 떨며 일어섰다. 불빛 아래 드러난 두 사람의 얼굴이 시체처럼 창백했다. 곽부는 자신이 저지른 일이 양과의 팔을 벤 것보다 더 큰일이라는 것을 깨닫지 못하고 그저 조금 미안한 생각이 들었다.

"두 분인 줄 모르고 그랬어요. 다행히 엄마한테 이 독을 치료할 영약이 있으니까 걱정 말아요. 전에 수리 두 마리도 이막수의 독침에 중독됐는데 엄마가 고쳐줬대요. 그런데 왜 여기에 숨어 있어요? 정말이지 두 분일 줄은 생각지도 못했어요."

곽부는 오히려 투덜댔다. 그녀는 자신이 양과의 팔을 자른 대신, 양과가 자신의 장검을 구부려놓았으니 서로 비긴 셈이라고 생각했다. 게다가 아버지, 어머니께 심한 꾸중까지 듣지 않았는가.

"난 당신 때문에 온 게 아닌데 뭐……."

그녀는 어려서부터 어려움 없이 자랐고, 주위 사람들도 곽정과 황용의 얼굴을 봐서 언제나 너그럽게 대했다. 그러니 자연히 저밖에 모르는 성격이 되었다. 그녀 생각에는 몰래 관에 숨어 있다가 자신을 놀라게 한 두 사람이 잘못한 것이었다. 더군다나 소용녀의 상태가 그리 간단하지 않다는 것을 곽부가 생각이나 했겠는가. 소용녀는 지금 한창 적련신장의 독을 내공으로 빼내고 있던 참이었다. 그런데 갑자기 강한 충격을 받았으니 순조롭게 운행하던 기가 역행하기 시작했다. 그로 인해 적련신장의 독도 거꾸로 돌기 시작해 온몸의 혈로 침입하고 있었다. 이렇게 되면 아무리 용한 해독약이라고 해도 무용지물인 것을 철없는 그녀가 알 리 없었다.

소용녀는 가슴이 뻥 뚫린 듯하며 극심한 고통을 느꼈다. 그녀는 창백한 얼굴로 가슴을 쓸어안고 양과를 찾았다.

"과…… 과……."

양과는 비분에 찬 표정으로 곽부를 쏘아보며 몸을 떨었다. 그의 눈빛은 마치 그동안 참고 있던 모든 고통과 치욕을 오늘 이 자리에서 갚아 주려는 듯했다. 소용녀는 그런 양과의 모습에 놀라 가만히 속삭였다.

"과, 이건 우리 운명이에요. 우리 운명이 이런가 봐요. 다른 사람을 탓할 수 없는 일이죠. 그러니까 원망하지 말아요."

그녀는 간신히 팔을 뻗어 그의 다리에 박혀 있는 침을 뽑아주었다. 그러고는 자신의 팔에 박힌 침도 뽑았다. 이 빙백은침은 그녀의 문파에서 전해오는 것이었다. 이막수가 만든 적련신장의 독과는 확연히 달랐다. 소용녀는 문파의 해독약을 어디든 가지고 다녔다. 그녀는 약을 꺼내 양과에게 먹이고 자신도 한 알 먹었다. 양과는 화가 머리끝까지 난 표정으로 입안에 들어온 약을 뱉어버렸다.

"어머머! 아주 기세가 대단하시네! 설마 내가 일부러 두 분을 해치려 했다고 생각하는 거예요? 내가 아니라고 했잖아요. 실수로 그랬다고……. 아무튼 미안하다고 사과하면 되잖아요. 그까짓 침이 뭐라고!"

곽부는 오히려 큰소리를 쳤다. 옆에서 지켜보던 무삼통은 슬슬 불안해졌다. 보아하니 양과의 얼굴에 분노가 더해가고 있었다. 게다가 이제는 허리를 굽혀 땅에 떨어진 시커먼 검을 주워 들고 있지 않은가. 그는 보다 못해 얼른 앞으로 나섰다.

"양 형제, 화내지 마시오. 우리 다섯이 이막수 때문에 석실에 갇혀 있지 않았겠소. 겨우 빠져나와 이막수를 찾다가 곽 낭자가 그만……."

"백부도 이막수라고 생각했잖아요. 그래서 말없이 있었던 거잖아요! 내가 뭘 잘못했다는 거죠?"

곽부가 여전히 날뛰자 무삼통은 양과와 곽부를 번갈아 바라볼 뿐 대답이 없었다. 소용녀는 해독약을 하나 더 꺼내며 양과를 달랬다.

"과, 이 약 먹어요. 제 말도 안 들을 건가요?"

소용녀가 부드러운 목소리로 달래자 양과는 입을 벌려 약을 삼켰다. 그러나 양과는 도저히 참을 수가 없었다. 두 사람이 며칠간 생사를 넘나들며 힘들게 해온 일이 순식간에 물거품이 되어버렸다. 그는 그 자리에 털썩 주저앉았더니 석관 위에 엎드려 울음을 터뜨렸다.

무삼통 등은 서로 얼굴을 바라보며 어리둥절한 표정이었다. 작은 은침에 맞았을 뿐인데, 이렇게까지 통곡을 하는 이유는 무엇인가.

소용녀는 팔을 뻗어 양과의 머리를 쓰다듬었다.

"과, 우선 이 사람들에게 여기서 나가시라고 해요. 난 이 사람들이 여기 있는 게 싫어요."

소용녀의 표정은 전혀 변화가 없었다. 그러나 '이 사람들이 여기 있는 게 싫어요'라는 한마디에는 그녀의 증오와 분노가 서려 있었다. 양과는 일어나 곽부부터 하나하나 일행을 쏘아보았다. 지금 그의 가슴은 울분으로 가득 차 있었다. 그러나 따지고 보면 곽부도 잘못 알고 침을 발했을 뿐이니 그저 신중치 못했다는 점을 빼고는 뭐라 탓할 것도 없었다. 게다가 설사 그녀를 지금 때려죽인다고 해도 소용녀의 생명을 구할 수는 없었다. 그는 검을 든 채 굳은 듯 서 있었다. 그의 눈빛이 형형하게 빛을 내는가 싶더니 갑자기 현철검을 치켜들었다. 그러고는 힘껏 석관을 내리쳤다. 귀를 찢을 듯한 굉음과 함께 불꽃이 튀었다. 아까 양과가 숨어 있던 석관이 두 동강이 났다. 절륜의 무공 결정체일 뿐 아니라 깊은 상처와 비분이 깃든 행동이었다.

일행은 깜짝 놀라며 일제히 뒤로 물러났다. 모두들 검의 위력을 보고는 입을 딱 벌린 채 다물 줄을 몰랐다. 이처럼 두껍고 무거운 석관이 단번에 두 동강이 나다니! 석공이 이런 바위를 자르려고 한다면 커다란 도끼로 한나절 내내 두드려야 할 터였다. 만약 양과가 쓴 것이 도끼나 커다란 칼이었다면 그럴 만도 했다. 하지만 장검이란 가볍고 빠른 움직임을 추구하는 것이 아니던가. 보검이라도 이처럼 견고한 바위와 부딪치면 손상을 입거나 부러질 텐데 오히려 석관을 두 동강 내다니 도저히 믿기지 않았다.

숨을 몰아쉬던 양과는 다섯 사람을 둘러보았다.

"여기는 왜 온 거요?"

"양 형제, 우리는 곽 부인께서 자네를 찾는다고 하시기에 함께 왔네."

"딸을 데리러 온 것이겠지요? 그래, 어린애 하나 구하려고 이렇게 우르르 몰려와 일을 그르쳐버리다니. 내 사랑하는 아내는 안중에도 없단 말인가요?"

"아내라고? 아, 용 낭자 말이군요."

그리고 보니 소용녀는 새신부 복장을 하고 있었다.

"부인이 독에 당했으니 어서 곽 부인에게 갑시다. 치료할 수 있을 거요. 지금 밖에 있소."

무삼통의 애절한 권유에도 양과는 코웃음을 칠 뿐이었다.

"흥! 이미 다 끝났어요. 당신들이 와서 방해하는 통에 독이 아내의 대혈에 스며들었소. 곽 부인은 죽은 사람도 살릴 수 있답니까?"

양과는 아들을 구해준 은인이었다. 무삼통은 양과를 존경해 그가 험한 말을 해도 조금도 개의치 않았다.

"독소가 대혈로 스며들었다면 어찌하면 좋겠습니까?"

이번에는 옆에 있던 곽부가 토라졌다. 양과가 제 어머니를 무시하듯 말하자 화가 난 것이었다.

"우리 엄마가 뭘 잘못했다고 그래? 어려서 갈 데 없는 널 우리 어머니가 데려와주신 거잖아! 먹여주고 입혀주고, 흥! 그런데 은혜를 원수로 갚고 내 동생을 빼앗아가지 않았어?"

곽부 역시 양과가 동생을 데려갔지만 나쁜 마음을 먹고 그런 것은 아니라는 걸 이미 알았다. 그런데 반박할 말을 찾다 보니 또 옛일을 꺼내게 된 것이었다.

양과가 차갑게 웃었다.

"흥! 그래, 내가 지금 은혜를 원수로 갚고 있는 거지? 내가 아기를 빼앗아갔다고 하니, 그럼 정말 아예 빼앗아볼까? 네가 날 어찌할지 궁금하구나!"

곽부는 팔을 당겨 아이를 꼭 껴안았다. 그러고는 오른팔에 든 횃불을 휘저으며 앞을 가로막았다. 무삼통이 얼른 나서서 외쳤다.

"양 형제, 부인이 중독되었다니 우선 해독을 하는 게 급하지 않겠소."

"무 형, 소용없습니다."

갑자기 긴 휘파람 소리와 함께 양과의 오른쪽 소매가 천천히 들려 올라갔다. 곽부 등은 엄청난 바람에 휩싸이며 얼굴이 칼에 베인 듯 아려오는 것을 느꼈다. 이내 후끈거리며 고통이 극심해져 저마다 얼굴을 감쌌다. 횃불이 모두 꺼져 다시 어둠에 갇힌 일행은 허둥거릴 뿐 아무 행동도 하지 못했다.

"어머나!"

곽부의 비명 소리가 들렸다. 야율제는 혹 양과가 그녀를 해칠까 봐 몸을 날려 다가갔다. 다음 순간, 곽양의 울음소리가 석실을 빠져나가고 있었다. 일행이 놀라 넋이 빠져 있는 사이 울음소리는 이미 수 장 밖으로 멀어졌다. 양과의 신법은 참으로 놀랍기 그지없었다.

"동생을 빼앗겼어요!"

"양 형제! 용 낭자! 양 형제!"

곽부의 비명과 무삼통의 외침으로 석실에 한바탕 소란이 일어났다. 그러나 이에 대답해주는 이는 아무도 없었다. 일행은 다시 불빛 하나 없는 어둠 속에서 주위 상황도 모른 채 조용해졌다.

야율제가 먼저 말을 꺼냈다.

"어서 나갑시다. 여기 갇혀 있을 수는 없잖아요."

"인과 의를 중시하던 양 형제가 어찌 이럴 수가 있단 말인가!"

"인과 의라고요? 그걸 누가 믿겠어요. 어쨌든 어서 나가는 게 좋겠어요."

무삼통의 말을 받아 곽부가 일행을 재촉했다. 그때였다. 갑자기 석관 안에서 탁탁탁, 소리가 들렸다. 관 뚜껑이 굳게 닫혀 있어서인지 소리는 매우 미약했다.

"귀신이다!"

곽부가 비명을 지르며 야율제의 팔을 잡았다. 무삼통은 소리가 석관 속에서 나는 것을 확인하고 천천히 다가갔다. 혹 관 속에서 시체가 튀어나오는 것은 아닌지 두려웠다. 야율제가 무삼통에게 낮게 속삭였다.

"무 숙부, 여기 계세요. 제가 저리로 갈게요. 혹 시체가 튀어나오면 동시에 장력으로 뼈를 부숴버려요."

말을 하면서 야율제는 곽부의 손을 잡아 자신의 몸 뒤에 숨게 했다. 혹 뭐라도 튀어나와 다칠까 봐 염려한 것이다. 그러고는 조심스럽게 관 뚜껑을 밀었다. 조금 밀리는 듯했는데 별안간 활짝 열리며 뭔가가 튀어나왔다. 무삼통과 야율제는 이미 경계를 하면서 준비하던 터였다. 소리가 들리자마자 두 사람은 동시에 공격했다. 두 사람의 손이 뭔가에 닿는가 싶었는데, 이내 탄식이 터져 나왔다.

"이런!"

그들이 가격한 것은 석관 안에 놓인 길쭉한 돌베개였다. 두 사람이 전력을 다해 공격한 터라 돌베개는 조각조각 부서져 가루가 되었다. 관에서 튀어나온 것이 일행의 옆을 스쳐 지나갔다. 무삼통과 야율제가 다시 공격하려 했을 때는 이미 멀어지고 난 뒤였다. 석실 밖에서 차가운 웃음소리가 들리더니 곧 조용해졌다.

무삼통은 순간 가슴이 서늘해졌다.

"이막수!"

"아니에요, 이막수가 석관에 있을 리 없잖아요!"

곽부가 믿을 수 없다는 듯 외쳤지만 야율제는 낮은 신음 소리를 낼 뿐 말이 없었다. 그는 괴물이나 귀신을 믿지 않았지만 방금 튀어나온 사람이 이막수라 해도 도무지 상황이 맞지 않았다. 그녀는 분명 자신들과 함께 들어왔고, 양과와 소용녀는 고묘에 있은 지 며칠이 되었을 텐데 어찌 이막수가 저 석관 속에 들어가 있단 말인가?

"그러면 이막수는 어디에 있을까?"

무삼통이 고개를 갸웃거렸다.

"이 묘는 도처가 의심스럽습니다. 우선 나가는 게 좋겠습니다."

야율제의 말에 곽부는 울상이 되었다.

"제 동생은 어쩌죠?"

무삼통이 말했다.

"지금은 방법이 없지. 네 엄마라면 뭔가 계책이 있을 거다. 나가서 지시에 따르자꾸나."

일행은 간신히 길을 찾아 물속을 지나 밖으로 나왔다. 밖에 나오니 또 커다란 장벽이 그들의 앞을 가로막았다. 근처 숲이 온통 불에 타고 있어서 뜨거운 열기가 얼굴에 확 끼쳤다.

"엄마, 엄마!"

곽부는 정신없이 엄마를 불러댔다. 그러나 어디서도 대답은 들리지 않았다. 때는 한겨울, 초목이 바싹 말라 있는 시기였다. 눈앞에 보이는 곳은 모두 불바다로 변해 있었다. 일행은 온몸이 물에 젖었지만 끼쳐 오는 열기에 얼굴이 벌겋게 달아올랐다. 갑자기 불붙은 나무 기둥이 떨어졌다. 야율제는 얼른 그녀를 끌고 상류로 올라갔다.

"분명 몽고군이 중양궁을 치다가 뜻대로 안 되니까 불을 지른 걸 거야!"

무삼통이 나름대로 짐작을 해보았다.

"엄마! 어디 계세요!"

곽부는 정신없이 엄마를 찾으며 두리번거렸다. 그때 개울 왼쪽 풀숲 사이에서 불을 피해 다니는 한 사람을 발견했다. 곽부는 기쁜 마음에 얼른 뛰어갔다.

"엄마, 엄마!"

"조심해!"

무삼통이 외쳤지만 순간 콰르릉, 소리와 함께 큰 나무 두 그루가 눈앞으로 쓰러지며 무삼통의 시야를 가렸다. 곽부는 화염과 연기를 뚫고 내달렸다. 숲에서 사람을 발견했을 때는 워낙 어머니를 생각하는 마음이 간절했고, 어두운 고묘에서 막 나온 탓에 눈앞이 침침하기도 했다. 그래서 누군지 자세히 보지도 않고 달려왔는데 가까이 와서 보니 어머니가 아니었다. 곽부는 흠칫 놀라며 걸음을 멈추었다. 그사이 여자가 뒤를 돌아보았다. 바로 이막수였다.

이막수는 양과에게 당해 석관에 갇혔다. 그때는 도저히 빠져나올 길이 없다고 생각했다. 자신의 관에 스스로 들어가 누웠으니 모든 것을 체념하고 죽음을 맞으리라 생각했다. 그런데 양과가 화가 나 석관을 내리칠 때 그 힘에 의해 아래에 있던 이막수의 석관도 금이 갔다. 이막수는 숨통이 트이는 걸 느꼈다. 그녀는 죽다 살아난 기분이 되어 황급히 석관 뚜껑을 열고 고묘를 빠져나온 것이다.

이막수는 관에 갇힌 지 한 시진이 되지 않았지만 이대로 산 채로 갇혀 죽는다는 생각을 하니 지금껏 살아온 삶 중 가장 비참한 순간으로 느껴졌다. 길지 않은 시간 동안 그녀는 이를 악물고 세상의 모든 사람을 증오했다.

'내 죽으면 마귀가 되리라. 그래서 양과, 소용녀를 죽이고 말 테다. 무삼통, 황용, 하원군도 살려둘 수 없지……. 다음은 육전원…….'

그녀는 자신이 기억하는 사람들을 하나하나 떠올리며 죽이겠다고 다짐하고 또 다짐했다. 하원군와 육전원은 이미 죽었는데도 그들의 이름을 다시 되뇌었다. 지금 요행히 목숨을 건지고도 그녀의 마음속에 있던 미움은 전혀 줄어들지 않았다. 그러던 차에 눈앞에 곽부가 나타나자 얼굴에 음험한 미소가 떠올랐다.

"곽 낭자, 너였군. 불이 이렇게 타오르는데 조심해야지."

갑자기 싹싹해진 이막수의 말투에 곽부는 의아한 생각이 들어 저도 모르게 뒤로 한 발짝 물러섰다.

"우리 엄마 못 봤어요?"

이막수는 곽부에게 다가가며 손을 들어 왼쪽을 가리켰다.

"저기 계시잖아?"

그녀가 가리키는 쪽으로 곽부가 고개를 돌리는 사이, 이막수는 번개같이 다가가 곽부의 허리 아래 혈도를 찍었다.

"급할 거 뭐 있어? 네 엄마가 널 찾으러 올 거야."

불길이 사방에서 다가왔다. 이대로 더 지체하다가는 온몸에 불이 붙을 것 같아 이막수는 얼른 몸을 솟구쳐 서쪽으로 내달렸다. 그녀는 콧노래를 흥얼거리며 떠났다. 마비된 채 혼자 남은 곽부는 이막수의 노랫소리가 멀어지는 것만 듣고 있을 뿐이었다.

짙은 연기가 바람을 타고 곽부를 휘감았다. 그녀는 사지가 마비된 채 화염에 휩싸여 숨조차 제대로 쉬지 못했다. 무씨 부자와 야율제는 화염 때문에 개울물 속에 몸을 담그고 목만 내놓고 있었다. 곽부가 있는 곳이 개울보다 지대가 높았기 때문에 네 사람 모두 그녀가 곤경에 처한 것을 볼 수 있었으나 아무도 구하러 나서는 자가 없었다. 그녀와 함께 죽으면 모를까 도저히 구할 수 있는 상황이 아니었기 때문이다.

곽부는 연기 때문에 곧 정신을 잃을 지경이었다. 너무 놀란 나머지 눈물조차 나오지 않았다. 그때 갑자기 동쪽에서 무언가가 날아왔다. 고개를 돌려보니 누군가 바람처럼 빠르게 다가오고 있었다. 눈 깜짝할 사이에 그녀 앞에 선 사람은 바로 양과였다. 곽부는 누가 자신을 구하러 오는 줄 알고 기뻐하다가 눈앞에 양과가 나타나자 마음이 싸늘해졌다.

'내가 이 지경이 되었으니 날 모욕하겠지.'

그녀는 역시 곽정과 황용의 딸이었다. 위급한 상황에서도 양과를 무섭게 노려보며 아무것도 두렵지 않은 듯 당당한 태도를 보였다. 양과는 곽부 곁으로 달려와 검을 빼 들고 휘두르며 외쳤다.

"조심해!"

현철검에 그의 내공이 더해지자 곽부는 마치 한 마리 새처럼 허공으로 떠올라 활활 타오르는 나무를 뛰어넘었다. 그녀는 정확하게 개울에 던져졌다. 야율제가 얼른 다가가 그녀를 부축하고 혈도를 풀어주었다. 곽부는 머리가 어지러워 정신을 차리지 못하다가 잠시 후에야 울음을 터뜨렸다.

애초에 양과는 소용녀와 곽양을 데리고 묘를 나왔다. 그런데 그때 몽고군들이 산에 불을 지르고 있었다. 두 사람은 이곳에서 오랜 세월을 함께 지냈기 때문에 이렇게 숲이 불타는 것이 마음 아팠다. 그러나 몽고 대군에 대항할 수는 없었다. 양과는 소용녀가 얼마나 더 버틸지 알 수 없어 일단 풀이 많지 않은 동굴로 그녀를 피신시켰다. 얼마 지나지 않아 곽부가 이막수에게 제압당하고 화염에 버려지는 것을 멀리서 보았다. 금방이라도 불이 그녀를 집어삼킬 듯했다. 양과는 코웃음을 치며 지켜보았다.

"저 계집애가 우리를 해치더니 결국 저 꼴을 당하는군요."

소용녀의 맑은 눈이 가만히 양과를 응시했다.

"과, 설마 저대로 둘 마음은 아니겠지요?"

"우리를 이 지경으로 만들었잖아요. 저 계집애 부모를 봐서 내 손으로 죽이지 않는 것만도 다행으로 생각하라죠."

"우리가 불행한 것은 우리 운명이에요. 다른 사람 때문이라고 원망하지 말아요."

양과는 입으로는 독한 말을 하면서도 사실 불 속에 갇힌 곽부를 못내 걱정하던 차였다.

"알았어요. 우리는 팔자가 더럽고, 다른 사람들은 좋단 말이죠!"

그는 자리에서 일어나 물에 적신 도포를 입었다. 내공을 실은 현철검을 앞세우고 달려가니 현철검을 통해 회오리바람이 일었다. 그는 한달음에 곽부 곁으로 가서 현철검으로 그녀를 튕겨 날렸다. 그러고는 곧바로 소용녀 곁으로 돌아왔다. 머리카락과 옷이 그을고 바지에 군데군데 불이 붙어 있었다. 얼른 불을 끄기는 했지만 다리에는 이미 화상을 입고 물집이 잡혔다. 소용녀는 곽양을 옆으로 눕히고 양과의 상처를 보살펴주었다. 이런 영웅호걸에게 시집온 것이 더없이 자랑스러웠다. 그녀는 양과 옆에 있다는 사실만으로도 행복했다. 그녀의 얼굴에 평화로운 미소가 번졌다.

양과는 소용녀를 가만히 바라보았다. 불길에 발갛게 달아오른 얼굴이 더욱 애교스럽고 아름다웠다. 그는 팔을 뻗어 소용녀의 허리를 안았다. 두 사람은 세속의 모든 걱정이며 고통을 이 순간만큼은 잊어버렸다. 바람이 두 사람의 옷깃을 살랑이고 지나갔다.

저 멀리서 무씨 부자와 곽부, 야율제 다섯 사람은 개울물에서 고개만 내놓고 두 사람을 올려다보았다. 그들의 눈에 옷자락을 휘날리며 저 높은 곳에 있는 두 사람은 마치 신선과도 같았다. 곽부는 줄곧 양과를 무시해왔는데, 지금은 남들보다 더 감격해했다. 조금 전 양과는 자신을 원망하면서도 위험을 무릅쓰고 목숨을 구해주는 살신성인의 모습을 보여주었다. 이것이야말로 인이요, 의가 아니던가! 곽부는 난생처음 자신이 너무나 부끄럽게 느껴졌다.

양과와 소용녀는 한동안 그 자리에서 그렇게 넋을 잃고 앉아 있었다. 잠시 후 온통 불바다로 변하는 종남산을 내려다보던 소용녀가 한숨을 쉬었다.

"저렇게 모조리 타버리면 풀과 꽃이 다시 자랄 수 없겠죠?"

양과는 그녀가 마음 아파할까 봐 짐짓 웃으며 대답했다.

"우리가 신혼이라 몽고병들이 불을 놓아 축하해주는 거잖아요. 이거야말로 세상에서 가장 화려한 화촉이 아니겠어요?"

소용녀도 따라 웃었다.

"그렇군요. 우리 이곳을 벗어나서 좀 쉬기로 해요. 괜찮겠어요?"

"괜찮아요."

두 사람은 서로 부축하며 자리에서 일어났다. 그때 무삼통이 위를 향해 외쳤다.

29. 우리의 운명일 뿐

"양 형제! 우리 사숙님과 주 사제가 절정곡에 갇혀 있소! 양 형제가 좀 구해줄 수 있겠소?"

양과는 잠시 멈칫했지만 고개도 돌리지 않은 채 중얼거렸다.

"지금 내가 그런 것까지 신경 쓰게 됐나?"

그는 속으로는 조금 걱정되었지만 걸음을 멈추지 않고 바위틈으로 걸어갔다. 소용녀는 독이 깊이 퍼졌지만 아직 견딜 만했기에 곽양을 안고 천천히 양과의 뒤를 따랐다. 두 사람은 반 시진쯤 말없이 걸었다. 고개를 돌려 멀리 중양궁을 바라보니 검붉은 불길이 하늘을 가득 메우고 있었다. 중양궁과 멀어지자 차가운 산기운이 느껴졌다. 어린 곽양의 자그마한 얼굴이 온통 빨갛게 얼어붙었다. 아기는 너무나 지쳤는지 작은 입을 굳게 다문 채 정신없이 자고 있었다.

"먹을 것을 좀 찾아야겠어요. 아기가 춥고 배고플 것 같아요. 이러다 잘못되면 어쩌죠?"

소용녀의 말에 양과는 괜히 심술이 나서 말했다.

"나도 배고픈데 아기까지 신경 써야 하니 정말 피곤하군요."

소용녀가 고개를 숙여 곽양의 뺨에 얼굴을 비볐다.

"아기가 귀엽잖아요. 예쁘지 않아요?"

"남의 아기가 뭐 예쁘다고……. 우리 아기면 또 몰라도……."

양과가 입을 삐죽거리며 말을 흐리자 소용녀는 얼굴이 발그레해졌다. 양과의 이 말은 가슴 저 밑에 잠자고 있던 그녀의 모성 본능을 자극했다.

"아, 내가 만일 당신의 아기를 낳을 수 있다면……. 내가 그런 복이 있을까요?"

양과는 그녀의 눈을 똑바로 쳐다볼 수가 없었다. 그는 고개를 들어 하늘을 바라보았다. 북서쪽으로 잿빛 구름이 커다란 배처럼 천천히 머리 위로 흘러왔다.

"눈이 오려나 봐요. 묵을 집을 좀 찾아봐야겠어요."

두 사람은 불을 피하느라 산을 돌아왔다. 그러다 보니 아무리 둘러보아도 인가를 찾을 수가 없었다. 양과는 조금 불안해졌다.

"눈이 제법 많이 내릴 것 같아요. 눈으로 산길이 막히면 큰일이니까 힘들더라도 오늘 산을 내려가요."

"곽 낭자 일행이 몽고군과 만나지 않을까요? 전진교 도사들은 잘 피했는지 모르겠네요."

"참, 착하기도 하네요. 그 사람들이 당신한테 어떻게 했는데 그렇게 걱정을 하는 거예요? 당신 사부님께서 당신이 그렇게 마음이 약하고 착하니까 고생하지 않게 하려고 칠정육욕을 누르고 다른 일에 관심을 가지지 않도록 가르치셨나 봐요."

양과는 그녀를 쳐다보며 나직이 한숨을 쉬고는 다시 말을 이었다.

"그런데 나한테 마음을 열면서 10년 수련이 모조리 헛것이 되어버렸네요. 다른 사람들한테도 그렇게 마음을 열고 있으니……."

소용녀는 고개를 끄덕이며 미소를 지었다.

"그래요, 사실 나는 당신이 힘들까 봐 걱정하는 내가 너무 좋아요. 나더러 당신을 걱정하지 말라고 할까 봐 더 걱정인걸요."

"난 당신이 내 걱정 안 해줄까 봐 걱정이에요!"

이렇게 말하고 두 사람은 마주 보며 유쾌하게 웃었다. 너무나 행복한 웃음이었다.

"우리 남쪽으로 가서 닭도 키우고 밭도 일구고 마음껏 햇볕을 받으며 살아요."

"정말 그럴 수 있으면 좋겠어요."

두 사람은 도란도란 이야기를 나누며 한없이 걸었다. 하늘이 심상치 않더니 정말 눈이 내리기 시작했다. 처음에는 조금씩 날리는가 싶더니 어느새 삭풍이 몰아치고 눈발이 굵어졌다. 눈 속을 경공술로 헤치고 달리는 기분도 제법 즐거웠다.

"과, 우리 사자는 어디로 갔을까요?"

"뭐 하러 그 여자 생각은 해요? 만약 목숨이 붙어 있다면 우리가…… 우리가…….'

양과는 차마 다음 말을 잇지 못했다. 원래는 "우리가 살아서 다시 그녀를 죽일 날이 올까요?"라는 말을 하려고 했다. 그러나 소용녀의 마음을 다치게 할까 봐 입을 다물었다.

"사자도 사실은 불쌍한 사람이에요."

"혼자서만 불쌍해지는 걸 싫어하는 사람이죠. 그 여자는 세상 사람들이 다 자기처럼 불행하고 서로 해치면서 살기를 바란다고요. 그러니 이제 너무 감싸주지 말아요."

이야기를 하는 사이 날이 더욱 어두워졌다. 두 사람은 조급해졌다. 산허리를 돌아서니 커다란 소나무 두 그루 사이에 작은 나무 집이 나왔다. 지붕 위에는 이미 눈이 두껍게 쌓여 있었다.

"잘됐군요. 오늘은 여기서 묵어요."

양과는 얼른 집 앞으로 달려갔다. 집 주위에는 발자국이 보이지 않고 문도 반쯤 열려 있었다. 양과는 그래도 큰 소리로 사람을 불러보았다.

"지나가던 사람인데, 눈을 만나 하룻밤 묵어갔으면 합니다."

잠시 기다려보았지만 아무런 대답이 없었다. 양과는 문을 밀고 들어갔다. 집 안에는 아무도 없었다. 탁자 위에 먼지가 수북이 쌓인 것을 보니 사람이 살고 있는 것 같지 않았다. 나무 벽 위로는 활이 걸려 있고 구석에는 토끼를 잡는 도구가 놓여 있었다. 그 옆에 칸막이가 있어 들여다보니 나무로 만든 침상이 놓여 있고 낡은 늑대 가죽이 잘 개어져 있었다. 아마도 사냥꾼이 잠시 묵어가는 집인 모양이었다. 양과는 소용녀와 곽양을 침상에 앉혀 쉬게 한 다음 활을 들고 밖으로 나갔다. 그는 금세 노루 한 마리를 잡아와 잘 손질한 후 불에 구웠다. 눈발은 점점 거세졌지만 방 안은 불을 피워놓아 마치 봄날처럼 따뜻했다.

소용녀는 익은 고기를 조금 뜯어 꼭꼭 씹은 후 곽양의 입에 넣어주었다. 양과는 고기를 이리저리 뒤집으며 소용녀와 아기를 지그시 바라보았다. 고기는 향긋한 향을 풍기며 익어가고 있었다. 눈 오는 산속, 작은 오두막집 안은 따뜻한 기운으로 가득 찼다.

29. 우리의 운명일 뿐

만남과 이별의 덧없음

주백통은 번개같이 다가오더니 소용녀를 번쩍 들어 상자 위에 앉혔다. 몸놀림이 어찌나 빠른지 소용녀는 거부할 틈도 없었다. 자은은 소용녀가 쫓아오자 있는 힘을 다해 치달렸다. 상자 위에 앉아 있는 소용녀는 말을 타고 달리는 것보다 훨씬 편안한 기분을 느꼈다.

평화롭고 조용한 시간은 오래가지 않았다. 곽양이 잠든 후, 두 사람도 피곤해 잠을 청하려는데 멀리 동쪽에서 눈 밟는 소리가 매우 빠른 속도로 들려왔다. 양과는 자리에서 일어나 동쪽 창문을 통해 밖을 내다보았다. 과연 두 사람이 눈을 밟으며 걸어오고 있었다. 한 사람은 뚱뚱하고, 또 한 사람은 마른 편이었다. 둘 다 낡고 해진 옷을 입고 있었다. 차림새로 보아하니 개방의 거지인 듯했다. 아마도 강한 바람과 큰 눈을 피해 하룻밤 쉬어가려는 모양이었다. 양과는 지금 상태로는 그 누구도 만나고 싶지 않았다. 더군다나 무림의 인물이라면 신물이 났다.

　"밖에 누군가가 오고 있어요. 당신은 안으로 들어가 아픈 척하는 게 좋겠어요."

　소용녀는 곽양을 안고 들어가 침상에 누운 후 한쪽에 놓여 있던 늑대 가죽을 끌어다 몸을 덮었다. 양과는 재를 한 줌 집어 얼굴이며 머리에 문지르고 모자를 푹 눌러썼다. 현철검은 내실에 가져다두었다. 과연 가까이 다가온 두 사람은 문을 두드렸다. 양과는 사냥꾼처럼 꾸미기 위해 노루 고기를 들어 그 기름을 옷에 마구 문지른 후 문을 열었다.

　뚱뚱한 거지가 말했다.

　"나리, 큰 눈을 만나 길을 가기가 힘들어져서 염치 불구하고 들어왔습니다. 불쌍히 여기셔서 하룻밤만 묵어가게 해주십시오."

"사냥꾼 주제에 나리는 무슨. 괜찮으니 어서 들어오시오."

"고맙습니다."

양과는 전에 영웅대연에서 크게 활약한 적이 있기 때문에 행여 두 사람이 자신을 알아보지나 않을지 걱정되었다. 그래서 주의를 돌리고자 얼른 잘 구운 노루 다리를 두 사람에게 내밀었다.

"이걸 드시고 쉬십시오. 나는 내일 아침 일찍 여우 사냥을 나갈 계획인지라 이만 들어가 쉬어야겠습니다."

"아, 이런 걸 다……. 그러시지요."

양과는 일부러 안쪽을 향해 큰 소리로 말했다.

"여보, 마누라. 기침은 좀 어떻소?"

"더 심해진 것 같아요."

소용녀는 큰 소리로 기침을 하면서 잠자고 있던 곽양을 흔들어 깨웠다. 기침 소리와 함께 아기 울음소리가 났다. 영락없는 한 식구의 모습이었다. 양과는 내실로 들어가 문을 걸어 잠근 후 침상에 올라 소용녀 곁에 누웠다.

'저 뚱뚱한 거지는 어쩐지 낯이 익어. 어디선가 본 것 같은데.'

그러나 아무리 생각해도 어디서 봤는지 기억이 나지 않았다. 두 거지는 편히 앉아 사냥꾼이 준 노루 고기를 맛있게 먹으며 입을 열었다.

"종남산이 하루 종일 불에 탔으니 그만하면 끝장났겠지요?"

뚱뚱한 거지가 웃으며 대답했다.

"지금 상황에서 몽고군은 가히 천하무적이라 할 만한데 전진교의 도사들을 없애는 것쯤이야 개미 새끼 죽이는 것과 같지요."

"그래도 얼마 전 금륜국사 일행이 전진교를 치려 했다가 크게 낭패만 당했잖소.”

“잘됐지요. 몽고군도 중원을 차지하려면 한인의 힘이 필요하다는 걸 절실하게 깨달았을 것이오.”

“팽 장로, 만약 이번에 북파北派 개방을 성공리에 세우게 되면 몽고 황제께서 어떤 벼슬을 내린다 하셨소?”

양과는 그제야 이들을 어디에서 만났는지 기억났다. 바로 대승관 영웅대연에서 본 것이다. 뚱뚱한 거지는 그때 몽고군 복장을 하고 금륜국사 곁에 서서 개방을 이길 책략을 알려주던 자였다.

‘나라를 팔아먹은 놈들이군. 일찌감치 없애버려야겠구나.’

뚱뚱한 거지는 바로 개방의 4대 장로 중 하나였으나 개방을 버리고 몽고군에 투항한 팽 장로였다.

“대칸께서 진남대장군鎭南大將軍에 봉하겠다 하셨소. 하나 속담에 3년을 빌어먹으면 황제도 하기 싫다고 했는데, 개방 출신이 무슨 관직에 욕심이 있겠소?”

말은 그렇게 하지만 어투는 매우 의기양양했다.

“어쨌든 축하드립니다.”

“옆에서 많이 도와주셨는데 제가 모른 척할 리야 있겠습니까.”

“난 정말이지 관직에는 관심 없소. 다만 섭혼대법攝魂大法을 언제 전수해주실 건지 약조해주시지요.”

“북파 개방을 세운 후 내가 방주직을 맡고 나면 한가한 시간이 생기겠지요. 그때 전수해주겠소.”

“하나 북파 개방의 방주에다 몽고의 진남대장군이 되면 한가한 시간이 있겠소? 오히려 더욱 바빠질 것 같은데…….”

"아우님! 지금 날 의심하시는 거요?"

왜소한 체격의 거지는 대답은 하지 않고 가볍게 콧방귀를 뀌었다. 팽 장로를 믿지 못하는 기색이었다. 두 사람의 대화를 듣고 있던 양과는 은근히 화가 치밀었다.

'개방은 천하에 하나뿐인데 무슨 북파 개방을 세운단 말인가? 틀림없이 다른 파를 세워 몽고 놈들을 도울 생각이군.'

"팽 장로, 어차피 약속을 지키실 참이면 아무 때면 어떻습니까? 계속 이런 식으로 미루시면 나도 가만히 있을 수 없어요."

팽 장로의 안색이 냉정하게 변했다.

"그래, 어떻게 하실 건데요?"

"나 혼자야 뭘 어찌할 수 있겠소? 무공이 강한 것도 아닌데. 당신을 따라 형제들을 배반했으니 후에 황 방주나 노 방주가 죄를 물어올 일을 생각하면 벌써부터 다리가 다 후들거린다오. 그러니 만약 당신에게서 얻을 것이 없다면 한시바삐 손을 씻는 게 낫겠지요."

듣고 있던 양과는 걱정이 되었다.

'죽고 싶어 환장을 했군. 팽 장로란 자가 얼마나 비열하고 악독한지 나도 금세 알겠구먼 감히 저런 말을 하다니. 팽 장로가 가만있지 않겠군.'

그러나 웬일인지 팽 장로는 큰 소리로 웃을 뿐이었다.

"이 일은 천천히 논의하도록 합니다. 너무 걱정하지 말아요."

왜소한 체격의 거지는 잠시 입을 다물고 있다가 자리에서 일어서며 말했다.

"노루 고기만으로는 배가 차질 않는군요. 여기서 쉬고 계십시오. 가서 뭘 좀 잡아올 터이니 같이 구워 먹읍시다."

그는 벽에 걸려 있던 활과 화살을 들고 밖으로 나갔다.

양과는 문틈으로 내다보았다. 과연 팽 장로는 왜소한 체격의 거지가 밖으로 나가자마자 단도를 뽑아 들더니 얼른 문 뒤로 숨었다. 잠시 후 사냥을 나간 거지의 발걸음 소리가 멀어지자 그는 단도를 든 채 조용히 밖으로 나가 뒤를 쫓았다.

양과는 소용녀를 향해 웃으며 말했다.

"서로 싸울 모양이니 내 수고가 줄어들겠는걸요. 팽 장로의 무공이 월등한 듯싶으니 비쩍 마른 거지는 살아서 돌아오지 못하겠네요."

"둘 다 다시는 돌아오지 않았으면 좋겠어요. 우리끼리 있으면 이렇게 조용하고 평화로운데 괜히 나타나서 시끄러웠잖아요. 정말 싫어요."

"그러게 말이에요."

웃고 있던 양과가 갑자기 목소리를 낮추었다.

"쉿, 발소리가 들리는데."

서쪽에서 누군가가 산허리를 돌아 집 뒤쪽으로 다가오고 있었다.

양과는 미소를 지었다.

"먼저 나간 거지가 몰래 되돌아와 팽 장로를 공격할 생각인가 봐요."

양과는 살며시 창문을 열고 밖으로 나갔다. 과연 왜소한 체격의 거지가 벽에 몸을 바짝 붙인 채 벽 틈으로 집 안의 동정을 살피고 있었다. 그는 팽 장로의 모습이 보이지 않자 어찌해야 할지 생각을 정하지 못하는 듯했다. 양과는 살금살금 그 거지 뒤로 다가가 갑자기 "히!" 하고 웃음소리를 냈다. 뜻밖의 웃음소리에 깜짝 놀란 거지는 급히 뒤를 돌아보았다. 팽 장로라고 생각했는지 얼굴이 공포로 질려 있었다.

"무서워할 필요 없어요."

양과는 웃으며 거지의 가슴, 겨드랑이와 다리의 혈도를 찍었다. 꼼짝도 하지 못하는 거지를 막 들쳐 업으려던 양과는 쌓인 눈을 보고 문득 장난기가 돌았다.

"용아, 나와서 눈사람 만드는 것 좀 도와줘요."

양과는 쌓인 눈을 모아 거지의 몸 위에 덮었다. 소용녀도 방에서 나와 양과를 도왔다. 두 사람은 장난스럽게 웃으며 거지의 몸 위로 눈을 쌓아 눈사람을 만들었다. 얼마 되지 않아 왜소한 체격의 거지는 눈동자만 제외하고는 뚱뚱한 눈사람으로 변했다.

"비쩍 마른 노인네가 순식간에 살이 쪄버렸네."

"원래 뚱뚱한 그 거지는 어떻게 만들어줄 작정이죠?"

그때 발소리가 들려왔다. 양과가 목소리를 낮추어 말했다.

"뚱뚱한 거지가 돌아오는 모양이에요. 어서 숨어요."

두 사람은 방으로 돌아와 방문을 닫았다. 소용녀는 일부러 곽양을 울리고 큰 소리로 어르기 시작했다.

"아가, 울지 마. 착하지."

소용녀는 평생 동안 누구를 속이거나 장난을 쳐본 적이 없었다. 그런데 양과와 함께 지내다 보니 저도 모르게 양과가 하는 대로 따라 하게 되었다.

팽 장로는 눈 위의 발자국을 쫓아 돌아오는 중이었다. 발자국이 집에서 나갔다가 다시 돌아가고 있는 것으로 보아 근처에 매복해 있는 것이 틀림없다고 생각했다. 양과와 소용녀는 문틈으로 밖을 살폈다. 팽 장로가 창문 틈으로 집 안을 엿보고 있었다. 오른손에 단도를 꼭 쥐고 있는 모습이 바짝 긴장하고 있는 듯했다.

눈사람이 되어버린 거지는 뼈를 파고드는 추위에 덜덜 떨고 있었다. 바로 눈앞에 있는 팽 장로는 눈사람에 전혀 관심이 없으니 지금 기습을 하면 쉽게 없앨 수 있을 터이지만 자신 역시 혈을 찍힌 상태인지라 꼼짝도 할 수가 없었다.

팽 장로는 집 안에 아무도 없는 것을 보고 이상한 생각이 들었다.

'대체 어디에 숨어 있는 거지?'

그는 천천히 문을 열고 조심스럽게 안으로 들어섰다. 그때 멀리서 발소리가 들렸다. 팽 장로의 얼굴 근육이 미세하게 움직였다. 얼른 문 뒤쪽에 숨어 발소리가 가까워오기만 기다렸다.

양과와 소용녀도 발소리를 들었다. 비쩍 마른 거지는 분명 눈사람이 되어 있는데, 그렇다면 발소리의 주인공은 또 누구란 말인가? 주의 깊게 들어보니 두 사람이었다. 새로운 누군가가 다가오는 것이었다. 팽 장로는 양과보다 공력이 깊지 못해 발소리가 가까워진 후에야 비로소 두 사람이라는 것을 눈치챘다. 발소리는 집 앞에서 멈췄다.

"나무아미타불, 빈승貧僧이 산중에서 눈을 만나 헤매던 참입니다. 하룻밤만 묵어가게 해주십시오."

팽 장로가 문 뒤에서 나와 방문을 여니 두 명의 노승이 눈을 맞으며 서 있었다. 한 사람은 자상한 인상에 흰 눈썹이 특징이었고, 다른 한 사람은 키도 작고 몸도 훨씬 왜소했는데 수염을 길렀다. 왜소한 노승은 검은 옷을 입고 있었다. 두 사람은 이 한겨울에 이상하게도 매우 얇은 옷을 걸치고 있었다. 팽 장로가 어찌할지 몰라 망설이는 사이 양과가 방 안에서 나와 두 사람을 맞이했다.

"어서 들어오십시오. 당연히 묵어가게 해드려야지요."

그때 팽 장로는 집 앞에 세워진 눈사람을 발견했다. 느낌이 이상해 쳐다보니 눈사람의 눈동자가 돌아가는 것이 아닌가. 한눈에 자신의 동료임을 알아차렸다. 그런데 대체 어쩌다 저리 되었단 말인가? 팽 장로는 의심스러운 눈으로 양과를 바라보았다. 그러나 양과는 아무것도 모르는 듯한 표정이었다.

두 노승이 나타나자 양과는 일이 더 복잡해졌다는 걸 느꼈다.

'이 두 노승도 평범한 사람들은 아닌 것 같군. 특히 검은 옷을 입은 노승은 표정이 흉악하고 눈빛이 남다른 것이 팽 장로처럼 좋은 사람은 아닌 것 같아.'

그러나 양과는 전혀 내색하지 않고 친절한 얼굴로 말했다.

"스님, 하룻밤 묵고 가시는 것은 좋습니다만, 가난한 산골인지라 잠자리도 불편하고 먹을 것도 산열매밖에 없습니다. 그거라도 좀 드시겠습니까?"

흰 눈썹의 노승이 합장을 하며 대답했다.

"아닙니다. 저희가 먹을 것은 늘 가지고 다닙니다. 신경 쓰지 마십시오."

"아, 그렇다면 어서 들어와 쉬십시오."

양과는 두 노승이 안으로 들어오는 것을 보고 곧 내실로 들어가 소용녀의 귀에 대고 속삭였다.

"둘 다 상당한 고수인 것 같은데."

소용녀가 눈살을 찌푸렸다.

"이런 산골에서조차 조용히 쉴 수가 없다니."

양과는 문틈으로 방 밖을 내다보았다. 흰 눈썹의 노승이 등에 진 보따리에서 먹을 것을 꺼내 검은 옷을 입은 승려에게 건네주고 자신도 먹었다.

'저 노승은 보기에는 자상하고 도를 많이 닦은 고승처럼 보이는군. 하지만 그것도 알 수 없는 일이지. 세상에 겉보기에는 선량해 보이면서 실은 악당인 사람이 얼마나 많은데. 저 팽 장로도 인상만 보면 좋은 사람 같아 보이잖아? 그나저나 검은 옷을 입은 저 승려는 인상 한번 고약하군. 어쩜 저리 흉악해 보일까?'

그때였다. 갑자기 쨍그랑, 소리가 들리더니 검은 옷을 입은 승려가 품속에서 철로 만든 거무스름한 물건을 꺼냈다. 의자에 앉아 있던 팽 장로는 자리에서 벌떡 일어나며 칼자루를 잡았다. 그러나 검은 옷을 입은 승려는 팽 장로에게는 눈길 한 번 주지 않은 채 그 거무스름한 물건을 자기 발에 채웠다. 자세히 보니 착고였다. 발에 착고를 채운 승려는 손에도 수갑을 채웠다.

양과와 팽 장로는 모두 이해할 수 없는 승려의 행동에 고개를 갸우뚱했다. 대체 왜 스스로의 손과 발을 묶는 것일까? 그러나 어쨌든 경계심은 크게 줄어들었다. 흰 눈썹의 노승이 근심스러운 목소리로 물었다.

"또 발작이 일어나려 하느냐?"

"오는 동안 내내 발작이 일어나지 않을까 걱정했는데 결국에는……."

그는 말을 다 끝내지 못하고 갑자기 고개를 숙이며 몸을 웅크렸다. 그러고는 곧 몸을 부들부들 떨며 거친 숨을 몰아쉬었다. 나중에는 마치 소가 울부짖기라도 하는 것처럼 소리치는데, 벽이 다 흔들릴 정도였다. 옆에 있던 팽 장로는 뜻밖의 광경에 놀라 가슴이 쿵쿵 뛰었다.

양과와 소용녀도 놀란 눈빛으로 서로를 마주 보았다. 울부짖는 소리로 보아 엄청난 고통을 견디는 듯했다. 양과는 원래 검은 옷을 입은 승려에게 어느 정도 적대감을 가지고 있었는데 그의 이런 모습을 보자 도리어 동정심이 일었다.

'아마도 이상한 병에 걸린 모양이군. 그런데 흰 눈썹의 저 노승은 왜 바라만 보고 있는 것일까?'

시간이 흐를수록 검은 옷을 입은 승려는 점점 더 크게 울부짖었고 숨조차 제대로 쉴 수 없는 듯했다. 흰 눈썹의 노승은 그제야 바닥에 무릎을 꿇으며 양손을 합장했다.

"나무아미타불."

그러고는 고통스러워하는 검은 옷의 승려를 향해 천천히 입을 열었다.

"해서는 안 될 일을 하고, 후회와 번뇌로 괴로워하는 것이 뉘우침의 시작이로되……."

그는 힘들이지 않고 가볍게 말했지만 괴로움으로 울부짖는 비명 소리 속에서도 그 목소리가 똑똑히 들려왔다. 양과는 속으로 깜짝 놀랐다.

'내공이 상당히 심후하구나. 어지간해선 저 노승을 능가할 사람이 없겠는걸.'

흰 눈썹의 노승은 계속해서 경을 읊었다.

"사람이 죄를 지은 후 뉘우친다면 더 이상 그것으로 근심하지 말지어다. 이미 저지른 죄는 아무리 후회해도 없어지지 않으니……."

검은 옷을 입은 승려는 조금 안정을 찾은 듯 낮은 목소리로 경을 따라 읊었다.

"사람이 죄를 지은 후 뉘우친다면 더 이상 그것으로 근심하지 말지어다……. 사부님, 저는 얼마나 큰 죄를 지었는지 잘 알고 있습니다. 그로 인한 후회와 번뇌와 고통을 감당할 길이 없습니다. 이미 저지른 죄는 아무리 후회해도 없어지지 않는다 하니……. 그래서 잘못을 깨닫고 뉘우쳐도 마음의 안정을 얻을 수가 없습니다. 저는 어쩌면 좋습니까?"

"자기 잘못을 깨닫고 뉘우친다는 것은 본디 쉬운 일이 아니다. 모든 인간은 성인이 아니니 잘못을 저지르지 않는 사람이 어디 있겠느냐? 잘못을 알고 고친다면 그보다 더 큰 선이 없는 법이거늘."

그 말을 듣자 양과는 문득 떠오르는 생각이 있었다.

'백모께서 내 이름을 과過라고 짓고 자를 개지改之라고 지으셨는데, 이는 바로 잘못을 알고 고친다면 그보다 더 큰 선이 없다는 의미라고 하셨지? 저 노승은 나를 깨우치기 위해 찾아온 성인이 아닐까?'

"제자, 악의 뿌리를 뽑기가 어려워 또다시 큰 죄를 저지를까 두렵습니다. 사부님께서 자비를 베푸셔서 제 두 손을 잘라주십시오."

"네 두 손을 자를 수는 있으나, 네 마음속의 악한 생각을 뿌리 뽑는 것은 결국 네 자신의 몫이다. 만약 악한 생각을 뿌리 뽑지 못한다면 손발을 자른들 무슨 소용이 있겠느냐?"

검은 옷을 입은 승려는 한기가 오는 듯 몸을 움츠리며 전신을 부들부들 떨었다.

"사부님, 아무리 해도 마음속의 악한 생각이 없어지지 않습니다!"

흰 눈썹의 노승은 한숨을 내쉬었다.

"네 마음속이 증오로 가득 차 있기 때문이다. 비록 네 잘못을 깨달아 알고 있다고는 하나 마음속에 인애仁愛가 없으니 악한 생각을 떨쳐 버리지 못하는 것이다. 네게 불설녹모경佛說鹿母經에 나오는 이야기를 들려주겠다."

"제자, 귀 기울여 듣겠습니다."

검은 옷을 입은 승려는 책상다리를 하고 앉았다. 양과와 소용녀도 나무 벽을 사이에 두고 숙연하게 들었다.

흰 눈썹의 스님이 입을 열었다.

"옛날에 어미 사슴이 살았는데 새끼를 두 마리 낳았다. 어느 날 어미 사슴은 그만 사냥꾼의 손에 잡히고 말았다. 사냥꾼이 막 사슴을 죽이려 는 순간 어미 사슴이 간청했다. 만약 나를 죽이면 아무것도 할 줄 모르 는 두 어린 자식이 먹이를 찾지 못해 죽고 말 것이니 잠시만 시간을 주 면 어린 자식들에게 먹을 것을 찾는 법을 가르친 후에 다시 돌아오겠다 고 애원했지. 처음에는 허락하지 않던 사냥꾼도 어미 사슴이 하도 간절 하게 애걸하니 마음이 움직여 어미 사슴을 놓아주었다. 어미 사슴은 집 으로 돌아가 새끼 사슴들을 만나자 혀로 새끼들의 몸을 핥아주면서 슬 픈 목소리로 말했지. '모든 관계는 인연에 의해 맺어지는 법, 만날 때가 있으면 헤어질 때가 있게 마련이다. 어미 역시 영원히 너희 곁에 있을 수는 없단다. 이제 떠날 때가 머지않았구나.' 그러나 어린 사슴들은 어 미의 말이 무슨 뜻인지 깨닫지 못했지. 어미 사슴은 새끼들을 물과 풀 이 많은 곳으로 데려가서 눈물을 흘리며 말했지. '오늘 아침 그만 사냥 꾼에게 잡히고 말았단다. 원래는 그 자리에서 죽게 되었을 텐데 내가 잠시만 시간을 달라고 애걸했지. 이제는 돌아가야만 한다. 불쌍한 것들, 힘들고 어렵더라도 이제부터는 너희 스스로 살아야 한다.'"

노승의 이야기를 듣고 있던 소용녀는 자신 역시 살날이 많이 남아 있지 않음을 떠올리고 비통한 생각에 젖어들었다. '영원히 곁에 있을 수는 없단다. 이제 떠날 때가 머지않았구나. 힘들고 어렵더라도 이제부터는 너희 스스로 살아야 한다'라는 말을 듣자 더 이상 참지 못하고 눈물을 흘렸다. 양과는 노승의 이야기가 불가에 전해지는 우화에 불과하다는 것을 알고 있었지만, 그럼에도 모자지간의 지극한 정에 큰 감동을 받았다.

"어미 사슴은 말을 마치고 새끼들의 곁을 떠났단다. 새끼들은 울면서 어미를 따라갔지. 아직 어려서 어미처럼 빨리 뛰지는 못했지만, 뛰다가 넘어지면 일어나고 또 넘어지면 또 일어나면서 어미 뒤를 쫓았단다. 어미 사슴은 걸음을 멈추고 새끼들을 향해 이렇게 말했지. '얘들아, 더 이상 따라와서는 안 돼. 사냥꾼에게 들키면 너희마저 죽게 돼. 어차피 언젠가는 모두가 이별하는 법이다. 내가 명이 짧아 아직 어린 너희를 고아로 만들고 마는구나.' 어미 사슴은 말을 마치고 사냥꾼을 향해 뛰어갔단다. 어미를 향한 마음이 어찌나 지극했던지 새끼들은 사냥꾼도 두려워하지 않고 끝까지 어미의 뒤를 따랐지. 사냥꾼은 어미 사슴이 비록 동물에 지나지 않지만 신의를 지킬 줄 아는 모습에 감탄한 데다 세 모자가 서로를 생각하는 마음이 지극한 것을 보고 감동을 받아 사슴을 놓아주기로 했다. 어미 사슴과 새끼 사슴은 고개를 숙이고 사냥꾼에게 감사를 표했지. 그 후 사냥꾼은 이 일을 국왕에게 보고했고, 그때부터 나라에서는 동물을 함부로 사냥하는 것을 금했다고 한다."

검은 옷을 입은 승려는 얼굴이 온통 눈물로 범벅이 되었다.

"한낱 사슴이 이토록 신의를 중시하고 부모 자식 간에 서로 사랑하고 효를 다할 줄 알거늘 저는 사슴의 만 분의 일에도 미치지 못하겠습니다."

"자비심이 있으면 살의가 없어지는 법이다."

"네."

흰 눈썹의 노승은 고개를 돌려 팽 장로에게 눈길을 주었다. 마치 팽 장로도 듣고 깨우치기를 바라는 듯했다. 팽 장로는 자신에게 시선이 미치자 머쓱해져 두 사람을 번갈아 쳐다보았다. 그러다 문득 자신을 바라보고 있는 검은 옷의 승려와 눈이 마주쳤다. 어디선가 만난 적이 있는 사람인 것 같았다. 그런데 그 눈빛이 어찌나 불쾌한지 얼른 고개를 돌려 피했다. 그러나 얼마 지나지 않아 호기심을 이기지 못하고 다시 그를 바라보았다. 팽 장로가 웃으며 말을 건넸다.

"눈이 정말 많이 오는군요. 그렇지요?"

"그러게 말입니다."

"우리 나가서 설경이나 감상하시는 것이 어떻습니까?"

팽 장로가 문을 열었다.

"좋지요."

검은 옷을 입은 승려가 자리에서 일어나 팽 장로와 어깨를 나란히 한 채 문 입구에 섰다. 양과는 팽 장로의 눈빛이 어딘지 석연치 않음을 눈치챘다. 무언가 꿍꿍이속이 있는 듯했다.

"참 훌륭한 사부님을 두셨군요. 사부님 말씀이 옳습니다. 절대로 사람을 죽여서는 안 되지요. 한데 보아하니 온몸의 힘이 넘쳐 누군가와 싸우지 않으면 견디기가 힘드신 모양입니다. 그렇지요?"

"그렇습니다."

"이렇게 해보면 어떨까요? 사람을 죽여서는 안 되니 저기 저 눈사람을 공격하는 겁니다. 그건 죄가 되지 않을 테니까요."

잠시 눈사람을 바라보던 검은 옷의 승려는 천천히 양팔을 들어 올렸다. 정말 공격할 모양이었다. 시간이 꽤 지난 터라 눈사람 위에는 눈이 더 두껍게 쌓여 안에 있는 거지의 눈마저도 눈으로 덮여 있는 상태였다.

"자, 마음껏 저 눈사람을 치십시오. 한 방에 저 눈사람을 가루로 만들어버리시죠."

팽 장로의 말투는 마치 무슨 선심이라도 쓰는 것처럼 온화하고 부드러웠지만 거기에는 은근히 살기가 깃들어 있었다. 검은 옷의 승려가 팔에 기를 모으며 소리쳤다.

"좋습니다."

이것을 보고 흰 눈썹의 노승이 길게 한숨을 내쉬었다.

"살기가 동하니 또다시 업보가 생기겠구나."

이 말이 떨어지기 무섭게 눈이 사방으로 흩날렸다.

"악!"

비쩍 마른 거지는 승려의 쌍장에 맞자 혈이 풀림과 동시에 고통스러운 비명을 내질렀다. 갑자기 들려온 비명 소리에 검은 옷의 승려는 깜짝 놀랐다.

"눈사람 안에 사람이 있었다니!"

흰 눈썹의 노승이 급히 나와 쓰러져 있는 거지를 살펴보았다. 그러나 거지는 이미 숨을 거둔 상태였다. 검은 옷의 승려는 멍하니 넋이 나간 듯 그 자리에 서 있었다.

팽 장로가 짐짓 깜짝 놀란 체하며 말했다.

"정말 이상한 일이군요. 무엇 때문에 눈 속에 사람이 숨어 있었던 것일까요? 이런! 손에 칼을 들고 있는데요?"

그는 자신의 섭심술이 효력을 발휘하자 매우 득의양양했다. 그는 밖으로 나오면서 그 승려에게 섭심술을 걸었던 것이다. 그러나 동시에 이상한 생각이 들었다.

'그렇게 오랫동안 눈 속에 숨어 있었다니 대단하군. 내가 승려를 시켜 자기를 죽이려 하는 것을 모두 들었을 텐데 왜 가만히 있었을까? 설마 눈 때문에 귀가 막혀 못 들었단 말인가?'

"사부님!"

검은 옷의 승려는 멍한 눈으로 사부를 바라보았다.

"나무아미타불. 업보로세. 이자는 네가 죽인 것은 아니지만 역시 네가 죽인 것이로다."

검은 옷의 승려는 눈 위에 무릎을 꿇었다.

"어떻게 된 일인지 저는 모르겠습니다."

그의 목소리가 부들부들 떨렸다.

"넌 눈사람을 친 것일 뿐 그 안에 사람이 있는 줄은 몰랐다. 그러나 네가 장을 발할 때 남을 해치고자 하는 마음이 없었다고 말할 수 있겠느냐?"

"사부님의 말씀이 맞습니다."

흰 눈썹의 노승은 눈을 들어 팽 장로를 뚫어지게 바라보았다. 매우 날카로우면서도 연민 어린 눈빛이었다. 노승의 눈과 마주쳐도 팽 장로의 섭심술은 전혀 효력을 발휘하지 못했다. 갑자기 검은 옷의 승려가 큰 소리로 외쳤다.

"당신은, 당신은 개방의 장로로군. 이제 생각이 났어."

팽 장로의 얼굴에서 순식간에 미소가 싹 가시더니 표정이 일그러졌다.

"철장방의 구 방주께서 어쩌다 출가를 하셨습니까?"

흰 눈썹의 노승은 바로 왕중양, 황약사, 구양봉, 홍칠공과 어깨를 나란히 하던 일등대사였다. 그리고 검은 옷의 승려는 철장방鐵掌幇의 방주 구천인이었다. 그는 당시 화산 정상에서 자신의 죄과를 깨달은 뒤 출가해 일등대사의 제자가 되었다. 구천인은 출가한 후 법명을 자은慈恩이라 하고 성심껏 불도를 섬기며 수양에 힘썼다. 그러나 지금까지 악한 짓을 너무나 많이 저질러왔기 때문에 마음속의 온갖 악한 생각을 쉽게 떨쳐버릴 수가 없었다. 그리하여 다급한 상황이 되거나 외부의 자극을 받으면 악기가 솟구쳐올라 스스로 자제하지 못해 온몸에 경련이 일어나곤 했다. 그래서 수갑과 착고를 만들어 마음속에 악한 생각이 떠오를 때마다 스스로 손과 발을 묶어 나쁜 행동을 하지 못하도록 만든 것이다.

이날 일등대사는 제자 주자류가 보낸 서신을 받고 자은과 함께 절정곡을 향해 가던 중이었다. 그런데 자은이 그만 뜻밖에 팽 장로를 만나 본의 아니게 사람을 죽이고 만 것이다. 자은은 출가한 후 20여 년 동안 여러 차례 계율을 어기고 다른 사람을 다치게 했지만 사람을 죽인 것은 이번이 처음이었다. 그는 뜻밖의 상황에 당황한 나머지 어찌해야 할 바를 몰랐다. 20여 년 동안 쌓아온 수양이 순식간에 물거품이 되어버린 것 같았다. 그는 팽 장로를 매섭게 쏘아보았다. 눈에서 불이 뿜어져 나오는 것처럼 보였다.

일등대사는 상황이 매우 혼란스러워졌다는 걸 알았다. 만약 무공으로 자은을 저지하면 그의 마음속 악한 생각이 도리어 강해져 결국 터질 테고, 그렇게 되면 돌이킬 수 없는 상황이 벌어질지도 몰랐다. 그저 그의 마음속에서 선함이 이겨 악한 생각을 물리치고 진정되기만을 바랄 뿐이었다. 일등대사는 자은 곁에 서서 작은 목소리로 경을 읊었다.

"나무아미타불 관세음보살!"

팽 장로는 구천인의 무공이 고강하다는 사실은 알고 있었지만 일등대사는 누구인지 알아보지 못했다. 그저 눈썹과 머리가 허연 것이 매우 노쇠해 보여 그다지 마음에 두지 않았다. 그렇기 때문에 원래는 섭심술로 구천인만 제압하면 되겠다고 생각했는데, 뜻밖에 자신을 바라보는 일등대사의 눈길을 보자 도리어 마음이 짓눌리면서 섭심술을 쓸 수가 없었다. 팽 장로는 은근히 겁이 났다. 지금 도망을 가자니 철장수상표라는 별명이 붙을 정도로 경공술이 뛰어난 구천인에게 잡힐 것이 뻔했다. 게다가 온 천지가 눈으로 덮여 있어 발자국이 선명하게 남을 것이니 도망간다는 것은 불가능했다.

팽 장로는 구천인이 노승이 권하는 대로 악한 마음을 눌러 자신을 해치려는 마음을 버리기만을 간절히 바랐다. 그는 불안한 표정으로 방 모서리에 가만히 서 있었다. 구천인의 숨소리가 점차 거칠어지고 심장의 박동도 빨라지고 있었다.

양과는 일등대사의 사슴 이야기를 듣고 느끼는 바가 컸다. 모든 생물은 죽기를 싫어하고 더구나 사람이라면 더욱 비참하게 죽기 싫어할 것이다. 그런데 비쩍 마른 몸으로 땅바닥에 쓰러진 죽은 거지의 모습을 떠올리니 측은한 마음이 들었다. 비록 살면서 사악한 짓을 많이 저질렀기에 어찌 보면 죽어 마땅하다 할 수 있겠으나 그렇게 갑작스레 비명횡사하니 불쌍하지 않을 수 없었다. 양과는 검은 옷의 승려가 발한 장력이 범상치 않은 것을 보고 대체 누구기에 저런 고강한 무공을 지녔는지 궁금했다.

구천인은 숨을 거칠게 몰아쉬며 큰 소리로 외쳤다.

"사부님, 저는 태어날 때부터 악한 사람이었습니다. 하늘은 제가 죄를 뉘우치는 것을 허락하지 않는 듯합니다. 저는 오늘 비록 의도하지는 않았으나 결국 사람을 죽이고 말았습니다. 이런 제가 어찌 부처님을 섬길 수 있겠습니까?"

"나무아미타불 관세음보살. 자은아, 너에게 불경에 있는 이야기를 하나 더 들려주겠다."

"싫습니다. 사부님은 10년이 넘게 저를 속여왔습니다. 다시는 사부님의 말을 믿지 않겠습니다."

자은이 힘을 주자 손과 발에 채워져 있던 수갑과 착고가 끊어졌다.

"자은아, 다시 죄를 짓는다면 그 뉘우침의 세월은 더욱 길어질 것이다."

그러나 자은은 자리에서 벌떡 일어나더니 일등대사를 바라보며 고개를 가로저었다. 그러더니 순식간에 몸을 돌려 팽 장로의 가슴을 향해 쌍장을 발했다. 일등대사가 미처 저지할 틈도 없이 빠른 동작이었다. 퍽, 하는 엄청난 소리와 함께 팽 장로의 몸이 벽을 뚫고 밖으로 나가떨어졌다. 철장의 공격을 받았으니 온몸의 뼈가 으스러져 죽었을 것이 뻔했다.

양과와 소용녀는 엄청난 소리를 듣고 깜짝 놀라 내실에서 뛰쳐나갔다. 두 사람을 본 자은은 양팔을 높이 치켜들며 다가왔다. 눈에 살기가 등등했다.

"뭘 보는 것이냐? 어차피 살계殺戒를 어긴 마당에 철저하게 어겨주마."

자은은 팔에 기를 모아 철장을 발하려 했다. 그때 일등대사가 재빨리 양과와 소용녀의 앞을 가로막았다. 일등대사는 바닥에 정좌를 틀고는 온화하고 조용한 목소리로 말했다.

"아직 멀리 가지 않았으니 이제라도 돌아오면 된다. 자은아, 자은아, 정말 돌이킬 수 없는 나락으로 뛰어들 생각이냐?"

자은의 얼굴이 붉으락푸르락해졌다. 생각이 복잡한 모양이었다. 마음속에서 선한 생각과 악한 생각이 싸우고 있었다. 오늘 이곳에 오기 전부터 생각이 복잡했다. 그러다 팽 장로의 섭혼대법에 넘어가 연달아 두 사람을 죽이고 나니 더 이상 자제할 수가 없었다. 눈을 들어 일등대사를 바라보니 자신을 구해준 스승으로 보였다가 금세 철천지원수로 보이기도 했다. 잠시 머뭇거리는 사이 마음속에서 악한 생각이 점차 기승을 부리기 시작했다. 자은은 갑자기 큰 고함 소리를 내더니 일등대사를 향해 장을 뻗었다. 일등대사는 손을 들어 가슴 앞을 막았다. 몸이 약간 흔들렸다.

"비키시오. 나를 말리지 마시오!"

자은의 목소리에는 노기가 충천했다. 그는 또다시 왼손을 휘둘렀다. 일등대사는 손을 뻗어 막았을 뿐 공격하지 않았다.

"비키지 않으면 다시 공격하겠소. 날 얕잡아보고 그렇게 있다가는 내 손에 죽을 것이오. 그래도 날 원망하지 마시오."

자은이 비록 정상적인 상태라고는 볼 수 없었지만, 그의 말은 틀린 것이 아니었다. 그의 철장공과 일등대사의 일양지는 당대 무림에서 어깨를 나란히 하는 명성 높은 무공이었다. 불가의 법도를 깨우치고 도를 닦는 것에는 일등대사가 자은의 사부가 될 만했다. 그러나 무공만을 따지자면 두 사람의 실력은 비슷했다. 특히 장법에서는 일등대사가 도리어 자은보다 못할 수도 있었다. 그러니 이런 식으로 공격은 하지 않고 방어만 하면 오래지 않아 목숨을 잃거나 아니면 큰 부상을 입게 될 것이었다.

그러나 일등대사는 여전히 방어만 할 뿐 자은을 공격하려 들지 않았다. 일등대사의 마음은 오로지 지금이라도 자은이 잘못을 뉘우치기만을 바랄 뿐이었다. 두 사람의 싸움은 무공을 겨루는 것이 아니라 선과 악을 겨루는 것이라 할 수 있었다.

자은은 계속해서 일등대사를 향해 장을 발했다. 열네 번째 공격을 했을 때 마침내 일등대사가 짧은 비명 소리를 내지르며 왈칵 피를 토했다. 자은이 고함을 질렀다.

"이래도 공격을 하지 않을 참이오?"

"내가 무엇 때문에 널 공격하겠느냐? 내가 지금 널 이긴들 그게 무슨 소용이 있고, 네가 날 이긴들 그게 무슨 의미가 있느냐? 그보다 자기 자신을 이기고, 자기 자신을 통제할 줄 아는 게 중요한 것이거늘."

자은은 마치 빈정거리듯 그의 말을 따라 했다.

"자기 자신을 이기고, 자기 자신을 통제할 줄 알아야 한다?"

그러나 양과는 달랐다. 일등대사의 말이 너무나 절절했다.

'그래, 자기 자신을 이기고, 자기 자신을 절제하는 것이 적을 이기는 것보다 훨씬 어려운 법이지. 정말 옳은 말씀만 하시는군.'

머뭇거리던 것도 잠시 자은이 또다시 일등대사를 공격했다. 자은의 공격을 받아낸 일등대사는 몸을 비틀거리며 또 피를 토했다. 흰 수염과 승복이 온통 붉게 물들었다.

양과는 일등대사가 자은의 공격을 받아내는 초식이나 힘을 보고 그의 무공이 결코 자은보다 모자라지 않는다는 것을 알 수 있었다. 그러나 만약 이런 식으로 반격을 하지 않고 상대의 공격을 받기만 한다면 제아무리 강한 무공을 지닌 사람이라도 결국 부상을 입을 수밖에 없었다. 일등대사는 자기 자신을 희생해서라도 자은을 깨우치고 싶었던 것이다.

그런 일등대사를 보며 양과는 탄복을 금치 못했다. 일등대사가 자은의 손에 당하는 것을 그대로 보고만 있을 수는 없었다. 그러나 한쪽 팔밖에 없는 자신의 힘으로는 검은 옷을 입은 승려의 철장을 막기에 역부족이었다. 양과는 얼른 현철중검을 손에 들고 일등대사의 곁으로 다가가 자은이 장을 휘두르는 틈을 타서 자은을 향해 검을 찔렀다. 현철검은 강한 바람을 일으키며 자은의 장풍과 부딪쳤다. 두 사람 모두 약간 비틀거렸다.

"아니!"

자은은 이런 황량한 산중에 사는 젊은 사냥꾼이 뜻밖에 고강한 무공을 지니고 있다는 사실에 깜짝 놀랐다. 일등대사 역시 놀란 눈으로 양과를 바라보았다.

"넌 누구냐? 왜 나서는 거냐?"

"사부님께서 좋은 말로 권하시는데 대사께선 어찌 깨닫지 못하십니까? 사부님의 진리와 같은 말씀을 따르지 않는 것 자체가 잘못이거늘 도리어 은혜를 원수로 갚으려 들다니요. 사부님께 독수를 쓰는 것은 짐승만도 못한 짓입니다."

자은은 화가 난 듯 얼굴이 시뻘게졌다.

"너도 개방 놈이냐? 저 음침한 장로와 한패인 모양이지?"

"저 두 사람은 개방의 배신자들로 온갖 나쁜 짓을 서슴지 않았던 자들입니다. 대사께서는 결국 두 화근을 없앤 셈이니 어찌 보면 선을 행하신 것인데 뭘 그리 번뇌하십니까?"

"화근을 없앴으니 선을 행한 것이다?"

자은은 양과의 말을 되뇌어보았다. 일리가 있는 말이었다.

사실 양과는 방 안에서 두 사람의 대화를 엿들은 후 자은의 심리 상태를 이해했다. 자은은 자기가 저지른 잘못을 뼈저리게 후회하다 보니 그런 잘못을 저지른 자신에 대한 증오가 생겼고, 그 때문에 자포자기하는 심정이 되어 악한 생각이 더욱 강해졌다고 생각했다.

"저 두 사람은 개방의 배신자들입니다. 게다가 나라를 이민족에게 팔아먹은 나쁜 놈들이에요. 대사께서 두 사람을 죽였으니 정말 큰 공을 세우신 것입니다. 만약 저 둘이 죽지 않았다면 앞으로 얼마나 많은 무고한 사람들이 저 두 놈 때문에 고통을 당했겠습니까? 부처님께서는 비록 자비를 가르치시지만 사악한 죄를 대할 때는 단호하게 죄를 멸하지 않았습니까?"

사실 양과는 불가의 도에 대해 아는 바가 거의 없었다. 그러나 되는대로 지껄인 양과의 말은 자은의 마음에 딱 들어맞는 것이었다. 자은은 번쩍 치켜들었던 손을 천천히 내렸다. 그런데 문득 한 생각이 떠올랐다. 자기 자신도 한때 금국이 송나라를 침략하는 걸 도왔던 것이다. 그러고 보니 양과의 말은 결국 자기를 비난한 것과 같았다. 생각이 이에 미치자 자은의 눈은 다시 살기를 띠며 양과를 쏘아보았다. 그러고는 다짜고짜 장풍을 날렸다.

"쥐새끼 같은 놈! 네놈이 뭐라고 함부로 지껄이는 거냐?"

양과는 자신의 말을 듣고 다소 누그러지는 듯하던 자은이 갑자기 공격해오자 미처 방어할 여유가 없었다. 강한 장풍이 가슴을 공격해오자 그는 아예 장력의 방향에 따라 뒤로 몸을 날렸다. 쿵, 하는 소리와 함께 벽에 구멍이 뚫리면서 양과의 몸이 집 밖으로 날아갔다. 일등대사는 깜짝 놀랐다.

'저 사람마저 죽게 되다니. 무공을 할 줄 아는 듯 보였는데. 아! 어떻게든 손을 써서 구해주었어야 했는데……'

그때 벽에 뚫린 구멍을 통해 강한 바람이 불어오더니 등불이 꺼졌다. 뒤이어 양과가 몸을 날려 들어왔다. 손에는 검이 들려 있었다.

"좋다, 상대해주겠다."

양과는 자은을 향해 검을 찔렀다. 자은은 오른손을 비스듬히 내리쳐 장력으로 검의 방향을 바꾸려 했다. 그러나 양과의 검법은 그렇게 만만히 볼 것이 아니었다. 양과가 사용한 검법은 바로 독고구패의 신공 절기였다. 비록 독고구패에게 직접 전수받은 것은 아니지만 신조의 도움하에 뱀의 쓸개로 기를 보해가며 홍수 속에서 검술을 단련했기 때문에 당시 천하무적이던 독고구패의 수준과 다를 바가 없었다.

자은이 오른손을 내리칠 때 양과의 검 끝은 이미 살짝 방향을 틀어 자은의 왼쪽 팔을 겨냥했다. 자은은 깜짝 놀라 급히 오른쪽으로 옮겨 가까스로 검을 피한 후 즉시 반격에 나섰다. 두 사람은 각자 신공을 발하며 격렬한 싸움을 벌였다.

일등대사는 양과를 보며 감탄을 금치 못했다. 이제 겨우 스무 살 남짓밖에 되지 않은 젊은이가 당대 최고 고수인 구천인과 대등한 싸움을 펼치다니 도무지 믿기지가 않았다. 게다가 평소 식견이 넓다고 자부해왔음에도 이 젊은이가 펼치는 무공이 대체 어느 문파의 것인지 도무지 알 수가 없었다.

'보아하니 검의 무게가 엄청난 것 같은데 어찌 저리 자유자재로 휘두를 수가 있단 말인가!'

그가 감탄하며 문득 고개를 돌려보니 매우 아름다운 용모의 젊은 여인이 아기를 품에 안고 문간에 서 있었다. 그녀는 두 사람이 싸우는 모습을 보면서도 전혀 조급해하거나 걱정하는 듯한 기색이 없었다.

'저 여자도 보통 사람은 아닌 듯싶군.'

일등대사는 소용녀를 찬찬히 뜯어보았다. 자세히 보니 어딘지 모르게 허한 기색이 완연하고 양미간에 검은 기운이 감돌았다.

"이런!"

일등대사는 자기도 모르게 혀를 끌끌 찼다.

검과 장을 이용한 양과와 구천인의 싸움은 점점 치열해졌다. 양과는 검이 있어 유리하다 할 수 있었지만 구천인 또한 쌍장을 사용하기 때문에 유리했다. 픽, 쿵, 하는 소리와 함께 집 안 곳곳이 무너지고 부서졌다. 나무로 만든 집이 크지 않은 데다 그다지 견고하지도 않았기 때문에 두 고수가 싸우기에는 너무나 비좁았다. 검의 날과 장풍이 닿는 곳마다 나뭇조각이 사방으로 튀었다. 결국 엄청난 소리와 함께 지붕을 받치고 있던 나무 기둥이 부러지면서 그만 집이 내려앉고 말았다. 소용녀는 곽양을 품에 안은 채 창문을 통해 밖으로 몸을 날렸다. 일등대사가 소용녀의 뒤를 따르며 날아오는 나뭇조각들을 옷소매로 날려 보냈다.

밖은 여전히 매서운 북풍이 몰아치고, 큰 눈이 내리고 있었다. 그러나 두 사람의 싸움은 멈출 줄을 몰랐다. 자은은 20여 년 동안 이렇게 치열한 싸움을 해본 적이 없었다. 그래서인지 오랜만에 강한 적수를 만나 신이 난 듯했다. 바람을 가르는 소리와 함께 철장이 빠른 속도로 허공을 가르며 적에게 날아갔다. 약 100여 초식이 지났을까, 양과가 휘두르는 검이 점점 더 힘을 더해갔다. 그러나 자은은 이미 적지 않은 나이였다. 시간이 지날수록 버티기가 힘들었다.

양과는 검을 들어 자은의 가슴을 향해 찌르다가 자은이 옆으로 피하는 것을 보고 곧 검의 방향을 횡으로 휘둘렀다. 검이 일으키는 회오리바람에 쌓였던 눈이 날아오르며 자은의 얼굴을 덮쳤다. 자은은 앞이 보이지 않자 급히 눈을 닦느라 자세가 흐트러졌다. 그때 양과의 현철검이 자신의 오른쪽 어깨에 와닿는 것을 느꼈다. 온몸에 엄청난 압력이 전해져 절로 다리 힘이 풀렸다. 그는 도저히 서 있을 수가 없어 결국 그 자리에 주저앉았다. 양과의 검이 자은의 가슴을 향해 찔러왔다. 비록 검의 끝은 날카롭지 않았지만 그 힘이 워낙 강했기 때문에 갈비뼈가 내려앉는 것만 같았다. 자은은 숨을 내쉴 수는 있었지만 들이쉴 수가 없었다.

자은의 머릿속에 '죽음'이라는 단어가 스치고 지나갔다. 그는 자신의 주특기인 철장신공을 익힌 후 강호를 누비며 수없이 많은 사람을 죽거나 다치게 했다. 누구와 싸우든지 대부분 이겼고 패하는 경우는 거의 없었다. 비록 주백통에게 패해 서역까지 도망간 적이 있긴 했지만, 결국은 자신의 계교로 주백통을 혼내주기도 했다. 지금과 같은 생명의 위기는 평생 동안 한 번도 겪어본 적이 없었다. 이제 죽음을 눈앞에 두었다고 생각하니 지난 세월이 후회스러웠다. 이대로 죽으면 그동안 저질렀던 죄과를 갚을 길이 없어진다는 생각이 들자 두려운 마음이 일었다.

'남의 손에 죽는다는 것이 이렇게 처참하고 공포스러운 것이었구나. 전에 내가 죽였던 사람들도 이런 공포를 느꼈겠지.'

자은은 일등대사의 수없이 많은 충고를 듣고도 깨달음을 얻지 못했는데, 지금 양과의 검 아래 누워서야 깨달음을 얻은 것이다.

일등대사는 양과가 자은을 제압한 것을 보고 마음속으로 감탄을 금치 못했다.

'나이는 어리지만 참으로 대단한 영웅일세.'

일등대사는 양과에게 다가가 검의 날에 가볍게 손가락을 댔다. 그러자 검을 든 양과의 왼팔이 후끈 뜨거워지면서 검이 밀려났다. 자은이 간신히 자리에서 일어나더니 일등대사 앞에 엎드렸다.

"사부님, 제자 죽어 마땅합니다. 죽어 마땅합니다."

일등대사는 미소를 지으며 그의 등을 가볍게 두드려주었다.

"죽고 사는 것은 자신이 결정할 문제가 아니다. 그보다 어서 이 젊은이에게 고맙다는 인사를 올리거라."

양과는 그러지 않아도 이 노승이 혹 일등대사가 아닌지 의심하고 있던 차였다. 그런데 조금 전 손가락으로 검을 밀어내는 것을 보고 확신을 갖게 되었다. 과연 일등대사의 일양지와 황약사의 탄지신통은 비슷하면서도 각기 다른 위력을 지니고 있었다. 두 사람을 제외하고 당대 그 누구도 이런 무공을 구사할 수는 없었다. 양과는 그 자리에서 무릎을 꿇으며 인사를 올렸다.

"제자 양과, 일등대사께 인사 올립니다."

자은이 일어나 양과를 향해 절을 올렸다. 양과도 급히 답례했다.

"이러지 마십시오. 선배님께서 이러시면 제가 민망해집니다. 조금 전에는 실례가 많았습니다."

양과는 두 사람에게 소용녀를 소개시켰다.

"이 사람은 제 아내입니다. 어서 와서 인사드려요."

소용녀는 곽양을 품에 안은 채 예를 갖추어 인사를 올렸다.

"조금 전엔 제가 실성을 했나 봅니다. 사부님, 많이 다치시지는 않았는지요?"

자은의 말에 일등대사는 담담한 미소를 지어 보였다.

"넌 어떠냐?"

자은은 미안하고 송구스러워 무슨 말을 해야 할지 몸 둘 바를 몰랐다.

네 사람은 큰 나무 아래 모여 앉았다. 양과는 자신이 어떻게 무삼통과 주자류, 점창어은을 알게 되었는지, 또 어떻게 절정곡에서 독에 중독되었는지, 그리고 천축의 승려와 주자류가 왜 자신을 위해 해독약을 구하러 절정곡에 갔는지 등을 간략하게 들려주었다.

"음, 사제와 주자류가 그래서 절정곡에 간 것이군. 그래, 자네는 여기 있는 자은과 절정곡의 곡주가 어떤 관계인지 알고 있나?"

양과는 조금 전 팽 장로가 그를 '철장방의 구 방주'라고 부르는 것을 들었기 때문에 어느 정도는 짐작이 갔다.

"자은대사의 속가 성은 구씨로 철장방의 방주가 아닙니까?"

자은이 천천히 고개를 끄덕였다.

"그렇다면 절정곡의 곡주께서 바로 자은대사님의 여동생이겠군요."

"그렇다네. 내 누이는 잘 있나?"

자은의 질문에 양과는 뭐라 대답해야 할지 몰라 난감했다. 구천척

은 남편에 의해 전신의 근육과 맥이 끊겨 불구가 되었으니 잘 지낸다
고 대답할 수는 없었다. 자은은 양과가 망설이며 대답을 하지 못하자
천천히 고개를 끄덕였다.

"내 누이가 성격이 급하고 난폭한지라 무슨 변고가 생겼다 해도 크
게 놀랄 것은 없네."

"누이께서는 사지 손발을 쓸 수 없게 되었을 뿐 몸은 건강하십니다."

자은이 한숨을 내쉬었다.

"세월이 많이 흘러 이제 우리도 모두 늙었군."

말을 마친 자은은 옛일이 떠오르는지 잠시 생각에 잠겼다.

일등대사는 자은의 깨달음이 단지 생사의 기로에 놓였던 탓에 얻은
일시적인 현상일 뿐 그의 마음속 악한 생각이 뿌리 뽑힌 것은 아니라
는 걸 잘 알고 있었다. 만약 외부에서 어떤 자극이 주어지면 언제 다시
발작할지 알 수 없는 일이었다.

'내가 얼마나 더 자은을 감화시킬 수 있을지 모르겠구나.'

자은을 바라보는 일등대사의 눈빛에는 연민의 정이 넘쳤다. 그 눈
빛을 본 양과는 걱정스러운 생각이 들었다.

'일등대사의 무공이 결코 자은대사보다 못하지 않을 터인데, 그럼
에도 불구하고 전혀 반격하지 않고 방어만 한 데에는 틀림없이 깊은
뜻이 있을 거야. 그런데 내가 함부로 자은대사를 공격했으니 일등대사
님의 큰 뜻을 그르친 것은 아닌지 모르겠군.'

"대사님, 조금 전엔 제가 어리석어 큰 잘못을 범한 것은 아닌지 모
르겠습니다."

"사람의 마음 변화는 아무도 알 수 없는 것일세. 내가 죽더라도 내

죽음을 통해 자은이 깨달음을 얻을 수 있다면 여한이 없을 거라 생각했네. 하지만 조금 전 자은이 날 죽였다 해도 어쩌면 깨닫기는커녕 더욱 더 잘못된 길로 가게 되었을지도 모르지. 자네는 내 목숨을 구했을 뿐만 아니라 자은에게 깨달음을 주었네. 그러니 어찌 잘못을 범했다 할 수 있겠나? 그저 고마울 뿐일세."

일등대사는 고개를 돌려 소용녀를 바라보며 물었다.

"부인은 어쩌다 독이 내장까지 스며들게 되었습니까?"

일등대사의 말에 양과는 정신이 번쩍 들었다. 마치 어둠 속에서 한 줄기 빛을 만난 기분이었다.

"아내는 부상을 입은 후 경맥을 통하게 하는 치료를 받았습니다. 그런데 도중에 불행히도 독이 묻은 암기에 당하고 말았습니다. 대사님, 제 아내의 목숨을 구해주실 수는 없는지요?"

양과는 급한 마음에 저도 모르게 무릎을 꿇었다. 일등대사는 양과를 부축해 일으키며 물었다.

"어떻게 경맥을 통하게 했나? 호흡은 어떻게 운기하고 있었고?"

"경맥을 거꾸로 흐르게 했습니다. 옥침상을 이용해 치료를 했고 제가 옆에서 도와주었습니다."

양과는 경맥을 거꾸로 흐르게 하는 법 등을 소상히 설명했다. 일등대사는 양과의 말을 듣고 놀라 혀를 찼다.

"구양 형은 역시 무림의 기인奇人일세. 원래 무공도 강했지만 경맥을 거꾸로 흐르게 하는 법을 알아냈다니 정말 신기하고 대단한 일이야. 무학의 새 길을 열었다 해도 과언이 아니군."

일등대사는 소용녀의 손목을 잡고 맥을 짚어보더니 근심스러운 표정을 지으며 한참 동안 아무 말도 하지 않았다. 양과는 일등대사의 얼굴을 뚫어지게 바라보며 그의 입에서 "방법이 있네"라는 말이 나오기만을 기다렸다. 그런 양과의 얼굴을 소용녀는 걱정스레 바라보았다. 사실 그녀는 오늘까지 살 수 있었던 것만도 기적이라고 생각했다. 다만 자기 때문에 걱정하는 양과가 가여워 마음이 아플 뿐이었다.

"죽고 사는 것은 하늘에 달린 거예요. 사람은 누구나 한 번은 죽게 마련이니 만남과 이별을 어찌 억지로 구할 수 있겠어요? 걱정 근심이 병이 된다 했어요. 그러니 나 때문에 너무 걱정하지 말아요."

소용녀의 음성은 부드럽고 온화해 죽음을 눈앞에 둔 사람처럼 보이지 않았다. 조용히 하늘의 뜻에 따르겠다는 자세였다. 원래 그녀는 어려서부터 사부님의 가르침을 받아 인간의 모든 감정을 절제하는 것이 몸에 배어 있었다. 일등대사는 그런 소용녀가 그저 놀라울 뿐이었다.

사실 소용녀 또래의 젊은이들이 치료하기 어려운 부상을 입으면 일반적으로는 매우 당황해하고 두려워하게 마련이었다. 예전 곽정과 황용이 일등대사를 찾아와 치료해줄 것을 부탁했을 때도 마찬가지였다. 그런데 소용녀는 마치 오랫동안 도를 닦은 사람처럼 모든 것에 달관한 듯한 행동을 보여주고 있었다.

'이 젊은 부부는 정말로 한 쌍의 용과 봉황이로세. 남자는 저 젊은 나이에 놀랄 만한 무공을 지녔고, 여자는 어린 나이에 이렇게 깊은 깨달음을 얻었으니 참으로 쉽지 않은 일이야. 수십 년 동안 도를 닦은 노승에게도 어려운 일인 것을……. 곽정과 황용 부부의 무공이나 사람됨도 저들 못지않게 훌륭하긴 하지만 하늘의 뜻을 깨닫고 생사를 초월한 저들만은 못하지. 내 제자들 중에는 더욱이 저 둘보다 나은 사람이 없는 것 같은데. 어허, 그나저나 독이 저리 깊게 스며들어서 어떤다지? 나 역시 부상을 입어 일양지 신공을 쓸 수 없는 상황인데.'

일등대사는 잠시 생각에 잠겼다가 어렵게 입을 열었다.

"나이도 젊은데 수양이 깊은 듯하니 솔직히 말하겠네."

일등대사의 말에 양과는 불안한 마음을 금할 수 없어 손발이 싸늘하게 식는 듯했다.

"자네 부인은 독이 너무 깊이 스며들었네. 만약 내가 부상을 입지 않았다면 일양지 신공으로 체내의 독이 당분간 발작하지 않도록 한 후 영험한 약을 찾아 해독할 수 있도록 도와줄 수 있을 터이나, 지금 상태로는 어허, 참……. 어쨌든 다행히 부인께서는 어려서부터 내공을 튼튼히 다져온 듯하니 우선 이 약을 드시도록 하게나. 이 약을 먹으면 최소한 7일 동안은 별일 없을 걸세. 그동안 우리 함께 절정곡으로 가서 내 사제를 찾아……."

듣고 있던 양과가 무릎을 치며 자리에서 벌떡 일어났다.

"맞아요. 천축에서 온 그 승려는 독을 치료하는 실력이 대단하다고 했으니 반드시 아내를 살릴 방법을 찾아줄 거예요."

"만약 내 사제가 고칠 수 없다면 아마 세상에서 자네 부인의 독을 치료할 수 있는 사람은 없다고 해도 좋을 걸세. 그래도 어쩌겠나. 태어나자마자 죽는 아이도 많은데, 이 나이까지 살아 결혼도 해보고 죽는 것이니 다행이라 생각해야지."

일등대사는 문득 자신의 질투 때문에 죽은 주백통의 아이가 생각났다. 그때 그는 무언가에 눈이 멀어 아이를 치료하길 단호히 거부했고, 결국 아이는 죽고 말았다. 당시 그 아이를 때려서 죽게 만든 사람이 바로 지금의 자은이었다. 일등대사는 하늘을 올려다보며 낮게 한숨을 쉬었다.

눈은 쉴 새 없이 내리고 있었다. 집이 무너져버렸기 때문에 네 사람은 나무 밑에서 눈을 피했다. 이따금 눈송이가 아기의 이마에도 날아왔다. 소용녀는 자신의 몸으로 아기의 머리 부분을 막고 더욱 따뜻하게 감싸 안았다. 그러고는 혼잣말처럼 중얼거렸다.

"온 세상이 하얀 눈으로 덮이니 온갖 세상사도 눈 속에 덮여버렸군요. 하지만 이 시간은 길지 않겠죠. 햇볕이 내리쬐면 금세 녹고 마니까요. 그러나 눈은 또 오죠. 겨울이 되면…… 단지 올해의 눈과 같은 눈이 아닐 뿐…….”

소용녀의 말에 일등대사가 고개를 끄덕이면서 자은에게 물었다.

"이해가 가느냐?”

자은 역시 고개를 끄덕였다. 양과는 속으로 생각했다.

'해가 뜨면 눈이 녹고, 겨울이 되면 눈이 내리는 간단한 이치를 모를까 봐?'

양과와 소용녀는 원래 말을 하지 않아도 서로 마음이 잘 통하곤 했다. 서로의 세심하고 민감한 감정까지도 잘 이해하고 파악할 수 있었다. 그러나 지금 소용녀와 일등대사의 대화만큼은 정확하게 이해하지 못했다. 양과는 갑자기 소용녀와 일등대사 사이에서 소외되고 있는 듯한 느낌을 받았다. 소용녀를 만나 서로 사랑하게 된 후 한 번도 느껴본 적이 없는 감정이었다. 양과는 처음 느끼는 이 미묘한 기분에 당혹스러웠다.

'용이를 치료할 수 있을지 아직 모르는 일인데 어찌 이리 태평한가…….'

그때 일등대사가 품속에서 달걀을 한 개 꺼내더니 소용녀에게 건네 주었다.

"닭이 먼저일까요, 달걀이 먼저일까요?"

모두가 알고 있으면서도 그 누구도 대답할 수 없는 어려운 질문이었다. 양과는 일등대사의 갑작스러운 질문에 눈을 크게 뜨고 일등대사를 못마땅한 듯 바라보았다.

'생사의 기로에 놓인 이 위급한 상황에서 어찌 저런 한가로운 질문을 하실까?'

일등대사가 건네준 달걀은 자기로 만든 것이었다. 색깔이나 모양이 진짜 달걀과 흡사했다. 소용녀는 일등대사가 자기로 만든 달걀을 건네준 뜻을 알 수 있었다. 그녀는 담담한 미소를 지으며 대답했다.

"달걀이 깨져야 닭이 나오고, 닭이 자라서 달걀을 낳는 법. 생명을 만들기 위해 달걀이 깨어지듯 삶이 있다면 반드시 죽음이 있게 마련이지요."

말하면서 그녀는 껍질을 깨뜨렸다. 안에는 달걀노른자처럼 누런빛을 띤 둥근 환약이 들어 있었다. 한눈에 보기에도 매우 귀중한 약인 듯했다.

"그 약을 드십시오."

소용녀는 약을 입에 넣고 천천히 씹었다. 향기가 온몸에 퍼지는 것을 느끼며 몸이 나른해졌다. 소용녀는 그날 밤 추위도 모르고 잠이 들었다.

다음 날 새벽이 되어도 눈은 그치지 않았다. 일등대사가 준 약이 7일 동안 생명을 연장시켜준다고 해도 절정곡까지 제시간 내에 도착할 수 있을지 걱정이었다.

30. 만남과 이별의 덧없음

"대사님, 몸은 좀 괜찮으십니까?"

사실 일등대사의 부상은 결코 가볍지 않았다. 그러나 사제와 주자류 그리고 소용녀를 구하려면 잠시도 지체해서는 안 되었다. 일등대사는 소매를 떨치며 자리에서 일어났다.

"괜찮네."

일등대사가 앞장서서 눈길 위를 걷기 시작했다. 양과와 소용녀, 자은이 그 뒤를 따랐다. 소용녀는 환약을 먹고 나자 단전 주위가 따뜻해지면서 기운이 솟는 듯했다. 그녀는 경공술을 써서 순식간에 일등대사를 앞질러 갔다.

뒤에서 이 모습을 본 자은은 깜짝 놀랐다. 연약하고 가냘픈 젊은 여자가 알고 보니 무공 실력이 상당한 것 같았다. 자은은 문득 경쟁심이 일어 자신도 발걸음을 빨리해 뒤를 쫓았다. 한 명은 경공술의 천하제일이라 할 수 있는 고묘파의 제자이고, 또 한 명은 철장수상표라는 별명을 가진 고수였다. 두 사람은 순식간에 수십 장을 내달렸다. 흰 눈위에 두 사람의 발자국이 선명하게 남았다.

양과는 행여 자은이 또다시 발작을 일으켜 소용녀를 해치지 않을까 두려워 급히 뒤를 쫓았다. 양과의 경공술은 두 사람만 못했지만 워낙 내공이 강하기 때문에 걷는 속도가 남들보다 빨랐다. 처음에는 두 사람보다 상당히 뒤처졌지만 반 시진쯤 지나자 바짝 따라붙을 수 있었다. 등 뒤에서 일등대사가 웃으며 말을 건넸다.

"젊은 나이에 내공이 이리 강하다니 흔치 않은 일이군. 스승님이 누구신가?"

양과는 걸음을 늦춰 일등대사와 어깨를 나란히 하며 걸었다.

"제 무공은 아내에게서 배운 것입니다."

불가에는 지켜야 할 계율이 매우 많았지만 사제지간에 결혼해서는 안 된다는 계율은 없었다. 그래서 일등대사는 양과의 스승이 소용녀라는 말을 듣고도 놀라지 않았다.

"내 보기에는 자네 부인의 무공이 자네만 못한 것 같은데?"

"무슨 이유인지는 알 수 없으나 최근 몇 달 동안 저의 내공이 매우 강해졌습니다."

"그렇다면 내공을 강하게 하는 무슨 영향이 있었겠지. 특별히 약이나 인삼 혹은 천년 된 영지 같은 것을 먹었는가?"

양과는 고개를 가로저었다.

"그런 것은 아닙니다만 뱀의 쓸개*를 많이 먹었습니다. 먹고 나면 기운이 부쩍 솟긴 했는데 그것과 관련이 있을까요?"

"뱀의 쓸개? 뱀 쓸개는 몸의 습성을 치료해주기는 하나 내공을 증진시키는 효과는 없는데……."

"제가 먹은 뱀 중에는 매우 특이하게 생긴 것도 있었어요. 머리가 삼각형이며 몸은 금빛이 났거든요."

"음……. 무슨 뱀인지 알 것 같군. 불경에 그 뱀에 대한 기록이 있다네. 중원에도 그 뱀이 있는 줄은 미처 몰랐군. 행동이 매우 빨라서 잡기가 어렵다고 하던데."

---

* 민간의학에 의하면 뱀의 쓸개가 풍습風習(오늘날의 류머티즘)을 치료하는 데 도움이 된다고 한다. 그러나 이는 검증된 바가 없으며 오늘날 서양의학에 따르면 일반적으로 뱀의 쓸개에는 기생충과 각종 세균이 많으므로 잘못 복용하면 인체에 해를 미칠 수 있다고 한다.

"같이 살던 큰 수리가 잡아서 제게 주었습니다."

"정말 신기한 일이로군."

두 사람은 대화를 나누면서도 속도를 늦추지 않았다. 두 사람은 이미 10여 장 떨어져 가고 있었는데, 점차 소용녀와 자은과의 거리가 좁혀졌다. 일등대사와 양과는 눈빛을 교환하고 더욱 발걸음을 빨리했다. 원래 두 사람의 경공술은 소용녀와 자은에 미치지 못하지만 먼 길을 가는 데는 내공이 관건이었다. 소용녀는 이미 지친 기색이 역력해 점차 뒤처지기 시작했다. 산모퉁이를 돌아 앞을 바라본 양과는 깜짝 놀랐다.

"아니, 왜 세 사람이죠?"

누군가가 빠른 걸음으로 소용녀의 뒤를 쫓고 있었다. 언뜻 보기에도 소용녀보다 경공술이 뛰어난 것 같았다. 등에 무슨 상자 같은 커다란 물건을 짊어지고 있는데도 전혀 상관없는 듯 소용녀와 일정한 간격을 유지했다.

'참으로 이상한 일이군. 이 황량한 산중 어디에서 갑자기 나타났을까? 저 노인도 무공이 만만치 않은 것 같은데.'

양과는 어서 소용녀에게 달려갈 채비를 했다. 그때 소용녀는 이미 지친 듯 포기하고 천천히 걷고 있었다. 그런데 등 뒤에서 발소리가 들리자 양과가 다가온 것이라 생각하고 말을 건넸다.

"과, 스님의 경공 실력이 대단해요. 난 안 될 것 같으니 당신이 한번 쫓아가봐요."

뒤에서 나이 든 남자의 음성이 들려왔다.

"저 늙은 중은 내가 따라잡을 터이니 이 상자 위에 앉아서 좀 쉬도록 해."

깜짝 놀라 뒤를 돌아보니 다름 아닌 노완동 주백통이었다. 주백통은 웃으며 어깨 위에 짊어진 상자를 가리켰다.

"이 상자 위에 앉는다면 영광이겠네. 어서 이리 올라와 앉아."

상자는 전진교의 중양궁 장경각에 있는 경서를 보관하던 것이었다. 소용녀가 머뭇거리자 주백통은 번개같이 다가오더니 소용녀를 번쩍 들어 상자 위에 앉혔다. 몸놀림이 어찌나 빠른지 소용녀는 미처 거부할 틈도 없었다. 그녀는 내심 감탄을 금치 못했다.

'전진교가 천하 무학의 정종이라는 평을 듣는 것이 다 이유가 있었군. 중양궁의 도인들이 날 이기지 못한 것은 전진교 무공의 정수를 배우지 못했기 때문일 거야.'

뒤에서 달려가던 양과와 일등대사도 주백통을 알아보았다. 그러나 자은은 행여 소용녀에게 뒤처질까 봐 정신없이 앞을 향해 달리느라 주백통이 나타난 사실을 알지 못했다. 주백통은 소용녀를 어깨에 태운 채 성큼성큼 자은의 뒤를 쫓기 시작했다.

"앞으로 반 시진이 지나면 저자의 발걸음이 느려질 거야."

"그걸 어떻게 알아요?"

"전에 저자와 겨룬 적이 있지. 중원에서 서역까지 갔다가 다시 서역에서 중원으로 돌아왔어. 그렇게 수만 리 길을 겨루었으니 모를 리가 있나?"

주백통의 어깨 위에 올라앉은 소용녀는 말을 탄 것보다 더 편안한 기분을 느꼈다.

"노완동, 왜 절 도와주시는 거죠?"

"전에 내가 꿀을 훔쳤을 때 화를 안 냈잖아. 그리고 예쁘고 조용하고 황용처럼 괴팍하지도 않으니까 이렇게 어깨 위에 태워주는 거야."

반 시진이 지나자 과연 주백통의 말대로 자은의 발걸음이 느려지기 시작했다.

"자, 이제 가보아라!"

충분히 휴식을 취한 소용녀는 빠른 속도로 달려 순식간에 자은을 따라잡았다. 소용녀는 자은의 곁을 지날 때 그에게 미소를 지어 보였다. 자은은 깜짝 놀라 뛰듯이 걸었으나 이미 너무 지쳐 있는 상태였다. 결국 소용녀는 그를 앞질러 달려가게 되었다.

자은은 원래 자신의 철장공과 경공을 천하제일이라 자부해왔다. 그런데 하룻밤 사이에 철장은 양과에게 지고, 경공은 소용녀에게 지고 보니 자존심이 상해 견딜 수가 없었다.

'어린 여자에게 지다니, 나도 다 된 모양이군.'

자은은 절로 한숨이 나왔다. 뒤에서 모든 상황을 지켜본 양과는 미소를 지으며 주백통에게 다가갔다.

"주 선배님, 고맙습니다."

"오랫동안 구천인을 보지 못했는데 많이 변했네. 근데 저자는 나이가 들수록 이상해지는군. 어찌 머리를 깎고 중이 되었나그래."

"뒤에 계시는 일등대사님을 사부로 모셨답니다. 모르셨어요?"

양과의 말에 주백통은 깜짝 놀랐다.

"단 황야께서 오셨단 말이야?"

고개를 돌려보니 과연 저만치에서 일등대사가 오고 있었다.

"상황이 불리하니 도망치는 게 상책이겠군."

주백통은 방향을 틀어 숲속으로 들어가더니 순식간에 모습을 감추었다.

'단 황야? 단 황야가 누구지?'

주백통이 사라진 후 일등대사는 발걸음을 재촉해 자은 곁으로 다가갔다. 그는 어제저녁 사부님을 공격한 것이 내내 마음에 걸려 불안했다. 이제는 경공술까지 소용녀에게 졌으니 면목이 없을 따름이었다.

"그래, 승패의 도리를 아직도 깨닫지 못하였느냐?"

스승의 질문에 자은은 아무 말도 하지 못했다.

"바라는 바에 집착하면 결국 놓치고 마는 것. 너 정도의 무공으로 이기고자 집착하지 않았다면 뒤에 한 사람이 더 있었던 것을 어찌 몰랐겠느냐? 쯧쯧."

자은은 눈앞에서 벌어지는 일들이 도무지 이해되지 않았다. 지금까지의 난폭하고 거칠던 모습은 어디론가 사라지고 완전히 풀이 죽었다.

이렇게 5일 동안 일행은 쉬지 않고 달렸다. 다음 날 새벽이 되자 일등대사의 상태가 급격히 나빠져 더 이상 강행하기 힘들 것 같았다. 양과는 그의 안색을 살피며 조심스럽게 말했다.

"여기서 좀 쉬면서 요양을 하셔야 할 것 같습니다. 이제 절정곡도 멀지 않았으니 저희 부부와 자은대사가 가서 사제님과 주 사숙을 구해내도록 하겠습니다."

"이제 거의 다 왔는데……."

일등대사는 잠시 숨을 몰아쉬더니 다시 말을 이었다.

"또 무슨 변수가 있을지 모르니 내가 가야 마음이 놓이겠어."

자은이 앞으로 나서며 공손하게 말했다.

"그럼 제가 사부님을 업고 가겠습니다."

말을 마친 자은은 즉시 일등대사를 등에 업고 성큼성큼 앞장섰다. 점심때가 조금 지나 일행은 절정곡 입구에 도착했다. 멀리서 무기 부딪치는 소리가 들려왔다. 자은은 혹 동생 구천척이 무삼통 등과 싸우고 있는 것은 아닌지 걱정되었다. 그는 구천척이 다치는 것도 무삼통이 다치는 것도 원치 않았다. 양과가 자은을 보며 물었다.

"우리 신분을 밝히고 대사님의 누이를 나오시라고 할까요?"

자은은 잠시 망설였다.

"일단 가서 싸움을 말리고 봅시다."

"그래요. 그럼 저를 따라오세요."

양과가 앞장을 섰다. 자은은 길을 모르기 때문에 양과가 안내하는 대로 급히 달려갔다. 일행이 소리가 나는 쪽으로 다가가보니 녹색 옷을 입은 절정곡 제자들이 무기를 들고 서 있었다. 수풀 안쪽에서 무기 부딪치는 소리가 들렸는데, 제법 울창한 숲이라 싸우는 모습은 보이지 않았다. 절정곡의 제자들은 양과 일행을 발견하고 일제히 소리치며 달려왔다.

"이쪽에도 있다!"

녹의 제자들은 경계를 하며 다가와 네 사람을 에워쌌다. 그제야 양과와 소용녀를 알아보고 그 자리에 멈춰 서더니 그중 한 명이 앞으로 나서며 말했다.

"양 공자께서는 모든 일을 잘 마치셨는지요?"

양과는 묻는 말에 대답하지 않고 되물었다.

"수풀 속에서 싸우고 있는 사람은 누구요?"

녹의 제자도 대답은 하지 않고 양과와 뒤에 있는 두 노승을 찬찬히 살폈다. 무슨 의도로 왔는지 알아내려는 듯했다.

"내가 온 것은 나쁜 뜻이 있어서가 아니오. 공손 부인과 공손 낭자는 모두 안녕하시지요?"

양과의 친근한 말투에 상대방은 다소 적대감이 풀리는 듯했다.

"덕분에 잘 지내십니다. 그런데 이 두 스님은 누구신가요? 혹시 저쪽에서 싸우고 있는 여자들과 같은 무리입니까?"

"여자들이라니요?"

"네 명의 여자가 두 패로 나뉘어 절정곡에 침입했습니다. 곡주께서 저지하라 하셨는데 여자들이 어찌나 겁이 없고 대담한지 쉽지 않더군요. 겨우 정화 골짜기로 유인했는데 거기서 지금 한창 싸우고 있습니다."

양과는 '정화 골짜기'라는 말을 듣고 깜짝 놀랐다.

'대체 네 명의 여자가 누구일까? 만약 황용, 곽부, 완안평, 야율연이라면 서로 싸울 리가 없을 텐데.'

양과는 궁금하기 짝이 없었다.

"그분들이 누구인지 볼 수 있겠습니까? 혹 제가 아는 분들이면 싸움을 말리고 함께 곡주께 인사를 올리도록 하겠습니다."

"그렇게 하시지요."

절정곡의 제자는 쉽게 승낙했다. 어차피 정화 골짜기에 들어간 이상 도망갈 방법은 없을 터이니 양과에게 보여 절정곡의 위력을 과시하는 것도 나쁘지는 않겠다고 생각했다. 그는 양과를 안내해 수풀 속으로 들어갔다.

과연 네 명의 여자가 두 편으로 나뉘어 싸우고 있었다. 수풀 속을 들여다본 양과와 소용녀는 깜짝 놀랐다. 네 명의 여자는 직경이 이 장 정도 되는 원형의 풀밭 위에서 싸우고 있었는데 풀밭 주변에 정화가 빽

빽이 에워싸고 있었다. 마침 겨울이라 꽃은 떨어지고 가지마다 가시가 날을 세우고 있었다. 정화가 무리 지어 있는 땅의 면적이 약 8~9장은 되었기 때문에 제아무리 경공술이 뛰어나다 해도 이곳을 빠져나가기는 어려울 것 같았다.

"사자예요."

소용녀가 가리키는 곳을 보니 과연 이막수였다. 이막수 곁에는 그녀의 제자 홍능파가 있었다. 두 사람 모두 장검을 들고 있었는데, 이막수는 아마도 고묘에서 불진이 부러진 후 아직 다시 만들지 못한 모양이었다. 다른 두 여자는 각기 유엽도柳葉刀와 은색의 단봉을 들고 있었다. 두 사람 모두 가냘픈 몸매였지만 발놀림이 매우 빠르고 무공 역시 상당해 보였다. 그러나 이막수를 상대하기에는 역부족인 듯했다.

'혹시 정영과 육무쌍?'

양과는 깜짝 놀라 두 사람을 자세히 살폈다. 홍능파가 옆으로 비켜나자 담황색 옷을 입은 소녀의 옆얼굴이 보였다. 뒤이어 연한 자색 옷을 입은 소녀도 양과 쪽으로 몸을 돌렸다. 역시 정영과 육무쌍이었다.

네 사람은 한정된 공간에서 싸우려다 보니 생각처럼 초식을 펼칠 수 없었다. 게다가 사방이 정화로 둘러싸여 있어 조금의 실수도 용납되지 않는 상황이었다. 무공이 떨어지는 쪽은 더욱 위험했.

이막수는 불진이 아닌 다른 무기를 쓰다 보니 손에 익지 않았고, 홍능파는 육무쌍에 대한 옛정 때문에 살수를 쓰지는 않았다. 그런 탓에 정영과 육무쌍은 비록 줄곧 수세에 몰리기는 했지만 그나마 어느 정도 버틸 수 있었다. 둘 중 정영은 황약사에게서 직접 무공을 배웠기 때문에 옥소검법 실력이 상당했다.

"저 사람들은 어쩌다 저곳에 들어가게 된 겁니까?"

양과의 질문에 녹의 제자는 득의양양한 태도로 거만하게 대답했다.

"이곳은 공손곡주께서 만들어놓았는데 원래는 출구가 있지요. 그런데 저들을 안으로 몰아넣은 뒤 우리가 출구를 막은 겁니다. 그러니 다시는 나올 수가 없지요."

"이미 정화의 가시에 찔린 겁니까?"

"아직은 아니지만 곧 그리되겠지요."

그러나 양과는 다소 이해가 되지 않았다.

'이들의 무공 실력으로 어찌 이막수를 저 안에 몰아넣을 수 있었을까? 아하, 어망을 이용한 모양이군. 만약 정영과 육무쌍마저 정화의 독에 찔리면 상황이 정말 어렵게 되는데.'

양과는 목소리를 높여 정영과 육무쌍에게 소리쳤다.

"정 낭자, 육 낭자, 양과입니다. 풀밭 주변의 꽃에 가시가 있어요. 무서운 독이 있는 식물입니다. 조심하세요."

이막수는 절정곡의 제자들이 정화를 이용해 길을 막는 것을 보고 진작에 정화가 범상치 않은 식물임을 눈치챘다. 그래서 정화 골짜기에 갇히게 되자 홍능파에게 조심하라고 당부를 해두었다. 물론 총명한 정영과 육무쌍 역시 눈치채고 있었다. 네 사람 모두 가시가 잔뜩 돋은 정화를 보고 위험을 느낀 것이다.

그들은 양과의 말을 듣고 더욱 긴장했다. 풀밭을 둘러싼 정화로부터 멀찍이 떨어지려다 보니 자연히 중앙으로 몰리게 되고, 서로 가까운 거리에서 싸우게 되니 싸움은 더욱 치열해질 수밖에 없었다. 정영과 육무쌍은 양과의 목소리를 듣자 반갑기 그지없었다. 어서 빨리 양과를 만나고 싶었지만 적과 싸우는 중이라 나갈 수가 없었다. 이막수는 빨리 정영과 육무쌍을 죽이고 두 사람의 시체를 다리 삼아 정화 골짜기를 빠져나갈 생각이었다. 그녀 역시 양과와 소용녀가 온 것을 보고 깜짝 놀랐다. 그러나 정화가 가로막고 있어 양과가 정영과 육무쌍을 돕지는 못할 것이기에 다소 마음이 놓였다.

"능파야, 최선을 다해 공격하지 않으면 여기서 죽게 될 거다."

"예, 사부님."

홍능파는 검에 더욱 힘을 실어 정영을 향해 내질렀다. 정영은 들고 있던 단봉으로 막아냈다. 그녀가 사용하는 단봉은 겉은 순은으로 입혀져 있고 몇 개의 작은 구멍이 뚫려 있어 언뜻 보기에는 은 퉁소처럼 보였다. 정영은 색이나 모양이 매우 아름다운 이 단봉으로 옥소검법을 구사했다.

이막수의 장검이 그녀의 목을 향해 공격해 들어왔다. 육무쌍이 앞으로 나서며 유엽도로 막아냈다. 이막수가 냉소를 지으며 장검을 살짝 돌린 후 왼발을 날려 육무쌍의 손목을 걸어찼다. 그 기세에 육무쌍의 손에 들려 있던 유엽도가 허공으로 떠올라 정화 수풀 속으로 떨어졌다. 이막수의 장검이 번득이는 빛을 발하며 정영을 공격했다. 정영은 받아내지 못하고 연신 뒤로 물러났다. 이제 한 발짝만 더 물러나면 정화 수풀에 넘어지고 말 터였다. 이를 보고 양과가 다급하게 소리쳤다.

"더 이상 물러나면 안 돼요!"

"흥! 물러날 수 없다면 어디 한번 공격해보시지."

이막수가 차갑게 코웃음을 치며 비웃듯 말했다. 그러면서 정말 한 발 뒤로 물러나주었다. 정영은 이막수가 절대 좋은 의도로 물러나준

게 아닌 걸 모르진 않았지만 실제로 너무 위험한 상황인지라 어쩔 수 없이 이막수를 따라 한 발 앞으로 다가갔다.

"간이 부었군!"

이막수가 장검을 휘둘렀다. 순간 검이 차가운 은빛을 발했다. 움직임이 어찌나 빠른지 검 끝이 정영의 상반신을 둘러싸고 있는 듯했다.

밖에서 이들의 싸움을 지켜보던 양과는 이막수가 고묘파 검법의 냉월규인冷月窺人이라는 초식을 사용하는 것을 알아보았다. 이 초식을 모르는 사람이라면 십중팔구 상반신을 방어하게 마련이었다. 그러다 보면 결국 아랫배에 검을 맞게 되는데, 아니나 다를까 정영 역시 봉을 들어 가슴 앞을 막으려 했다. 다급해진 양과는 땅바닥에서 작은 돌을 주워 엄지와 중지 사이에 끼운 후 이막수의 눈을 향해 날렸다. 휙, 하는 소리와 함께 돌멩이가 이막수를 향해 날아갔다. 그 순간 이막수의 검은 정영의 아랫배를 향하고 있었다. 그러나 자신의 눈을 향해 돌멩이가 날아오자 이막수는 하는 수 없이 검을 거두어 날아오는 돌멩이를 막았다.

양과가 사용한 것은 바로 황약사의 탄지신통이었다. 그러나 아직 완벽하게 익히지는 못해 실제로 공격의 위력이 있다기보다는 그저 위협의 효과만 있을 뿐이었다. 만약 황약사였다면 이막수의 검을 향해 돌을 날려 보냈을 것이고, 그랬다면 이막수가 검을 놓쳤거나 최소한 검의 방향을 크게 바꾸어놓았을 것이다. 어쨌든 황약사는 양과에게 탄지신통을 전수해준 덕분에 자신이 말년에 거둔 여제자의 목숨을 구하게 된 셈이었다. 겨우 위기를 넘기자 양과와 정영의 등에서 식은땀이 흘러내렸다.

이막수는 정영이 구사일생으로 살아나자 놀란 나머지 창백한 얼굴이 더욱 하얗게 질리는 것을 보았다. 그래서 심리적인 안정을 되찾기 전에 공격을 해야겠다는 생각에 다시 장검을 휘둘렀다. 역시 냉월규인 초식이었다.

정영은 조금 전의 경험을 통해 이 초식이 상반신을 공격하는 것 같지만 실은 복부를 겨냥한 것임을 눈치채고 이번에는 얼른 봉을 들어 단전 앞을 막았다. 그러나 이막수는 역시 영악했다. 검의 끝은 과연 정영의 단전을 향하고 있었지만 그사이 정영에게 가까이 다가가 왼손 식지를 뻗어 정영의 가슴에 있는 옥당혈玉堂穴을 찍었다. 정영이 멍해 있는 틈에 이막수는 왼발을 돌려서 육무쌍을 쓰러뜨리고 다시 정영의 무릎에 있는 양관혈陽關穴을 눌렀다. 순식간에 일어난 일이라 정영과 육무쌍은 동시에 넘어지고 말았다. 양과는 얼른 다가가 도와주고 싶은 마음이 간절했지만 그럴 수가 없었다.

이막수는 정영의 뒷덜미를 잡아 멀리 내던진 후 연달아 육무쌍을 들어 올려 내던졌다.

"능파야, 저것들의 몸을 밟고 빠져……."

그때 눈앞에 뭔가가 획, 하고 지나갔다. 바로 양과였다. 그는 이미 몸을 날려 왼팔로 정영을 받아 안고 또다시 앞으로 몸을 날렸다. 정영은 비록 혈을 찍히기는 했으나 양팔은 쓸 수 있었기 때문에 양과에게 안긴 채 육무쌍을 안았다.

"양 대형……."

정영은 원래 양과에 대한 정이 깊었다. 그런데 오늘 양과가 정화에 찔리는 것을 감수하고 자신을 구해주자 감동하지 않을 수 없었다. 양과는 정영이 육무쌍을 안은 것을 확인하고는 다시 몸을 날려 정화 수풀 밖으로 빠져나갔다. 양과가 두 여자를 내려놓자 소용녀가 정영의 혈을 풀어주었다. 양과의 발은 가시에 찔려 엉망이 되었고 종아리와 허벅지에서도 피가 흐르고 있었다. 세 여자는 모두 양과의 다리를 바라보며 할 말을 잃었다. 정영의 눈에 눈물이 고였다. 육무쌍이 소리쳤다.

"날…… 날 구해줄 필요는 없었는데. 이렇게까지……."

"난 전에도 정화에 찔린 적이 있기 때문에 한 번 더 찔린다고 해도 체내의 독이 조금 많아질 뿐 별 차이는 없어요."

그러나 체내의 독이 많고 적음은 분명 큰 차이가 있다는 것을 모두들 잘 알고 있었다. 양과가 그렇게 말하는 것은 모든 사람을 안심시키기 위해서였다.

정영은 눈물을 글썽이며 양과의 텅 빈 오른팔 소매를 바라보았다. 육무쌍도 이를 발견하고 또다시 소리쳤다.

"바보, 오…… 오른팔은? 어쩌다 잘린 거지?"

소용녀는 양과를 대하는 두 여자의 태도를 보고 두 사람이 양과와 매우 친한 친구라고 생각했다.

"왜 바보라고 부르죠? 바보 아닌데."

"아, 죄송해요. 습관이 되어서 잘 고쳐지질 않네요."

육무쌍과 정영의 눈이 마주쳤다.

"그런데 이분은 누구시죠?"

육무쌍이 양과를 향해 물었다.

"이쪽은……."

정영이 먼저 입을 열었다.

"소용녀라는 분이군요."

"아, 그렇구나. 진작 눈치챘어야 했는데. 이렇게 선녀처럼 아름다우신 걸 보니 분명 소용녀시군요."

정영과 육무쌍은 양과가 소용녀를 사랑하는 것을 알고 질투심을 느꼈다. 그런데 오늘 소용녀를 직접 대하고 보니 그 아름다운 용모에 할 말을 잃고 말았다.

'나와는 비교가 안 되게 아름답구나.'

"양 대형, 팔은 어떻게 된 거예요? 지금은 괜찮아요?"

육무쌍이 화를 내며 말했다.

"누구랑 싸우다가 잘렸어요. 지금은 괜찮아요."

"어떤 나쁜 놈이 그래 양 대형의 팔을 잘라요? 틀림없이 무언가 비겁한 계교를 부린 모양이군요. 혹시 저 안에 있는 악녀의 짓인가요?"

갑자기 등 뒤에서 차가운 목소리가 들려왔다.

"뒤에서 남을 욕하다니. 그건 비겁한 짓 아닌가?"

깜짝 놀란 육무쌍이 뒤를 돌아보니 미모의 소녀가 서 있었다. 바로 곽부였다. 그녀는 노한 얼굴로 칼자루를 꼭 쥐고 서 있었다.

"내가 언제 당신을 욕했어요? 난 우리 양 대형의 팔을 자른 나쁜 놈을 욕하고 있었을 뿐이에요."

곽부가 장검을 꺼내 들었다.

"내가 바로 양 형의 팔을 자른 나쁜 놈이에요. 내가 사과한다고 될 일도 아니고, 이 일로 부모님께 꾸중도 들을 만큼 들었어요. 당신들이 뭔데 나서서 날 욕해요?"

곽부는 금세 눈시울이 붉어졌다. 그녀 역시 이 일로 심리적인 고통이 컸던 모양이었다.

무삼통, 곽부, 야율제, 무씨 형제 등은 계곡 가에서 불을 피한 뒤 화염의 기세가 약해지자 계곡물을 따라 아래로 내려가 황용, 완안평, 야율연과 합류해 절정곡으로 왔다. 원래 이들은 일등대사, 양과 등보다 반나절 정도 일찍 왔으나 천축의 승려와 주자류가 잡혀 있는 곳을 찾기 위해 곳곳을 뒤지느라 이제야 도착했다.

이막수와 정영 등이 절정곡에 오게 된 것은 주백통 때문이었다. 노완동 주백통이 장난기가 일어 절정곡에 무림 고수를 많이 불러 모으기 위해 이들을 유인해온 것이었다. 주백통은 매사에 음험하고 잘난 척하는 절정곡 사람들이 마음에 들지 않아서 어떻게든 그들을 괴롭혀주고 싶었던 것이다.

황용, 무삼통 등은 일등대사를 향해 예를 갖춘 후 서로를 소개했다. 정영은 일전에 난석진亂石陣 밖에서 황용을 만난 적이 있었으나 인사를 하지는 못했다. 오랫동안 사자의 이름을 들으면서 평소 매우 흠모해오던 차에 이렇게 만나게 되자 떨 듯이 기뻐하며 공손히 인사를 올렸다.

"사자!"

황용도 부친이 말년에 여제자를 하나 거두었다는 말을 일찍이 들었는데, 오늘 직접 만나게 되어 반가운 데다 젊고 아름다운 사매가 예를 갖추어 공손히 절을 하자 첫 만남임에도 매우 친숙한 느낌이 들었다. 황용은 부친의 안부를 물었다. 건강히 잘 지낸다는 말을 듣자 더욱 마음이 놓였다.

절정곡의 녹의 제자들은 오히려 멀찍이 밀려나 있었다. 그들은 외부에서 들어온 사람들의 수가 워낙 많은 데다 기세 또한 등등하자 감히 저지하지 못했다. 그중 한 명이 구천척에게 보고하기 위해 황망히

30. 만남과 이별의 덧없음

자리를 떴다.

곽부와 육무쌍은 서로 눈을 흘겼다. 곽부는 어머니가 정영을 사숙이라고 소개하며 예를 갖추어 인사하라고 하자 내키지는 않았지만 하는 수 없이 머리를 숙였다.

양과는 말없이 이들의 모습을 바라보고 있다가 소용녀가 안고 있는 곽양이 생각났다.

"용아, 이제 아기를 어머니에게 돌려드려야죠."

소용녀는 곽양의 뺨에 입을 맞추어 작별 인사를 한 후 황용에게 다가갔다.

"곽 부인, 당신 딸이에요."

소용녀는 아기를 보내려니 무척 서운한 듯했다. 황용은 아기를 받아 안은 후 고맙다는 인사를 했다. 딸을 낳은 후 처음으로 차분히 품에 안아보는 것이었으니 그 기쁨이 이루 말할 수 없었다.

양과가 곽부를 보며 말했다.

"곽 낭자, 당신 동생은 이렇게 무사합니다. 이제 내가 아기와 해독약을 바꾸려 한 것이 아니란 걸 믿어주시겠죠?"

그러나 곽부는 노기 띤 목소리로 대답했다.

"우리 어머니가 여기 계시니 감히 그렇게 할 수 없는 것이겠죠. 만약 정말 그럴 생각이 없었다면 왜 내 동생을 안고 여기까지 온 거죠?"

곽부는 워낙 고집이 센 성격이라 양과가 자신의 생명을 구해준 것에 대해 감사할 줄을 몰랐다. 옛날의 양과 같으면 즉시 말싸움을 벌였을 것이나 최근 몇 개월 동안 많은 위기와 변고를 겪으면서 한층 성숙해져 있던 터라 그런 쓸데없는 입씨름 따위에는 관심이 없었다. 양과는 그저 담담한 미소를 지으며 소용녀와 함께 물러섰다.

육무쌍은 곽양을 한 번 쳐다본 후 정영에게 말했다.

"이 아이가 언니 사자의 딸이에요? 제발 이 아인 자라서 무례하고 제멋대로 살지 말았으면 좋겠군요."

육무쌍이 자신을 겨냥해서 한 말임을 곽부가 모를 리 없었다.

"내 동생이 무례하고 제멋대로 자라든 말든 당신이 무슨 상관이에요? 무슨 의도로 그런 말을 하는 거죠?"

"당신한테 한 말도 아닌데 왜 그래요? 그리고 무례하고 제멋대로인 사람이 있으면 누구든 그 못된 버릇을 고쳐줘야죠. 나라고 못 나설 이유는 없죠."

육무쌍의 마음속에는 양과뿐이었다. 육무쌍과 정영은 양과의 팔이 곽부에 의해 잘렸다는 것을 알고 너무나 분하고 마음이 아팠다. 그러나 정영은 화를 눌러 참을 줄 아는 반면 육무쌍은 분을 이기지 못하고 여러 사람이 보는 앞인데도 곽부에게 시비를 걸었다.

곽부는 화가 나서 검을 잡으며 소리쳤다.

"이런 절름발이 주제에……."

마침내 황용이 입을 열었다.

"부야, 조용히 있지 못하겠느냐?"

육무쌍도 분을 참지 못해 얼굴이 붉어졌다. 그녀는 자신의 감정을 조절하지 못했다. 소용녀가 보기 드문 미인인 데다 양과와 소용녀의 친밀한 모습을 보니 너무나 질투가 났다. 그러나 여전히 피가 흐르는 양과의 다리를 보자 양과가 너무 불쌍했다. 그런 양과의 팔을 자른 곽부를 보니 소용녀에 대한 질투심마저 곽부를 향한 미움으로 바뀌었다. 육무쌍은 곽부를 노려보며 앞으로 나아갔다. 그때였다.

"악!"

숲 쪽에서 비명 소리가 들렸다. 모두들 고개를 돌려보니 정화 수풀 속에서 이막수가 홍능파를 높이 치켜들고 있었다. 비명 소리는 바로 홍능파가 지른 것이었다. 모두들 서로 인사를 건네느라 정화 수풀 속의 이막수와 홍능파를 잠시 잊고 있었다. 깜짝 놀란 육무쌍이 소리 질렀다.

"앗! 사자! 이막수가 사자를 다리 삼아 빠져나오려는 모양이에요. 어서 구해……."

그러나 이미 때는 늦었다. 모두들 놀라 멍해 있는 사이 이막수는 홍능파를 정화 가시 위로 던졌다. 그러더니 훌쩍 몸을 날려 홍능파의 몸을 딛고 다시 힘을 받아 공중으로 뛰어올랐다. 그녀는 날렵하게 정화 골짜기를 빠져나오고 있었다. 그러나 이막수가 다시 한번 몸을 날리려는 순간, 홍능파가 큰 소리를 지르며 뛰어올라 이막수의 왼발을 잡았다. 그러자 곧 이막수의 몸이 아래로 처졌다. 이막수는 오른발을 휘둘러 홍능파의 가슴을 세게 걸어찼다. 그 힘이 어찌나 센지 홍능파는 그만 오장육부가 터져 그 자리에서 숨을 거두고 말았다. 그러나 홍능파의 양손은 여전히 이막수의 오른발을 꼭 끌어안은 채 놓지 않았다. 그 틈에 홍능파의 팔에 박혀 있던 정화 가시가 이막수의 발을 찔렀다. 이막수는 황용 등이 공격해올까 봐 멀찍이 떨어진 곳에 섰다.

순식간에 일어난 일인 데다 그 광경이 너무 잔인하고 처참해 보는 사람마다 비명조차 지르지 못하고 입을 벌린 채 멍하니 있었다. 평소 자신을 아껴주고 잘 대해주던 홍능파가 비참하게 죽자 육무쌍은 너무나 마음이 아파 큰 소리로 통곡하기 시작했다.

"사자, 사자!"

양과 역시 홍능파와 있었던 일들을 떠올리며 슬픔을 감추지 못했다. 이막수는 허리를 굽혀 자신의 발을 감고 있던 홍능파의 양팔을 풀었다. 홍능파는 이미 목숨이 끊어졌지만 분노와 증오에 찬 두 눈을 여전히 부릅뜨고 있었다.

'정화 독에 중독되었으니 이곳에서 해독약을 구해 나가야겠군.'

홍능파를 떼어낸 이막수가 막 절정곡 안으로 들어가려는데 뒤에서 황용의 목소리가 들렸다.

"제가 할 말이 있어서 그러니 이쪽으로 좀 오시지요."

이막수는 잠시 망설이다 수 장 정도 떨어진 곳까지 다가갔다.

"무슨 일이죠?"

이막수는 속으로 황용이 해독약을 주거나 혹은 해독약을 찾을 수 있는 방법을 알려주기를 기대했다.

"제자의 목숨을 해치지 않고도 정화 수풀을 빠져나올 수 있었을 텐데 아쉽습니다."

이막수가 장검을 손에 쥐며 냉정한 목소리로 말했다.

"그래서 저한테 벌이라도 주겠단 말씀인가요?"

"그럴 리가요. 그렇다는 것을 알려드리려는 것뿐입니다. 겉옷을 벗어 흙을 담으면 훌륭한 방석이 되지 않겠습니까? 그것을 꽃 덤불에 던지고 받침 삼아 빠져나오면 되었을 텐데요. 그랬다면 제자를 죽일 필요도 없었을 테고요."

듣고 보니 정말 그랬다. 이막수는 후회와 창피함으로 얼굴을 붉혔다. 그러나 조금 전에는 급한 나머지 그런 방법을 생각할 여유가 없었다. 그러다 보니 세상에서 유일하게 가장 가까운 사람이었던 제자를 죽이고 말았고, 더 불행한 것은 자신도 정화의 가시에 찔리게 된 것이다.

"이제 와서 그런 충고를 해주시다니 너무 늦은 것 같군요."

"그러게요. 이미 늦었지요. 그러나 당신은 사실 정화의 독에 찔려 중독되지 않아도 이미 중독된 것과 마찬가지입니다."

이막수는 눈을 크게 뜨고 황용을 바라보았다. 말을 잘 이해하지 못하는 표정이었다.

"당신은 진작에 심각한 중독증에 빠져 온갖 나쁜 짓을 서슴지 않았습니다. 사람 죽이는 일을 살리는 것보다 쉽게 해치우니 후유, 이젠 너무 늦었어요."

이막수는 오기가 생겼다.

"내 제자의 목숨은 내가 구해주었으니 상관 말아요. 만약 어려서 내가 거두어주지 않았더라면 진작에 죽었을 아이예요. 나 때문에 살았으니 나 때문에 죽는 것이 당연하죠."

"사람은 모두 부모님이 낳아주셨어요. 그러나 낳아주신 부모님도 자신의 아이를 죽일 권리는 없어요. 다른 사람은 더 말할 것도 없고요."

무수문이 검을 들고 앞으로 나섰다.

"이막수, 너의 악행은 온 천하가 다 알고 있는데 이제 와서 쓸데없이 무슨 변명이냐?"

무돈유, 무삼통과 야율제, 야율연, 완안평, 곽부 등이 사방에서 이막수를 에워쌌다. 정영과 육무쌍도 앞으로 나섰다.

"우리 집안을 몰살시켰지. 곱게 죽여주는 것만도 감지덕지해야 할 것이다. 다른 것은 다 제쳐두고 홍 사자를 죽인 것만으로도 넌 죽어 마땅해."

곽부가 고개를 돌려 육무쌍을 바라보며 냉소를 지었다.

"당신의 사부가 아니었던가?"

육무쌍이 매서운 눈으로 곽부를 노려보았다.

"아무리 믿는 구석이 있다 해도 자기 자신이 잘못하면 결국 벌을 받게 되는 법! 당신도 이막수의 저 못된 면을 닮지 말고 미리 조심하는 것이 좋을 거야."

이막수는 '믿는 구석'이라는 말을 듣자 퍼뜩 소용녀를 떠올렸다.

"사매, 사문의 정을 완전히 저버리지는 않겠지?"

그녀는 평생 동안 강호를 누비며 두려운 것 없이 살아왔다. 그러나 상황이 너무나 불리하고 또 스스로 생각하기에도 제자 홍능파를 죽인 것이 부끄러운 일이었기에 어느 정도 기가 죽어 있었다. 그래서 소용녀에게 동정을 구할 생각이었던 것이다. 소용녀는 어찌 대답해야 할지 몰라 잠시 난감해했다. 그때 양과가 나서서 대답했다.

"사부님을 배반하고 제자를 죽였으면서 무슨 자격으로 사문의 정을 논한단 말이냐?"

양과의 말에 이막수는 포기한 듯 한숨을 내쉬었다.

"좋다!"

이막수는 장검을 빼 들고 한바탕 휘둘렀다.

"모두 덤벼라. 사람이 많을수록 좋다."

먼저 무씨 형제의 쌍검이 동시에 이막수를 공격했다. 정영과 육무쌍도 좌측에서 공격에 나섰는데, 육무쌍은 무기가 없어 맨손으로 공격했다. 무삼통, 야율제 등도 동시에 무기를 뺐다. 일등대사마저도 이

323

막수를 살려두었다가는 더욱더 많은 사람이 다치게 될 것이라고 생각했다. 조금 전 이막수가 자신의 제자를 잔인하게 죽이는 모습을 직접 본 탓에 모두들 적의에 가득 차 있었다.

곧이어 무기 부딪치는 소리가 끊임없이 귀를 울리기 시작했다. 이막수가 비록 무공이 강하다고는 하나 상황이 너무 불리했다. 머지않아 여러 사람의 손에 당할 수밖에 없는 운명이었다.

갑자기 이막수가 왼손을 휘두르며 외쳤다.

"암기를 받아라!"

모두들 움찔 놀랐다. 사람들이 주춤하는 사이 이막수는 몸을 날려 다시 정화 수풀 안으로 들어갔다. 어차피 자신은 가시에 찔린 뒤라 한두 번 더 찔린다고 해서 달라질 것이 없었다. 그래서 정화 골짜기로 들어가면 다른 사람들이 감히 뒤쫓지 못할 것이라고 생각했다. 이막수는 정화 수풀 반대쪽에 있는 숲속으로 들어갔다. 황용과 양과도 미처 예상치 못한 일이었다.

양과는 얼른 바닥에서 작은 돌멩이를 주워 정화 수풀 속에 떨어져 있는 육무쌍의 유엽도를 겨냥해 튕겼다. 돌멩이에 맞은 유엽도가 허공으로 떠오르자 육무쌍이 몸을 날려 유엽도를 잡았다.

"양 대형, 고마워요."

"어서 저자를 쫓아갑시다."

무수문이 정화 가시가 있는 숲의 오른쪽으로 돌아 반대편 숲을 향해 달려갔다. 그러나 얼마 가지 않아 세 갈래 갈림길이 나왔고, 작은 오솔길이 수없이 이어졌다. 무수문이 어느 길로 가야 할지 망설이고 있는데 앞쪽에서 녹색 옷을 입은 제자들이 나타났다. 맨 앞에 서 있는 소녀는 손에 꽃바구니를 들고 있었고, 뒤를 따르는 네 명은 허리에 장검을 차고 있었다. 꽃바구니를 든 소녀가 인사를 하며 말했다.

"더 이상 들어올 수 없습니다. 무슨 일로 절정곡을 찾아오셨는지 곡주께 보고를 해야만 들어갈 수 있습니다."

멀리서 이 모습을 바라보던 양과가 소리쳤다.

"공손 낭자! 접니다."

꽃바구니를 든 소녀는 바로 공손녹악이었다. 그녀는 양과의 목소리를 듣자 침착하고 냉랭하던 태도를 버리고 급히 양과에게 달려갔다.

"양 대형, 일은 성공하셨습니까? 어서 가서 어머니를 뵈야지요."

"공손 낭자, 우선 이분들을 소개해드릴게요."

양과는 공손녹악에게 일등대사와 자은, 황용 등을 소개했다. 공손녹악은 검은 옷을 입은 자은이 자신의 친삼촌인 줄 모른 채 그저 가볍게 예를 갖추었다. 그리고 황용을 곽 부인이라고 소개하자 어머니가 이를 갈며 복수를 꿈꾸던 원수임을 알았다.

'그녀를 죽이기는커녕 절정곡으로 데리고 들어오다니……'

공손녹악은 양과에 대한 의심이 솟아 자신도 모르게 뒤로 물러선 채 더 이상 인사를 하려 들지 않았다.

"일단 곡주께 보고하고 오겠습니다."

그녀는 양과를 뒤로하고 황급히 절정곡으로 들어갔다. 공손녹악은 무언가 심상치 않은 일이 생기리라는 걸 직감했다. 그러나 모든 일은 어머니가 해결할 것이었다.

얼마 지나지 않아 모두가 대청으로 안내를 받았다. 대청 중앙의 의자에 앉아 있던 구천척이 손님들을 보고 입을 열었다.

"손발을 쓸 수 없어 일어나 맞이하지 못하는 것을 이해해주시기 바랍니다."

자은이 기억하는 누이는 공손지와 결혼하기 전의 모습이었다. 당시는 예쁘고 가냘픈 꽃다운 스무 살의 처녀였다. 그런데 지금 눈앞에 있는 누이의 모습은 너무나도 달랐다. 머리는 벗겨지고 얼굴은 쭈글쭈글한 것이 영락없는 못생긴 노파였다. 자은은 너무나 크게 변한 누이의 모습을 실망스러운 표정으로 바라보았다.

일등대사는 자은의 표정을 보고 은근히 걱정되었다. 자은은 오랜 세월 동안 수도를 했건만 여전히 깨달음을 얻지 못했다. 그는 철장방의 방주로서 무림에 악명을 날리던 사람이었다. 자신의 지위와 힘을 이용해 나쁜 일을 많이 저지르던 사람이라 악습을 고치는 것이 쉽지 않았다.

일등대사가 이번에 자은을 데리고 절정곡에 온 첫 번째 목적은 사제와 주자류를 구하기 위해서였다. 두 번째 목적이라면 자은에게 어려움을 겪게 해 선을 행하고자 하는 마음을 길러주고 싶어서였다.

구천척은 양과가 약속한 기한이 다 되어도 돌아오지 않자 독이 발작해서 죽은 줄로만 알았다. 그런데 이렇게 아무렇지도 않은 모습으로 나타나자 뜻밖이라고 생각했다.

"아직 죽지 않았군."

"해독약을 먹었더니 정화의 독이 모두 없어졌습니다."

"으응?"

구천척은 도저히 믿지 못하겠다는 표정을 지었다.

'세상에 정화의 독을 없앨 수 있는 해독약이 있다고? 흥, 날 속이려는 것이냐!'

그녀가 쓴웃음을 지으며 말했다.

"거짓말도 잘하는군. 정말 해독약이 있다면 천축의 승려와 주자류라는 자가 무엇 하러 여기까지 왔겠느냐?"

"구 선배님, 천축의 승려와 주 선배는 어디에 계십니까? 제가 왔으니 그분들은 이제 풀어주시지요."

"글쎄, 호랑이 굴에 들어오기는 쉽지만 나가기는 쉽지 않지."

잡은 먹이를 그냥 풀어줄 절정곡의 곡주가 아니었다. 그녀는 손발을 쓸 수 없었기 때문에 어망진을 이용해 겨우 천축의 승려와 주자류를 잡아놓을 수 있었다.

양과는 구천척의 마음을 회유할 방법을 생각해보았다.

'친오빠를 만나면 일이 원만하게 풀릴지도 모르겠다.'

"구 선배님, 제가 누굴 모셔왔는지 한번 잘 보십시오. 틀림없이 반가워하실 겁니다."

구천척은 수십 년 동안 오빠를 만나지 못한 데다 지금의 자은은 승복을 입고 있었다. 비록 오빠가 승려가 되었다는 소식을 듣기는 했지만, 그녀 머릿속의 오빠는 용맹하고 혈기 넘치는 젊은이 모습이어서 얼른 알아보지 못하는 것이 당연했다. 구천척은 딸에게서 일행 중에 오빠를 죽인 원수 황용도 포함되어 있다는 것을 듣고 그 자리에 모인 여러 사람의 얼굴을 하나하나 찬찬히 뜯어보았다. 구천척의 시선이 황용에게서 멈췄다. 구천척은 이를 갈며 말했다.

"황용! 당신이 우리 오빠를 죽였지?"

양과는 깜짝 놀랐다. 그녀에게 구천인을 찾아내게 하려 했는데 뜻밖에도 황용을 먼저 알아본 것이었다.

"구 선배님, 그 일은 일단 접어두시고 제가 말씀드린 반가운 사람을 한번 찾아보시지요."

"또 누가 왔다고? 그럼 곽정도 왔단 말인가? 잘됐군, 잘됐어."

그녀는 무삼통과 야율제를 바라보았다. 한 명은 너무 늙었고 한 명은 너무 젊었다. 둘 다 곽정일 리 없었다. 대체 누가 곽정일까? 시선을 돌리던 구천척의 눈이 마침내 자은의 눈과 마주쳤다.

"누이!"

자은이 앞으로 나서며 말했다.

"오빠!"

그제야 알아보고 구천척도 큰 소리로 오빠를 불렀다.

"오빠, 어쩌다 승려가 되셨어요?"

"넌 어쩌다 손발을 못 쓰게 되었느냐?"

"공손지에게 당했어요."

"공손지? 매제가? 그놈은 지금 어디 있느냐?"

구천척이 이를 갈며 소리쳤다.

"그자가 날 죽이려 했지만 다행히 살아남았어요. 그런데 큰오빠가 살해당했다면서요?"

"그래……."

힘없이 대답하는 자은의 모습에 구천척이 버럭 소리를 질렀다.

"오빠는 그렇게 무공이 고강하면서 아직 큰오빠를 위해 복수도 하지 않았단 말이에요? 스님은 무슨 스님이에요? 형제의 정을 벌써 잊으셨단 말이에요?"

자은은 할 말이 없는 듯 머뭇거렸다.

"복수는 해야지……. 그래 복수는 해야 돼."

구천척이 황용을 가리키며 소리쳤다.

"저기 황용이 있잖아요! 우선 황용을 죽인 후 곽정을 찾아야지요."

황용을 바라보던 자은의 눈에 돌연 살기가 돌았다. 다급해진 일등대사가 앞으로 나섰다.

"자은아, 출가한 몸으로 사람을 죽이려 해서야 되겠느냐? 게다가 네 형은 스스로 죽음을 자초한 것이니 남을 탓해서는 안 된다."

자은은 일등대사를 쳐다보더니 그만 고개를 푹 숙였다.

"사부님 말씀이 맞습니다. 누이, 복수를 하려 해서는 안 된다."

구천척이 눈을 부릅뜨고 일등대사를 노려보았다.

"늙은 땡중이 뭐라고 지껄이는 거야? 그래, 큰오빠가 남의 손에 살해당했는데 오빤 아무렇지도 않다는 말인가요? 그러고도 오빠가 사내대장부인가요?"

자은의 머릿속이 점차 혼란해지기 시작했다.

"사내대장부?"

"당연하죠. 철장수상표라는 별명으로 강호에 이름을 날리던 당당한 모습은 다 어디로 갔죠? 나이가 들더니 죽음을 두려워하는 졸장부로 변해버렸군요. 구천인, 잘 들어요. 만약 오빠가 큰오빠를 위해 복수하지 않으면 다시는 날 동생으로 생각하지 말아요."

모두들 구천척이 자은을 매섭게 몰아붙이는 모습을 보고 혀를 내둘렀다.

황용은 전에 구천인의 일장에 맞고 치명적인 부상을 입었다. 다행히 일등대사의 도움으로 부상을 치료하고 목숨을 건지긴 했지만, 그의 무서운 무공 실력을 아는지라 즉시 마음속으로 이곳에서 빠져나갈 방법을 모색했다.

그때 참을성 없는 곽부가 소리를 질렀다.

"우리 어머니가 당신 같은 노파 따위를 무서워할 줄 알아요? 계속 함부로 지껄이면 어머니께서 가만히 있지 않을 거예요."

황용은 막 딸을 말리려다 문득 생각을 바꾸었다.

'저러다가 화가 난 구천인이 참지 못하고 덤벼들면 부가 나서서 상대하려 들겠지. 그러면 구천인의 주의력을 분산시킬 수 있어.'

곽부는 어머니가 아무 말도 하지 않자 더욱 기세가 등등해졌다.

"멀리서 손님이 오면 잘 대접하는 것이 예의이거늘 이따위 손님 접대가 어디 있어요?"

구천척은 냉담한 눈길로 부를 바라보았다.

"보자 하니 네가 황용의 딸인가 보군?"

"그래요. 당신의 오라버니는 이미 출가한 몸이어서 함부로 싸우거나 사람을 해치지 못해요. 능력 있으면 당신이 직접 덤벼요."

"오냐, 네가 곽정과 황용의 딸이란 말이지. 곽정과 황용의……."

구천척은 말을 끝마치기도 전에 곽부의 얼굴을 향해 입안에 있던 대추씨를 날렸다. 구천척이 '곽정과 황용의'라고 말했을 때 지켜보던 사람들은 모두 뒤이어 '딸'이라는 말이 나올 것이라 예상했는데 뜻밖에 입으로 암기를 발하자 깜짝 놀라고 말았다. 워낙 갑작스러운 일인데다가 입으로 대추씨를 날리는 구천척의 기술이 워낙 뛰어났기 때문에 곽부의 실력으론 받아내기는커녕 피하기조차 어려웠다. 공손지같이 고강한 무공 실력을 지닌 사람도 그녀의 대추씨에 맞아 오른쪽 눈을 잃지 않았던가.

자리에 모인 사람들 중에서는 양과와 소용녀만이 그녀가 대추씨를 암기로 사용한다는 사실을 알고 있었다. 그중 소용녀는 구천척이 갑작스레 공격을 하리라고는 생각지도 못했지만 양과는 이미 예상하고 있었다. 그는 처음부터 경계를 늦추지 않고 시종일관 구천척의 얼굴에서 시선을 떼지 않았다. 양과는 구천척의 입 모양을 주의 깊게 살피다가 수상한 기색이 보이자 바로 앞으로 나선 뒤 잽싸게 곽부의 허리에 차고 있던 장검을 빼내 대추씨를 급히 막았다. 땅, 하는 소리와 함께 장검이 대추씨에 맞아 절반으로 부러졌다.

모두들 깜짝 놀라 소리를 질렀다. 곽부는 더욱 놀라 하얗게 질렸고 황용 역시 놀라기는 마찬가지였다.

'큰일 날 뻔했구나. 틀림없이 교활한 수단을 쓰리라고 예상은 했지만 입으로 암기를 발하리라고는 생각지도 못했다.'

황용은 절로 안도의 한숨을 내쉬었다. 대추씨에 맞아 장검이 두 동강 났으니 그 힘이 얼마나 대단한지 알 만했다. 사람들은 놀란 눈으로 서로를 바라보며 비슷한 생각을 품고 있었다.

'만약 양과가 도와주지 않았다면 부는 이미 죽은 목숨이야.'

'정말 저 양과는 대단한 인물이군.'

모두들 같은 생각이었다.

곽부는 연이어 양과의 도움을 받고 나자 그제야 양과에게 나쁜 의도가 없다는 것을 믿을 수 있었다. 그동안 자신이 양과에게 한 짓을 생각하니 가슴이 쿵쿵 뛰었다. 그녀는 양과 앞에 무릎을 꿇었다.

"양 대형, 이제까지 제가 양 대형을 오해하고 있었던 것 같아요. 용서해주세요."

　하지만 이렇게 말하면서도 그녀의 마음 한구석에는 특유의 자존심
이 고개를 내밀고 있었다. 그래서 그녀는 무릎을 꿇고 용서를 구하자
마자 벌떡 일어났다.

　'네가 날 구해준 것도 잘난 척하기 위해서겠지. 날 굴복시켜서 내게
인사를 받아내려는 수작을 부린 거야. 팔이 하나밖에 없지만 나보다
무공이 더 강하다는 것을 드러내려는 속셈이겠지. 흥, 그게 뭐 대단하
다고.'

　양과는 쓸쓸한 미소를 지었다.

　'너야 고맙다는 말 한마디면 끝나겠지만, 나와 용이는 너 때문에 수
많은 고초를 겪어야 했다. 이 사실을 너는 모를 테지.'

　뜻밖에 양과에 의해 공격이 저지당하자 구천척은 매서운 눈초리로
양과를 쏘아보았다.

　"넌 오늘 또다시 정화의 독에 찔렸으니 앞으로 3일을 넘기지 못할
것이다. 이 세상에 네 생명을 구할 수 있는 것은 이 반 알의 단약밖에
없다. 이 사실을 알고 있느냐?"

　양과는 곽부를 구할 때 해독약을 얻어야 한다는 것을 미처 생각지
못하다가 구천척의 말을 듣고서야 이 사실을 깨달았다. 양과는 구천척
에게 다가가 땅바닥에 무릎을 꿇었다.

　"구 선배님, 전 선배님께 잘못한 것이 없지 않습니까? 약을 주시면
그 은혜 평생 잊지 않겠습니다."

　"네 말이 맞다. 내가 다시 밝은 태양을 볼 수 있었던 것도 사실 네 덕
분이지. 그러나 원수는 반드시 갚되 은혜를 꼭 기억할 필요는 없다는 것

이 바로 내 신념이다. 곽정과 황용의 목을 가져오면 약을 주기로 약속한 것을 잊어버리지는 않았겠지? 그런데 넌 약속을 지키지 않았을 뿐만 아니라 도리어 내 원수를 모시고 왔구나. 그러고도 할 말이 있느냐?"

구천척의 목소리가 조금 누그러진 듯하자 옆에 서 있던 공손녹악이 나섰다.

"어머니, 삼촌의 원한과 양 대형은 아무런 관계가 없잖아요. 한 번만 도와주세요."

구천척은 공손녹악을 쳐다보았다.

"내가 가지고 있는 반 알의 단약은 내 사위를 위해 남겨둔 것이었다. 함부로 남에게 줄 수 없지."

이 말에 공손녹악은 얼굴을 붉힌 채 어쩔 줄을 몰랐다.

구천척은 양과를 뚫어져라 쏘아보았다. 만약 그의 딸인 공손녹악을 아내로 맞이하겠다고 약속하지 않으면 절대로 약을 주지 않을 기세였다. 양과는 망설였다. 그러나 태도를 분명히 하지 않으면 공손녹악과 소용녀 모두에게 상처를 주게 될 것 같았다.

"나는 이미 용이를 아내로 맞이했습니다. 죽으면 죽었지 어찌 아내를 배반하겠습니까?"

말을 마친 양과는 단호한 태도로 돌아서더니 소용녀 곁으로 가서 그녀의 어깨에 손을 얹었다. 두 사람은 모두의 시선을 받으며 문밖으로 걸어 나갔다.

구천척이 냉소를 지었다.

"그래, 스스로 죽음을 택한다는데 말릴 이유가 없지."

그녀는 고개를 돌려 자은을 바라보았다.

"오빠, 황용은 개방의 방주라죠? 오빠가 나서지 못하는 것은 철장방이 개방에 실례를 범해서든 안 되기 때문인가요?"

"철장방? 철장방은 없어진 지 오래되었다."

"어쩐지……. 오빠는 의지할 곳이 없어 이렇게 비겁하고 나약하게 변한 것이로군요."

구천척은 어떻게 해서든 자은을 자극하려고 애를 썼다.

한편 공손녹악은 더 이상 어머니 말이 귀에 들어오지 않았다. 그저 멍하니 멀어져가는 양과의 뒷모습만 바라볼 뿐이었다. 그러던 그녀가 갑자기 양과를 향해 뛰어갔다.

"양과, 정말 무정하고 의리 없는 사람이군요. 내가 정말 눈이 멀었나 봐요."

깜짝 놀란 양과는 그 자리에 멈춰 섰다. 얌전하고 단정하던 공손녹악이 갑자기 격한 태도를 보이니 이상하지 않을 수 없었다.

'설마 나와 소용녀가 혼인했다는 소리에 너무 화가 나서 이성을 잃은 걸까?'

양과는 미안한 생각이 들었다.

"공손 낭자……."

"비겁한 사람! 절정곡에 들어오기는 쉬웠을지 모르나 나가는 건 마음대로 되지 않을 거예요."

공손녹악의 목소리는 날카로웠지만 양과를 바라보는 표정은 매우 부드러웠다. 그뿐만 아니라 계속해서 눈으로 신호를 보내고 있었다. 이를 본 양과는 틀림없이 무슨 이유가 있을 거라 생각하고 얼른 맞장구를 쳤다.

"내가 뭘 어쨌다는 겁니까? 흥! 나는 어떤 일이 있어도 이곳에서 나갈 겁니다."

"지금 당장 당신의 가슴을 갈라 심장을 꺼내지 못하는 게 한이군요."

큰 소리로 말하면서 녹악은 양과의 얼굴을 향해 대추씨를 날렸다. 양과는 놀라며 날아오는 대추씨를 손으로 받았다.

"그래, 이런 시시한 재주로 날 해칠 수 있다고 생각하시오?"

양과가 대추씨를 받은 것을 확인한 녹악은 눈짓을 하고는 양손으로 얼굴을 감싼 채 어머니를 향해 달려갔다.

"어머니, 저 사람이, 저 사람이 날 모욕했어요!"

사실 마음에 두고 있던 양과가 이미 다른 여자와 결혼했으니 녹악이 받은 상처는 거짓이 아니었다. 구천척은 딸이 구슬 같은 눈물을 흘리는 것을 보자 화가 났다.

"녹악아, 이게 무슨 꼴이냐? 저놈은 머지않아 죽는다. 너무 상심할 필요 없다."

공손녹악은 여전히 어머니 앞에 엎드린 채 흐느꼈다. 대청 안에 있던 모든 사람이 그녀의 꾀에 속아 넘어갔지만 황용만은 내심 웃고 있었다.

'일부러 양과를 미워하는 척해서 어머니를 안심시켰구나. 양과가 뜻밖에 인기가 좋군. 저렇게 아름다운 소녀들이 모두 양과를 좋아하다니.'

양과는 대추씨를 받아 든 후 빠른 걸음으로 대청을 빠져나갔다. 공손녹악의 행동이 무슨 뜻인지 아무래도 이해되지 않았다. 소용녀도 녹악의 표정과 태도에서 그녀가 양과를 욕한 것이 거짓임을 눈치챘다.

"과, 일부러 당신을 미워하는 척해서 어머니를 안심시키고 몰래 약을 훔쳐다가 당신에게 주려는 게 아니었을까요?"

"글쎄……. 아마 그런 것 같아."

두 사람은 모퉁이를 돌았다. 양과는 아무도 보이지 않자 공손녹악이 내뱉은 대추씨를 살펴보았다. 알고 보니 대추씨가 아니라 감람나무 열매의 씨였는데 가운데 부분에 가느다란 틈이 있었다. 양과는 손에 힘을 주어 씨를 반으로 갈랐다. 과연 안에는 얇은 종이가 들어 있었다. 옆에 있던 소용녀가 그걸 보고 미소를 지었다.

"아까 당신의 가슴을 갈라 심장을 꺼내버리고 싶다는 말이 씨를 반으로 갈라 안에 있는 것을 꺼내보라는 뜻이었군요."

종이에는 다음과 같이 쓰여 있었다.

　　단약은 꼭 구해드리겠습니다. 그리고 천축 승려와 주 선배께서는 화완
　　실火浣室에 갇혀 계십니다.

글씨 옆에 깨알만 하게 지도가 그려져 있었는데 굽은 길 끝 지점이 바로 화완실이었다.

양과와 소용녀는 뛸 듯이 기뻤다.

"어서 갑시다. 우릴 막을 사람이 없을 거예요."

모두들 대청에서 떠들어대는 사이 두 사람은 천축 승려와 주자류를 구하러 갔다.

〈7권에서 계속〉